中国之翼

詹东新 著

WINGS of CHINA

上海文艺出版社

Content
目 录

第01章 / 航空之父 ———— 001
第02章 / 南北总统 ———— 013
第03章 / 马尾滩前 ———— 024
第04章 / 罗星塔下 ———— 032
第05章 / 笕桥小镇 ———— 042
第06章 / 八角楼处 ———— 054
第07章 / 红土地上 ———— 064
第08章 / 海归女子 ———— 075
第09章 / 白发黄牛 ———— 087
第10章 / 阎良上空 ———— 097
第11章 / 北方风起 ———— 110
第12章 / 龙华塔前 ———— 121
第13章 / 诗在远方 ———— 130
第14章 / 百年孤独 ———— 143
第15章 / 岁月蹉跎 ———— 153
第16章 / 世纪之交 ———— 166
第17章 / 东海之滨 ———— 177
第18章 / 支线特色 ———— 188

第19章 /	市场之花	199
第20章 /	千呼万唤	214
第21章 /	亮马河长	227
第22章 /	山重水复	244
第23章 /	柳暗花明	257
第24章 /	葵花丛中	276
第25章 /	扬子江口	290
第26章 /	春风化雨	302
第27章 /	长江尽头	313
第28章 /	关中深处	327
第29章 /	乘上"阿娇"	350
第30章 /	黄浦江畔	364
第31章 /	适航路上	376
第32章 /	腾云驾雾	388
第33章 /	航空金融	406
第34章 /	大洋此岸	417
	后记	439

第 01 章 航空之父

他本想造艘军舰献给国家,但耗资太巨,非他能做,恰巧听说莱特兄弟飞行成功,就顺势而为,改研飞机。

冯如已在星云中隐遁，也看不见当下满天的喷气机，但这不影响他作为中国航空奠基人的崇高辈分。

大众习惯记住第一，哪怕第二、第三足够强大，仍然撼动不了前者的地位。我曾经以"开天辟地"评价莱特兄弟在人类动力飞行方面的先举。辟地也许不符，开天却是必定的，没有莱特兄弟的青蘋一飞，也许人类在航空领域还要晚熟多年。飞行使遥远的天涯不再遥远，歌与诗亦能飘扬在他乡。由此，莱特兄弟这个"第一"当之无愧；由此，冯如作为中国航空之父也是确定的。现如今，广东恩平因冯如而名声大振，有冯如故居、冯如广场、冯如机场，冯如俨然成了恩平的名片、旅游者到访的原因——门前多些红男绿女原也不是冯如的初衷，因为他的心灵只在航空。

历史不便虚构，冯如便是中国航空业的那位揭幕人。

再忆往事

莱特兄弟的成就在于他们成功了，因为在人类飞行史上，尝试者不胜枚举，却都不曾成功。

嫦娥奔月，列子御风，人类一直渴求凌空俯瞰大地。我国甘肃敦煌石窟的隋朝壁画里，就有羽毛人的画像，畅想着人能像鸟儿一样长出翅膀。希腊神话中有建筑师代达罗斯用羽毛做成翅膀，绑在身上和儿子一起飞翔的传说，飞翔中代达罗斯不停提醒儿子离海面越高越好，防止羽毛被打湿。《墨子·鲁问篇》载道："公输子削竹木以为鹊，成而飞之，三日不下。"说的是鲁班制作的木鸟能乘风飞上天空，三天不落地。《汉书》中记述，有人应王莽征战匈奴的招募，在长安举行飞行表演，此人用大鸟的翅膀绑缚在胳膊上，并且将全身粘上羽毛，希图能像鸟一样御风而起，可惜"飞"了几步，就从楼上一头栽至地面，血溅当场。

东晋学者葛洪在研究了世人的诸多失败案例后，从老鹰平展翅膀滑翔升空的现象得到启发，提出制造"飞车"的想法，他的原理是通过风使人飞起来。不难想象，在当时的科技水准下，这样的想法只能是想法而已。然而，葛洪创新的飞行模式——固定两翼，而不是像鸟儿一样扇动翅膀，真正让人类插上了想象的翅膀。西方的莱特兄弟是否参照了葛洪的理论无从考证，而时至今日，飞机的两翼始终固定而非上下振动，或许正来源于此。

挟文艺复兴、工业革命超级红利的欧洲，当然希冀在载人飞行上赶立潮头。一七九九年，年仅二十六岁的英国人乔治·凯利通过研究风筝，以及中国传去的"竹蜻蜓"原理，发明了滑翔机，由此设计出了极具现代飞机形态的飞行器，并将图案刻在一个银盘上。但他花费了几十年时间，至七十五岁进坟墓前还没找到合适的发动机——原本寄予厚望的蒸汽发动机实在太过笨重，无法安置在飞机上。

此后，英、法、德、意的许多科学家和飞行爱好者，纷纷为了人类能升上天空而呕心沥血。一八〇〇年，英国科学家凯利系统研究会飞的动物形态，寻找最具流线型的机翼结构，终于设计出了一款与现代机翼十分相似的机翼。俄国人儒科夫斯基在研究鸟类飞行的基础上，提出了航空动力学理论。整个十八、十九世纪，欧洲的许多科学界人士执着地研究飞行，自己制作飞行器，自己试飞（因为没人愿意充当炮灰似的有去无回的试验者），直至摔死地上。

一九〇三年十二月十七日，站在他人肩膀上的莱特兄弟成功起飞。他们制作的"飞行者一号"在滑行了一段路程后，翅膀一晃，脱离地面，呼呼飞上了天空。尽管只飞了三十多米便迫不及待地回归地面，却开启了动力飞行的先河。当天，除了几名应邀观摩的被吉蒂霍克海峡的冷风冻得瑟瑟发抖的当地农民，没人相信这场飞行是真的。就在莱特兄弟驾驶那架四缸十二马力发动机的飞机首飞的当年年初，美国声名鹊起的科学家西蒙·纽康说："靠机器的动力飞行，那是痴人说的白日梦。"而在七年前，德国著名航空前辈奥托·李林塔尔驾驶自制的装有动力的飞行器试飞时机坠人亡。

时过五年，美国政府如梦初醒，相信顶尖科学家做不到的事，没上过大学的两位飞行爱好者做到了，并让他们当众再做一次表演。这时，莱特兄弟的飞机已从"飞行者一号"改进至"飞行者二号"。一九〇八年九月十日的飞行表演成功空前，盛况空前，席卷世界的航空热潮由此催生。

冯如紧跟莱特兄弟步伐，也是在美利坚这片被人称为"黄金天堂"的大地上制成了首架飞机，成功上演蓝天秀。历史惊人地巧合，一九〇八年，美国政府首肯莱特兄弟正式公开飞行表演那年，冯如已经造出了第一架飞机，并于一年后的一九〇九年九月开始试验性飞行，其后几度改进，终在奥克兰市进行了飞行表演。与莱特兄弟不同的是，他的现场观摩嘉宾不是几个好心的农民，而是包含了重量级人物。一九一一年一月，冯如驾驶一架双翼飞机在旧金山以东的奥克兰市公开表演。听说是中国人的飞机，旅居美国的孙中山先生亲往现场，当场握住从飞机上走下来的同乡冯如的手，赞道："很好。上帝偏袒美国太多，也一定会佑我中华。"又摇了摇他的手说："吾国大有人矣。"孙中山尤其突出了"吾国"二字。

"冯如号"

我过去对冯如揣着好奇，现今仍然好奇。

莱特兄弟用成果证明，英雄不必过问出身，他们的东西比大楼里的科学家们所做的更管用。冯如有着与莱特兄弟相似的经历，都是从厂房里成长起来的航空大家。

冯如于一八八三年出生于广东恩平县杏圃村的农户家，自幼心灵手巧，富有创意，尤其喜爱风筝和车船，他能用泥土、木条随意制作出一辆小车、一艘小船。八岁刚进学堂那年，他琢磨着制作出了一架风筝，载着两个小水桶飞上了天。邻里乡亲纷纷称奇，觉得他跟其他孩子不一样，或许是鲁班转世。

一八九四年，在旧金山打工的冯如舅舅回国探亲，觉得冯如聪慧伶俐，孺子可教，将少年的他带往美国三藩市（旧金山），进工厂当了一名学习机械的童工。

旧金山是大洋彼岸的一座重要城市，大楼林立，烟囱高耸，工厂密布。冯如亲眼所见，幼小的心灵逐渐明白，机器使美国崛起，工业使西方横行霸道，威压众生。他自始苦学机器原理。学工期间，他仿佛比一般工人头脑里多几根弦，不但活做得细，且常常冒出些别人看来稀奇古怪的念头，并很快成为一名天才机械人。一九〇〇年，八国联军侵华辱华，劫掠紫禁城，最终以清政府蒙受空前奇辱的《辛丑条约》收局。

冯如既震惊又愤慨，宵然的眼神望向遥远的母国，发誓为落伍的国家做些什么。次年，十七岁的他毅然离开舅舅独自去纽约闯荡。他不想正式进学堂按部就班读书，似乎更信奉实践出真知，他已没有时间在学校多待——学位对他无足轻重，他需要的是应用。他觉得半工半读最合适——一边在纽约的工厂工作，一边去学校听机械原理课程，他相信飞行的密码更多在工厂而不在学校。他先后在船厂、电厂、机器厂当工人，专攻机器。花费了五六年时间，他通晓了三十六种机器的制造原理，已是一个"出圈"的机械专家。

一九〇四年，又发生了一件异常荒诞的事：日本和俄国在中国东北的土地上进行了一场虎狼之战，后来在所谓"中间人"美国的调停下，签订了《朴茨茅斯条约》，规定俄国将中国领土辽东的旅大租界地"转让"给日本。跨洋传来的消息深深戳痛了冯如，他简直难以置信。回到旧金山后，他发誓要用自己的本领报效国家。他本想造艘军舰献给国家，但耗资太巨，非他能做，恰巧听说莱特兄弟飞行成功，就顺势而为，改研飞机。

莱特兄弟发明飞机的消息，似黑夜中一道意外的光，照亮了冯如前方的路。从小对航空痴爱有加的他决意要成为第一个吃螃蟹的中国人——造出属于自己国家的飞机。他知道凭一己之力很难办成如此大事，空谈不解决问题，研制飞机需要大把砸钱。冯如变卖了自己的金银细软，仍有大量缺口，他学会了游说，去当地华侨中募集。但多数华人在同情之余，认为靠他们几个不可能造出飞机，故而响应者寥寥，更有人冷嘲热讽。冯如不为所动，继续又装哭脸又装笑脸地拉投资，最终只有黄杞、张楠、谭耀三人愿意拿点钱出来提供援助。冯如筹集到首轮资金一千美元，和助手朱竹泉、朱兆槐、司徒璧如（都是爱国华侨）一起，在奥克兰的屋仑地区租了一间厂房，办起了属于中国人的第一家飞机制造厂——广东飞行器公司，冯如任总机械师。他对几位助手说："我将用毕生精力研制出属于自己的飞机，然后驾机回国；如果不成功，宁愿死在这里。"

莱特兄弟将自己的设计产权捂得严丝密缝，哪能将机密泄露给中国人？冯如只能从公开的飞行表演中感知飞机的外部形态，依靠自己的"一双白手"一张张晒出图纸，一步步组装成一架飞机。一九〇八年四月，他在奥克兰市郊的麦园试飞制成的飞机。为安全计，朋友们劝他换别人飞。冯如说："正因为存在风险，必须由我来试。只要咱们的飞机能上天，死也值得。"在轰隆隆的马达声中，飞机离开了地面，但飞出去没多远，升空的幸福感戛然而止——引擎失去牵引力，砰的一声坠落地面。人们大惊失色，以为这下完了！他们呼唤着"冯如"的名字，从四面向飞机围拢。不料冯如横着眉毛从损坏的机翼下钻了出来，掸了掸裤脚上的尘埃说："嗯，看来咱们轻敌了，得从头再来。"

一九〇八年九月，冯如又熬过了无数个通宵，经改良的飞机快要完工时，工厂发生了一场意外火灾——是不是有人使坏无从查证，但生产厂房、各种图纸和仪器设备烧损殆尽。

灾愆没有像某些人希望的那样打倒他，而是让他又一次从头收拾。他用厚着脸皮募集到的一点资金，重新购置了器材，在奥克兰的麦园架起帐篷，发疯似的干起来。他铿锵地说："还是那句话，苟不成，毋宁死！"

这时，重洋之外的故乡频来家书，盼他早日回国探亲。他的回答完全不给自己留后路："飞机不成，绝不回国。"

他们重新设计图纸，经过周密计算，精心制作机翼、方向舵、螺旋桨、发动机，组装合成，一架全新的飞机诞生了，取名"冯如一号"。他驾着用汗和血浇灌出来的飞机，再次起飞。这回，"冯如一号"真的给冯如饰脸，平稳飞至两千六百英尺高度，比莱特兄弟的首飞高度高出近三倍。

两年后，航空界风起云涌，欧美国家经常举办各种飞行比赛。冯如改进后的飞机翼长二十九点五英尺，发动机三十马力，螺旋桨转速一千两百转每分钟，性能优良，在旧金山举办的飞行比赛中，以六十五英里的时速一举夺冠，轻松打破当时的世界纪录，站在了世界飞行器设计和表演的顶巅，令现场的许多外国人士目瞪口呆。原来一些人是带着看戏的心绪观看他的飞机和飞行的，不料他战胜群雄，一举登顶。当地有报纸载文："惊叹！中国人（冯如）发明的航空技术，超越了我们。"惊叹之余，不忘贬损一下"中国"。

冯如一飞成名，以他手上的飞机和一流的飞技成为公认的顶级飞行家。同时，他将自己的飞机升级为"冯如二号"。为此，他获得了美国国际航空学会颁发的甲等飞行员证书。既然没有人能与冯如的聪明才智比肩，那么他便成了各国要夺挖的人才。

是不是那次与孙中山的见面对他产生影响不得而知，不过，冯如确实从孙中山那句"吾国大有人矣"的语意中获得了暗示。一九一一年二月，他婉拒了美国人重金聘他教授飞行技术的邀请。他深深感到，那个遥远的西半球不适合他，况且，当年八国联军入侵北京，就有山姆大叔一分子。他不想再多逗留半天，来了个乾坤大挪移——逃离美国。

诔歌惜

冯如带着满身倦怠和对未知世界的憧憬，奔向了暌违十七年之久的故国。随他而来的，有助手朱竹泉、朱兆槐和司徒璧如等人，还有他自制的两架飞机和一批制造机器及设备。在浩瀚的太平洋邮轮上，冯如百感交集，恍如隔世：短短十年时间，全世界已有近千架飞机，而中国连半架都没有。这个空白仿佛是留给他的。

清政府派宝璧号军舰去香港码头迎接冯如。清政府将冯如当作人才引进，将他安置在广州附近，还准备为他建造工厂，成立空军。

冯如从恩平探亲后回到广州，望着故乡的云，兴致满满地准备为国民演示飞行，准备在他的"壮国体、挽利权"的宗旨大道上发力奔跑。但这时的清政府已沉疴难起，行将就木，不久，黄花岗起义爆发。清政府发觉冯如的许多想法和革命党人合拍，在美国就和孙中山等人有过密接，对他越来越不信任，不仅取消了他的广州飞行表演，还派人暗中监视他的日常，恐他为党人所用，站到反政府的一面。

冯如喟声长叹，深感归不逢时。他已对丧权失地的清政府彻底失望。无奈之下，将自己锁在房间里，整天摆弄那些图纸和仪器，暗暗准备一些飞机的器件。他在等冰雪消融的时光来临。

孙中山没让冯如等太久。一九一一年底，他领导的辛亥革命爆发。冯如毅然参加了革命军，投身到推翻腐朽政府的浪潮中。中山先生当然不会忘记他这个航空奇才,没有忘记两人在美国的对话,任命他为陆军"飞机长",授权他组织飞行队,配合北伐军对清王朝进行侦察和空袭。

对于孙中山安排的"飞机长"这一职务,他也不知道是多大级别的官,猜想应该是个新编的别出心裁的职务,无从比对。不过,从他遇难后被后来的民国政府追认为陆军少将的军衔看,这个职务级别不低,何况是在武昌起义后混乱的过渡时期。其实,冯如根本不在乎这些,憋屈已久的满腔热情如海啸般爆发。他带领助手们当即在广州燕塘搭建了中国第一家飞机制造厂,三个月后,新制成一架和"冯如二号"相似的飞机,这是国内制成的第一架飞机。他们继续日夜苦战,先后制造出了十多架性能优良的飞机。但没等他的飞行队派上用场,辛亥革命就成功了,他的飞机也就没在战场上使用。

孙中山就任南京政府临时大总统后,派人与冯如接洽,请他主持中国的航空发展。冯如应邀到南京筹建机场,并宣布将在南京举办一场飞行表演。

一九一二年二月的南京春寒料峭,冷风刺骨。他带着从广州运来的新飞机开始演习。由于长途运输,飞机的一些零件有所松动,飞机在升空后即出现故障,只飞行了一小段后就被迫降落。尽管这次飞行不算成功,但仍是中国人用自己的飞机在自己的领土上第一次飞行,各大媒体还是给予了连篇报道,反响热烈。

时隔半年,冯如又一次迎来了空中的亮相。一九一二年八月五日,经中华民国临时政府批准,冯如在广州郊外进行盛大的飞行表演。这天,云淡天高,寰宇澄碧,表演场四周人潮涌动,满是手捧鲜花、高擎国旗的人群,许多从未见过飞机的老人和小孩激动地来回奔跑。

冯如将飞机检查了又检查——引擎、驾驶舱、起落架……这回可不能像南京那样掉链子。确认没有任何问题后,他头戴飞行帽,身穿飞行服,含笑出现在观众面前。他先是向观众深鞠一躬,然后边向欢动的人群挥手,边登上飞机。

据当年的许多目击者回忆,那次的表演非常酷炫。冯如驾驶着亲手制作的飞机犹如一只自由的大雁,忽而升高,忽而降低,忽而平展,忽而侧翼,在人们的视野中转了几个大圈又转了几个小圈。头上马达声轰鸣,"雄鹰"翱翔,地上鼓乐喧天,欢声雷动。

半个多小时的表演在万众瞩目中结束了。冯如完成了预定的表演科目,对着跑道快速着陆。突然,落地的跑道上出现了两个玩耍的孩子,他们根本不知道头顶的飞机将朝他们的脚下降落。而小孩的身后,又蹿出几个大人,像是发现了危险,欲紧急唤回孩子。然而,为时已晚。在飞机即将接地——离地七八米高的瞬间,冯如别无选择,只能猛拉驾杆,力踩油门,使飞机强行昂头向上,避开了两个孩子和后面追赶的大人。由于使力过猛,飞机瞬间失速,冲出去后一头栽落于人群外的草地上。头部、胸部、腹部严重受伤的冯如已说不出话。他挪动颤抖的手指,指了指前方,又无力地垂下。有人读懂了他的意思:那几个孩子还好吧?

散了架的飞机冒着浓烟,流着污油。地上的黑油几天不愿消散,那是它的血和泪。

冯如受了综合性重伤,医院回天乏术。弥留之际,他还在跟他的助手朱竹泉、司徒璧如等人叮嘱飞机的事。

冯如在闭上眼睛的那一刻,前方似乎冒出一条美丽的金线,但那条线只是在眼前飘忽了一下,没等他攥回手心,就幻影般地飘开了。

冯如永远躺进了死神的怀抱。

孙中山得知冯如遇难，年仅二十九岁，不禁潸然泪下。想起那年在旧金山与他初识，两人聊到美国人信奉的上帝，冯如说："宇宙浩瀚，上帝不可能事事公平。"如今思来，孙中山感慨万千，对自己说："上帝真的不够公平，美利坚占尽全世界便宜，中国却屡遭收割。好不容易降落个航空奇才，又过早地……"

孙中山的泪止也止不住，为冯如而落，也为他身后这个百孔千疮的国家。

冯如去世，广东另一奇人何淡如献上挽联："殉社会者则甚易，殉工艺者则尤难，一霎坠飞机，青冢那堪埋伟士；论事之成固可嘉，论事之败亦可喜，千秋留实学，黄花又见泣秋风。"

何淡如先生的"黄花又见泣秋风"暗含了冯如的遗愿。冯如的遗体安息在白云山下的黄花岗。

二〇〇九年五月二十五日，在中国航空百年暨空军建军六十周年庆典上，空军司令员许其亮上将称冯如为"中国航空之父"。

第 02 章 南北总统

孙中山对航空热情恒久的另一个原因,是有一位同样对航空倾情的红颜为伴侣。

民国，奇特的时代，奇异的人，奇葩的事。

孙中山憋了半辈子的劲，颠覆了清王朝，但只当了几个月的总统，便让位给袁世凯，原因是袁大头腰圆膀粗，摘果子的力道大。袁世凯当了总统，又想当皇上，终于豁不住，背下千古骂名，一命归西。不过，南北两位总统与航空的缘分也算奇事一桩。

"航空救国"

孙中山十二岁随哥哥孙眉去檀香山，始见轮舟之奇，沧海之阔。其后长期漂泊海外，耳濡目染西方科技的精进，尤其是新起的航空对军事与国家发展的影响，感悟中国不能在输掉海洋之后，又输掉天空，需尽快发展航空，跟上世界脚步。

一九一一年九月，辛亥革命前夜，孙中山致信旅美的革命党人，指出航空对国家的至关重要性。一九一二年，他又致函廖仲恺，认为要救国要革命，非有新式武器不可，重提飞机和组建空军的紧迫性。民国政府成立后，在他主持起草的国防计划六十二个要目中，有九项涉及航空，包括飞机制造、空港建设、航空人才培养、空军建设等。

他自称这一计划为"救国计划",里面许多内容是他对"航空救国"的深层理论诠释与实操指南。

一九一三年,以孙中山为总理的中国同盟会在美国创办了飞船公司,并很快仿制成功了双翼飞机。为讨伐袁世凯,孙中山将在美国的飞船公司和飞机调回国内,任命从美国回国的杨仙逸为飞机队队长,抽调飞机,配合陆军作战。同年,孙中山在日本筹建国民党航空学校的讲话中再次指出:"飞机将是未来战争决胜之武器。"孙中山边理论边实践,一九一四年二月,他派人购进两架飞机,在护法军中设立航空处,用来侦察敌情,掷投炸弹轰击地面阵地。一九一五年二月,他在给去南洋办航空学校的谭根(生于美国旧金山,从小爱好航空,毕业于美国希敦飞机实验学校,曾慕名请教冯如,研讨飞行)的信中指出:"飞机为近世军用最大利器,于国家前途,吾党前途,均有裨益。"

一九一六年三月,孙中山催促华侨团体"竭力募捐,多购飞机"。华侨团体纷纷响应。近代以来,恐怕无人能出孙中山之右,在海外华侨中有如此的感召力和动员力。一九一九年底,他听说澳门电灯厂老板、法国人利古手上有六架"寇蒂斯"水上飞机想转手,马上游说澳门当地富商解囊相助,将飞机和航空人员一并"买下"。

一九一七年,孙中山被选为军政府大元帅,便在帅府衙门下设航空处,一九二〇年升格为航空局。为了筹措资金,曾向社会发行"航空救国券",逐步将他的"航空救国""航空强国"规划演化成热气腾腾的事业。事实上,孙中山"航空救国"的蕴含更深广,已渐渐外化成"科技救国"的宏大篇章。

孙中山一生喜欢办学,一九二四年开办的黄埔军校大名鼎鼎,为国共两党培养出大批军事干才。却少有人知,他同年在广州开办了广东军事飞行学校。在航空方面，孙中山动作频频，光在海外开办的航校就至少有四五所。考虑到当时在国内办校有一定困难，一九一三年八月，孙中山领导的国民党在日本首办航空学校，校址位于京都附近的近江八日市町，首批学员四十七人。继一九一六年在美国布法罗市开办飞行学校后，一九一七年，孙中山派人去加拿大联络华侨创办中华革命党"强华飞行学校"，后又陆续在东南亚择地办学。

一九一五年五月，孙中山指示应在国内尽快成立航空学校。当时从国外回来的航空人才以广东籍为多，如冯如、杨仙逸、谭根等，孙中山便在广州成立航校筹备处，由著名华人飞行家谭根任飞行主任兼航空队司令。谭根也是位传奇人物，曾于一九一〇年制成水上飞机，参加芝加哥万国飞机制造大会，斩获冠军；多次在日本、南洋各地飞行表演；一九一四年冒险飞越菲律宾两千四百一十六米高的马茶火山。上世纪二十年代以来，广东航校共存续了十余年，至一九三六年共培养航空人才五百多人，为国民党空军、"两航"、抗战哺育了一批人才。

伴侣

孙中山对航空热情恒久的另一个原因，是有一位同样对航空倾情的红颜为伴侣。

出身富家的宋庆龄，从小负笈海外，在美接受了西式教育，对独立、民主、自由、富强等口号充满向往。一九一三年，宋庆龄从佐治亚州威斯里安学校毕业，归国途中取道日本，拜会了提倡"三民主义"的孙中山，与之一见如故，并开始担任他的秘书。经过两年的接触，宋庆龄不顾家长的反对，毅然成为流亡日本、年长自己二十七岁的孙中山浪漫情感的另一半，在异域东京开启了一段美人爱英雄的佳话。

宋庆龄婚前不喜抛头露面，婚后安静、内敛，唯有在飞行上，绽放出的是铮铮傲骨。

一九二三年六月，由航空局局长杨仙逸兼任厂长的广州大沙头飞机制造厂，造出（应该以组装为主）了一架装配九十马力寇蒂斯发动机的双翼双座飞机，请孙大帅检阅。七月的一天，飞机在大沙头机场举行隆重的试飞仪式。孙中山携夫人出席，并主持典礼。联想到十一年前冯如在此表演失事，航空之父陨落，人们的心中难免升腾起一丝凄凉的情绪。令人不可思议的是，宋庆龄当场提出参与试飞。

试飞和正常飞行不同，无疑是冒险，在以前安全性与舒适度"双低"的条件下，试飞几近在悬崖边舞蹈。但是，年轻的宋庆龄并不在乎，在众目睽睽之下，她戴上飞行帽，穿上飞行服，在孙中山惊讶、惊奇、惊佩的目光中登上飞机，坐在试飞员、国民党空军虎将黄光锐的邻座，后者是大帅府为筹建空军，从美国招来的航空干才，于一九二〇年在美国参加杨仙逸组建的飞行训练队，一九二二年携带飞行器材回国，任广东航空学校教练。

孙中山取下那顶盔式太阳帽——华侨们常戴，又说考克帽，据说由拿破仑发明，毛泽东去重庆谈判时也戴的它——朝她扬了扬手，并投去无限深情和怜惜的一瞥。

宋庆龄不是冯如，也不是其他不幸者，她坐在黄光锐驾驶的飞机上，悠闲地在广州上空兜了一圈又一圈，从容滑落在跑道上。试飞成功后，孙中山上前和她紧紧拥抱，也和黄光锐拥抱，并当场书写了"航空救国"条幅作为祝贺。宋庆龄成了中国第一位上天试飞的女性，光艳照人，霞光也照耀着她。（《中国航空报》载：《宋庆龄：心系蓝

天的女性》；央视节目《7月30日——历史上的今天》）

激动之余，过了知天命之年的孙中山当即将这架飞机命名为"乐士文"，用的正是宋庆龄的英文名"Rosamonde"（意为玫瑰世界），一个充满遐思的名字。宋庆龄试飞的轶事成为国内外轰动一时的头条新闻，孙中山与宋庆龄在"乐士文"飞机前的合影，也成为航空史上勇敢与浪漫的一帧珍藏。不料，时隔一年半，风雪黄昏，英雄迟暮，饱经沧海的孙中山常感时空恍惚，竟过早地逝世了。

人才

清末民初，经历了甲午海战与庚子之辱后，战败的耻辱和国家被瓜分的危机深深刺激着中国社会，也鞭笞着海外华人的心。孙中山作为华侨中最有感召力的领袖，除了募集资金，自然也吸引了众多人才回国跟随他。他是广东人，回国的又以广东人为多，许多仁人志士已将救国和另一个词"航空"嵌在了一起。

践行孙中山"航空救国"的海归第一人，无疑是中国航空第一人冯如。冯如之后，便是杨仙逸，他是孙大帅座下的航空大将，曾为孙大帅鞍前马后，做过几件大事。

杨仙逸是檀香山华侨富商杨著昆的儿子，从小敬慕孙中山，连自己的名字"仙逸"都是随孙中山的字"逸仙"更改的。他在檀香山利哩霞街剧场多次聆听孙中山演讲，从小就在心中播下了航空救国的种子，也是早期的同盟会会员。杨仙逸的求学针对性极强，夏威夷大学读了几年后转入加利福尼亚哈里大学攻读机械科，毕业后转至纽约茄弥斯大学航空系。他精研水、陆飞机结构及驾驶技术，并一举拿下万国飞行会的水上及陆上飞行执照。

飞机的出现首先和战争捆绑，后来慢慢转至民用。一九一七年，杨仙逸受孙中山急召回国，奉命组建空军。一九一九年，他在福建漳州成立中国第一个空军飞行队并任总指挥。在飞机队只有四架破旧飞机的情况下，杨仙逸赴美向华侨界募捐，在其父亲的示范下，陆续购回飞机十二架。一九二〇年，桂系军阀莫荣新叛变，盘踞广州越秀山，杨仙逸驾机自闽返粤，开着从澳门购置的水上飞机，一面在广州上空撒下传单，声讨其罪状，一面空袭莫荣新在越秀山上的督军公署。头顶的巨大轰鸣声使正开军事会议的军阀及部将四处乱窜，为平息内乱立下头功一件。

一九二三年二月，孙中山在广州设立大元帅府，任杨仙逸为航空局长，亲笔书写"志在冲天"横幅励志；又筹建广东飞机制造厂，杨仙逸兼厂长。当时的飞机厂设备简陋、器材不足，尽管如此，杨仙逸和工人们一起做零件，搞装配，造出了飞机"乐士文号"，试飞获得成功。时隔两月，军阀陈炯明叛乱，杨仙逸奉命讨伐，他与水雷局长谢铁良等人检查水雷导火器时，不幸发生意外爆炸，献出了三十二岁的年轻生命。消息传来，孙中山忆起是自己召其回国，而他每事奋勇当先，每战亲冒矢石，不胜伤感，下令厚葬，并追认他为陆军中将，后来又创办"仙逸中学"一所，以示怀念。

冯如、杨仙逸虽绝尘而去，但航空自有后来人。

喜爱航空史的人一定记得一件叹为观止的事：一九二八年，广东空军组织了中国历史上的首次长途飞行，自广州经长沙、汉口、南京、北平至沈阳，往返三十七天，航程近六千公里，号称"环飞中国"。驾驶首航的"广州号"的机长名叫张惠长。他年幼随父去美国，青年时就读于国民党在纽约的空军学校，为第一期毕业生。一九二一年与全体毕业生返穗，参与北伐。一九二三年，大元帅府创设航空局，杨仙逸为局长，下设两个机队，第一队队长张惠长。

翌年，张惠长全程参与制造了"乐士文号"，首飞成功后，在国内外掀起航空救国热潮。一九二七年他被委任为广东航空学校校长，一九三〇年升任国民政府南京航空署署长，次年又成为广东空军司令。"一·二八"淞沪抗战全面爆发，张惠长驾机从广州出发，宣传抗日，支援十九路军。卢沟桥事变后，他参与对日作战，屡有建树。遗憾的是，他一直在国民党阵营，后来随国民党去了台湾，至八十岁去世时，已不再受到国民党重用。

祖籍广东开平的谭根，一八八九年出生于美国旧金山，毕业于希敦飞机实验学校，获加利福尼亚飞行会和万国飞行会证书。一九一四年回国，被孙中山委任为中华飞行队队长。后奉命筹建广东航校，任飞行主任。一九一六年，他参加护国军，任讨袁航空队队长。在他的带动下，培养出一批航空新人，陆续成为"航空救国"的生力军。

在蓝色与云彩飞扬的天空中，为"航空救国"而战的人太多太多。在早期追随孙中山的队伍中，有一位叫谢缵泰的广东人。据《中国航空史》记载，他是中国首个设计气艇的人。他从一八九四年起就对气艇兴趣浓厚，一八九九年便设计出"中国号"气艇，气艇以铝制壳，以电动机运转螺旋桨提供动力。谢缵泰研制的气艇不用舵掌控方向，而是用特制的能伸缩的钢翼；钢翼平时缩在艇内，只在需要时从两旁伸出，改变航向。这样的"可变翼"，使气艇在飞行中的阻力大减，速度增加。

南苑航校

北洋军阀的"洋"字，除地理因素外，也含有崇洋、仿洋的隐义。吃过洋大人太多的亏，千年古都横遭掳掠，耻辱已极。痛定思痛，还得向过去的敌人"学"，不计前嫌地学，发展自家的技术。虽然仍是封建社会的内里，北洋政府的外表却是崇洋、学洋、仿洋、兴洋，唯洋为尊。

往前追溯至洋务运动开启的晚清。据航空史志记载，一九〇八年，晚清陆军第八镇、第九镇、第四镇先后成立气球队，在安徽举行的"太湖秋操"军事演习中参加了飞行演习，这是近代中国军事航空的开始。一九一〇年，清政府派留日归国的刘佐成在刚建成的南苑机场试制飞机，一年后制成，可惜试飞时坠落，实验失败。一九一一年，从法国学习飞行回归的秦国镛驾驶"高德隆"式飞机，飞行在北京南苑机场上空，这是国人首次在国内成功飞行。

一九一二年，袁世凯继任临时大总统后，在法国公使武官白里苏的建议下，从法国欧业公司订购十二架法制"哥德隆"式飞机，聘请四名法国飞行员、机械员来华指导建造飞机场，并担任飞行教员。在袁世凯的授意下，参谋本部选定在北京南苑构建机场，设立航空学校南苑航校，派秦国镛为校长，王鹗为教育长，于一九一三年秋开学授课。这是亚洲第一所航校，较日本首所民间飞行学校提前三年，比日本第一所正规航校——所泽陆军航校（一九一九年）整整早了六年。

航校的学员从当时陆、海军青年军官中挑选，以中尉至少校为限，年龄二十五至三十五岁。参加选拔者需五脏强健，毫无宿疾，身高、体重适中，目力一流，体检、学科考试双合格，方能录取。民国初期，因屡次战败之辱的仇恨，社会尚武之风盛行，大批有识之士、青年才俊投身到北洋军中。航校成立后，学员待遇从优。

航校课程分为学科、本科两类。学科主要学习航空学、机械学、气象学、陆海军战术等课程。本科以飞行为主，兼以体操、马术、汽车驾驶、无线电等科目。航校设置严格的淘汰制，第一期学员招收五十名，毕业四十一名，淘汰率百分之十八，无论从课程设置还是淘汰率，南苑航校当时已相当前卫。

航校学制两年，第一年学习初级飞行，能在本场安全起落，并能驾机在空中旋转自如。第二年为高级飞行，能按方向仪规定的方向和指定的地点做长途飞行，当时的路线为南苑机场起飞至保定降落加油，再起飞至马厂，由马厂加油起飞回南苑，是一条三角形线路。

飞机为新型器物，初来中国，少有会装配、修护的工人。为办航校，北洋政府专从德州、巩县各兵工厂及南口火车站抽调最优秀的铁工、木工数十名来京，在法国技师的培训下，担任飞机的日常维护。

北洋政府开航校、培养飞行人员的目的只有一个：军事。飞机首次参战是在航校开办的半年后，当时航校派飞机执行侦察、轰炸任务。

一九一四年十二月，南苑航校第一期学员毕业。毕业典礼仪式隆重，飞行表演威武雄阔，政府官员和外国驻华武官到场祝贺。往后形成惯例，每期学员毕业都进行飞行表演，飞机的马达声不时回旋在南苑上空，给沉闷的古城增添了几分现代魔幻色彩。

一九一五年，袁世凯为震慑西南地方势力，抽调航校两架"高德隆"飞机，组建航空连，由李藻麟任少校连长，将飞机拆卸装箱，由京汉铁路运抵汉口，再装轮船，逆水上重庆，再由公路运达成都，驻成都凤凰山临时机场。飞机组装调试完毕，选定良辰吉日，举行隆重的飞行校阅仪式,这是巴山蜀水上空第一次响起飞机引擎的轰鸣。川将陈宦、旅长冯玉祥等到场观摩。

原本远东第一的南苑航校,前后十五年共培养四期学员,一百五十八人毕业。然而,闻名遐迩的南苑机场,只能修护飞机而不能制造,始终也没能建立起空军部队,被远远地甩在了南方的福建、广东、江浙之后,毕业的学员也没有去处。直至一战结束,战胜国纷纷向中国推销剩余的老旧飞机,北京军政府及各地军阀看到空军在一战中爆发出的惊人能量,纷纷罗织人才,才使航空人员身价倍涨,结束了过去坐冷板凳的悲凉。

纵观清末民初,抗战前后,中国航空业虽南北并起,同步发威,但基本呈现南旺北衰的分野,既有历史、文化原因,也有天时人为因素,最根本的还是当时北方的人事堪哀,组织乏力,财政疲敝。

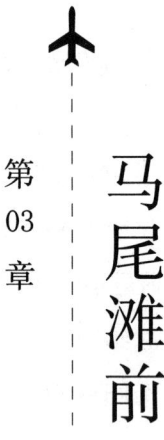

第 03 章 马尾滩前

福州船政局局长陈兆锵力挺"马尾地段最宽,足敷展布而厂所机器尤足"的优势,争下"飞机制造处"落户马尾的关键一局。

我多少次去马尾，心头悸动。黛色的山峦，巍峨的大桥，蔚蓝色的海，神话一般的罗星塔。每当车轮碾上闽江大桥或青州大桥，瞥一眼身下粼粼的波光，和青青的山脚，我的脸色不由自主地变得肃穆——如此浓烈的前奏，必有重要的大剧登台。

马尾，这块要地也是有福之地。

我曾仔细观赏过位于马尾滩头的中国船政文化博物馆，这里以洋务运动兴起为开局，从左宗棠、沈葆桢创立船政的艰辛，到福州系海军的建树，一路演绎至船政学堂育才，船政工业建船，造出了不少民船和军舰……这里又是中国海军的摇篮。

马尾的世界里，不仅造船，也造飞机。在博物馆枕山面海的广场上，就有一架铁制的按1∶1标准制作的水上飞机，由早期的马尾船厂制造。博物馆四楼的展厅内，则置放着一架1∶4.3的木质飞机模型。两架飞机的原型出自中国第一架由此出厂的水上飞机,它的名字叫"甲型一号"。

为什么是马尾

清末民初，工业基础较雄厚的城市有广州、上海、天津、青岛、宁波、福州、汉口等。但最后选中马尾建造飞机，主要因为当时海军中闽系人才众多，话语权超越其他；再者是马尾工厂设备颇有独到之处；三是经物理试验，闽地杉木、白梨木、樟木及白麻栗木能取代欧美普遍采用的白银枞、胡桃木，适用于飞机用料，就地取材，成本低廉。

据《海军大事记》记载：当时，海军部曾派专员综合考察天津大沽口、上海高昌庙等地，最后以"福州马尾地段最宽、足敷展布而厂所机器尤足，为兴办基础"为由，提出设厂议案。海军部的意见一锤定音。一九一八年初，北京政府正式批准马尾设厂造飞机，并挂出"马尾海军飞机工程处"的牌子，任命归国英才巴玉藻为处长，王助、曾诒经为副处长，腾出最坚固的铁肋厂等几个厂房作为车间，将造船台搭成飞机装配厂，在临水地段铺设飞机下水滑道，划拨开办费用五万元。

辛亥革命后，爆发了第一次世界大战，飞机和潜艇在军事上初露锋芒。袁世凯决心以新式武器增强北洋军阀的实力。他知道海军人才最盛，又以福州系为主阵营，便授权海军总长刘冠雄着力督办。

刘冠雄为闽系海军首领，地地道道的福州人。在一次回闽视察中，他看到辛亥革命后的船政虽架构收缩，仍保留了完整的厂房规模，遂将其从福建地方船政收归海军部，计划建造十艘炮艇，重振往昔雄风。可惜上头经费拮据，他也难为无米之炊，只草草造了两艘一百七十吨级的炮艇收场。现既有造飞机的机会，刘总长哪肯放手，收拢闽系人才，竭力将此大项目留在家乡，并调动人才资金，终于造出了我国第一架具备世界水平的水上飞机。

至于中国在何处首制飞机，学术争论不一。有说北京南苑航空学校修理厂，修着理着，于一九一六年造出了首架飞机。有说由留美飞行家杨仙逸主持，在广州大沙头造出了"乐士文号"。其实不然，前者不过是修理厂从购自法国已损坏的几家教练机零件中拼装出的一架飞机，但无飞行记录。后者则是一九二三年的事，比马尾晚了五六年。西北工业大学的一位教授，在其出版的《中国航空史》中，列举了国内试制飞机的诸多案例，将设在马尾的海军飞机工程处论定为中国第一家正规的飞机制造厂，制造出了首架国产机。

教授的结论稍显牵强，如果从时间上分，冯如归国早于巴玉藻、王助等人，也在孙中山的支持下，在广州开办工厂，造出飞机——尽管他的某些器材源自美国，但也是在中国领土上完成，并进行了两次飞行表演。将马尾生产的"甲型一号"定性为中国首架水上飞机，或许更为确切。其实，第一第二不是重点，关键是在当时中国乱成一锅粥的时局下，没有强势政府支撑，光靠几个精英，即便造出几架飞机、几艘舰艇，其收局也必然是病死而非终老。

"左公铁"

"潇湘子弟满天山，引得春风度玉关。"说的是西征的大军沿着铁骑的步伐，把柳树捎去了边疆，让春风吹拂到了玉门关外。疲敝不堪的晚清，倘若没有左宗棠，也许中国的版图还将萎缩，富饶的伊犁河，或许会流淌去别国的怀抱。

左宗棠不仅能征善战，他的如炬目光也早已透过天山迷障，穿越阿尔卑斯山，和欧洲的工业浪潮亲密衔接。左宗棠善用"权"，他任闽浙总督时，在马尾创设船政，倡导实业救国，科技强国，用的正是国际视野。这不仅要求船政具备造船的本领，更要求生产部门按百年计，掌握同时代与舰船相关的蒸汽机、锅炉、仪表等技术装备，按现代的话说是能获取"母机"的技术。为此，左公那永不漫漶的目光对标法、英、德等工业列强，派专人去欧洲定制了包括车床、插床在内的大批机械加工设备，分别用船运进福州，其中第一批机器于一八六七年十二月从法国运至马尾，还聘请欧洲专家进厂指导操作。

马尾船政博物馆收藏了一款法国于一八六七年生产的插床，高一米八，重三吨，是件大家伙，即使在世界范围内也属罕见。插床的学名叫直刨床，可以用来切削金属构件，加工铁板、钢铆，以及钻孔等，为当时世界上最先进的机器，落户马尾一百多年来，基本没更换过零件。这使我想起二〇〇五年，首次去马尾船政博物馆，看到一台百年前从德国引进的车床，至今还能咕咕地转动，自始更加钦佩左公的眼界。

左宗棠在马尾专设铁肋厂，用于制造船肋、船壳、龙骨、横梁。有了这些先进机械和铁肋厂，左公的腰杆也像铁肋一样硬起来，于一八七七年首造"威远号"炮舰。在左公的强大意志下，马尾船政造出了数十条军、民用船只，在近现代工业史上写下浓墨重彩的一笔。可见，当时马尾船厂的工业能力已不容小觑，既能造水上游的，也定能造天上飞的。四十年后，飞机项目落户马尾，当局将坚固的铁肋厂拨给海军工程处，作为组装飞机、调试飞机发动机的厂房。几十年前左公栽下的建船之树，不料后来的福州人还能乘上造飞机的荫。追根寻源，倘无左公厚基，马尾上空出现第一架国产水上飞机的景象，也许只是梦影。

幕前推手

国人历来重视人脉——国外何尝不是？将飞机制造这样的大项目留在福建，是当时闽系人物的头等大事。飞机项目落地马尾，既挽救了武昌起义以来福州船政的颓势，也能带动当地一大批就业，推进经济恢复。

海军总长刘冠雄，作为闽人海军首领，自是情倾马尾。另有一位福州籍海军中将陈兆锵，当时刚调任处空缺状态的福州船政局局长。在海军部考察沿海数处飞机制造候选地时，陈兆锵力挺"马尾地段最宽，足敷展布而厂所机器尤足"的优势，争下"飞机制造处"落户马尾的关键一局，并在初创中国航空工业上居功甚伟。后人对他有"功在海军，业在船政，素孚众望，晚节尤坚"的评价。

翻开历史，陈兆锵倒是个赫赫有名的战才。一八九四年打响的甲午海战，北洋舰队火力最为强大的不是经远舰，而是定远、镇远号，每舰七千吨级，已是"遍地球第一等铁甲"战列舰。两艘巨舰的管带（舰长）都是福州人，分别为刘步蟾和林泰曾，旗舰定远号的总管轮（相当于技术总管）正是陈兆锵。

甲午海战由定远号开出还击入侵第一炮，北洋水师提督丁汝昌就在舰上，而三十二岁的陈兆锵傲然立于定远号的船头。当年的黄海战役，日舰有备而来，战端一开，超勇舰沉没，姊妹舰扬威重伤，火光映红天际线。战至傍晚，经远舰又被击沉，定远舰始终作战，左冲右突，顽强进攻，发挥着砥柱中流的作用，直至日舰退出战场。而陈兆锵一直忙于指挥轮机的正常运转——尽管这艘主力舰已显老迈。接下来的四个月威海保卫战，清军舰船沉毁殆尽。其中镇远舰触礁，被日军俘获；

定远号遭敌军鱼雷偷袭，搁浅刘公岛，为防落入敌手，舰长刘步蟾下令炸舰，陈兆锵悲愤中率众安装炸药，刘步蟾抱定"舰亡人亡"的誓言，在定远舰爆炸的当儿服毒自杀。离开人世的最后时刻，陪在这位同乡身旁的，也是陈兆锵。

陈兆锵出身福州世家，十四岁入马尾船政学堂轮机班，八年后毕业，上军舰服役，以优等生的资格，受福州同乡提携，派往清海军旗舰定远号负责轮管。由此可见，当时的福州人氏引马尾为豪，以入海军为尊，也因此诞生了一批福州籍海军专才。一八九六年，陈兆锵因甲午海战"战功卓异"，奉遣去英国学习造船新技术，两年学成归国，派至从美国订购的海天号巡洋舰担任总管轮。

一九一二年，上海江南船坞更名为江南造船所，归海军部管辖。陈兆锵从海上登陆，以少将身份担任首任所长。在江南所三年半任期内，陈兆锵坚持商业化运作，平均每年造船二十余艘，订户众多，开始有外国公司。所造船有军舰，也有民船，其中替招商局所造江华号客轮，成为长江轮船之冠。原江南所经营无方，欠银二十万两，计划十年偿还。陈兆锵到任后，大刀阔斧搞生产与销售，十年债务一年清零。江南造船所产销两旺，一派蒸蒸日上的兴旺景象。

陈兆锵既然经历过甲午海战中绽射出的殷殷血火，早已蓄伏下制造路上不认输的劲头，力挽狂澜。他既是一名战将，更是一位大浪淘沙中筛选出来的创业者。

一九一五年，陈兆锵被授予海军轮机中将，这是中国海军首位轮机中将。同年，他受命于危难之际，调任处于停摆状态的福州船政局长。陈兆锵主政马尾船政，得益于福州籍海军同乡匡扶，很快将马尾从淤泥潭中拖离起来，让古老的船厂重获新生，以雷霆之势组建了相对正规的飞机制造厂，正式担负起国家开发航空的大任。为培养后继人才，陈兆锵开办"海军飞潜学校"，自任校长，聘请海内外高级教员授课，择选优秀子弟入学。马尾船政一边造舰一边造飞机，在有限的资金下，造出海鸿、海鹄炮艇两艘。一九一八年，马尾船政制成第一架水上飞机，继而制成教练机、巡逻机四架，先后共造出飞机十七架，经试飞验证，性能良好。在马尾船政的黄金时期，从业者达千人，俨然成为大型制造企业。无奈军阀时期政局动荡，当局常常拖延、扣减经费，甚至恶意摧残，马尾船政左支右出，难以招架，成熟员工屡遭裁撤。

一九二五年，江南造船所所长因病不能视事，陈兆锵再度北上"救火"，出任斯职。离开当日，马尾军民夹道欢送，多有不舍，举袖抆泪者不计其数。重新履职江南造船所后，陈兆锵坚持自主的经营方向，着力摆脱英国人对船厂的控制，一方面购置新型机器，淘汰落后产能；另一方面，从马尾抽调飞潜学校毕业生二十余人前来支援，并派人出国学习新技术。在他主政下，江南造船所建造炮艇六艘，民船无数，也为美国承造万吨级轮一艘。

青史由民众书写，大众创造的史志一直为世人所信奉，如果当时没有陈兆锵将军的上下奔忙，殚精竭虑，马尾船政的故事可能被重写，也许就没有马尾造飞机这回事。陈兆锵既是马尾飞机工程的领导者，也是技术上的牛人。

第 04 章 罗星塔下

巴玉藻、王助等"四大剑客"的加盟,使马尾拥有了四位代表当时全世界最先进水平的航空奇才,马尾船政受到波音的艳羡与嫉妒。

马尾入海口的罗星塔是海上丝绸之路的耀眼标识，为海港之星，导航之眼。远来的船员，只要看见闽江入海口那耸然入云的高塔，就会从心底发出一声："马尾到了，中国到了。"

　　罗星塔，高三十一点五米，每层八个角，标于郑和下西洋的航图上，也出现在世界的航海图上。古塔保存完好，至今仍张挂着大量的导航灯龛，光照古今。光绪年间，塔处设一邮局，从世界各地发往马尾的信札，只要写上"中国塔"，便可寄达。罗星塔上观览的海景，也成了航海人眼中的风景。

　　多少年，罗星塔见惯了海上升起的白帆，如今又听见了头顶飞机的马达声。

菁才计划

　　马尾船政掌门人陈兆锵拿到了造飞机的"尚方宝剑"，随即挂出"海军飞机工程处"的牌子，着手实施。然而，陈兆锵深知，普遍带有"灰机、灰机"口音的福州籍人才，有能耐造舰船，却不一定能造出飞机。飞潜学校的专业知识告诉他，水中游的和天上飞的根本是两码事。他不得不将目光转向"外脑"。其实,北洋政府对此已作过铺垫。

一九一五年,欧洲深陷战祸,远在大洋彼岸的暴发户美国幸灾乐祸,内心狂喜,趁机吸纳人才,发展科技,将航空水平盖过欧洲。北洋政府海军总长、福州人刘冠雄从海军中挑选十多位青年才俊赴美国学习航空——以福州人为骨干的海军,既是军事组织,也是半学术部门,其中学轮机的为清一色法国系,学驾驶指挥的多为英伦派,领军的将领基本都有法、英、德留学经历,北洋军阀对海军的投入可谓不计成本。但在科技方面,刘冠雄的目光并不短视,不局限于同乡,而是广揽天下英才。他发现巴玉藻、王助等在英国留学的十多人底子厚实,成绩优异,便通过外交渠道,让其转往美国。为筹集经费,毕业于船政学堂的刘冠雄咬咬牙,变卖在意大利订购的一艘军舰,得款三十余万元,方将英才赴美学习一摊子事搞定。

巴玉藻、王助、曾诒经、王孝丰"四大剑客"都是一九〇九年从全国各地水师学堂毕业,经层层遴选后赴英国留学的凤毛麟角。一九一一年,四人先后进入纽卡斯尔阿姆士庄工学院。后来,他们对航空兴趣日浓,又考入寇提斯航空学校。去美利坚后入麻省理工学院航空工程系就读,作为麻省研究飞机制造的第二期学生,"辈分"很高。意想不到的是,几位超级学霸差不多只用了一年左右时间就获取了麻省理工航空工程的硕士学位,并当选为美国自动机工程学会会员。

"四大剑客"毕业前后,国内政局纷乱不堪。袁世凯复辟称帝,带病的蔡锷将军戏剧般地溜出京城,绕道日本南下香港,历经艰辛回到云南,成立护国军,通电全国讨袁。袁世凯气愤交加,老命西去,时局乱上加乱。留学生们一时归国无门,决定先丰富自己的履历,在美国相关公司从事工程实践。后来,几人皆成为蜚声海内外的航空大家。

巴玉藻，蒙古族（八旗子弟），出生于江苏镇江；王助，籍贯河北，出生于北京；曾诒经，福州人。几人均为当年航空界学王，毕业后美国公司竞相抢挖。巴玉藻学业优异，先被美国寇提斯飞机公司聘为设计工程师，后被通用机械公司聘为总工程师。当时，美国刚成立的太平洋飞机公司被木材商人威廉·波音全资掌控，改名为波音飞机公司，聘请王助为首任总工程师。王助不负众望，上任后即为波音设计出了C型水上飞机。王助研制的飞机起降平稳，既可民用运载物品，又能军用空中侦察。时一战正酣，美国已卷入战争，军方一次性订购五十架C型飞机——解了波音经营危局。获大额订单后，波音站稳脚跟，赢得发展先机。至今，波音设在西雅图的博物馆内塑有王助铜像一座，上刻"波音第一个工程师"。另有曾诒经在麻省专攻航空发动机，毕业后进入寇提斯公司研究发动机，成为早期的航空动力专家。

待国内局势稍稳，海军总长刘冠雄提出："飞机、潜艇为当务之急，非自制不足以助军威，非设专校不足以育人而收效果。"而在马尾主持船政的陈兆锵将军，在海军制造学校的基础上，开办海军飞潜学校，大力培养人才。巴玉藻、王助、曾诒经、王孝丰"四大剑客"再也坐不住了，毫不犹豫地放弃在美国的大舞台，和许多学子毅然相约回归。

"甲型一号"

"四大剑客"捯饬齐整，一九一七年冬一踏上故土即向北洋政府请求自制飞机。他们当即被派往福州船政。巴、王虽不是福建人，但命运将他们与马尾紧紧嵌联在了一起。他们的加盟，使海军飞机制造处的科技含量达到了世界级水平——马尾拥有了四位代表当时全世界最先进水平的航空奇才,连当时的欧洲工业强国英、法、德都无法比肩,马尾船政受到波音的艳羡与嫉妒。

一九一八年一月,北京政府批准在马尾正式实施飞机制造计划,根据刘冠雄、陈兆锵的提名,巴玉藻为飞机工程处处长,王助、曾诒经、王孝丰为副处长,放职务放权。后来,王孝丰因故离开,马尾战场的执行主将为巴玉藻、王助、曾诒经三人,直接领导者为船政局长陈兆锵将军。

然而,马尾历来造船,造飞机这新玩意儿还面临多方面的困扰。首先是银子,原本海军部答应的五万元开局费,不知怎么就没了下文。陈兆锵望眼欲穿,反复催询,也等不来北京政府的半个子。他凭借江南造船所老所长的关系,从上海拉来赞助五千元,解了燃眉之急,又从造船厂调拨拿得出手的铁肋厂等一些厂房及设备给他们,另辟空旷之地,搭建大棚一座,用作总装飞机的大车间。

简陋的工厂环境,丝毫没有削减巴玉藻、王助、曾诒经火山一样的激情。令人费解的倒是外国朋友。一天,一名叫约翰逊的英国人观看了飞机厂蹩脚的装配工棚后,问:"你们这是做试验玩的,还是?"

巴玉藻一本正经地说:"这里是正式的总装车间。"

约翰逊诡谲地笑了笑,双肩一耸:"嘿嘿,这里的飞机能上天?"

王助上前一步,笑得爽朗:"那是必定的。"

没有足够的条件,不等于没有足够的制造门槛。对飞机用的钢铁、木材,他们选了又选,把了再把关。在强度试验上,他们完全采用当时国际标准进行测试——沙袋加载法,以十磅重的沙袋分布在机翼至机身的各个部位,综合测试飞机在空中所受的各种压力。沙袋的总重量超过飞机本身重量的三倍,模拟飞机在空中的坚固程度。在分工方面，巴玉藻、王助负责总体，曾诒经负责动力。他们的压力比福州海边的鼓山还重。

也没统计他们闯过了多少道难关，经历了多少次反复，只知道在一年以后的一九一九年八月，我国第一架水上飞机——"甲型一号"成功合成。从模型上看，这是一架双翼双桴水上飞机，上翼大于下翼，上翼面的弧度比下翼面的弧度稍弯曲——机翼的弧度很好利用了空气动力原理，双层机翼产生足够的升力将飞机托举在空中。双桴则支撑飞机浮在水面，类似于飞机的腿。飞机的成绩单够亮眼：机高三点八八米，长九点三二米，翼展十三点七米，机重八百三十六公斤，载重一千零六十三公斤，乘员二人；最大时速一百二十六公里，飞行高度三千六百九十米，航程三百四十公里，续航时间三小时，总体性能指标媲美欧美制造。

为试飞这架单发螺旋桨飞机，防止重蹈冯如当年在广州的覆辙，杨仙逸火速赶来福州，驾机试飞。"甲型一号"成功起降于罗星塔附近的水面上。试飞那天，消息不知怎么泄露了出去，好奇的人们挤满了马尾海岸，人山人海，让杨仙逸不扬名都难。

中国东南海角的"甲型一号"飞起来后，远在北京的徐世昌（一九一八年十月被选为军阀混战时期的总统）也像打了鸡血，装模作样地颁发嘉奖令，有气无力地对马尾船政局长陈兆锵授勋，表彰他督率有方，同时给巴玉藻、王助等人加官晋资。

从"甲型一号"上天至一九二八年，由马尾领跑的飞机制造业得到平稳发展，也带动了相关产业的小幅延伸。一九二二年春，王助又设计出了世上第一座水上飞机浮站，解决了当时海军水上飞机驻泊的难题。福州档案馆资料显示，马尾出厂的十多架教练机、海洋巡逻机、轰炸机的性能较当时的欧美制造，只出其左，不在其右，令西方发达国家为之侧目。巴玉藻主持飞机处的十年间，共设计出了甲乙丙丁戊己六种型号的水上飞机，他亲自主持制造十二架，还有能携带鱼雷的轰炸机，成品交给海军使用，部分飞机参加了北伐战争。

江南造船所

中国学霸在飞机领域的锋芒，早使邻国芒刺在背，忌惮航空为中国经济社会发展赋能。脱亚入欧的日本目高于顶，拒绝邻国在任何方面的追越。马尾水上平台的异军突起，被甩在后面的"岛上人"紧紧盯上。日本特务机关培养出来的年轻女人穿着旗袍，说着汉语，出没在上海、天津、广州等开放城市的交际场合。一九二八年夏天，巴玉藻在德国参加世界航空博览会，离开柏林后前往英、法两国考察，交流了许多航空方面的心得，也从欧洲同行身上获得了许多新招式，准备回国大显身手，却不知有漂亮女人尾随在后。巴玉藻坐船回到上海，参加了一次交谊舞会。舞至中歇，巴玉藻喝下了一杯靓丽"舞伴"随意递上的红酒，回到馆舍，略感不适，以为是酒精的缘故，也没太当回事。多日后行至马尾，发现全身酸麻，面部浮肿，不时口吐白沫。福州医院诊为小肠炎，但病情迟迟不见好转，方觉事大，陈兆锵不惜重金，派军舰从上海请来法国名医，诊断结果为脑部慢性中毒，但为时已晚，回天乏力。一代航空科学家过早地和死神牵手，就此陨落。三十七岁，正是才华横溢的黄金期。

巴玉藻离世，王助接任处长，在马尾继续经营。

一九二九年夏，西湖博览会举办，海军部心血来潮，要求将新式水上飞机停在西湖水面，并和国外的水上飞机比个高低。两个月后，外国水上飞机的浮筒腐朽严重，而中国产的水上飞机却没有任何损伤，这让海军飞机制造处名声大振。

"木秀于林，风必摧之。"国民政府来到南京后，决定限制福建势力，海军渐以江浙系取代闽系。海军官员认为马尾离南京遥远，重心应向江浙沿海靠拢，而这时的江南造船所工业实力雄厚，规模已超马尾，上头一门心思想把马尾海军飞机制造处搬到上海，合并进江南造船所。一九三一年二月，南京政府正式下令海军飞机制造处迁往上海高昌庙，并入江南造船所，直归海军部管辖。

王助身上有"从一而终"的江湖习气，听说飞机处迁往上海，愤然辞去职务，跑到杭州笕桥飞机厂去仿造美制轰炸机。但他胸中自有秘藏的"圣符"，始终不放弃在新型飞机上的倾注，尤其在飞机尾轮方面独有建树，欧美航空界将他发明的飞机尾轮亲切地称为"王助轮"。我国航空航天泰斗钱学森在晚年曾亲手写下对自己影响至深的十多位名师，王助赫然在列，被他尊为"波音之父"。

王助不玩了，"四大剑客"散了三个，接力棒无奈传到了曾诒经手中。学动力出身的曾诒经群居互依，独处不惧，仍造机不辍。他带领团队造出的长途机，从福州一口气飞到了汉口，降落长江水面。

福州人曾诒经倒不嫌上海太远，将马尾的尾巴甩进了黄浦江，于一九三一年率飞机处的人马迁入上海江南造船所。

江南造船所，原属江南机器制造总局，洋务运动的产物。辛亥革命后改称江南造船所，归北洋政府海军部管辖，一九二七年由国民政府海军接管。——由此可见，凡军舰、飞机等要物均由国家机器军方掌控。

居工业高地上海的江南造船所实力雄厚，曾于一九二二年八月，根据海军飞机工程处的要求，试制成功了世上第一座水上机库，从而让水上飞机能更快地进入机库，满足一系列航空作战和训练需求。曾诒经的飞机制造处刚迁入上海时，条件简陋，只有一间厂房、两个机库和一个材料库，南京政府当即拨款十五万元，让制造处自行购置设备和材料，较快地让工厂开始运转。此时的海军飞机制造处，不仅需要制造水上飞机，还要修理和仿制陆基飞机。在曾诒经主持下，飞机厂很快形成生产能力，一九三一年至一九三七年全面抗战前夕，江南造船所飞机制造处共造出"江鹚""江鹨"等水陆两用飞机、陆地教练机等十余架。尤为惹眼的是，曾诒经团队于一九三四年七月研制成功了能降落于宁海号军舰的舰载机"宁海二号"。这款由留学归国人员马德树专为宁海舰设计的"宁海"号侦察机，机翼可以折叠收放，首创中国造"舰载机"，这也是海军飞机制造处研制的最后一款水上飞机，刷新了当时中国航空工业的至高水平。一九三五年，飞机制造处接航委会通知，仅用九个月时间，便仿制及组装出十二架美式双翼弗利特式教练机。

抗战全面爆发后，江南造船所飞机处被迫开启颠沛流离模式，先后搬迁至杭州筧桥、湖北宜昌、巴山蜀水。一路上，曾诒经蓬头奔脑，不时擦拭着潮湿的眼眶，不情愿地率领飞机制造处往西南大后方退却。撤退过程翻越了万水千山，每到驻地，曾诒经念念不忘手上的活，帮军方修理了一批又一批飞机，用于抗日战场。

秋风落叶，残阳如血。江南造船所飞机厂随着国军的大踏步退却继续西去，到蜀中的成都才立住脚跟，安顿下来，改名为第三飞机制造厂。可见从东南沿海内迁的与飞机相关的企业不少，其中有名的如从南昌西撤的原中意合资的飞机制造厂（改为第二飞机制造厂），从杭州笕桥撤退的中央飞机制造厂。

退至西南一隅，从美国回归的"四大剑客"死的死，走的走，辞的辞，剩曾诒经单剑一柄，但他还是以马尾出身的技术人员为骨干，一边组装飞机，一边修理飞机，名扬大西南。然而，由于日军铁幕封锁，极度缺乏零配件及基础材料，西南航空业已趋碎片化，飞机三厂举步艰难，渐趋式微，直至一九四二年美国加入战团，才有所起色。抗战胜利后，曾诒经创建的三厂被派往台湾接收日军残留的军工企业，在台中组建了一家新的飞机制造厂。至此，罗星塔下的马尾飞机制造处，已梅凋鹤老，走尽了它沧桑的脚步。

时潮选择了马尾，马尾无愧于时代。虽然马尾与飞机的渊源不过十余年，但书写的那一笔令人铭心。世界级人才集聚马尾，也算航空界奇观，但他们却没有如后来的徐舜寿、张阿舟、沈元、季文美、陆士嘉等海归人士那般幸运，在当时一盘散沙的国家生态下，即使他们有爱因斯坦、普朗特之才，即使被钱学森尊为"航空之父"，也难有惊世作为，不过是被悲欢离合所引导，多添几道伤怀的眼泪，多发几声仰天的长啸，尽人事而听天命罢了。

第05章 笕桥小镇

在国破山河碎的旧时光,笕桥小镇的航空热,不过似一颗流星,在漆黑的天空中闪划出一道炫目的亮光,很快消失在人们的视野中。

杭州笕桥机场已浸渍在大城市的喧嚣中。沪杭高铁进入杭州东站前，偶尔会发现从笕桥老机场起来的"飞豹"，像一只小小蜻蜓，消失在无尽高楼的上方。谁也不会在意，幢幢高楼簇拥中，杭州的东北部还珍藏了一座上世纪留下来的闻名遐迩的机场。

国民政府定鼎南京后，闽系马尾工业衰落，制造业中心迅速向江浙聚拢。

中央飞机厂

上世纪三十年代，蒋介石政府在全国建立了五处飞机制造厂，分别是与意大利合作的"南昌飞机制造厂"、与美国合资的"中央杭州飞机制造厂"、与德国在江西萍乡合办的"中国航空器材有限公司"、广东"韶关飞机制造厂"以及海军部"上海高昌庙飞机制造厂"，并先后在全国建起十一家航空修理厂，发展初期一度走在亚洲前列，甚至造过属于中国人的"国产飞机"，也具备了初步的航空工业体系。但真正上得了"台面"的，当数中央杭州飞机制造厂和南昌飞机制造厂。

笕桥古称茧桥，小镇以此得名。远在隋唐时期，已人烟生聚，明代有人开始称"笕桥"。"笕"是当地乡人引水用的一种毛竹管。

笕桥地处交通要道，历代为兵家喜好之地，清代开始，官方在笕桥初设军营。后来，太平军入浙据杭，安营扎寨，在此操练兵马，小镇声名渐渐远播，民间始有"大营笕桥"之称。但是，笕桥虽有名气，基本上仍处在杭州北郊的偏远之地，离"钱塘自古繁华"的闹市区还差得远。

笕桥声名的忽然鹊起，得益于上世纪三十年代，这里同时冒出了两家国字号的单位。一是号称"中国空军摇篮"的中央航空学校，二是"中央杭州飞机制造厂"。两家入盟的国有单位，干的是当时最现代与时髦的航空买卖，如此一来，在这原本侍农如常的安然小镇上，陡然增添了一批世界上最时尚的机器，以及伺候这些先进飞行物的俊男倩女，甚至还有来自大洋彼岸的碧眼黄发的外国人。笕桥小，乾坤大，小镇如井喷似的沸燃起来。

早在南京国民政府成立时，有识之士就意识到飞机对未来战争的重要性，蒋介石也尝试着引进国外先进技术进行飞机生产。一九三三年，南京政府和美国寇蒂斯、道格拉斯两家飞机制造商谈判，希望引进美方技术，合作生产飞机。同年十二月，孔祥熙代表国民政府与美国联洲航空公司代表威廉·道格拉斯·泡利在南京正式签订成立中央飞机制造厂的合同。根据约定，美方投资二十五万美元在杭州笕桥飞机场北面建造六万平方英尺的工厂，生产原先由寇蒂斯飞机及发动机公司和道格拉斯飞机公司制造的飞机部件、设备并加以组装、修理。由于工厂设在杭州，该厂的中文名为"中央杭州飞机制造厂"，这便是鼎鼎大名的杭州飞机制造厂。工厂第一任监理是曾任美国波音公司的首席工程师王助。

中央杭州飞机制造厂为当时最先进、规模最大的制造厂，也拥有全国最为齐全和时尚的现代化生活设施，比如为员工配套了巨大的西式游泳池，这在当时非常罕见，在全国也首屈一指。

中外员工的居住条件堪称一流。美籍资深员工多以别墅为主，普通单身员工配有专门的住宿楼，连一般中籍员工也有大气像样的宿舍。尤其是一些别墅公寓式的建筑，引领时潮。虽然这些设施主要为美方和军方人员服务，但游泳池等属航校和工厂共用，中外员工皆可使用。浴室里先进的水龙头，乍看跟现代的并无二致。

笕桥小镇除了有电灯、电话和自来水外，冬天配有暖气，还有可供休闲娱乐的俱乐部，同时办有子弟小学和幼儿园。大量土木建筑和钢骨厂房将小镇装扮得充满现代感，难怪当时有"北有清华、南有笕桥"之誉，说的是以美国标准建设的基础设施。

飞机厂的设施、薪资、受人尊敬的程度，吸引了人才流，长三角乃至全国的能工巧匠以能进这个厂工作而自豪。工人去杭州城里看戏看电影，只要说是中杭厂的，有时能享受免票的待遇。飞机厂一般学徒的工资是二十四元，抗战时已经到三十二元，那些技术高超的师傅月工资超百元，而当时其他行业职员的薪水只有二十元左右。笕桥小镇豪情满园，高奏着"霓裳羽衣"的欢快乐曲。

一九三四年八月，中杭厂正式运营。这是中国第一家全面引进国外生产技术的航空工厂。次年，中杭厂开足马力，先后造出二十架弗利特初级教练机（除发动机、仪表和着陆轮，其余构件均独立生产组装），随后又完成二十架道格拉斯侦察机、二十九架伏尔提轰炸机的组装，并完成钣金加工的造型机器应用。据当时的不完全统计，从一九三四年八月开工到一九三七年八月西迁前的三年中，中杭厂以平均四天组装、修理、生产一架飞机的速度，完成了二百三十五架飞机的生产，并在入滇后仍保持了较强的制造能力。

抗战全面爆发后，飞机制造厂频频被日机轰炸。中杭厂安宁有序的生产和生活被打断，被迫迈上漫漫西迁之程，命运再也不能由自己掌握了。一九三七年八月十四日，航空委员会指示飞机厂迁往武昌。十一月，中杭厂在武昌开始恢复生产。次年八月，日军逼近武汉关，航空委员会决定继续西迁，目的地为云南昆明。当时著名的西南联大也是那时迁往昆明的。

一九三八年十月底，美方工程师与中方员工在昆明会合。可是，越南在法国人手中，法国维希政府又投降了纳粹，法国政府宣布禁止中国从越南海防进口军用物资。不得已，中美双方只得重新寻找基地。十二月中旬，发现中缅边界畹町附近有个叫雷允（又叫垒允）的傣家小村寨适合办厂。终于在一九三九年七月将厂迁入，并投入生产，而且规模较前期有所扩大，巅峰时员工总数近三千人。中杭雷允厂区继续给中国抗日武装提供飞机组装和维修支持，这期间共组装生产各种型号飞机一百多架。飞机制造厂除了完成上峰下达的任务，又承担着盟军飞机的检修任务。

阴魂不散的日机很快找到了工厂位置。一九四〇年十月二十六日，日机来到了雷允飞机厂上空疯狂投弹，炸死炸伤一百多人。

鉴于中杭厂屡遭日军飞机轰炸，美方总裁威廉·泡利、副总裁布鲁斯·加德纳顿·礼顿和陈纳德等人游说美国政府和国会议员，请求派出退役、预备役空军和地勤人员支援中国的抗日战争。经过中杭厂高层的努力，一九四一年，美国总统罗斯福同意以中杭厂签约员工的身份，派遣"美国志愿援华航空队"来华，这使得赫赫有名的"飞虎队"迅速扩张。第一批来华的飞虎队员基本是拿着中杭雷允厂薪资的作战队员。罗斯福又将原先援助英国的一百架P40战机划拨给中国。

由于战时交通不便，这些飞机先以散装的形式运输到缅甸，然后由中杭厂派出修理人员冒着生命危险，沿着滇缅公路至仰光为飞虎队秘密组装这批战机。一九四一年十二月二十日，美国航空志愿队驾驶中杭厂组装的战机，首次出现在昆明上空，对日本空军发起了第一次空中打击。仅八个月时间，飞虎队共摧毁击落日机两百九十八架，击毁停场敌机一百五十多架。与此同时，中杭厂除了在云南、仰光两地继续负责修理飞虎队的战机，也为英国皇家空军在缅甸的飞机提供维修服务。

一九四一年十二月七日，珍珠港事件爆发，美英对日宣战，次年二月，日军拿下英国控制的新加坡，然后是缅甸仰光。侵入缅甸的日军日益威胁云南，飞机制造厂暴露在敌机的航空火力之内，并很快迎来日机的血腥轰炸。不久，中缅边界的畹町也被日军占领。得知消息的飞机厂员工连忙逃往保山，打算在保山再设工厂。可是，保山城在五月二十四日也被日军飞机轰炸了，飞机厂员工及家属又死伤一百多人。这使大部分人心有余悸。一九四二年六月，员工与家属撤退到昆明收容站，结果一半人在路上失散，剩下一千人自愿选择去其他飞机修理厂或者领钱回家。混乱中，上峰决定裁撤该厂。这家曾为中国航空事业立过功勋的中杭厂就在航空炸弹的冲击波中迅速消亡在历史的急流中。

中央航校

国民政府中央航空学校简称"中央航校",它的前身是一九二八年十月成立于南京的中央军校航空班。靠黄埔军校发家的蒋介石无比重视院校建设,尤其是新生的航空学校。他不会满足于小规模的培训班,要办就办上档次的军校。于是,他指定飞行组组长毛邦初在南昌、洛阳、杭州三处择地筹建航空学校。

毛邦初是蒋介石奉化老家出来的亲戚,黄埔三期生,曾在苏联学习航空。经过一番勘察,航校最终选址杭州笕桥,利用原有营房,在旧的基础上扩建机场,一方面把南京航空班原班人马和设备悉数迁来,并将沪杭铁路通过航校一段改道;另一方面聘请美国顾问,购买美制弗力提、道格拉斯、可塞等一批飞机。位于杭州城东北十二公里的笕桥虽为军事要地,硬件设施相对完善,清朝末年乃第八十一标马队与炮营演练的大校场,北洋政府时期曾改建为浙江航空队驻地,又处江南膏腴之地,自能吸引八方才俊。但沪杭宁连体,战端一开,杭州首先成为日军觊觎的重要目标,在战火中沦为第一批陷落的大城市。

一九三一年春,国民党中央军校航空班改名为军政部航空学校。"一·二八"淞沪抗战后,国民政府决定加快航空建设为抗日做准备,笕桥航校正式定名为"中央航空学校"。一九三一年六月,笕桥航空校舍和机场建成,设立机构,采购飞机,招生办学,并先后在洛阳、广州设立分校。尽管在新军阀混战时期,学校的建设速度并不慢,一九三二年底,航校初具规模,修理厂、飞机棚、气象台、航空子弟学校纷纷拔地而起。随着学校编制的扩大,官员由几十人猛增到三百余人,其中包括美国顾问十余人。为解决外国顾问和高级管理人员的住所，又在航校西侧兴建别墅生活区，名曰"醒村"。民国时期，"醒村"属于杭州最新型欧式住宅区，又称"笕桥新村"。蒋介石、宋美龄来杭下榻，也选此地，他们住过的别墅如今俗称"总统楼"或"美龄楼"。

航校第二期学员毕业时，蒋介石专程来杭，特地举行了规模盛大的"恳亲会"（《团结报》文史栏《民国时期的杭州笕桥中央航校》）。凡是毕业学员的家长，无论路途远近甚至海外华侨，都发给往返盘资，食宿等一干费用全由校方承担。宴会上，蒋介石说："你们都是国家着力培养的航空人才，毕业以后，应不畏牺牲，忠勇为国！即便将来有一天真的为国捐躯了，你们的父母就是我蒋某人的父母，你们的子女就是我的子女，我会负责到底。"

航校成立，蒋介石自兼校长，葛敬恩、徐培根先后代理过校长职务，但日常工作由副校长毛邦初负责。毛邦初其人，各方评价不一，航校教授科长孙炎认为："此人航空技术水平上中，粗通俄语，英语流利，性情沉着，对人还算忠厚。对国民党空军人员训练和各项建设，出力相当大。"飞行教官陈栖霞则不以为然："毛邦初是位花花公子，一有空就开车去游西湖，每逢周末总要驾机逛上海，过几天纸醉金迷的生活。"

有人的地方就有江湖。校长办公厅主任兼政训处长蒋坚忍，也是浙江奉化人，黄埔军校四期生，为人外柔内刚，常以打击别人取悦蒋介石，经常向蒋介石密报毛邦初的私生活。一九三四年七月，在用人以浙系或江浙系为最高标准的时代，蒋介石任命周至柔为中央航校校长。

周至柔，浙江临海人，保定军校第八期毕业，陈诚军事集团重要将领，原为王牌十八军副军长，一九三三年由陈诚举荐，赴欧美各国考察航空，回国后呈交了一份高质量的考察报告和建设空军计划书，深得蒋介石赏识。浙系出身的周至柔由陆军转行空军，步步高升，官至空军总司令。

青春热血

位于笕桥的飞机制造厂和中央航校，尽管只存续了短短七八年，却有许多一流学者在此留下履痕，更有大量从此航校毕业的学员驾机和日寇鏖战长空，洒尽热血。

中杭飞机制造厂作为当时最现代先进的飞机制造厂，在全面抗战前就人才辈出，其中包括近代航空工业的奠基人之一王助、新中国第一架喷气飞机总设计师徐舜寿等。钱学森考取麻省理工学院航空系后，也在这家工厂实习了一年多，受到王助的指导。

王助曾任美国波音公司首席工程师，从马尾来到笕桥，和美国工程师们一起，辅导技术工人组装生产各类飞机。王助为麻省理工学院航空工程系第二期硕士生，曾参与组建"中国航空研究院"，他的辈分和才学实际上要超过在杭的所有美国专家。

一九三三年，年仅十六岁的徐舜寿被南京金陵大学和清华大学同时录取。徐舜寿深感中国航空工业落后于人，毅然选择清华学航空，毕业后分配到杭州笕桥飞机制造厂。然而，笕桥飞机制造厂给徐舜寿留下更多的是遗憾——作为中美合资的飞机厂，中方负责人唯美国人马首是瞻，设计大权和核心技术都掌握在外国人手里。此时，淞沪会战爆发，日军飞机疯狂轰炸中国平民，这些场景深深刺痛了他的心，让徐舜寿航空救国的信念从稚嫩走向成熟，并远赴大洋彼岸深造航空。

一九四九年春，他所在的飞机工厂迁往台湾，徐舜寿几经辗转回到已解放的北平，睁眼见到的满是新中国的阳光，便积极投身于国家的航空工业。

一九三〇年，国民政府决定在原中央军校航空班的基础上，在杭州笕桥扩建，也即后期与黄埔军校齐名的空军军校。一九三一年，笕桥航校迎来了由中央陆军军官学校转来的第一批年轻人。后来，笕桥航校新学员大多来自全国的高校毕业生，他们中有的还是归国华侨，甚至名门望族。航校的学习内容丰富：驾驶理论、飞行学、航空战术、航空仪器、气象学、无线电学、空中侦察、航空史、空中轰炸、空中照相、地理、外文、教练机飞行。理论学习后根据表现，将技术最优的编入驱逐组（驾驶战斗机），次优的编入轰炸组（驾驶轰炸机），其余人加入其他组（任机轮手、侦察员、摄影员、机械师、无线电员等职务）。笕桥航校第一期四十六人，有二十人留在战斗机队，余下毕业学员编进轰炸机队。到全面抗战前夕，笕桥航校共培养了六期学员，合计六百多名飞行人员；至抗战结束，共培养了十六期，共有一千七百名毕业生参战。

一九三七年七月，全面抗战爆发，笕桥空战随之打响。八月十四日，日本海军第三舰队司令长谷川清命令驻台北的十八架"九六式"陆上攻击机空袭笕桥机场，企图摧毁新生的中国空军和机场设备。中国空军第四大队大队长、笕桥航校教官、"四大天王"之首高志航率部迎战。"八一四"空战告捷。但首战告捷不等于一路凯歌，更艰苦的战斗在后面。在以后的日子里，年轻的中国勇士们一次次驾机飞上天空，迎战空军力量优势数倍于己的敌机。

中央航校的校训足够英勇豪壮：我们的身体、飞机和炸弹，当与敌人兵舰阵地同归于尽！

神州大地的上空，一群群热血男儿驾驶着战机与日寇展开殊死搏斗。全面抗战前期，中国空军与日本空军的力量悬殊，中国空军的每架驱逐机，每天要与五倍以上的敌机持续进行三至六个小时的缠斗。由于寡不敌众，每队至少有三分之二的飞机被击中。年轻的英雄们付出的牺牲难以想象，他们殉国时平均年龄只有二十三岁。中国空军"四大天王"的高志航、刘粹刚、乐以琴、李桂丹相继战死。刘粹刚，笕桥航校二期毕业生，一九三七年十月殉国，二十四岁；十一月，航校教官、大队长高志航殉国，时年二十九岁；十二月，笕桥航校三期毕业生乐以琴牺牲，二十三岁；一九三八年二月，武汉保卫战，笕桥航校二期毕业生李桂丹战死，二十四岁。一九三九年五月，印度尼西亚华侨，笕桥航校六期毕业生梁添成殉国，二十六岁。

优秀儿郎毫不怜惜亲人的眼泪，先后随心爱的飞机而去。在混乱的抗战初期，空军奋战，壮烈异常。

值得一书的是，笕桥航校三期毕业生佟彦博，于一九三八年五月九日，与徐焕升等八人驾驶两架飞机，长途奔袭日本长崎、福冈、佐贺及九州各大城市散发传单，成为当时惊世之举。林徽因的三弟林恒，清华大学一年级时考入中央航校第十期，一九四一年三月十四日在成都空战中血洒长空，年仅二十五岁。

飞行员不断牺牲，战机也在锐减。一九三七年全面抗战开始时，中国空军分布于一线的可用战机一百四十五架。几个月后，仅剩六十架，第四大队的飞机只剩两架。一九三七年底，杭州沦陷，笕桥中央航校迁移到昆明巫家坝。此后，又在成都设立了空军军士学校，培养飞行员。笕桥航校第十二期至十六期的学员，有七批先后到美国受训，然后回国参战。

在山河破碎的旧中国，纵然有国际级航空大家王助、徐舜寿投入杭飞厂，有高志航等王牌级飞行员担任航校教官，也难翻起大浪花。笕桥小镇的航空热，不过似一颗流星，在漆黑的天空中闪划出一道炫目的亮光，很快消失在人们的视野中。

第 06 章 八角楼处

八角楼就是一块名副其实的活化石。无论在河山破碎的民国时期,还是新中国的阳光下,八角楼都是中国航空业百年风雨的见证者。

二〇二一年六月三日上午，我走进了老洪都航空辖区的八角楼。去的那天，南昌倾盆大雨，风声飒飒，刮得四周的树枝歪来斜去。呼呼风声宛若人的阵阵呻吟，又似从心灵深处发出的铿锵声音。一道耀眼的白光闪过，滚滚雷声远去，像带着不尽遗憾，又揣着无限欢喜。

活化石

南昌，在我国航空史上写下淋漓酣畅的篇章，八角楼就是一块名副其实的活化石。无论在河山破碎的民国时期，还是新中国的阳光下，八角楼都是中国航空业百年风雨的见证者。

八角楼，又称八角亭，而我觉得称"楼"更合适，因为它是上世纪三十年代意大利人设计、中国人筑造的一座能容下八架飞机（当时的螺旋桨机）的现代化工厂建筑——正中为凸起的二层采光顶办公室，颇像一座亭子，整栋建筑以此为轴心，成八等份向四周散射，自然形成了八只角，坐在二楼同样呈八角形的"亭子间"，透过巨大的玻璃，厂主能随时窥察到一楼每个角落工人操纵机器的实况。如此庞大的建筑，称为"亭"，显然有些小气。

八角楼的名声奇大，以致商飞负责对外传播的程福江先生多次说："八角楼像美国的五角大楼，更多了几个角，有个时期差点被拆除，拿出地块搞房地产，多亏洪都人特有的历史情趣，得以完璧保存。"当我们到达八角楼时，陪同我们的洪都航空工业集团的生产保卫部陶涛部长，抓紧每分每秒介绍起八角楼的九十年风霜往事。即使新洪都搬进了航空新城，催生了现代化的瑶湖机场，他仍固执地坚守在老洪都，和八角楼在一起。陶涛从容淡定，娓娓侃来，让我等还没进八角楼的门，已对这座"百年名楼"肃然起敬。在我心里，即将辟为航空博物馆的八角楼，已不仅是一座建筑，而是坐落于南昌市中心的中国百年航空的文化符号。

时光回溯到一百年前，一九二三年四月二日，孙中山在八角楼附近的南昌航空教导队开学典礼上，亲笔写下"航空救国"四个大字。海内外媒体竞相传播。

蒋介石对航空也是偏爱的，经常坐着他的"美龄号"专机巡察四方，而"美龄号"的定点维修基地正是八角楼内的机库。

无论孙中山、蒋介石对航空如何迷醉，当时的中国连像样的工业体系都没有，更谈不上独立的航空工业。在孙中山"联俄、联共"的政策感召下，国民政府于一九二四年派员去近邻苏联采购飞机，学习航空。当年，苏联航空顾问即进驻南昌，指导中方航空人员开展训练。苏联人在洪都这块红土地上一待就是三年，直至一九二七年蒋介石发动"四一二"政变，才撤离南昌。

上世纪二三十年代，南昌东郊的老营房机场是中国空军的四大基地之一，驻有两百余架作战飞机。随着航空规模的日益扩大，老营房机场已不能满足需求，蒋介石最后选定三处新建机场。八角楼为其中之一。

　　八角楼堪称中国飞机制造业的一座里程碑。一九三五年一月二十一日，国民政府与意大利签约，同意建立中意南昌合资飞机制造厂。财长孔祥熙和意大利人阿坎波勒为双方代表，在上海签订了《国民政府与意大利联合成立意大利和中国航空协会》相关文件。当年九月三十日，中意签订成立"中意南昌飞机制造厂"正式合同。工厂董事长为宋家二公子宋子良，总经理为意方的阿坎波勒，并商定了公司章程。一九三六年四月一日为"中意南昌飞机制造厂"正式开工日，由意大利帮助建厂，引进生产意式飞机。八角楼一九三六年由意方工程师设计，每一放射面能驻停一架飞机，总共能供八架飞机同时作业，这在当时的中国，是超豪华大气的厂区建筑。

　　一九三六年十一月始，中意南昌飞机制造厂边建厂边修理。一九三七年四月，工厂落成，正式开启生产模式，组装生产意大利 B-25 教练机（计划二十架），SM-81B 轰炸机（六架），尤其是后者，首开国内制造（组装）双发大型轰炸机先河。中方需要的是技术，意方获取的是东方市场。

　　早在三年前，墨索里尼为笼络中国，赠送蒋介石一架由 SM-72 轰炸机改型的豪华客机（编号 1-ABMO）作为委员长与夫人的私人座机，也就是驰名中外的"美龄号"，并指定在中意合资的南昌飞机制造厂修理。

　　百年光阴匆匆而过，八角楼犹在，虽已不再修造飞机，但整体建筑无损，八角楼上的每块玻璃，钢窗上的每滴油漆，仍然流淌着昔时的溢彩流光。

青云谱机场

一九三三年九月，鉴于老营房机场不堪重负，蒋介石下令，在三家店附件的荒土地上辟建新机场。次年八月，工程如期展开。从各地征调民工二十九万，不分昼夜，无间断施工。不难想象，在八月南昌的火炉中，几十万人聚集在数平方公里范围内是一番怎样的景象。头顶尘土蔽日，人人大汗如注。没有掘土机，没有压路机，没有运输车，只有扁担、箩筐、铁锹、石碾子。在缺乏大规模机械时代，人的血肉之躯发挥着主要作用。经过半年多的人海战术，一九三五年春天，三家店机场会战收官，号称远东第一大机场。蒋介石携夫人宋美龄（航空委员会秘书长）踏着春风前来剪彩，两人的嘴角挂满春风。

三家店机场登上航空舞台后，老营房机场退居幕后。跨国经营的南昌飞机制造厂的大本营旋即迁至新机场，这是中国最早建立的航空跨国公司之一。与八角楼在一起的，还有七座机棚，一幢库房，一条一千五百米长的碎石跑道，一座航空指挥塔。开始是修理车间，检修故障了的外国飞机，或者给飞机做定期保养。引进意大利技术后，工厂边修理边生产，八角楼的灯光彻夜亮堂，工人们如机器般连轴运转，常常多架飞机同时生产与检修。

蒋介石视南昌飞机制造厂为他的得意之作，常在人前吹嘘他的"创业"成绩单。正当他踌躇满志，准备撸起袖子大干一场时，历史没有给他留出多少时间。一九三七年七月，卢沟桥几声枪响，日本军国主义悍然发动全面侵华战争，三家店机场一夜之间成为抗战前沿，中国空军的战斗机，从弹痕累累的三家店机场的碎石跑道上起飞，奔赴抗战第一线，轰击日本军队。

抗战全面爆发的当年，由于沪、宁、杭相继陷落，首都明故宫机场、杭州笕桥机场落入敌手，南昌机场成了中国空军基地的中流砥柱。当时，全国能升空的飞机共三百零五架，南昌一地占了两百多架，这里的飞机可轰炸到上海、南京、杭州等日占区的机场，并扼守着长江上的航道。从三家店出发的飞机，先后与华东战场的日机进行了四十多场殊死空战，击落击伤敌机六十多架，击毁停场日机九十多架，炸毁长江上的日舰二十余艘。一九三七年末，国民党"中央航校"教官、驱逐机大队长高志航——被张学良誉为"空军战魂"——一度从笕桥转场南昌，他所在的大队驾驶美制寇斯霍克驱逐机，从这里起航，飞临宁、沪、杭地区，跟日军反复拼杀。勇士们先后击毙了不可一世的日军王牌飞行员潮田良平、南乡茅章等，俘虏跳伞飞行员十五名，在抗战初期写下了彪炳青史的一页。高志航身先士卒，驾机和数倍的敌机厮杀，直至血洒长天。

一九三七年八月二十一日，中苏签订互不侵犯条约。苏联应国民党政府请求，也以自身利益考量，派遣航空自卫队来华助战，三家店机场便是抗战前期苏联空军的重要作战基地之一。一九三七年至一九四一年间，苏军志愿航空队一度达到四个战斗机大队和三个轰炸机大队的规模，空地勤人员超过七百人。苏联空军采取轮换制，先后在华人数达两千余人，其中两百多人将英灵留在了中国。

抗战全面爆发后，蒋介石、宋美龄与美国在华的空军顾问克莱尔·李·谢诺尔特在庐山会晤。后者的中文名叫陈纳德，是一九三六年由航委会秘书长宋美龄聘任的中国空军顾问。会见后，蒋委员长指派陈纳德到三家店机场指导中国空军作战训练。到任后，陈纳德发觉情况不妙，南昌基地虽有两百多架飞机，但能上天的飞行员才二十多人，遂开始招募部分美国飞行员组成第十四轰炸机大队。后来，抗日形势的发展促成了陈纳德组建美国航空志愿队的初衷，飞虎将军陈纳德是自始至终留在中国战区的美国志愿者。

一九三九年三月，围攻长沙日军的一支101师团占领南昌，满目疮痍的三家店机场沦为日军的军营。一九四五年抗战结束，中国军队光复南昌，侵华日军华中派遣军第11军司令笠原幸雄从武汉乘飞机降落三家店机场，但这次他不是作为胜利者，而是作为败军之将向中国军队投降。

"听下来，说的都是三家店机场，到后来怎么变成青云谱机场了？"我提出疑问。

"以前一直称三家店机场，主要指的是地理坐标，后来为跟行政区域划分统一，更名为青云谱机场，其实都一样。""洪都通"陶部长说。

八角楼的泪光

当年跨国公司南昌飞机制造厂运行后，在华东并不耀眼的南昌的地位如日中天，成为当时集航空工业中心、航空管理中心、航空科研中心及主要空军基地于一身的航空战略中心。战后，有美国研究人员撰文指出："战前中国有四大空军基地，即南京、杭州、南昌、洛阳，其中南昌不仅是作战中心，还是训练中心。"

蒋介石和意大利人达成飞机生产合同，也从墨索里尼那儿继承了自大和轻浮。他本以为从八角楼上空望见了闪光的星辰、升起的明月，看见的却是满天漆黑。

中日战争爆发后，德、意、日为"轴心国"，日本军国主义当然容不得南昌飞机制造厂存活下去。意方和日方互相勾结，暗中眉来眼去，早就将工厂的坐标出卖给了日方。日军侦察机抵近侦察在前，轰炸机跟随在后。一九三七年八月二十六日，六架日军轰炸机飞临三家店机场上空，在远超响雷的轰鸣声中，点穴似的轰炸弹无虚发，厂棚、机坪、跑道全部中弹。在熊熊的火焰中，当时中国最完备最现代的飞机制造厂沦为废墟。八角楼因为离机坪与跑道较远，幸免于难。

蒋介石下令中断与意方的合作，接管中意飞机制造厂，并将厂里残存的机器设备悉数迁往大后方重庆，在南川县丛林沟海孔洞重建工厂，更名为第二飞机制造厂。

明治维新后的日本，其野蛮的进化远远超越文明的进步。南昌飞机制造厂的被毁并没有减轻日军对航空基地的仇视，南昌的伤害与不幸变本加厉。据南昌史记载："一九三七年十月二十日，十四架重轰炸机空袭市区，炸死市民数十人，烧毁大批房屋。十月二十三日，六架日机轰炸牛行火车站，并在市区投下十几枚毒气弹。一九三八年一月九日，三十七架日机在南昌王安石路、金盘路、张家花园等处投弹一百三十余枚，炸毁民房二十余栋，死伤市民无数。一月十二日，四十二架日机空袭顺外及近郊乡村，掷弹一百余枚，毁民房五十余栋……"

飞机厂的被毁不影响空军基地的继续存在。况且，日军飞机轰炸在前，南昌军民恢复在后，三家店机场的跑道一旦被炸，从四面八方拥来的民众连夜抢修，浩浩荡荡的民工队伍不吃不喝，也要将跑道恢复。一九三八年六月至七月，中国空军依赖三家店基地，连续轰炸日军在长江上的军舰、运输船只，轰炸日占区安庆、南京、杭州等地的机场。日军如鲠在喉，视三家店机场为眼中钉、骨中刺，欲毁之而后快。一九三八年七月十五日，三十七架日机突破中国空军的阻拦，侵入南昌市区，在三家店地区投下炸弹一百四十枚，炸死炸伤平民数十人。八月四日，二十七架日机分两排侵入市区，投弹一百余枚，炸毁房屋一百多栋，市民死伤二百六十余人。八月二十五日，日机十八架袭入南昌西南郊等地……

一九三八年十月，日军又在南昌流血的伤口上狠狠补下一刀。三十日，蒋介石出于对八角楼的钟情，乘专机秘密降落在三家店机场。这一次，他没有像以前那样，蜻蜓点水似的到了就走，而是逗留了下来，和薛岳将军商议军务，并于次日度过了他五十二岁生日。不料，蒋介石出现在南昌的消息被日军获悉，引来了南昌历史上最惨烈的一次空袭。日军十八架重轰炸机在战斗机的掩护下突进市区，在中山路、胜利路、肖家港等地进行了地毯式轰炸。尽管有中国空军的顽强拼杀，日机仍在市区投下三百余枚重磅炸弹，炸死炸伤平民五百八十九人，毁坏房屋五百三十二栋，大批交通设施遭破坏，一时火光遍地，烈焰冲天。美丽的金边瑞香在燃烧，八角楼深深哀嚎。千年古城陷入空前劫难。

抗战胜利后，国民政府将西撤的飞机制造厂迁回南昌，随来的还有中央航空研究院，人才济济，其中有徐舜寿、余仲奎、林士谔等蜚声海内外的科学家。八角楼似乎迎来了重生，但由于蒋介石发动内战的烽烟再度燃起，南昌航空制造基地的重建举步维艰，许多杰出的航空英才空有一腔热血，无用武之地，不是另奔他乡，就是去学堂教书。八角楼又沉寂下去，无限伤怀。直至新中国成立后诞生了洪都航空，八角楼才真正迎来新生，它在鄱阳湖的浪涌浪打中，见证了新中国第一架初教 5 在身旁的起飞，第一架强击机的亮相，第一架喷气教练机的冲上蓝天……

走出百年前的八角楼，外边的雨似已暂歇，东南方露出小块的青蓝。见我意犹未尽的模样，陶涛部长瞥了眼手机上显示的时间，专门开车引我来到一幢大门深锁的二层小白楼，说："这是当年陈纳德将军在南昌空军基地的寓所，离八角楼不远，这里也是他和陈香梅小姐跨国浪漫的开始。"

"哦，原来在这儿。保存得这么完好，是原物吗？"

"如假包换的话我都不想说。"

如今，曾经偏居南昌城外东南一角的八角楼所在区已成了市中心，这里的老机场和大片土地在挖掘机、推土机的震颤声中，逐渐让位于亮丽夺目的现代化高楼，而在它的东北方向，临近鄱阳湖的瑶湖区，一座现代化的新洪都航空城已开足马力，进行生产。与航空城联体的瑶湖机场正成为包括 C919 大飞机在内的试飞场。呈八个角，上有观测的亭阁，具有独特工业建筑美学的八角楼再一次沉寂下来，接受后来人的注目。

八角楼是幸运的，在大半个中国的燃烧中，竟能免于战火与兵燹。八角楼是壮美的，即使在今天看来，也不像是一座饱受风霜的旧物，倒似一件裹了包浆的古董，历久弥香，充满着建筑的质感和艺术的韵色。

第 07 章

红土地上

如果说洪都的前半场满是火光和硝烟，那么下半场必有不寻常的乐章。洪都的翅膀终将飞出一个时代。

八角楼下的红土地带着累累伤痕和无限委屈，走进了共和国。新生的八角楼成了洪都的记忆。

重筑城

近百年前，南昌城头打响了武装反抗军阀的第一枪。同年，满是翠绿的赣土地滋生了第一块白色恐怖围遏中的红色地域，不久，奇迹般地诞生了第一个民主政权。几年后，一支英雄的军队正是从红土地出发，进行了举世瞩目的二万五千里长征，为全民族抗战起到了先遣队和排头军作用。

奇迹能发生一次，未必不能发生第二次、第三次。倘若中国的航空史需要几个关键节点加以串联，洪都航空太有资格成为其中的一员。

一九五一年四月二十三日，中央政府一纸号令，新中国最早的飞机制造厂落户在这个叫青云谱（以前称三家店）的地方。上世纪三十年代，这里曾是中意南昌飞机制造厂原址，抗战后又短暂地成为国民政府第二飞机制造厂和中央航空研究院的所在。这块满目疮痍的土地默默地守候着，等待它新主人的降临。这一天终于来到了。史料称，四月二十三日这一天，为告别过去，洪都航空的开端，它当时的正规名称叫国营洪都机械厂，代号320厂。

沉寂已久的"孤岛"重新悸动。在这块几度易主的旧址上，四面八方的建设大军涌来汇聚，"孤岛"步入空前的建设快车道。从此，这里再也不会挨炸弹，再也没有冲天硝烟，只有建设大军匆忙奔跑的脚步。

飞机厂，首先得有机场，否则造出飞机往何处试飞？于是，这个荒废的机场迎来了第二次大规模重建,主跑道扩长至一千五百二十米，加宽至七十米，在当时已极具超前性，宽度比现代的枢纽机场六十米的标准还阔绰。紧接着以跑道为轴心的层层涟漪，快速漫浸至周边数平方公里。屡遭摧毁的旧址得以恢复，敞亮的新厂房耸立眼前，并配置了从苏联购进的车床……这次的建设更有章法，纪录也就一再地被刷新：九天建成三公里铁路；建厂四个月后就开始修理飞机；四个月完成跑道铺垫。短短数年，一座现代化的飞机城拔地崛起。一九五九年一月，为适应喷气机时代的需要，青云谱机场第三次扩展，主跑道延长至两千四百米，在当时已可起降所有飞机。

一座机场，成为无数人的家。

一九五四年七月三日，一架单引擎的初级教练机——初教5，从这里昂起头，体态轻盈地刺向蓝天，从此，新中国的航空工业进入了自己的飞机时代。虽然在以后的岁月里仍有艰难跌宕，但终于走出了第一步。当年那架教练机翅膀划过的痕迹，至今仍清晰地印在老洪都人的脑海中。

初教5上天不到一个月，八月一日，国家最高领导人亲笔给洪都机械厂职工写了嘉勉信——最高领导人亲笔嘉勉的次数并不多，洪都用自己的成绩单做到了。毛泽东主席在亲笔信中写道："这在建立我国的飞机制造业和增强国防力量上都是一个良好的开端。"（《航空工业：报国奋斗七十载，强国之路启新程》见《中国航空报》）寥寥数言，却是四两拨千斤，激励了一代又一代洪都人的心气儿，成为洪都人强大的自生长能力的不竭动力。而在几天前的七月二十六日，洪都召开了初教5首飞庆典大会——毕竟是共和国"第一飞"。第二机械工业部、江西省政府的领导为320厂颁发了锦旗，驻厂苏联总顾问马托林应邀出席盛典。

从这一天起，洪都人蓝天逐梦，高歌猛进，一发不可收。洪都航空成为了共和国航空工业的奠基企业。

多个第一

企业是需要优秀作业及客户认可度说话的。虽然当前是市场经济体制，但自由经济学家们也开始认同政府计划与干预对经济社会发展的不可或缺性。时至今日。即使亚当·斯密复活，也会相信计划经济并非一文不值，或许会对当年洪都人的创业答卷投去艳羡的一瞥。

洪都人脚下的焦土变成了热土，有关洪都的报道已经不少，历数洪都人创造了"八个第一""十个第一"，这些并非虚言。二〇二一年六月二日下午，洪都商飞公司年轻的工会主席、文科出身的胡育清先生冒着热汗，带我们参观了位于瑶湖区新洪都的厂区，作了十分热情洋溢的讲解。

新中国成立初期，百废待兴，人才严重匮乏，包括飞行员，这首先需要培训飞行人员的教练机。洪都下线的初教5，为国家指令下达的任务。因技术所限，基本是仿制苏联雅克18，时值中苏蜜月，苏方给图纸、递资料，还派出驻厂顾问。尽管如此，能造出初教5也极其不易。国民党败亡台湾时，将原本不厚实的那点家当拆的拆、卸的卸，恨不得连几根破铁棍都运往台湾。

初教5为后三点式螺旋桨飞机，机身部分木制结构，蒙布。总设计师张阿舟，江苏丹阳人，一九四一年毕业于中央大学航空工程系，曾去成都中央航空研究院工作，一九四五年留学英国，获布里斯托尔大学科学硕士及哲学博士，一九五〇年回国，加入洪都航空，在结构强度方面独树一帜。张阿舟和苏方合作，并非原装引进，也不是部件组装，而是各自理解，取其所需。在他的把控下，初教5披荆斩棘，于一九五四年五月完成了部件和全机静力试验，强度合格。为体验自制的飞机最大平飞速度、最大升限等性能，张阿舟坚持亲身登机参与试飞。当时的飞机无空调，又闷又热，驾舱温度达40℃，张阿舟吐得五脏六腑都要移位。

时光飞驰，岁月斑驳。初教5没有湮没在逝去的光阴车轮中，它的意义在于从"零"走到了"一"，短短四年间，共生产了三百七十九架。张阿舟因为试制中的突出成就而获"特等功臣"奖状，编号为"第一号"。后来，新成立的南京航空学院极度缺乏教授人才，张阿舟奉调去宁，拿起教鞭走上讲坛，他在众多教案里仍念念不忘初教5的案例。

如果说后三点式的初教5在洪都只是一个序曲，那么采用前三点式的初教6很快成为一颗久亮的新星。初教5上天的四年后，一九五八年七月，模样俊俏的初教6同样从青云谱机场绿草坪旁的跑道驶上蓝天。它的上天迅速爆红了大江南北。海鸥型的机翼，全金属机身，硬朗的起落架几乎赶上舰载机。初教6一夜间成了明星，获国家质量金奖。它另有一个名字叫"忠诚"，忠诚于飞行员、忠诚于乘机者，几十年没出现过大事故，成为"天之翼"表演队的实力机型，为我国培养了上万名飞行人员，一口气狂造三千多架。

初教6是中国的，也是世界的，先后被十几个国家购买，一九八〇年还被缅甸买去二十架。两百万至四百万的售价实在太便宜了，连退了役的二手机也被国外飞行爱好者当作宝贝。玩初教6的飞行员说："虽是教练机，但乘上去、开起来，有战斗机的感觉。"

几年前，航天悍将杨利伟再到洪都，指着展厅内那架初教6原机，毫不含蓄地说："我就是从它出发，从天空登上太空的。我们学飞人员对于初教6，有着非同一般的情结。"

初教6的总设计师徐舜寿，在抗战期间赴美，在著名的麦克唐纳飞机公司实习与工作，一九四六年考入华盛顿大学主攻力学，同年八月归心似箭，回国后在南昌第二飞机制造厂担任研究课课长。一九四九年初，他所在的南昌飞机厂整体迁台，他以送妻子回乡为由，在姐夫伍修权将军的引导下，携妻女来到上海，并冒险越过封锁线，抵达已解放的北平。新中国成立前后在东北航校、国家航空工业局工作。一九五六年八月，他在沈阳创建我国首个飞机设计室。一九五七年，初教5原总师张阿舟调南京航空学院，徐舜寿临阵受命，组织领导初教6及强5飞机的总体设计。因为他当时多头兼顾，工作的主要地点不在南昌，上级又派清华毕业、陆士嘉的学生高镇宁为主管设计师，上海交大出身的屠基达及林家骅为副主管设计师。

项目启动后，身怀绝技的徐舜寿突破雅克及米格型飞机的框框，提出了自行设计前三点式起落架和全金属蒙皮结构的方案，于一九五八年初就完成了总体理论和吹风试验。当年五月完成打样设计，并木制一比一样机，交南昌320厂后，徐舜寿团队又迅速地完成了详细设计、试制和试验，样机于八月二十七日首飞。此后初教6一路飘红，红了五六十年，红透了半边天。

差不多同期，一九五七年十二月二十三日，中国第一架多用途运输机运5在洪都试制成功，次年三月批量生产，并创下单月总装七十一架，一天测试二十九架的纪录。

声威日盛的洪都，不仅造飞机，也造车，造导弹，天上地上双肩挑。一九五七年三月，中央有关部门将第一辆国产摩托车的单子发给了320厂。洪都机械厂专门成立一个摩托车研制车间，代号"50"。时隔八个月，我国第一辆边三轮摩托车在320厂装配完成，各种性能的实验数据全部达到设计标准，定名为"长江750"，这是第一辆国产三轮摩托车。

在洪都这个大家庭里，"第一"还有很多：自行设计了第一架超音速喷气式飞机强5，第一批海防导弹"上游一号"，第一架中巴合作的基础中级教练机K8，第一架喷气高级教练机L15……

开枝散叶

洪都展厅的起首处是一面大墙，墙上影印着几十幅图画，有人物、厂房、机器，主要元素当然是飞机。人物既有孙中山、蒋介石，也有毛泽东、刘少奇、周恩来等，还有普通设计师、工人群众等，这是洪都的历史。胡育清先生谢绝了美女讲解员的好意，坚持自己担任解说，除了表达对我们的热情，更多的是出自他对洪都的挚爱。在胡先生中气十足的讲解中,他再三说,这里能听能观,但不能拍与摄,怕泄密似的。

这面高墙上的图片记载着洪都人的辛酸和甘甜,串联起洪都的昨天和今天,并发散至未来。图片墙往后有航空器实物及模型,后边连着庞大的工作车间,在最后的大车间里,C919的前机身就是在此完成打造,运往上海的。

胡育清引着我们边说边走,忽而在一幅红颜色的图画前停止了脚步,我们也同步停住,一起驻足在那张并不起眼的图片前。

这是一幅中国地图,色彩淡黄,气韵生动,上面标有许多路由箭头,这些酡红线条引出的箭头从南昌出发,弧形地分往全国众多的城市,乍看依稀是一张作战地图,弧线所指是部队行进的路线。但走上前去细细一瞧,却是一张人员流动图。

胡育清说:"这是上世纪五六十年代,洪都支援各地航空战线的人员情况,有些是主动支援,帮助兄弟省份发展航空,也有的是国家指令,支持三线建设。从320厂走出去的行政及技术人员共有上万人。"

我心头重重一震。因为在中国的版图上,南昌既不是直辖市也不是沿海发达城市,即使在华东的省会级城市中也算不上冒尖,要说人才,那必定是北上广津汉等地更具优势;但现在的情况恰好相反,是南昌的洪都航空驰援了外地。这张图上的众多箭头指向表明,南昌所在的320厂陆续向外输出了大批专才,这些外地企业有北京的211厂,石家庄的522厂,西安的432厂、144厂,宝鸡的212厂,汉中的0127基地,成都的132厂,大庸的013基地等。在图旁注着这么一段文字说明:多年来,洪都援建包建了航空工业的六家企业、两个基地,输出优秀人才九千多人;除了人员,还无偿向石家庄522厂输送了完整的运 5 飞机制造能力。

当我从那些数字中得到启蒙，深度理解了胡育清脸上的笑颜时，喃喃地说："洪都是一只下金蛋的鸡，孵化了一批小鸡，这个比喻合适吗？"

胡育清一拍脑袋，使劲地点了点头。半晌，他幽然地说："当年援助成都 132 厂，洪都干部职工几乎一分为二，共有二千二百四十人不说二话，卷起铺盖奔赴大西南，相当于在成都这张白纸上又画出了一个新洪都。"他鼓了鼓腮帮子说："前几年去成飞，吃饭时有几位领导说，他们就是当年从洪都跟着父母一块儿去的四川，去时才四五岁。子承父业，现在已经是那里的高管了。"

他望着从上海过去的咱们一群人，向前高举起一只手说："中国商飞贺东风董事长来洪都听了介绍，深情地说，啊，原来北京的 211 厂的源头之一也在洪都，我一毕业，进的就是这家 211 厂。"

大鹏频飞

人的一生总有一个大致的职业方向，或者说事业趋向的一致性。有生命力的企业也必然有个相对恒定的取向。新生后的洪都制造出了第一架初级教练机，接下来的目光毫不犹豫地盯上了中教机和高教机。

一九九〇年十一月二十一日，由洪都航空与巴基斯坦联合研制的喷气式中级教练机教 8 首飞上天。中教 8 也叫 K8，取自中国和巴基斯坦交界的喀喇昆仑山的首个字母。这款中教机实现了由螺旋桨向喷气式的转进，而且是首次中外合作、共担风险、外销为主的机种，创下中国航空产品国际化、市场化的先例。K8 的出口量达到三百三十架，在上世纪九十年代的国际市场占了同类机百分之七十的市场份额，已是大买卖。不但卖整机，也输出生产线，有的国家甚至二次采购。一九九九年K8向埃及出口了整机生产线，当年参与竞标的有美国、意大利等企业，最后洪都胜出，获3.45亿美元订单，成为当时飞机出口第一大单。

中教机之后，当然是高教机。然而，球永远不会从你希盼的角度传来。上世纪八九十年代，"造机不如买机论"甚嚣尘上，运10都进了冷宫，洪都人自主发展的日子自然不会好过。好在洪都人已习惯了"自力才能更生"的信条，"买机论"绝杀不了洪都人的夙愿。洪都一旦越过中教机，便一路向高教机冲击。一九九八年开研的高级教练机L15，二〇〇六年三月实现首飞。和莱特兄弟当年的经历类似，L15首飞六年后有关部门才给这款英俊的双发、喷气式高级教练机立项。

高教机L15机头尖伸，周身乌黑，机身与机体融为一体，气势苍茫放纵，颜值超高，填补了国家在高教机方面的空白，获得国家科技进步一等奖。L15的意义非同一般，能培养战机飞行员自不待说，这类能短距离起降的飞机，说不定为舰载机摸索出一条新路子。在航空领域，自飞机诞生之日起，军用、民用始终交叠纠缠，难拆难分。波音、麦道之流，靠军机起家，又是民机大户，更是庞大的军火暴发商。

一颗来自黄浦江畔的福星，落在了南昌东郊、瑶湖之滨的航空城。二〇〇九年五月，洪都航空与中国商飞签署了两大部件的谅解备忘录，成为C919大客机前机身、中后机身段的唯一供应商。次年，伴随着中国制造的激越华章，承载着洪都人参研国产大飞机的梦想，洪都商飞股份公司正式挂牌。公司成立当天，C919客机机身等直段部段开铆，在英雄城打响了铆装第一枪。短短九十天，该部段顺利下架，许多行家认为不可能做到的事,洪都人又一次做到了。

在不断突破新技术的瓶颈面前,洪都人无与伦比的精神激励和发展自信再也藏不住了。一鲸落,万物生,在新的希望降临的路上,再艰难的跋涉也要越过。

以前的金属蒙皮拉形,是通过化学方法将材料许久浸泡在化学液体中,工艺传统,许多缺陷。经过三个月的攻关,洪都人掌握了蒙皮滚弯的物理方法,采用全新的蒙皮拉形轨迹自动生成算法,将大块的第三代铝锂合金拉扯成曲成形,将机身包裹起来。产品难免用成绩单说话,二〇一四年五月,C919客机首架机前机身段率先下线,率先通过适航审查,率先交给上海商飞。当年九月,首架中后段机身交付商飞,拉开了国产大客机机体结构件总装的序幕。

洪都人的记忆挥之不去。将航空城的机身段运去浦东,也是难题一桩。没批量生产,只是样机的部件,水路没开,只能公路运输。加长加宽的平板大卡受诸多限制,高速公路需占两条车道,过不去的收费口得临时拆除。为不影响交通,非得晚上行车不可。洪都人事先将运输线勘查一遍,哪有桥哪有收费站,哪条路能走哪条不能走,统统摸一遍。跟沿途各省市的路政部门、交警部门提前沟通,求得支援。尽管如此,"巨无霸"单趟运输还是花了二十二天。

在洪都人的美学中,攻克难题也是一种快乐。

二〇一八年十月,C919客机转场至洪都航空城所在瑶湖机场试航。

第 08 章

海归女子

陆士嘉与犹太人冯·卡门同辈，师从空气动力学之父、德国物理学鬼才普朗特。由于这层逻辑，她的小学同学、同龄人钱学森，应当尊她为"师姑"。

百年后，我们风轻云淡地点评前人，二百年后，后人也能居高临下地点评我辈。

写过了冯如、杨仙逸、巴玉藻、王助、曾诒经、徐舜寿、张阿舟等一批海归航空精英，我很想写一位女性，后来的航空理论界巨子陆士嘉。她与力学大师犹太人冯·卡门同辈，师从空气动力学之父、德国物理学鬼才普朗特——所谓一代宗师，也许一半是"疯子"。由于这层逻辑，她的小学同学、同龄人钱学森，应当尊她为"师姑"。

士嘉书院

听说我写陆前辈的文字，十多年前从北京航空航天大学毕业的王女士兴冲冲地找来不少图片，又神秘兮兮地说，这是北航陆士嘉实验室的内部照片，独家。又说，陆教授是个纯粹的学人，不追逐时兴，踏踏实实做学问，实实在在教书。有鉴于此，北航将流体力学实验室冠名为陆士嘉实验室，以示怀念。

我在航空学界混迹多年，对陆士嘉并不陌生。从地域概念分，陆士嘉、钱学森和我同属杭州市人，她的祖上萧山，我的家乡富阳，算是近邻。但我对小王发给我的陆士嘉实验室的照片依然兴趣盎然，赶忙打开手机，翻阅起来。

共有五幅头像照，三个外国人，两个中国人，其中四个男人，一个女人，都是航空航天系名震寰宇的人物，依次为儒科夫斯基（俄国）、路德维希·普朗特（德国）、冯·卡门（美国）、钱学森及陆士嘉。相片上唯一的女性蓄着短发，架副眼镜，目光深邃地瞧着远方。右边有文字注释：陆士嘉，著名流体力学家、力学教育家，师从流体力学大师普朗特，长期从事空气动力学和航空工程的研究和教学，倡导漩涡、分离流和湍流结构的研究，是北京航空学院的筹建者之一，创办了我国第一个空气动力学专业，为发展中国力学事业和培养航空工业科技人才作出了贡献。

王女士又来电话，说晓得吗，北航还有"士嘉书院"，已有学生毕业。我说当然晓得，那是以陆士嘉命名的书院，书院创办于二〇一七年，以陆士嘉先生为榜样，讲好士嘉故事，传承士嘉精神，厚植大师大爱文化；以培养航空航天领域领军人才为目标，要求学生具有高度国家意识，学识一流，胸怀寰宇，致真唯实。书院以"强化基础、突出实践、重在素质、面向创新"为方针，在一二年级强化通识教育，实行宽口径、大平台、导师制、社区化的专业设置与培养方式，竭力为学生打造厚实的价值链、能力桥和知识港。一大堆学术化的词汇。

在大学下设某人书院、实验室，建某某楼，中外古今皆有。有的靠政治名望，有的靠捐钱捐物，而士嘉书院是以陆先生的学识、学品、人品垒起的书院，自然比金钱堆砌的更有审美价值。

陆士嘉出生于晚清苏州知府衙门的内宅狮子林，钟鸣鼎食人家。爷爷陆钟琦为山西巡抚，但这个末代巡抚上任即意味着灭亡。

一九一一年十一月，那个血色之夜，陆钟琦及曾留学日本的儿子陆光熙在太原巡抚衙门被阎锡山的起义军乱枪打死。在惨遭灭门的变故中，陆光熙的妻子施桐君在仆人的帮助下，从后院的东墙刨开一个小洞，抱着只诞生八个月的女婴疯狂奔入茫茫黑夜中，终于在时代巨变和政治绝杀中逃出了一条生路。这个女婴就是陆士嘉。

在失去了丈夫和公公，从满门斩杀的血海中逃逸出来的施桐君精神受到极大刺激，又听信某位江湖巫师的言论，说陆氏灭门，是有小人克府，此人必须撵离。施氏思前想后，认定这个克星就是陆士嘉，就狠狠心，找了个自己也说服不了的由头将她送给亲戚寄养，这在陆士嘉幼小的心灵中留下了巨大的阴影。

陆士嘉幼年时代颠沛流离，但聪明异常。一九一八年，七岁的她轻松考进当时北京第一等的小学——师大一附小。读高小时，和钱学森、张维同班，十八岁的邓颖超是他们的老师。陆士嘉十二岁，考上北京师范大学附中，一九二九年进入北师大物理系，为该系唯一的女生。考虑到国与家内忧外患，她寄住舅舅家，为节省计，采取半工半读的方式学习。但这并没有影响她的学业品质，四年后，这唯一的女性以物理系第一名的成绩毕业，进中学当了老师，月薪不低，每月一百二十元，快接近大学老师的薪资了。但她觉得北师大的天花板不够高，胸中的知识不足以托起她心中的梦求。她向友人筹到了点钱款，决定自费出国深造。一九三七年八月十一日，淞沪会战爆发的前夜，陆士嘉和准丈夫张维（考取"中英庚款"，获留英名额，归国后任清华大学副校长）乘上最后一班从上海驶往欧洲的轮船，听着远处不时响起的隆隆炮声，在满船学生的恸哭声中告别母国。

去德国后，陆士嘉师从科学狂人普朗特，那可是当时最顶级的科学家，空气动力学界一代宗师。陆士嘉戴上博士帽的那一刻，英姿飒爽，风华正茂，无论留在欧洲还是西渡美国，都会有更好的实验室开展研究，在更高级别的刊物发表论文，也将有更宽大的施展舞台，说不准就成了另一个居里夫人。但她毫不留恋，回到还处在战乱中的故国，在简陋的实验室做实验，在简陋的教室里握起教鞭，无怨无悔一辈子。这在当前有些人眼里是难以想象的，但陆士嘉做到了，而且做得波澜不惊，心如止水。为这样的科学家开设书院和实验室，没有哪位有识之士会不爽。

志士有女

人与人之间相同偶然，相异必然。陆士嘉的经历和才学奠定了她必是那种异类。

她出生在风雷激荡的年代，生下来叫陆秀珍——珍呀娟呀琴呀的，女孩常见的起名用字。这个名字用了十多年。她从小喜爱诗词，喜欢李杜，也像林黛玉那样多愁善感。十五岁那年，她亲眼目睹了发生在北京的"三一八"惨案，并参加了鲁迅笔下记念过的刘和珍同学的追思会。她发觉牺牲的一些女性名字中都有个"士"字，比如魏士毅，很有些英雄气概。而自己的名字"秀珍"过于文弱，也应该有个"士"，遂将陆秀珍改为陆士嘉。还是那一年，她从朋友那儿得到一本《居里夫人传》，读着读着，完全被书中那个瘦小的波兰女人迷住了。居里夫人就像阿拉伯神话中的那盏明灯，点亮了她前头的方向。她突然做出了改变自己一生的决定：学理科，攻读物理，当中国的居里夫人！当时，国内外航空方兴未艾，航天还在启蒙期，她决定像有些人那样，将物理科学具体化,走航空救国之路。

当时,顶尖人才在欧美,她将目光投向远方,锁定了德国物理学家普朗特。但那不是一厢情愿能办成的,普朗特是什么人,是全球顶尖的空气动力学(也叫流体力学)大师,手下的徒弟,个个身手不凡,像冯·卡门、铁摩辛柯、布拉修斯,以后都是课本里的名字,哪一个出去皆惊倒一方。普派亦称哥廷根学派,而且普朗特从未收过女博士,而她一定要试一试。两人就这么杠上了。普朗特得知这名中国女孩真想报考他的研究生时,觉得这个女娃必定吃错了药,因为流体力学对数学的门槛极高,一个东亚小女子能有那样的数学功底?根本连面都不想见。某一天,当这位戴副眼镜的中国女孩出现在门口时,他大大吃了一惊,而一代宗师的身份使他又不便当场发作,只得嗫嚅着说:"嗯,这个,先拿几本书去读,两个月后来考试,合格了,就收你。"说完,普朗特扔给她几本高深的数学书,明显是逼她知难而退。

两个月后,当普朗特几乎忘了这事的时候,这位柔弱的中国姑娘又出现在哥廷根大学普大师的办公室。教授吓了一跳,说你怎么又来了?她说我来践约呀,准备考您的卷子。普朗特挠了挠脑门,忆起当时的确说过考试的事,便硬着头皮说,你等着,我出题目考你。他摸了摸自己的下腭,出了几道数学难题给她,自顾忙去。

过了没多久,陆士嘉将手上的答卷呈递给普朗特。教授睨了她一眼,哈哈,这么快交卷,也许是白卷吧,这样你不想走都缺理由了。但当他瞅了一眼答卷,以为在做梦,又仔细瞧了瞧,惊得胡须都快掉地板上。这个东方小女人竟然答对了试题,成绩远在及格线之上。普朗特长叹一声,来回踱了几步,又无可奈何。他反复摇了摇头,叽里咕噜说了几句德文,意思是你既然答对了题,咱一个大师级人物也不能耍赖，只能成交。如此，陆士嘉便成了这位傲慢的日耳曼教授破例接受的唯一中国留学生，毕生唯一一位女博士，也是关门弟子。

对来之不易的机会，陆士嘉倍加珍惜，一头埋在书里，扎在实验室。她最喜欢居里夫人那句话：贫困固然不好，但太富裕也没有必要。流体力学令她心潮澎湃。一九四二年，她完成了《圆柱射流遇垂直气流时的上卷》论文，获博士学位，并且拿到了洪堡奖学金。她论文中研究的是两股气流相互作用的流动问题，不仅在上世纪四十年代有应用价值，甚至今天航天飞行器高速飞行时的气动控制，也利用了这种相互作用原理。

一九四六年，二战已经结束，至暗至乱时刻过去。按陆士嘉的条件，完全可以留在欧洲，或者去美国。但她心中有个"士"，尽管是女人，也要成为有志之士，她应该为自己的国家而生，为国家而活。一九四六年，她和丈夫张维一起回国，在天津北洋大学任教授。

一九四七年，应清华大学钱伟长邀请，陆士嘉夫妻进入清华园，张维任教授，她因为当时"夫妇不能同时任教授"的不成文规定，在水工试验所任研究员。一九四九年，国民党逃台，多人前来游说，希望二位杰出的物理学家去台湾"发展"。陆士嘉和张维不为所动，他们绝不离开故土半步。

女先生

新中国成立后，陆士嘉以其在流体力学上的高原地位，成为国内最重要的航空科学家之一。在清华第一次教授会议上，驻校军代表宣布即日起取消原清华大学关于"夫妇不能同时任教授"的规定。次日，陆士嘉便收到了清华大学航空系教授的聘书。以后，她又成为北京大学的兼职教授。

有人开始称她为先生。随着年龄的增长，称呼她为先生的人愈来愈多，多数和她交往的以及她的学生都尊她为"陆先生"。先生，一般是对男士的称呼，对女士用这类称呼的并不多见，比如宋庆龄先生、冰心先生等，这是对学问高深、品行道德皆令人尊敬的女性的称谓。称陆士嘉为先生，是对她从骨子里的尊崇，这样的称呼超越了性别，超越了时空，比教授更亲切，比老师更亲近，比同事更贴切。

一九五二年，她赶上了高校史上的大事件——院系调整，国家准备成立北京航空学院（后来为北京航空航天大学）。她以创始人的身份，担任北航筹建委员会委员，并创下多个第一：第一个空气动力学专业的奠基人，第一任空气动力教研部主任，创建了第一个流体力学实验室。尤其在担任国内首个空气动力学教研室主任后，开设了理论空气动力学、实验空气动力学等系列课程，并为教研室建立了一整套低、高速风洞设备。一九五六年，在一年前回国的小学同学钱学森的建议下，她勇敢地突破原苏联航空教育体系的桎梏，吸收欧美的教育优长，创办了中国最早的空气动力学本科专业。从此，她的名字便和她的专业一样，永远和北航黏连在了一起，先后担任北京航空学院飞机系副主任、院学术委员会副主任等。

一九五四年，新中国第一届人代会召开，总共代表一千二百二十六人，女性代表一百四十七人，陆士嘉为其中之一。她作为浙江省的代表被选举参会，和她同行的浙江代表有周建人、竺可桢、邵力子、马叙伦、马寅初、冯雪峰等，都是广为人知的历史人物。在这次人民代表大会上，她受到毛泽东主席、周恩来总理的接见。

上世纪五六十年代，为配合国家从天空走向太空，她在教学的基础上，积极从事黏性流体力学、电磁流体力学和高超声速空气动力学的研究，为北航及科技人员尽快熟悉太空并展开工作起到了引领作用。在学校，她主导开设黏性流体力学课程，带领年轻教师共同完成了上述学科的教案。她倡导，科学研究要考虑是否对流体力学的发展有用，对国家发展有用。一九六五年，她任北航第一研究室主任时，组建了一个高超声速研究小组，并再三强调其研究方向和课题不能从文献中去找，不能抄国外的作业，而必须服从实际任务，课题必须源于型号设计的需求。

陆士嘉毕竟不同于钱学森或徐舜寿，后者的战壕在制造的厂区，在大西北的试验场，在应用的终端区，而前者的战场在教室，在实验室，思考和研究的是流体力学方面正在探索或有待探索的问题，一时难见成效。也有人劝她别干这些"以后"的事，不如做些周期短、见效快的工作。她坦率地说："我知道有些问题短期见不到成果，甚至下一代也难见到，但基础研究就是无尽的探索。我希望我国在力学上有所突破，最好有重大突破，我愿意成为探索中的一名小卒，一颗铺路石子，为后来者积蓄经验。"

一九七九年，中央决定恢复"文革"期间被废止的中国科学院学部委员（一九九三年后称院士）评选，学部委员是国家设立的科学技术最高学术称号。一九八一年，中科院开始正式增选委员。按规定，每名候选人须有三名学部委员推荐，而主动推荐陆士嘉的委员达到七名，其中包括号称"教育宗师、科学泰斗"的严济慈老先生。第一轮讨论愉快通过，当有关部门请她填表格时，她还蒙在鼓里，生气地说："我并没有申请做委员，为什么要填表？"工作人员告诉她，这是多位科学家联名推荐的，是陆先生众望所归。她沉思一下，说："我回国以后主要在学校从事教学，也做了些研究工作，但比不上一生都做研究做应用的，比如钱学森、邓稼先、郭永怀他们。另外，我年龄大了，为国家出力的时间和机会不多了，还是让年轻人上去比较合适。"第二轮讨论时，陆士嘉又被一致推选为候选人。当有人正式通知她时，经过沉思默想，她给科学院写了一封信，以一名老党员的诚恳言辞，请求将她的名字从候选人中删去。事后，严济慈钦佩地说："别人打破头找我推荐，我皆推脱。我力挺陆先生，她却请辞。"科学院和媒体盛赞她"两让委员"的高风。

回望上世纪四十年代，德国被美苏肢解，狼虎相争，欧洲如魑魅魍魉。在陆士嘉夫妇回国前后，哥廷根大学的波尔教授忧心忡忡地找到她，首先表达了对她的信任，其次是诚恳地请求将他花毕生的积蓄兑换的1.75公斤白金（铂，做科学研究用）带走。并留下假设：如果将来德国形势好转，归还给他；如果局势不利，就作为礼物相赠了。陆士嘉夫妇携带着1.75公斤白金如同担着半座阿尔卑斯山，由德国穿瑞士到法国，从马赛上船，万里迢迢，终于回到阔别了九年的上海，又从上海至天津抵达北平。因中国内战外战连轴转，新建立的共和国百业待举，对外联络不畅，但她心里始终惦记着"完璧归赵"的事。时光推移到一九五六年，陆士嘉在北京接待一位来自东德的霍夫曼教授，终于打听到波尔教授还安在，就托霍夫曼将1.75公斤铂交还给原主。

真正的科学家，品格像金子。

一九六八年十二月，参与"两弹一星"的著名物理学家郭永怀（留美博士，中科院学部委员、力学大师），从青海核试验基地返回北京时，空中遭遇强对流天气，发生不测。飞机坠毁之际，郭永怀和警卫员牟方东的躯体紧紧地抱在一起，为的是将装有氢弹试验数据的公文袋夹在两人之间。

郭永怀悲壮地离去，但他另有一项重大任务却落到了陆士嘉肩上：将普朗特的著作《流体力学概论》英文版翻译成中文。这本著作多达五十五万字，如果由陆士嘉翻译，还得根据德文版重新再译，这对于年近六十、体力不支、身体欠佳的她来说，无疑是如翻雪山般艰巨。

陆士嘉的体力消退，并没有消减毅力和能力。她不加犹豫地接了下来。那是"文革"期间，她家原有的住房早已住进了别人。陆士嘉在她的斗室里逐字翻译，逐句推敲，不知度过了多少个通宵。在熬过了十几个寒暑后，一九八一年终于将老师的巨著译成。在出版的署名问题上，因她的强烈坚持，郭永怀为第一译者，第二才是她。

陆先生为著名的流体力学家，按规定，上下班可以派车接送，但她谢绝了校方好意，坚持每天乘公交上下班，从清华园的住宅到北航，再从北航返回清华。她常说，居里夫人没把两获诺贝尔奖当回事，随手将金质奖章扔给女儿在地上踢着玩。她常说，自己比郭永怀他们幸运，看到了氢弹的蘑菇云升起，听见了卫星从天上传回的"东方红"乐曲，还计较那些"等级"待遇干什么？但也遗憾，她在七十五岁就离大家而去，离她热爱的航空航天大河而去，离她一生爱吟唱的力学劲歌而去，没能等到神舟入太空、大飞机上天的那一刻。然而，薪火总会代代传接，她虽然不站在台前，却在幕后悉心哺育了一千多名学生，她的学生，以及学生的学生，广泛分布在我国航空、航天的宽广领域，成为许多重大成就的组织者与参与者。

像陆士嘉那样学成归国，没有站在航空航天第一线，而是甘为人梯的还有很多，季文美、范绪箕、张唯、沈元、张阿舟……

陆士嘉先生于一九八六年八月二十九日在北京逝世。国家有关方面领导人习仲勋、杨静仁、周培源、钱学森等参加遗体告别仪式，向这位世人尊敬的女科学家、教育家致哀，示以最深切、永久的怀念。

第 09 章 白发黄牛

只需有块晒谷场之类的坦地，运5就能平安起落。它也曾有过专机的风光，上世纪六十年代，制成可乘坐七人的专机，作为国礼分别赠予越南主席胡志明、尼泊尔国王马亨德拉。

二〇二一年，我国第一架国产运输机运5悄然度过了六十四岁生日。

前几年，国内各大航空公司竞相引入最新式的波音787和空客350，接机仪式鲜花媚艳。那一年，我在北方某中小机场调研，一架离地十五米飞行、刚撒完农药的运5在炫丽的晚霞中降落，默默地停在屋角，不带走半片云彩。我和走下飞机的机长握过手。这位八〇后的山西人打开手机，给我瞧了瞧里面的图片：那是一位女孩在A350旁的倩笑。他略带着羞涩地说，这是学妹，太原中学的学妹，也是民航飞行学院的学妹，已干上了A350的副驾。我看出了他脸上不易表达的那抹酸涩。他的潜台词或许是也想去开那样的大飞机。

运输机

运5已被都市时代的年轻人淡忘，而它也有过鲜亮的青春和怒放的韶华。事物都有它的时代性，运5大放异彩时，波音737的幽灵还在设计师的脑海中游荡。

新中国成立之初，百业待兴。国力所限，航空发展的侧重点在军机，无论在抗战还是解放战争，中国吃尽了无天空的苦头。在有限的资金面前，国家只能抓主放次，将资源投在军机，集中精力对付在国土防空最紧迫的歼击机上。属于民用的运输机，除了修复几架两航起义的陈旧飞机，只从苏联购买了少量里2（DC3的苏联版）来充装门面。

当时的民航——其实根本不存在民航，是属于空军编制下的一个小小部门，称空军民航部队，工作人员皆穿军装戴帽徽，直到一九八〇年左右才脱离空军，成为地方的一个单列行业，并逐步实行体制改革，走市场化之路。特殊的时段，特殊的国情，民机的制造怎么排都得往后靠。

朝鲜战争停火后，国内第一个五年计划顺利推进，举国上下如火山般爆发的建设激情，很快积攒起了一定家底，又在东南沿海打赢了几场漂亮的空战，综合国力显著提升，国家的目光渐渐从军机转向军机民机并举，飞入寻常百姓家的运输飞机被水到渠成地提上了议事日程。

时间从不给无为者机会。乾坤转，光阴迫，等不及一切皆从头越，最快的创造当然是引进、吸收、消化、创新。一九五四年，中国从苏联进口了一批安2运输机，也不多，共九架，五架给空军，四架供民用载客。

这类单引擎双翼飞机来华后，很快适应了中国的地理和气候，受到各界青睐。从生意经的角度论，这款飞机太适合中国国情了。安2结构简单却坚固，安全性超赞，能从崎岖不平的泥土跑道上起飞——起飞距离一百七十九米，降落滑行一百八十米，只需有块晒谷场之类的坦地，或者森林中的一片空地就能平安起落；上能升至三四千米，低能悬至一二十米，最低时速六十公里，比汽车还慢，却更安全，即使用罄了油，也能凭它的双层翼，飘个几十公里，找块坦地降落；维修方便度堪比直升机；拥有封闭式的座舱，最多可运载十二名乘客或一吨多的货物。技术人员经过研究，认为这类飞机除了当客机，也可用作农业机、联络机、医疗救护机，还可改装成防火灭火、地质勘察、跳伞训练机等各种用途。安2实在是太棒的飞行器，可以出没在国内所有机场，更能凭借其低空优势起降于任何一块稍微平整点的空地，对当时中国的基础设施现状来说无疑是量身定制的神器。令人难以置信的是，安2还有一个从物理学上解释不通的功能：向后倒飞。

如今，由安2脱胎而来的运5已经运行了六十余年，仍宝刀不老，少量生产的型号返销给俄罗斯。

前年，我去北京民航博物院，伸手摸了摸运5冰凉的躯体，忽然觉得被欧美造挤在偏僻一角、像老黄牛一样耕耘了一辈子的运5，饱含了委屈的泪花，仿佛有好多话要诉说，又不知从何说起。

测绘

过去的世界谈不上对与错，历史的光照更倾向于现在与未来。如果寻根，古稀之年的运5也是名家青春时期的作品。原苏联的安系列飞机，出品自安东诺夫设计局。领受安2设计任务时，刚满不惑之年、锐气爆棚的安东诺夫一反人们的预料，设计的飞机采用后三点式固定起落架、四叶螺旋桨、上下双翼结构……几乎和二战前的风格如出一辙，完全谈不上创意与时尚，简直是炒冷饭。人们在失望之后，却发现这款保守的设计潜伏着巨大的优势：制造简易、成本低廉、维修简单，尤其适合于战后康复国家的财政现实；双翼构造让翼展轻微，升力奇大，安全性超高；电开关失灵时能在空中以手摇启动，即使空中停车，也能滑行到附近的公路或随意坦地上；能搭乘十二人的机舱，符合了一般运力的需求。安2的最大飞行时速两百六十公里，航程超过八百公里。

当前的天空，空客波音满天飞，第三世界国家的机库里都停着不同颜色的新式机型，知识产权姑且不论，哪个国家有本事去仿制一架？怕一块发动机的桨叶也仿不出来。仿制不仅需要突破零部件的壁垒，还需要丝丝缕缕的嵌合，哪一环出了问题，仿品都会成为一堆废铁。

幸运之鸟再一次落在洪都航空的枝头。320厂既然拿下了初教5这个第一，也必定能将第一架运输机送上天空。一九五六年初，国产运输机的仿制母机正式确定为安2，并以国家任务下达给了红土地上的洪都。320厂成了沸腾的海洋，人们连夜召开会议，学习文件，成立领导小组，抽调技术人员，着手相关工作。洪都人将设计出国产民用客机当作划时代的任务来承担。

"测绘，首先是对被仿机型的测绘，将飞机所有条块的数据测绘下来，这是前提。"在西安飞机制造厂（172厂）工作多年，后担任运10大飞机总体设计的赵国强说。

我头一次听到仿制飞机从测绘开始，就问了这位一九三五年出生的航空前辈几个问题。

"测绘的数据决定飞机的质量。"他又重复了"测绘"这个地质学上用的词汇。

在他形象而通俗的诠释之中，我理解了测绘是仿制的基础。测绘就是测量和绘制。为此，320厂成立专门的测绘队伍，将原型机安2大卸十六块，将整架机拆成零零碎碎，分解为许许多多大小部件，做细细的测量。工作人员将解剖开的安2分成局部、个体进行量化的记录。机翼的大小、长度及弧度，机舱的容量、外形、内里、厚度，起落架的高度、钢材的粗细，驾驶舱的结构，螺旋桨叶的片数、尺寸……切割了再切割，精细了再精细。当安2被啃烂吃透，所有的部位，每一个零件都变成数据的时候，一架新机的模型图也自然生成了。

赵国强和卢贤新都是当年运10的设计者，一生干飞机，对飞机太熟悉了。我原是访谈运10找的他们，顺便也就谈到运5、运7之类。我说怎么没查到运5的总设计师？赵国强说，仿制别人的飞机，总设计师及其他设计人员的作用变得稀薄，数据的精确是第一位的。我似有所悟。

洪都人胼手胝足干了大半年，差不多将安2模型摸熟了的时候，北方的苏联老大哥突然伸出"同志加兄弟"的双手，于一九五七年初将安2全套技术资料运来中国。老大哥的目光早已放在喷气式飞机上，安2这类技术相对过时的图纸不妨送给中国。老大哥这一顺水人情无疑加快了仿制的进度，320厂测绘获取的数据，加上北方大国送来的图纸，马上就出现了国产运输机的雏形蓝图：长度12.69米，翼展18.18米，高度5.35米，最大起落重量五千两百五十千克，实用升限四千五百米，最大航程八百四十五千米，经济巡航速度一百六十公里，乘员十四人。

依然是没日没夜，依然是只争朝夕。一九五七年十月初，用于静力实验的第一架样机完工下线。因320厂的静力试验室条件一般，样机于十月十日运往沈阳112厂（原国营松陵机械厂，今沈阳飞机制造厂，当时主要研制歼击机），那里的设备及技术力量雄厚。在设计大师徐舜寿等人的亲自把持下，试验工作于十一月二十七日顺利结束。

南昌的320厂深受鼓舞，用短短一周时间，组装完成了用于试飞的01号样机。一九五七年十二月七日，样机在南昌青云谱机场成功首飞。出厂试飞和鉴定试飞皆由试飞员陈达礼完成，共飞行十三次四十八个起落，空中飞行时长三十二小时。由主任委员王秉璋、副主任委员刘鼎、沈图等十五人组成的国家鉴定委员会对飞机进行了全面的技术鉴定，认为飞机性能良好，达到设计标准。同年十二月二十四日，鉴定委批准将这款国产轻型运输机命名为"丰收2号"，并批量投入生产。当月第一架丰收2号出厂交付用户。一九六四年十一月一日，为规范统一，"丰收2号"被正式命名为"运输5型"，简称运5。

运5的机翼为单支柱、不等长翼展的双翼结构；全金属双梁骨架，前梁以后为布蒙皮，机翼平面形状为矩形。机身为全金属半硬壳式结构，外形呈流线型。尾翼为斜撑杆式蒙皮结构。起落架为后三点式固定式。驾驶舱配两个可拆卸座椅，舱罩上部有应急舱盖，舱内有通风和加温装置，可用于对挡风玻璃加温除冰。运5采用一台南方航空动力机械公司生产的活塞5发动机和金属螺旋桨。

仿制外国飞机是模仿学习的过程，但不等于全盘照抄、丁点不变。比较安2与运5，在技术指标、性能参数等方面还是有一些变化，不过是仿的成分多，自主设计的成分少罢了，仿也是需要技术门槛的。运5既可作为运输旅客的客机，也可以改装成各种用途的作业机。

小小神驹

中华大地是创造神话的地方。北方大国的安2在蜕变成运5之前，怎么也想不到在不经意间会派生出一件件神器。

运5结构巧妙，筋骨厚实，其维修成本只相当于大型拖拉机。如果退回到二战前后，其一百多米的滑跑距离非常适合上航母。它另有两项绝活，一是手摇发动，二是超低空飞行，使这位空中小神驹演出了不少滑稽的喜剧。

运5有着和拖拉机一样的再启动手摇把子，使它在电动打不着火的情况下，使用手摇的办法点燃发动机，无论是在地面还是空中。运5的手摇把子藏于副驾驶身后的壁板下，那里有个和拖拉机手摇把子一样的传动轴接口，里面的传动轴穿过机舱通向发动机上的大型惯性飞轮，手摇时先用力将那个飞轮转到一定的速度，再由离合器连接到发动机带动汽缸。这种设计和拖拉机太相似了，原本地上天上是一家。

一九七五年，湖北某机场的一架运5载着十名学员训练跳伞。当飞机离机场几十公里时，巨大的嗡嗡声消失，机长的第一感觉是发动机停摆不干了。机长也不着急，笃悠悠地打了几次火，电瓶按钮不买账，还是启动不了。他往后努了努嘴，说兄弟们搭把手，摇一摇。几个小伙子铁青着脸走上前去，摇了几次也没摇着。机长又说，今天逆风大，螺旋桨所受阻力大，也可能是个别汽缸有卡活塞的现象，只能再使点力。最后一个壮小伙站起来，说自己开过拖拉机，常用手摇，再大的逆风也能摇醒马达。他上了场，深吸一口气，使劲摇那个铁把子。摇了几下，机长就听见砰砰砰的声音传进整个机舱，这是发动机的汽缸重新启动的征兆。壮小伙继续发力，一顿狂摇，当九个汽缸全部启动时，那名机长回过头来，笑眯眯地说："辛苦了，兄弟，飞机马上就要落地了。"壮小伙愣住了："刚点着就落地了？"机长笑一笑。原来机长做了两手准备，发动机能摇着便好，万一摇不着，凭运5的"飘扬神功"，也能找块坦地降落。不料今天这一飘就飘了二三十公里，已飘回了机场。

一九九〇年，两架运5同时在北疆地区作业，干到第三天，其中一架飞机的发动机滑油不时超温，无法将活干到圆满。单靠一架飞机成不了事，而基地有备份的运5，但缺飞行员。正常的替代方案就是将飞机飞回基地，换一架无故障的飞机来。但飞行计划需要空管部门审批，而管制部门以这里是边境地区为由，没有批准换机计划。在这两难当口，两位机长商量出一个大胆冒险的计划：利用运5低空性能超好，机翼又是帆布蒙皮、雷达反射面积超小的特长，沿着两地之间的一条河谷超低空飞回去。时间上，选择在凌晨开飞，气温偏低，滑油系统能坚持到基地而不至于严重过热。第二天，东边刚泛出鱼肚白，一名机长载着机械师就起飞了，沿着弯弯曲曲的伊犁河，保持十五米的高度目视飞行，左转右闪的飞行刺激又过瘾，两人一路沉浸在兴奋中。他们关闭了飞机应答机，在神不知鬼不觉中飞回基地，换上一架无故障的运5，如法炮制地原路返回。

运5产生的神话一个接一个。二〇〇二年西北一架运5执行转场任务，估计是油位传感器出了问题，显示油量远大于实际油量，导致该机转场一半就没了油。机长发觉下面是一条山区公路，汽车不多，就收一下杆，顺势下降，瞧着前后无车，一个流利的轻三点接地，人和机都是安然无恙。后生机长下得公路，掏出手机叫来一辆油车，加满油，摇醒发动机，又把飞机开走，当做什么事都没有发生过。换架湾流或庞巴迪，说不定早埋沟里了。

由安2脱胎而来的运5，古风洋溢，潇洒自得。一九五八年在南昌320厂开样出厂，生产七百多架，一九七〇年转至石家庄飞机厂（原红星机械厂）继续生产，前后出口至越南、朝鲜等多个国家，成为我国出批量最大、时间战线最长、作业用途最广的飞行机种。

仿制以后便是创造。安2原型机一旦绑上中国翅膀，自然衍生出大量新型号。运5是一款经典的"傻瓜型"机，在几十年生涯中，虽然也发生过一级事故，但主要是仪器仪表失灵导致的撞山和坠水，发生了事故也不见得死人，这款"善良"的飞机以其优异的超低空飞行的看家本领，拯救了许多人的性命。运5的安全性使技术人员创意翻涌，使它的大家庭增添了甲乙丙丁一系列子孙。有民机也有军机，有陆上机也有水上机，有载人机也有载货机，其家族的繁衍能力和旺盛的生命力早已跳出了原有的窠臼，令它的母机国目瞪口呆。

运5自登上天际线那一刻起，注定着有故事。它的简易和简单几乎是透明的，却不会被完全看透，本以为只结了一根绳，却牵出了一条长长的线，收都收不住。运5也曾有过专机的风光。一九六〇年八月，洪都人在运5的平台上，设计改装了可乘坐七人的专机，其中一架作为国礼送给当时的越南主席胡志明。一九六二年至一九六三年制成专机三架，分别赠予尼泊尔国王马亨德拉及大臣们。

运5的命运之神不徐不急，它从小黄牛到老黄牛，一路发展至今，显得那么从容不迫，即便早过了青春期，即便过了甲子之年，头上白发苍然，眼含委屈，也并不是无人问津，也并没有衰老多少，或者不想衰老——喷气机时代跟它并不对立。这就是我国第一架神一般的小小运输机。

第 10 章 阎良上空

运7总师徐舜寿少年入清华,留学美国,在"文革"中,心中仍有翻滚的江河,抱病编译了《飞机寿命》《疲劳译文集》。他编译的《英汉航空工程名词词典》,被航空人士当作床头书。

秋风起处，枫林金染。

轻风下的石川河从北绕过小城阎良，河水泛起淡淡的青绿，波光潋滟，秋水伊人，迷醉在航空城。

阎良

在航空人心里，阎良的名声实在响不过，谈航空、谈飞机、谈飞行，很难绕开阎良。它的名字和轰6、运7、飞豹、新舟、运20等飞机品牌连在一起，和陈一坚、唐长红院士连在一起，和滑俊、王昂、黄炳新、李中华、赵鹏等几代试飞豪杰连在一起。如今的阎良航空城驻有西安飞机制造公司（原172厂）、中航工业第一飞机设计研究院、中国飞行试验研究院等重量级单位，简称"两院一厂"，在中国航空工业领域扮演着台柱子的角色。写运7，笔起于阎良。

阎良航空新城如日中天，却也遮掩不住其厚重的历史。春秋战国时期，诸侯割据，战火连年，孝公为强秦公开招贤，引进"外脑"。商鞅自卫国入秦，提出"废井田、重农桑、奖军功、统一度量"等创意求变策略，被孝公全盘采纳，从此秦国强盛，凌驾于六国之上。商鞅变法的发生地就在西安东北的小城阎良。前有始祖爷轩辕黄帝在此铸鼎安天下，后有秦孝公启用商鞅在此推行新政，终使秦地崛起，一统天下。

上世纪三十年代，"九一八"事件后，国民政府设西安为西京，由行政院直辖，准备日本大举侵华时接替南京。抗战全面爆发，政府退往重庆，仍保留着西安隐形首都的打算。可见西安在中国版图中的江湖地位。共和国"三线"建设时期，搬往西安的科研院所和高校不计其数，中央将很多苏联援建项目也直接落户西安，硬是将西安打造成了北方第二大科技人才储备库，仅次于北京。而西安的飞地阎良，顺此逻辑一番作为，成就我国争夺制空权的一大支点。

时光推移至一九五五年，依据毛泽东和周恩来的指示，我国决定建设轰炸机制造厂（代号172厂）和飞行研究院，作为第二个五年计划骨干项目，也是苏联援华的重点工程。国家结合三线建设，通过对内蒙古集宁、新疆伊犁、甘肃张掖、陕西阎良、四川川西等十多个地点的踏勘比对，认定阎良在自然、地理、交通、经济等方面具备优势。

阎良位于关中平原东部偏北，距西安七十公里，南北有山，中间地势平坦开阔，海拔高度适中，气候温和，雨量适中，风沙较少，晴日远多于阴雨，全年有两百八十天以上的飞行日，周边净空良好，试飞空域舒阔。阎良驻有空军第十一航校，机场适合中型轰炸机、高速重型飞机起降。一九五七年，中央拍板，中国新兴的航空工业基地落子阎良。

场址选定，飞行研究院和172制造工厂同时开建，工作区、生活区统一规划，两家共用十一航校搬迁后留下的现成机场，可以省下数千万元的投资。一九五八年初，172厂张掖筹备处迁来阎良，五月八日开土动工。一厂一院历建八年，累计投入两亿元，于一九六六年建成，如从天外降落了一座占地一百万平方米的大中型军、民用飞机研发、制造、试验基地。

阎良基地建设过程，不断有新的院所加塞进来，形成虹吸效应。一九五八年，空军第一航空工业工程技术学校从甘肃东迁，入境阎良，毕业生就近分配至172厂。一九五九年四月，飞行研究院（经多次体制改革，称谓不停变化，今为中国飞行试验研究院，简称试飞院）接收空军十一航校，正式落户阎良。试飞院仅用一年时间就完成了机场、大营房、小营房等改造任务，建成了国家级科研鉴定试飞基地，于一九六〇年六月十七日正式执行飞行鉴定与研究任务。一九六五年七月，隶属第三机械工业部（后来的航空工业部）的原国防部第七研究院第十研究所（代号603所，今为中国第一飞机设计研究院，简称一飞院）搬入阎良。有了172厂、试飞院、603所等拳头企事业单位的加入，数万航空精英云集古城，阎良成为我国唯一集飞机设计、生产制造、试飞与教学科研于一体的大型航空基地。据《阎良区志》记载，阎良基地自1966年投产以来，掀起了一股股航空风暴，先后仿制、研发了轰6系列、运7系列、运8、飞豹、新舟、运20等30多种型号的飞机，阎良的名字从此和航空镶嵌。

运7

民用客机运7从这里起航。

洪都人在五十年代造出了运5，适航性和极大的通用性好评如潮，在加装了涡轮增压器后还能进行高空作业，用来探测高空大气和测量地形地物。这头小黄牛勤勤恳恳，干活从不叫苦叫累，没有丁点儿娇气，养着的成本超不过两辆卡车。按业内人士的说法，这款飞机啥都好，就是装得太少了，人只能装十几个，货不过两吨，还比不过一辆解放牌大卡车。上世纪六十年代，国民经济度过了三年困难时期，完成调整，各项数据连续向好，世界排名第七，开始实施第三个五年计划，对中大型民航机的空白再难以被忽视。

天才设计师徐舜寿提议，以苏制安24型飞机为蓝本，造一款国产的中型（支线）客机。有人说："美英都在搞喷气机，为啥不直接上？"徐舜寿说："搞了半辈子飞机，我比谁都想上喷气机，上大飞机，我们先在军机上试，喷气客机总有一天会上天；不过眼下技术条件有限，先造出一款螺旋桨中型客机，为以后的大飞机探路。"

对此，徐舜寿已有详细的方案，他将自己的打算形成书面文案，上报有关部门。一九六六年三月，同在阎良的603所、172工厂首肯了徐舜寿方案，以联合行文的形式，上报《关于参照设计安24的联合报告》。三机部研究后同意一厂一所方案，将报告呈送分管航空工业的军委副主席叶剑英。十月十日，叶剑英提笔在报告上写下同意意见。

报告随后上呈至总理处，周恩来的心情似乎比三机部还急，第二天即批示同意，并且要求力争一九六八年或一九六九年试成。总理只给出了两年的设计与制造时间。

周恩来对国产机的渴望不是一般人所能了解，心头的伤口不时发作。他永远忘不了万隆会议。当时中国没有能飞出国境的飞机，只能从印度航空租了架"克什米尔公主号"作为交通工具。但这架飞机早就被台湾特务机关盯上了，保密局事先买通香港启德机场一名清洁工，在飞机的右翼轮舱处安放了定时炸弹。"克什米尔公主号"从香港起飞五小时后爆炸起火，坠落海面。除了三名机组成员生还，其余十一名参会代表及中外新闻记者全部遇难。周恩来因受到缅甸总理吴努的邀请，临时绕道访缅，侥幸躲过劫难。

当年十月二十七日，国务院国防工办正式行文，下达了按安24型飞机参照设计的任务件，命名为"运7"。

接到批件后，中国的航空业整体躁动起来，以阎良603所为主体，西安飞机厂（172厂）、南昌洪都飞机厂（320厂）、成都飞机厂（132厂）派力量增援，共同组成了一支三百人的队伍。项目以西安飞机设计研究所所长徐舜寿为总设计师，立马投入工作。徐舜寿本着一向严谨的作风，要求测绘仿制工作循序渐进，从安24原型机的测绘开始，扎扎实实向前推进。用材方面，也尽量选用国产材料，尽可能多地国产化。担任总设计师后，他掌握着每个专业组、每个业务员的能力及特长，亲自审核每一份设计报告。

运载五十多人的运7不同于运5，更不是按运5几何尺寸的放大，它已经是一种支线客机，除了大量的逆向测绘工作，还有设计，既是仿，也是制。运7的零部件达到一万七千个，研制和生产需要采用许多新工艺新技术，比如钛合金成形、整体油箱制造、定向玻璃拉伸成形，都需要研究所和厂方攻城拔寨，逐一解锁。尽管如此，在徐舜寿严实、高效作风的熏化下，只花了一年多时间就完成了运7全部图纸的设计，包括工艺设备设计图纸和工艺流程。整套图纸共有五万一千九百标准页、四百七十三份技术条件和计算报告。运7的机载设备全部采购于国内，全国三百八十个厂所参与研发与制造，是一次航空业的大联合、大协作。

那些年，运7也受到了严重的人为干扰，尽管如此，偏安西北一隅的西飞人还是艰难地完成了"三级跳"。一九六九年十月,飞机进入试生产;次年十二月初,进行总装;十二月二十五日,进行首场试飞。

征夫不归

有奋斗就会有牺牲,没有悲壮哪来崇高。运7总师倒在了运7总装前夜的血泊中。

徐舜寿少年入清华,留学美国,曾随聂荣臻元帅访苏,全盘吃透米格21设计原理,在实际工作中又不唯"米格论",吸收美欧喷气战机两侧进气的优长,为我国歼8战机的设计定下了好基调。为此,他的弟子顾诵芬院士(后为歼8之父)最有体会。民机方面,他深度参与了歼教1、初教6、运5的设计与制造,强调全国一盘棋,集中人力、技术攻关。

徐舜寿曾创建了我国第一个飞机设计所(沈阳601所),先后担任601所、603所所长和设计总师,被授上校军衔,为我国多款型号的军、民机上天立下汗马功劳,他平时喜欢穿西装和皮夹克,爱喝咖啡,发型挺括;通晓英语和俄语,腔调倜傥;性格耿直,敢于发表不同意见。他自己主持小型会议时,谈吐随意,激动时站起身来,两手插兜。技术能力过于强大,加上不肯屈服的个性,"文革"中被踢成"学术权威",撤销了职务,后来身体也落下了病根。

在靠边站的那些日子,他通过龚国政等弟子念念不忘运7的进展,用第三只眼睛看着运7一步步走向成品。龚国政曾劝他:"老师,现在局势这么乱,您还是先保全自己吧。"

"苟利国家生死以,岂因祸福避趋之?"徐舜寿叹了几口气说,

"我个人不算什么，运7重要。搞设计必须坚持科学程序，前后衔接，逐次接近。我们是小步快跑，实际上每一小步，就是一次弹射。唉，我国在客机上需要补课的地方太多，不翻过火焰山，是到不了西天的。航空工业最好一个飞机一个飞机干下去，技术积累了，人才也培养出来了。"

对此，后任运7总师龚国政最有体会："徐老师做事如教科书般规范，咱们追随他是自我赋值。"他的另一位弟子、院士陈一坚也深有感叹："跟着徐老师如入芝兰之室，而远离了鲍鱼之肆。"

徐舜寿心中有翻滚的江河。他囿于斗室，没暇歇养，仍抱病编译了《飞机寿命》一书，并与人合作选编了《疲劳译文集》。他早先编译的《英汉航空工程名词词典》，被航空人士当作床头书，而他翻译的《飞机构造学》《飞机强度学》，被航空院校选为教材。他的为人像水晶一样透明，将自己的所学所思倾囊相授给助手们。一代宗师如他，先后帮助、培养出了一批中国航空工业的栋梁之材，如两院院士顾诵芬、工程院院士屠基达、陈一坚、管德、陆孝彭，总师或副总设计师程不时、陈嵩禄、郭松林、黄德森、高忠社、陈绍猷、吴克明、龚国政、付大卫等。

被人帮助是一种幸运，帮助别人也是一种幸福。

在我国坎坷的客机制造路上，徐舜寿提议并决策主导的运7也算闹出了大动静。上世纪八十年代共有五十六架运7同时在线，在当时不算发达的国内航线，成为最大的机群。运7生产线也是西飞最繁忙的生产线。

可埋头沉浸在设计领域的徐舜寿还没能体会到足够的喜感，天妒英才，徐舜寿在天边风暴的闷雷声中梦断阎良，惘然离开了人世。生前，他沉湎于匆忙的设计人生，奔波南北，没有停步的时候，直到把老命拼掉——人生的清闲和许多娱乐与他毫不相干；如今，忙碌了一辈子的他终于脱离人间苦海，去了那"贝阙仙宫"。他清闲了，有暇去回忆尘世时做过的许多大事、益事、善事，那是充满了温馨和惬意的，也能在天堂里诉说在阳世来不及诉说的憋屈。

他曾经说过，调往哪儿都无所谓，只要能搞飞机。

他曾经说过，最好的景色是事业的扩展，生命的意义在于扩张。顾诵芬、龚国政懂他的心，说："师父喜欢人生锋利，既向外拓展，也向内掘进，一支蜡烛两端燃烧。他喜欢醒着做梦，不愿睡着做梦。他太累了，让他悄悄地安眠吧。"

徐舜寿风流云散，一别如雨，来不及顾惜亲人们的眼泪。

写到这儿，我的脑际忽然萦绕着一位南方诗人的句子：

> 北方是悲哀的。
> 从塞外吹来的沙漠风，
> 卷走了生命的绿色。
> 而我——这来自南方的旅客，
> 却爱上这悲哀的北国。
> ……

我的神思缥缈飞动，又萦回起女作家宗璞的《哭小弟》。她的弟弟冯钟越——飞机强度所（623所）副所长，徐舜寿在清华大学的学弟，也是在阎良这片土地上，年仅五十岁便积劳成疾、积思成郁……长风万里秋雁去。在京的父亲冯友兰难抑悲痛，愀然写下挽联："……壮志未酬,洒泪岂只为家痛?全才罕遇,招魂也难再归来!"

面白身长的强度专家冯钟越,已化作一湾泉水,点滴滋润着关中深处的黄土地。

徐总师远行了,运7如失去了主心骨,研制工作受阻停顿。而"文革"时期,空军对运输机提出许多新要求,比如机型要大,载人要多,能短跑起飞甚至垂直起降,前后搞了四五套方案,折腾了好几年,许多困难和问题还是无法解决。事情吵吵嚷嚷进了毛泽东的耳朵,老人家说了句意味深长的话:"写字还是要先学'正楷'。"最高领导人的一句话,终止了运7的穷折腾,上级机关赶忙下文,要求按原型机测绘设计,运7绕了一段大弯路,碰了几鼻子血以后,又回到了徐舜寿设定的轨道上,可叹枉费了多年宝贵的时光,报废了数万张图纸。这一拖,就将当年号称"英俊少年"的运7拖到了八十年代,总设计师也由龚国政接任。一九八〇年,运7在换装了大功率的涡桨发动机后进行了生产与鉴定试飞。一九八二年七月,国家正式批准运7的定型设计,一九八四年一月二十三日,中国民航局颁发了适航证。

一九八五年十二月一日,国务院副总理李鹏、姚依林兴致勃勃地在首都机场乘坐运7-100型机。这时,离徐舜寿总师逝世已过去了十七个年头。至此,八十年代的天空,终于听见了国产客机引擎的巨大轰鸣声,运7飞行在五十五条国内航线上,往返于五十六个城市间,成为国内线的主力机群。运7能否成为一匹黑马,需要时间的检验,其上天的意义,在于撕开了外国客机垄断中国天空的缺口,为后来的"两支两干"战略走出了血泪艰辛的一大步。

后人并没有忘记这位功勋卓著的一代宗师。一九七八年,徐舜寿被平反昭雪。一九八九年五月三十日,中国航空研究院第603研究所(现一飞院）在西安阎良举行了徐舜寿铜像落成及揭幕仪式。铜像中的徐大师身着西装，脸带微笑，眺视远方，永远乐观。一九九二年，中国航空研究院第603所设立"徐舜寿青年科技进步奖"。

新舟

改革开放以来，民航基本是"买派"压过"造派"，"造机不如买机"论占上风。中航工业也是两难，在买与造之间苦苦徘徊，也使得运7的进度一拖再拖。唯一的例外是军机，想买人家可不卖，只有潜下心来自研、自造，终于杀出了一条生路。

运7在一二十年的研发中，也诞生了好几个型号，无非是发动机引进、机载设备改装、座位增加与减少。

一九八八年，运7-200A型机突然酝酿出了一个新的名字——新舟。名字的新生伴随着壳子不变的情况下里子变了——换装普惠涡桨发动机，大量引进国外部件，对驾驶舱内操纵系统、电子设备、警告系统、仪表板进行了重新配套。

在海外对手们的围追堵截面前，西飞人的最低目标是"新舟"不能成为弃舟。

新舟以运7-200型为原型，一九九一年完成"纸上谈兵"，试验机于一九九三年十二月首飞，一九九五年适航试飞，共飞行九百一十多个起落，八百五十小时。一九九九年一月，西飞根据用户意见，对试验机型进行了六十四项重要改进，使飞机的综合指标达到或接近世界同类机水平，并将飞机改名为新舟60（缩号MA60）。新舟60正式机于二〇〇〇年三月首飞，并于三月九日飞抵北京进行了空中舞台表演。二〇〇〇年六月，中国民航适航部门颁发了该机型号合格证，正式批准西飞将改进后的运7-200A定名为"新舟60"。

新舟60是西飞按中国民航CCAR25部标准开发的双发涡轮螺旋桨引擎支线客机，从国内外用户反馈的信息分析，在安全性、经济性、舒适性和维养性等方面均达到国际支线客机的先进水平，而售价相当于国外同类机的三分之二左右，直接使用成本比外国机降低百分之十五。

新舟支线客机作为我国"两支两干"——支线机为新舟和ARJ21，干线机为C919和CR929的第一环，至今已衍生出三个型号，分别为新舟60、新舟600以及新舟700，其技术手段无非是更换不同型号的发动机、飞控系统、航电系统、机载设备，拉长机身增加座位等诸般变化。当今是国际贸易时代，飞机的部件国际采购或自研皆为流行做法。

与新舟60相比，新舟600对机身结构、综合航电、内部装饰与双发延程等进行了设计优化，实现了仪表综合显示和集中控制的玻璃化座舱，应用了门梯合一式登机门。新舟600于二〇〇八年六月在西飞公司总装下线，当年十月首飞，二〇一〇年五月获飞机型号合格证（TC证），并服务于客户。

新舟600通过优化机身机构，减重三百公斤，商载提高百分之八，对原机身进行了外形结构改进，提升了抗疲劳性，维修成本下降百分之十。对起降跑道的要求缩减至一千两百至两千米间，能毫不娇气地在土跑道、砂石路面及积雪覆盖的跑道上起降。最大航程达到三千公里。

新舟60和新舟600总产量已超过百架，其中出口国外六十架。

西飞人从不缺乏奇思妙想。新舟600浮出水面后，接下来当然是新舟700。升级版的新舟是西飞集团向世界一流涡桨支线机迈出的冲锋号。西飞从二〇〇六年始论证新舟700，二〇一三年全面启动研制，采取全国协同战略，分别与沈飞（负责机身后段）、成飞（机头）、陕飞（前机身）合作，西飞自己生产难度最高的机翼及中机身段。二〇二〇年三月，来自三地四厂的机体合拢团聚，顺利完成静力试验、机身气密舱充压试验、2.5G载荷试验，朝着用户喝彩的方向走去。

新舟700是全球第一款采用电传操控的涡桨飞机，其搭载的电传航电和控制系统，由我国中电科和中航自控所自主研发。可惜原计划二〇一六年首飞的新舟700，由于发动机原因被迫延后，就在二〇二〇年装备普惠PW150C航发的首架机准备首飞之际，因为某国单方面的无理制裁、从中作梗，普惠加拿大公司停止向西飞提供该型发动机。这导致了本该从二〇二〇年就开始批量交付的新舟700支线涡桨客机，一夜间成了不能首飞的待嫁客机。

然而，国内也不是没有"后手"，它就是国产的AEP500涡桨发动机，起飞功率大于五千千瓦，油耗比PW150C更低，早在二〇一九年已公开亮相，二〇二一年基本定型并有小量生产。此外，新舟700能够选择的备胎，还有涡扇6系列。据悉，最新的涡扇6E的功率已经达到了六千马力以上。

好事总会多磨，我国自行研制的新舟700在几次推延后，于二〇二二年四月低调完成首飞，几乎谢绝了媒体的报道，但人们还是从远方听见了它特有的略带悲怆的轰鸣声。

第 11 章 北方风起

智者因为预见而坚信。一九七〇年七月，毛泽东视察上海，跟有关人士漫谈时郑重地说："上海工业基础好，可以搞飞机嘛。"他指的飞机就是大飞机，喷气式大飞机。

谈中国航空百年，无法避开运10。为了写它，我又专门去趟商飞浦东基地，登上运10客机，走进驾舱。当我走下舷梯的那一刻，还是被它的身姿和四十余年的傲然风骨所震慑。

今天，它孤独地伫立在浦东祝桥的海边，一年四季饱受海风的拂动、雨水的冲刷，聆听大海潮起潮落的涛声。

面前的运10已成为过去，不可能逆势翻盘，其中的万千坎坷与不尽负累也随风散去，被越来越多的人淡忘。

听说我写运10，民航华东空管局的局助文红女士，捧来一本砖头般厚的书，名为《难忘的运10——中国第一架大型喷气客机研制纪实》。书皮青绿，气韵凝重，封面上一架赋有"中国民航"标志的运10客机机头昂翘，向远方隐隐的高原雪域飞去。她说，这是当年参加过运10设计制造的老人们写的回忆录，二〇一二年自费凑钱出版，也已经十个年头了。说得我心头一阵酸涩。

文红的父母毕业于北航大，从西飞厂东调上海，全程参与了运10的研制，伴随它从怀胎到"死亡"。文红自己读的财务专业，毕业时本可留校，但她用不开心中那个结，还是来到民航。按她的话说，尽管干财务，总归天天能听见飞机声。她的儿子陈吉，民航大毕业二话不说，拎包直入中国商飞，算是传接了爷爷辈的香火。三代人的航空梦牵在了一起。

文红还翻出她妈妈那本蒙尘的电话本，找出当年老同事的号码，挨家挨个打，总算找着了几个当年的老运10人，程不时、赵国强等，又变戏法式地找到了运10总师马凤山的女儿马彬。

我不对运10的走向作出预先假设，也罔顾坊间传言，只是客观地叙述。

中南海

我国第一颗原子弹成功爆炸不久，周恩来就向主管航空工业的三机部表露出造客机的渴望。一九六八年十月，仿制苏联图16的轰6机在阎良172厂获得成功。总理再次提出，能不能在此基础上改一个客机？三机部先是打算仿制苏式的伊尔14，也安排了南昌洪都（320厂）和哈飞（122厂）两家负责，命名为运6。论证中发觉这类活塞苏式发动机的飞机明显落后于时代，又转向安24的仿造与改进，这就是后来的运7及新舟系列。三机部显然没领会总理的真实意图。当时是什么年代？客机已疯狂进入喷气时代，英国的三叉戟，美国的麦道、波音不说，欧洲在"彗星"之后，已开始联手研发空客大飞机，中国还准备落在别人屁股后面几千公里？对此，军委副主席叶剑英、副总理李先念都表达了对国产喷气大飞机的希盼。

一九七〇年七月，毛泽东视察上海，跟有关人士漫谈时说："上海工业基础好，可以搞飞机嘛。"（《难忘的运10——中国第一架大型喷气客机研制纪实》）他指的飞机就是大飞机，喷气式大飞机。此前，上海市委（当时叫革委会）根本没考虑过此事，上海这工商城市，生产民用产品多，军工产品少，而当时国防工业、航空工业的主要分布点在南昌、西安、成都、沈阳、哈尔滨等地。

一九六九年主席路过上海时，问起上海有没有造飞机？在场的人面面相觑，无言以对，谁也没想到主席会问造飞机的事。一年后，毛泽东第二次说，正式地说，性质完全不同。

主席话音刚落，国家航空工业领导小组副组长、空军副司令员曹里怀召集航空研究院（六院）、三机部（航空工业部）负责人，举行紧急会议，研究落实毛主席视察上海时"关于上海造飞机"的指示。曹里怀说，此项工作以三机部为主，六院也要参加，尽快拿出实施方案，抓紧去上海布置落实。

曹里怀副司令员虽然是空军的副职，但他另一个职位是航空工业领导小组副组长（事实上负主责）。他是红军时期的干部，参加过湘南起义，长征前后担任著名的少共国际师师长，抗美援朝时期率47军六万人马浩浩荡荡入朝，在天德山、夜月山等地阻敌一百六十五天，战功显赫。一九五五年授中将衔，是名副其实的开国将帅，先后获一级八一勋章、一级独立自由勋章、一级解放勋章，囊括"三个一"。曹里怀埋头贯彻毛泽东、周恩来的指示，将主要精力放在航空工业上，组织了强5、轰5、歼6、歼8等机型的试飞定型工作。

一九七〇年八月二十七日，国家计委、军委国防工业领导小组下达（70）航工字第36号文件，批复了《关于上海试制生产运输机的报告》，同意上海市试制生产大型商用飞机并纳入国家计划，试制生产所需的费用、技术资料、原材料及生产计划等，由三机部归口管理。最初设计组加急成立。

九月十二日，曹里怀在上海大厦召开的方案组及相关工作会上，说了段意味深长的话："这个飞机的特点，就是'腿'要长，航程要达到六千公里以上，能从乌鲁木齐起飞着陆到'欧洲社会主义明灯'地拉那（阿尔巴尼亚首都）。"他正了正背脊骨，略带神秘地说："告诉你们，这个飞机将成为中央首长专机，将来要为周总理直飞纽约参加联合国大会用，至于代表团么，有四五十人差不多了。"当场有人提出，远程机如果载人太少，可能会影响经济性。曹里怀想了想又说："先按这个思路搞设计，等成功了，以后可以考虑经济性，改成其他型号的大客机。"

大集中

曹里怀中将站起身来说："组织方面统一听上海的，这是主席的指示。赶快请上海革委会成员集体听一次汇报，我也参加，先将方案敲定下来。上海工业基础雄厚，潜力大，在这里搞，比南昌、汉中、成都、西安快得多，但各地要集中火力支援上海。"

当晚，上海市革委会负责人去上海大厦拜访曹副司令员，同去的有上海工交组军工组高崇智、三机部负责人范瑛等人，实际上既是一次会见，又是一次推进会。听了汇报，曹里怀说："马凤山他们初步议了三种方案，航空工业领导小组、空军党委开过会了，倾向第一方案，最后由上海定。这种飞机主要为客运，要有告警雷达、气象雷达，仪表系统双备份，操纵系统要先进，从各方面保证安全。"他顿了顿说："'腿'一定要足够长，还要美观大方，将来要作为国家领导人的专机，一定要比伊尔18、图104、三叉戟好。"

曹里怀对大飞机的用力不光在口头，更在组织行为上。早在一个多月前，曹里怀便责令成立三机部及六院大型喷气客机方案工作组，由马凤山任组长，成员由来自各飞机研究所的十人组成。曹里怀在八月二日的航空工业领导小组会上又再次强调此事的重要性。

曹将军比谁都清楚，上大飞机这类举国工程，不光堆钱，还要堆科学家——堆物理学家，堆数学家，堆大把的各类专家。为了大飞机，各地从事飞机研发、制造的技术人员纷纷向上海集中。为了大飞机，曹里怀经常来上海，有时干脆住下蹲点，将各路神仙引向黄浦江畔。

曹里怀的"霸王之剑"很快发挥作用：以三机部所属西飞厂（172厂）为主，从阎良抽调七十名技术人员南下，这些技术人员跟着徐舜寿开发过运7、轰6等中大型飞机，有相当多的技术积累；从参加运8测绘与制造的空一所及605所抽调四十人，各种专业搭配。172厂、空一所、605所三驾马车组成了第一批设计队伍。当这一百一十人到达上海的第二天，曹司令就在巨鹿路空军招待所接见了设计队伍全体成员，并发表了动员讲话。他说："大飞机是国之大器，需要全国协作，各地支援，来自五湖四海的科技工作者要不分区域，不分彼此，一心一意搞好飞机的研制。在设计上要动脑筋想办法，善于吸收每个人的积极性和创造性。"他还说："上海是一个有光荣传统的城市，既是中国共产党的诞生地，也是中国近代工业的发祥地。以后，上海就是大飞机的家，也是大家的家，大家要服从上海市的领导，有困难也要依靠上海地方政府解决。"

一九七〇年十月下旬，曹里怀领导下的航空工业领导小组，批准了三机部、六院的报告，将上海研制的大飞机命名为"运10"，对外称"708工程"。研究决定，由先后担任过沈飞（112厂）厂长、西安阎良试飞所（630所）所长的熊焰担任设计组的行政领导，西安飞机设计研究所（603所）副所长马凤山负技术总责。

曹里怀年逾六十，但身体健朗，思维敏捷，精力体力半点不输年轻人。在熊焰、马凤山的谋划下，曹里怀不断从三机部、六院、空军、民航等系统抽调人马充实708工程。在曹将军长剑的不停挥动中，自一九七〇年底至一九七一年初，从北京、南昌、西安、成都、沈阳、哈尔滨等地的航空工厂，从国防科委、空军、民航，从西工大、北航、南航等高校抽调大批科研技术人员东调或南下。来自不同地方、不同系统的军、民科技工作者，凭着一纸调令，迅速集结至黄浦江畔的龙华机场，进行着一场既陌生又新鲜的设计与制造大会战。短短四个月，设计队伍已集中了二十几个单位的四百多位英才。

设计组下成立五个大队：一大队负责总体、气动、强度、标准、材料、情报等综合技术；二大队负责机翼、尾翼、起落架等结构；三大队负责机身、发房（发动机短舱）、吊挂等结构；四大队负责电器、特种设备系统；五大队负责机械系统。

一九七一年九月十三日，时任中共中央副主席、军委副主席的林彪叛逃国外，英制三叉戟专机摔落蒙古温都尔汗。其后，远程轰炸机项目下马，阎良的飞机设计所（603所）的大批人马得以腾出手来，三机部及六院决定从603所再抽调一百五十名技术人员驰援708工程。

偏居龙华的5703厂，曾经也有鲜亮的历史。一九五〇年"两航起义"后，上海有了飞机和两航复员人员，在此基础上，建立了空军5703厂，名曰制造，实际为敲敲打打、修修补补，设计与制造基本为空白。身处大上海的5703厂跟南昌、阎良、成都、沈阳及哈尔滨的厂家相差不是十里八里，然而，风水轮流转，708工程上马后，5703厂成了沸腾的海洋，光它所属的设计所一下膨胀至六百多人，还不包括从西工大、复旦、交大、同济、中科院上海分院等单位短期支援的专家。原先毫不起眼的上飞修理厂集中了全国与航空有关的大批精英，有科学家、工程师、技术工人，也有领导干部。上飞所汇集了老、中、青不同年龄的技术、智力搭配，"老"的如马凤山、沈士华、程不时、戚世孝、许泽树等四十多岁的有成熟经验的同侪专家；中间的有三十岁出头，经过一定型号飞机经验锻炼的中坚力量，如唐明炎、赵金德、王宏年、王维翰等；更有二十岁出头的年轻人，如吴兴世、周济生、钟维洋等。

一九七三年六月，国务院、中央军委下文，将708工程组从5703厂划出，单独成立"上海市708设计院"。一架运10没上天前，已搅动了航空工业体制的变革。

波音707坠落

运10的设计方案反反复复，历经波折，至少经过了四五次提出、论证、推倒、修改、重来的过程。

初定的设计原则如下：载客一百人左右，航程五千公里，时速九百公里，升限一万米；即使在复杂气象条件下，也能昼夜不停飞行；外表美观，有中国特色；在轰6基础上改，不是大改，不是重新设计。依此要求，马凤山等出了三个方案：一是采用轰6机翼，机身参考英国三叉戟，三台JT3D-3B发动机，尾吊；二是四台JT3D-3B发动机，翼吊；三是四台斯贝-511发动机，翼吊或尾吊。初步倾向第一方案。

第一方案的特点是充分利用部分轰6部件，快出飞机，早出飞机；发动机置身后部，为当时世界盛行的尾吊布局。短板为保留轰6的机翼，其气动设计难以满足对最大飞行速度和航程的要求。尤其是航程与航速方面，已从最初的五千公里，增加到六千五百公里，飞行时速也从九百公里提升到九百五十公里。为此，设计组派人去北京西郊机场，测绘英式三叉戟的翼型，为改进做准备。

一九七一年一月十三日，曹里怀组织召开708工程推进会，空军、三机部、上海市等多方领导出席。会上，针对原方案，空34师副师长潘景寅从专业的角度提出了重心太靠后、尾吊布局可能导致深失速、翼型存在缺陷、提升巡航速度等八个方面的尖锐问题。潘景寅一石触起千层浪，引起会议广泛讨论，各方意见不一，甚至发生严重争议。三机部的负责人范瑛坚持原方案，说如果不以轰6为基础，不是两三年能搞成的；要大改，需要和上海领导商量，应慎之又慎。意见胶着。

三月五日，空军曹里怀、常乾坤两位副司令员和三机部、六院领导在北京又一次听取708工程组的汇报。设计组熊焰、马凤山、汪克庆（空34师政治部副主任，设计组班子成员）参加。会议主要围绕潘景寅提出的八条意见进行讨论。常副司令员说，设计指标不能大变了，还是以现在的方案为基础，针对具体问题逐个解决。范瑛也赞同常副司令员的意见，建议小改而不作大改。曹里怀的意见和前几位相反，他说了三点："要谦虚谨慎、反骄破满，尊重使用各方的意见，方案首先要保证安全、保证质量；二是要有中国特点，运10要飞国际航线，至少有一两点能盖过国外同类机；方案有缺陷，就下决心早改，不要等做好了再改；三是坚持科学态度，实事求是，保持先进之处，更改落后的地方。"

四月十五日，上海708工程设计组接到曹里怀的指示，大体意见为：现在的设计方案不像"上海号"；这架飞机上天后要能去尽可能多的地方，而现在的方案是一半的机场不能去，单这一条就不行；如按原方案生产，对不起上海，也打击了工人的积极性；再给你们些时间，提出几个更改方案报上海和空军，最终由上面决定；这次更改的责任不在上海，由我们来负。

即使在今天，曹里怀的两次讲话也是符合实事求是的科学精神的，有识，也有知，而且敢于担当。此前，在他的建议下，原本属于空军的5703厂划归上海市政府管辖，等于解除了许多条条框框的束缚。

四月二十日，曹司令员在上海延安饭店主持会议，重点听取设计组关于四台"915"发动机（国产）翼吊方案的汇报。听完后，他概括了新的设计要求，即四大指标：实用航程不少于七千公里；巡航时速在九百公里朝上；升限达到一万两千米；起飞滑跑距离不大于一千三百米。他认可了这一方案，并确定采用三叉戟翼型，采用翼吊。

马凤山们带着这个方案于一九七二年一月十二日、十五日两次向国务院计委、中央军委进行了专题汇报，叶剑英、李先念、余秋里等领导听取了汇报。在北京军委招待所，军委办公会议原则同意了运10飞机的设计方案。主持军委日常工作的副主席叶剑英作了总结讲话，强调这是中国造的第一架喷气式大飞机，是中国的飞机，不是上海的飞机，所以要从全国设计人员中挑选优秀人才参加设计，从事审查，参与制造。要集举国之力办大事，全国支援上海，上海支援全国，集聚力量搞好708工程。

总体方案确定后，风洞试验加速进行。我国在喷气大飞机方面基本空白，运10的设计方案和轰6差别甚大，除了总体气动进展较快外，其他方面因缺乏数据参考一时陷入僵局，如整体油箱的结构密封，大型客舱的气密设计，发动机吊挂等，都成了一只只拦路虎。

这时，从天外传来一个惊人消息，一架巴基斯坦航空公司的波音

707-320C 飞机在新疆乌鲁木齐附近的阿维滩机场着陆时失事，经检查严重受损、无法修复。正当熊焰、马凤山等人为 708 工程十几项重大技术难关一筹莫展时，突然接到了去新疆的命令。

叶剑英第一时间组织了对波音 707 的研究。他打电话给新疆军区、驻疆空九军、新疆地方政府，要求尽一切力量支持各方专家对 707 飞机残骸的研究。要求弄清关键部位，详细测绘下来。

熊焰抵达新疆昌吉后，立即打电话给 708 工程设计组，布置抽调对口设计人员来疆。熊焰将火速赶赴新疆的三十二个单位的五百多人，按专业划分成十个小组：吊挂、平尾微调、气密客舱、增升装置、外形、机翼尾翼、机械系统、材料、机载系统等。叶剑英一声令下，秩序变得井然，数百号人在零下二三十度的寒冷中，在飞机上爬上爬下，忘了冰雪，忘了饥饿，昼夜不停。野地黄花分外香。

曹里怀坐镇北京，用电话逐条传达叶剑英的指示，任务细化到小组，要求现场每周上报研究进展。

一九七二年四月，熊焰从新疆回北京作过详细汇报后，由叶剑英出面，以国家名义向巴基斯坦将飞机的残骸要了下来，运至上海，供 708 工程组继续研究。

世界上的科技总是在相互借鉴中进步，也在相互竞争中提升，但技术高地国家往往反其道行之，采取锁死与截杀手段，目的是保住霸主霸凌地位，维持其"万邦来朝"的得意与利益。波音 707 坠机为 708 工程意外打开了另一扇窗。

他山之石，可以攻玉。经过对波音 707 的分析、研究，基本解决了运 10 飞机设计中遇到的十几个技术难点、疑点、痛点，总体设计方案最终尘埃落定。

第 12 章

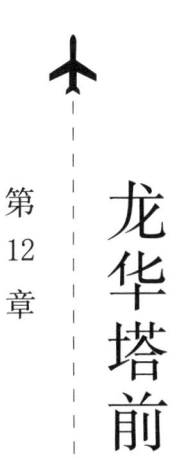

龙华塔前

在龙华机场候机楼里,人人埋头设计、静静思考、默默绘图、轻轻走路,将脚步声放得不能再轻,怕打扰到别人的思维,打扰到脚下这颗星球。

上海西南处，有古塔一座，名曰龙华塔。

相传三国时期，孙权为孝母在龙华寺旁修龙华塔，又名报恩塔。唐末塔毁，宋又重建，历代屡经废兴。现塔为一九五四年按宋样重修，还原旧日风貌。龙华塔高四十余米，七层八面楼阁式砖木结构，塔体橙黑，飞檐高飘，檐角悬铃，风起铃响。

如今城市扩张，江滨新修，金柳十里，高楼栉比。龙华道上，游人如织。七十年前可不是这样。这里地处僻野，龙华机场孤悬浦江尽处，到处杂草丛生，蛇鼠出没。机场内有飞机修理厂（空军5703厂）一座，也是人稀烟少，鲜为人知。直到708工程落户上海，全国各地的年轻人和年长者结队涌入，龙华摇身一变，顿成一片热土，牵动着上海及中央的神经。

腾燃的年代已经远去，龙华塔前后建起大量的商品房和办公楼宇高耸入云，名曰"西岸"，央视传媒港等大批写字楼盘根于此。参加过运10团队的前辈们和他们的后代出于对昔日的怀念，也有人将居住地选在龙华塔附近，如马凤山的女儿、卢贤新的女儿。

候机楼

龙华机场内有新中国成立前留下来的一座候机楼，旧时影片里经常出现它的镜头。改革开放后，一度包给商家开起了"绍兴饭店"。在那个较为遥远的年代，这里属于民航上海管理局的地盘。由于民航运输于一九六四年转入虹桥机场，龙华候机楼处于闲置状态。那一年，空军曹里怀副司令员出面协调将此楼拨调给708工程组运用。

在这座由候机楼临时改成的"办公楼"里，设计组根据上级要求，在反复了多次的底稿上，打包成了运10的总体方案：首先，708工程是要制造一架自行设计、自行制造的飞机，代号运10，实用航程不小于七千公里，巡航时速九百公里，起飞滑跑距离小于一千三百米；飞机升限一万两千米，载人一百到一百五十名，最大起飞重量一百一十吨，最大商载一百七十吨。其次，按照国际民航适航性的各项规范设计，以美国民航手册（CAM-4b）为主要依据，不足部分参考英国民航适航性要求及国际民航组织的相关要求。三是，运10的强度规范以英、美为标准，不足部分按苏联一九五三年的规范补充。四是，采用翼吊四台发动机布局，计划配用国产涡扇8发动机（代号915型）。五是，初研按国际航线班机设计，研制成功后，根据上级要求，改成首长专机或其他型号的飞机。

从最后完成的方案看，运10以国际航班为主，适当时候再改成首长专机，而不是最初的以专机为主，后考虑民航班机。经多次风洞测试，运10的"腿"更长了，最大技术航程达到一万公里以上，实用航程八千四百六十公里，续航时间十小时。除了经济性稍显不足外，运10俨然已是一架远程航机的雏形。

一九七三年六月，国务院、中央军委对运10飞机研制的若干重大问题作了进一步明确，将"临时的长期"——"临时了"三年多的上飞厂708工程设计组独立出来，升格为上海市708设计院，也就是后来的上海飞机设计研究所（640所）。曹里怀为解除外地来沪人员的后顾之忧，多方协调，将外来设计人员的户口迁入上海。从此，龙华候机楼里的脚步声，也从临时步入长期与固定。

在此后的十年岁月里，龙华机场遗落的候机楼成了热闹的办公场所。"如切如磋，如琢如磨"，设计师们在此晒出一张张图纸，敲定一处处细节，昼夜工作，忘记休息，忘记节假日。

"为减轻每一克重量而奋斗"是挂在设计师嘴边的口头禅。通往办公室的楼道上没有灯光，晚上伸手难见五指，他们自己买来手电筒照明。他们当然记得没有办公室的日子。刚来龙华飞机修理厂时，5703厂无法提供足够的场地供设计师们办公和住宿，大家挤在食堂里工作。不吃饭时，摊开图纸拼命画图；饭点了，赶忙卷起图纸让出位置。能在食堂的简易餐桌上画图，大家已觉得无比满足。毕竟临时集中了几百号人，上飞厂并非七十二变的孙猴子，一下子变不出许多房间来。

也有人会发明创造。搞总体的赵国强被业内誉为运10第一人，因他是最早干运10的人，比马凤山还早。赵老今年八十六岁，天天游泳，耳聪目明，记忆力超好。二〇二一年夏天，我专程拜访他。据他回忆，结构设计组的王福鑫、袁豪飞等人发现龙华停机坪上有一只大型包装箱，那是以前用来包裹军用飞机的，已被废弃。经过一番考察，这只高一米八、长五米、宽二米五的大木箱太有利用价值了。他们征得厂方同意，全组出动对包装箱来了一次大清理与全方位保洁，将旧报纸和其他纸张贴在顶部，请来电工安上电灯，敲开一端用作进出的房门；

装上锁攀，还能上锁。里面放上废旧的桌子，架上图板，就变成了一间"华丽办公室"。

龙华候机楼功劳了得。十年光阴荏苒，运10的画卷在这儿徐徐打开。在这座四面漏风又无比温暖的工作坊，数百名设计人员纵横捭阖，完成了总体方案的设计，做成了打样设计，完成了生产图细节设计，整个设计过程前后循环三轮，有的项目还循环了四轮，这像数学上的迭代法，愈到最后一轮，数值愈接近。

有了这座候机楼，运10人有了遮挡风雨的地方。外面"文革"风潮席卷，候机楼里相对平静。上有叶剑英元帅大树遮荫，曹里怀将军细致呵护，这里便如聂荣臻元帅庇护下的戈壁深处，那些"两弹一星"的功臣们硬是开辟出了一块"奇特的绿洲"，终使核弹爆炸，卫星上天。

在这座时代留下的候机楼里，除了讨论时发声，人人埋头设计、静静思考、默默绘图、轻轻走路，将脚步声放得不能再轻，怕打扰到别人的思维，打扰到脚下这颗星球。"文革"中后期的政治风暴在此减下速度，悄悄地软着陆。

蚊子与报纸

运10的画卷在龙华废弃的候机楼不断完善。总体设计图、草图、详细设计图如山一般高，拼成了我国首架喷气式大飞机的独特构型。为保证设计质量，确保上天安全，708工程坚持一切经过试验的原则，自一九七一年确立运10的最终方案至一九七八年，设计的图纸做成飞机的缩比模型，经过多年的风洞试验，通过反复的吹风，测定飞机的空气动力数据。前后共制造了四十二套风洞试验模型，吹风一万一千三百五十八次，共计一千三百七十二小时，历时八年。

北航空气动力学专业毕业，先去阎良后来龙华的卢贤新女士说："前后十多年，我们已习惯将运10当做生命的重点、生活的唯一，一切喜怒哀乐皆由它而生，也由它而熄。"

设计队伍中不乏二三十岁的年轻人，许多人两地分居，每年有二十天探亲假，大部分人不是放弃就是遗忘。至于待遇，那是绝口不谈。不少设计师已到养家糊口年龄，却一直拿着学校毕业时的工资，上级不提，谁也没工夫开口。每天加班的报酬，那是梦里都不会想到的，只有工作到半夜，实在饿慌了，不得不关注一下自己的肠胃，几人结伴去龙华塔下的小饭馆，喊醒睡眼惺忪中的小老板娘——来碗八分钱的阳春面。好在老板娘认得这帮可怜的设计虫，会偶尔多加几根香葱。

夜半回望龙华塔，发现塔身变矮了。龙华塔凭吊古今，刻下了运10人的生命烙印。这儿也有他们生畏的虫子，杂草丛生、蛇虫出没，白天赶走白蛇青蛇已成惯例，晚上加班总受蚊子侵扰。领到的蚊香有限，在偌大的候机室似乎不起作用，根本抵挡不住成群结队蚊子的猛攻。有人说，这不是熏蚊，反是熏人，因为蚊子队伍太密集太强大了。据发动机短舱设计的高工王仁法回忆，当时他想到一个斗蚊子的法子，从住处端来脸盆，在盆中涂上肥皂水，像扇子一样在身体周围、头顶挥动，不一会儿，脸盆中密密麻麻粘上了一层蚊子。但蚊虫似乎不惧，大批的蚊子依旧从门缝里涌入，几只小小脸盆怎奈我何？

大飞机都设计出来了，还怕"小飞机"不成？王仁法脑子急转：进攻不成，转入防御！他想到了"铁面人"。大家按他的思路，纷纷捡起翻过的旧报纸，将整个身体包裹，利用明胶纸粘住，两只手臂也不例外，统统裹起来，只露出两颗黑眼珠。此法管用。蚊子尖嘴能刺进棉质衣物，却钻不透硬硬的旧报纸。个个像宇航员的打扮，虽然闷热异常，但总比蚊子咬得浑身脓包和鲜血舒服多了。

虫子也不尽是坏分子。夜色朦胧，月光如水，夏天的知了，秋天的蟋蟀，还有不知躲在哪块石头缝里的青蛙，它们嘴中的吟唱如乐师们的合奏，有长笛有短箫，也有琴音，或低吟或高咕，齐声欢奏着悦耳的乐曲，不知疲倦，将龙华之夜奏鸣得生动鲜活。累得小腿肚抽筋的设计师们离开候机楼，置身野外小动物欢快的鸣叫声中，瞅一眼远处龙华塔在月色中的浅灰色暗影，白天加黑夜的倦怠顿时云散烟消，身心飘然在云端，舒惬无比。

桐树兀立雾晨，秋叶飘落黄昏。运10人无限感慨，候机楼的十多年，是他们人生中最有撞击感的时光，至今仍在回味无穷。

幸福村

运10的数百名设计者，大部分来自西南北方，在上海无家可归，有的本身是上海人也是无房。一开始，上飞厂腾出招待所供大家安身。所里的房间太小，却要想方设法容纳足够多的人，每间九平米的房间，垒起三张双层高低床，共睡六人，人均一点五平米。相互间的距离，类似于绿皮火车卧铺车厢，睡上铺的三位每天起床前伸手相握，互道早安。

人愈发多了，招待所挤不下，设计师们搬进了上海市卫生学校的空置教室。相比于招待所，这里的"房间"显得过于宽大——几十号人住一间。宿舍里只有床，既没桌子，也没凳子，只得在床沿上记笔记或趴在床上写信。

一九七二年五月，在曹里怀的指令下，于上飞厂附近建造了一幢四层宿舍楼，名叫"龙山新村"，解决了部分人员的住宿问题。但龙山新村也只是一幢极一般的"筒子楼"，分成东西连体的两部分。东楼部分为单身宿舍，一间挨着一间，约十四平米，室内无水无卫，每层只配一间公用盥洗室和厨房。很多人来上海前已结婚生子，但到了这儿，家属一时无法随迁，统统回到单身汉，几人合住一室。西楼一共十二套，每层三套。大套南北两室，大房间十六平米，小房间八平米。小套只是一个十六平米的单间，一家几口人住，上下高架床是免不了的。每层三套房共用一处卫生间和厨房。资历老的设计师一时也难解决夫妻分居的问题，有的即使全家调进上海，分到的也是一间十四平米的单人间，老少三代人住一起，呼噜声都阻绝不了。每家买的煤球炉子进不去房间，就放在走道上，每天几只炉子齐燃，煤烟滚滚，传出一里开外。

从西飞厂回来的上海人卢贤新和女儿文红记得清楚，当年他们一家四口人住十六平米的一间，夫妻二人一张床，儿子女儿住上下两层床，一直住到八十年代上大学。文家住一楼，二楼便是马凤山一家四口和熊焰一家子。三八式老干部，在我国航空工业条线建树甚伟、上海708工程行政一把手熊焰也才住十六平米的房子。马凤山爱好广博，书法、京戏、音乐、棋牌样样喜欢，但缺时间，只有偶尔去东楼单身宿舍串门时，拉一段二胡或打副桥牌，权作休息。

据马凤山女儿马彬、卢贤新女儿文红回顾，他们小时在西安阎良，172厂的宿舍是干打垒房，墙壁用黄泥土打垒，屋顶为干草覆盖，每到晚上老鼠在屋顶的干草中窜来窜去，一晚上都有窸窸窣窣的响声，还不时"啾啾"叫几声，胆小的怕一夜难眠。听惯了老鼠声，也能睡着。

马彬觉得龙华附近跟同学们说的上海不像一回事。一次，她问父亲："爸爸，别人说，有大梧桐树的地方才叫上海，我们这里是上海吗？"

马凤山轻轻抚摸着女儿的头说："傻孩子，黄浦江是上海的母亲河，龙华机场就在黄浦江边上，你说，这里是不是上海？"

马彬懵懂地点点头，又摇了摇头："可是，这里没有大梧桐树。"

"嗯，这个好办，等爸爸有空了，带你去衡山路、复兴路、新华路看看，那里有好多好多的盛满年代的梧桐树。"马凤山双手剪背，喃喃地说，"还带你去瞧瞧新中国成立前留下来的老洋房，太平天国时期建筑的带天井的石库门房子，那才有味儿呢。"

不断的后来者既住不进招待所，更进不了龙山新村六十八号，便开始想办法"自谋生路"。龙华机场内凡是能落脚的地方，一些长满茅草的小平房、废弃的仓库，甚至一座几年前荒废的养猪棚都被年轻的他们发掘出来，改造成居所。这些无人问津的窝棚，用当时的油毛毡盖顶，既昏暗又寒冷，凡下雨必多处漏水，夏天闷热无比，但大伙还是给它起了个"幸福村"的名字，度过了好多年幸福的时光。

搬进"幸福村"的家庭越来越多，尤其是陆续解决了两地分居的家庭，他们的心只在大飞机，他们的梦想是始终有梦，身上有片遮体的毡即能躺下安睡。他们在候机楼，在幸福村，找到了知音。龙华候机楼的模样还留在旧时光里，活着的运10人只要到了这儿，有人的眼角就从未干过。

第 13 章　诗在远方

外表儒雅，更像一位教授的他想得很多，却写得很少。有一点是确定的，运 10 首飞那天，马凤山真的没留下只言片语。

马凤山去世前在心里多次默默念叨："大飞机终能成功，而我已战死沙场。"

位于张江的上海飞机设计研究院，立有"新中国大型飞机设计第一人"马凤山的一座铜像。二〇一九年五月八日，中国商飞董事长贺东风、党委副书记谭万庚以及程不时、吴兴世等老运10人参加了铜像落成仪式。

作为我国本土培养的科学家，马凤山成名于军机，又转身为民用大客设计第一人，颇有些传奇色彩。

日记还是笔记

三年前，一位央视记者采访马凤山女儿马彬，问起马总师生前习惯记日记，能不能稍微翻翻看？马彬沉吟片刻，说是工作笔记吧？

其实两者无根本区别。马凤山的笔记里都是飞机设计，如果写日记，也是设计与制造，名称不同，内容归一。到得家中，马彬拎出两只沉甸甸的旧箱子，从中捧出厚厚的上百本笔记，说："这是父亲留下的记事本，记的都是某年某月某日做的某事，算日记还是工作笔记？

我也不晓得。"

记者小心翼翼地翻了翻，又合上了。在她眼里，这些蒙尘日久的本子也是有生命的。她最感兴趣的是运10首飞日的日记。

马彬翻前寻后，竟然没找见，倒是找到了试飞前一日的记录。记者有些纳闷："是马总当天没记笔记，还是不愿示人，故意将试飞那天的事写在别处？"又觉得牵强，笔记的日期是按年、月、日顺序分类摆放的，既有前后，不可能单缺中间，那只有一种可能：一九八〇年九月二十六日当天，马总师没记笔记。试飞成功，太"激动"了，忙于庆典，接受采访，疏忘记事。

外界神话一样传播的，当数在苏联喀山课堂上的"马凤山笔记"。

一九五九年五月，马凤山奉调参加轰6设计。按照中苏双方签订的合同，他们去苏联喀山生产厂学习考察图16飞机的强度计算及静力试验等情况。苏联专家在课堂上一再保证：你们只要带耳朵听——听懂最重要，理解讲的内容，笔记不用记，因为这些讲义课后都会发往中国。大家也就专心听课，没注意记。学习人员回到西飞厂后，望穿双眼，也没等来图16的资料。不得已，通过外交途径去交涉，得到的答复是这些资料是苏联中央流体力学研究院编写的，不是生产厂家的技术资料，不属于图16飞机合同中该提供的。在当时，图16技术先进，飞机的总体气动设计除图波列夫设计局外，有许多是苏联中央流体力学研究院负责的，喀山厂只是飞机的生产厂家，并没有飞机的设计权。

这下糟糕了。听信苏联专家拍胸脯的保证，大家抬头听课，没有埋头笔记。回国后，大家单靠脑细胞中残留的记忆拼图，只能说出一般的情况，详细数据无法获取，导致迫切需要学习者输血的轰6的研制陷入僵局。就在这时，马凤山献出了他的课堂"笔记"。这是一种厚实的软皮做成的记录本，上面满是爱好书法的马凤山隽秀整洁的笔录，其中记下了大量图16飞机的总体、强度、试飞等关键数据。交大毕业的他去苏联前系统学习了俄语，听课时维持原有习惯，将有用的主要信息全部记录下来。

马凤山边听边记，他深知即使以后拿到讲义，课件与老师所讲的还是不同。他将每个重要节点的重要数据统统笔录下来。在这本厚重的俄产学习本上，记录的关键数据包括《图16飞机的静力试验考察报告》《图16飞机强度计算原始数据总结报告》《从图16改为图104的结构考察报告》等。

马凤山笔记填补了轰6许多原始数据的不足，为轰6的强度计算、静力试验等提供了重要参考，加快了破解许多技术上困惑和瓶颈的速度。轰6飞机的零升阻力系数、最大升力系数等都出自马凤山笔记。这本笔记上交后，被列为机密文件。

一九七〇年，马凤山在运8总设计师任上，完成了运8图纸设计后，奉命赶赴上海，接手708任务。

二〇二一年八月，我做了和央视记者同样的工作——这些年，我一直尝试着做一名出色的记者——访谈马彬，拜看了马凤山那两箱子神秘的笔记。出于和记者同样的心情，我也要求观看运10试飞前后的文字记录。

出于对先辈的尊重，未征得主人的同意，笔记不便摘抄，但也窥探到了总师试飞前几天的略带灰涩的心绪。马总师在运10上天前早已得知了"上了天也即舔地"的结局。但他猜不出下马的真实理由，只晓得下马原因的复杂和当时的年代一样琢磨不透。埋头技术的马凤山自然对运10的未来走向理不出头绪。试飞前，他用双手极力推开莫名的恐惧，在笔记里表达了一位总师含泪的愿望：大飞机的平台不能拆；好不容易聚拢的队伍不能散；平台和人员可转移至国家指定的另类科研。

马凤山为江苏无锡人，喝太湖水长大，文静儒雅，外表更像一位教授，许多事封在心里，写在私下的本上，轻易不流露给外人。他想得很多，写得很少。有一点是确定的，运10首飞那天，马凤山真的没留下只言片语。

我们有理由相信马凤山在试飞前的日记（笔记）心绪冷静，观点客观，写下的文字却含有百味杂陈的心结：盼望运10一飞冲天，又怕这么多人十几年的心血付之东流。

我的心情也随之昏暗。因为我正写另一篇文字，上面有这样的数字：美国于一九二六年开辟第一条航线，中国第一条航线于一九二八年开通。欧洲空中客车公司开研喷气客机A320时，侪辈的运10起步也只晚一两年……

副总师说

光阴无情催人老，岁月写在程不时的脸上，遮也遮不住。

我二〇二一年七月见到程不时，老先生已九十一岁了，和老爱人住在市区一所老工房的二楼，前后两居室，没有客厅，厨房在中间的过道上，总面积绝不会超过五十平米。

程不时一九三〇年出生，比马凤山小一岁，爱国民主人士、第一至三届全国人大常委会副委员长程潜的侄孙，清华大学毕业，是女物理学家陆士嘉的学生，运10的副总设计师，和马凤山共事多年。马总师已然仙去，我说什么也得再会会程副总师。那天下午，程老先生精神矍铄，一头白发下穿件干净的白衬衫，皮带裤子束在衬衣外，程老夫人则穿着黑色的衬衣。尽管宅所狭小，过道厨房不时传出剩菜的气味，二位老人还是做出了接客的绅士姿态。

在《难忘的运10——中国第一架大型喷气客机研制纪实》书里，收录了程不时的两篇文章，一篇怀念熊焰，一篇写运10的技术成就。当天下午，我们花了两个多小时谈运10，谈中国的航空工业。程老打开电脑，多次根据其中的文字图片，跟我谈中国航空的百年沧桑，谈运10的坎坷种种。

到了程不时的年龄，说话也省下了太多的夸张和过意的炫耀。他随口说道："运10的飞行实践证明，运10航程大于八千公里，能从北京直航欧洲和非洲。最大起飞重量达一百一十吨的大飞机，可以在通常的机场起飞与着落，起降性能无与伦比。"他喝了口水："运10是我国自主设计的高亚声速巡航飞机，最大马赫数达到零点八六，采用当时先进的尖峰经典机翼，在同样的马赫数和高度下，波音707机翼上出现激波时，运10机翼并无出现激波的迹象。机翼上首次使用三种复合功能的扰流板，使飞机在空中有灵活的横向操纵功能，着陆时迅速减小升力，有效防止了飞机回跳。"

程不时在罗列了一大堆技术名词后说："飞机从小到大，并不是按尺寸简单的几何放大，而是需要突破尺度效应所产生的相似律制约，采用一整套适用于大飞机的特有技术去实现。在当时的条件下，我们首次采用计算机进行运算，这种精确方法，使材料多余程度仅为0.2%，达到前所未有的精确。载客量最大达到一百八十人的大容量气密客舱，其承力结构和密封形式、抗疲劳措施、隔音隔热方法均为国内首用。我国过去设计的飞机，机翼上一般只有四个活动面——一对副翼，一对襟翼，而运10机翼上有多达五十片活动面，尽管如此，我们还是成功解决了复杂机翼布局的气动弹性设计和高难度的抗颤振设计。"

程不时的思维又回到了年轻时代，不断向技术的纵深掘进，专业术语仍然无法回避。"运10首次使用车架式主起落架，对机场的适应性比一些载货量较小的进口飞机还好。这类技术的掌握，为今后研制更大飞机创造了条件。运10结构中大量使用的虎克铆钉、高抗剪铆钉，以后上升为行业标准推广使用的连接件。运10成功设计和运用了大容量可供一百八十人高空飞行的空调系统，增压达零点六至零点六二大气压，超越美国麦道82及麦道90，在一万两千米高空巡航的舱内气压相当于海拔两千米的高度，体感舒适。载油总量达到五十一吨，在高空、高原、远程试飞中，皆证明机翼整体油箱密封性能良好。燃油系统首次采用电容式多位测定油量装置，精度极高。运10的与复杂操纵面、增升装置布局相适应的以软式机械操纵为主的飞行操纵系统，达到国外同类机的先进水平。运10首开电子防滑自动刹车先河，驾驶舱仪表照明首次采用导光板方式，管道首次使用无扩口接头……"

老人的讲话行云流水，对那些专业词汇，我只有重复询问才能记下。"运10的研制成功跨越诸多地狱模式难度，首次在外形设计中打破过去仅用圆弧和直线造型的局限，使用当时先进的计算机光顺，在气动力、强度分析及各专业领域广泛使用计算机。前后开发软件一百三十八项，其中总体参数优化程序为国内首创。运10采用了一百六十四项新标准、七十六项新材料、三百零五项新产品附件。"他对着那台老旧的台式电脑里不断跳跃出来的数据说。

对我们这些非飞机专业的人而言，程老的话还是有些枯燥，但我已然明白，他看似脱口秀般随意的言谈其实隐含着内在逻辑，包含了对运10气动、结构、系统、试验以及标准等方面的评价。这时他按了按桌上那架也不知用了多少年的黑里泛灰的电脑的鼠标，屏幕上立即蹦出几行蓝底白字的大字：技术上，举全国之力，聚全国之智，并不存在不可逾越的障碍；理念上，认清在核心技术上，不能寄希望于外国自愿提供给我方，要认识到知识产权的垄断价值。

话说多了，程老的脸上微微泛起红晕："除了发动机引进普惠外，运10（一共才组装两架，01号机做静力试验用，02号机正式试飞）的每一只铆钉都是百分之一百国产。因为人家不卖，我们也不买。"他叹了口气说："涡扇8喷气发动机，代号915，匹配运10，我们也已开发成功，可以替代进口，并在波音707飞机上串装，替代一台JT3D发动机，成功完成了飞行试验，达到当时可以定型鉴定的要求。只可惜……"

我知道他要说的后半句："运10下马，915发动机自然也无人问津，没来得及日常点火，就已经熄火。"

世人不知的是，原本运10第三架验证机上的四台发动机，准备三台或两台采用进口的普惠（JT3D），一台或两台选用国产的涡扇8，实行串装，由于没了后续预算，设想也就成了空想。

程老的桌上也有一本《难忘的运10——中国第一架大型喷气客机研制纪实》，他顺手打开第三百四十九页，说这是国际社会对运10的反响。一九八〇年十一月二十八日，英国路透社电讯："在得到这种高度复杂的技术时，再也不能视中国为一个落后国家了。"波音公司总裁说："你们毕业了，只不过比我们晚几年而已。"波音副总裁斯坦纳在《航空周刊和航天技术》杂志上撰文指出;"运10不是波音的翻版,这是该国发展其设计和制作运输机能力的十年之久的锻炼。"

由于运10采取了四发翼吊的技术,和波音707貌似相似,国内一些慕洋人士质疑运10为波音仿品的杂音,还是引来了波音另一位副总裁和驻华空军武官(曾经是波音707飞行员)对运10的再一次亲密接触。美国驻华空军武官登机后说:"这架飞机和波音完全不同,机翼构型明显两样,因为我太熟悉波音707了。"波音副总裁对运10进行了一番仔细考察后再次辟谣:"不是山寨,这是中国人在这个领域的又一次完完全全自主的实践。"

对此,程老不屑多做解释。他只是说了句耐人寻味的话:"参考和仿制是两码事。现在公路上汽车那么多,都是四个轮子一个方向盘,模样差不多,难道不是相互参考,都是仿?"

临走前,他依依不舍地拎起那把心爱的小提琴,为我们演奏了一段贝多芬的乐曲。望着他苍然的皓皤,和他身处的狭小的活动空间,我不禁感慨万千。

如诗如歌

二〇一〇年九月,熊焰的女儿熊晓虹对运10首席飞行员王金大做过一次专题访谈。那年王金大七十六岁,月退休工资二千七百元,其中包括劳模奖励四百元;假如他从民航系统退休,待遇会高很多。王金大一九五三年到民航训练大队学飞,在北京、上海多地开飞机。一九七一年作为优秀机长调进708工程组,做"悬崖上舞蹈"般的试飞工作。

见面的第一句话，王金大对熊晓虹说："这辈子干运10，有憾无悔！"

王金大飞行上万小时，运10首飞的结果对他而言无丁点悬念，仿佛答案早就确定了。他逢人就说："运10就像一名篮球运动员，虽然个大，但行动灵活，稳定性和操纵性都好。首飞那次很轻盈地上天，很稳当地落地。我飞过那么多飞机，好飞机坏飞机心里有本账，运10是架非常棒的飞机。"

王金大首飞下机，狂欢的人们将他举起来抛向空中。躲在一边的马凤山走上前来说："咱们请客吧，十年怀胎，今朝分娩，难得庆祝一把。"没有经费，马凤山组织全所人员自摸，每人十元，自己请自己。

自一九八〇年九月首飞至一九八五年二月，运10共飞行一百二十一架次，北上哈尔滨，南下广州，西至成都。落昆明遇百年未有之大雪，飞乌鲁木齐全重起航，在机上召开记者招待会。

憨厚的王金大印象至深的当数"七上拉萨"的航行。

进藏最佳季节为夏天，为了证明自己，运10选择严寒期飞贡嘎机场（过去称当雄机场）。以前是伊尔18飞拉萨，现在运10来了。开始时北京方面不批，说没定型的飞机飞西藏，出了问题谁负责？运10团队和机组说绝无问题。北京部委还是坚持了"不能放行"。

一九八四年三月，大雪封山，西藏需要大批的救灾物资，陆路不通，小飞机又运不了多少。上面开始睁一眼闭一眼，批了。收到批件，马上装货。拆掉机舱里的座椅，装上太阳灶、电视机、新鲜蔬菜及日用品，男女老少齐上阵，肩扛手抬，将大批援藏物资挪进机舱。先从上海飞成都，再从成都转场进藏。成都周围多峻岭，川西高山距成都才一百多公里，从双流机场起飞，先在成都上空盘一圈，再向西向山上飞，飞过昌都转向西南，穿过泽当就望见了雅鲁藏布江，沿江一路飞达拉萨。

时年三月，运10在一周内又连续五次进藏，先后运送生活用品（台灯、肥皂、卫生纸）、蔬菜（大葱、青菜、蒜苗、芹菜等）、上海时髦货（上海牌录音机、凯歌牌电视机等）。王金大以前飞小飞机，在山谷中穿来穿去没感觉，现在开上大飞机，一览众山小。翼下皑皑白雪，望不到尽头，窗外气温零下45℃，冰天雪窖；舱内22℃，如沐春风。每次飞行都有测试组跟飞，数字说不了谎，许多指标好于波音707，油耗优于苏式伊尔系列，与波音707相当。

王金大每次飞贡嘎机场，会遇上不一样的警卫战士站岗。第一次去，藏族战士眼眶内闪着泪光问："前几天我和战友们谈论，啥时能看到自己制造的大飞机降到这儿，不料今天就看着了，我这是在做梦吗？"王金大的眼角也变得潮润，忙说："开着国产大喷气机来拉萨，我也以为在做梦。"

第二次进藏，上来一位汉族战士，先是双脚并拢，朝穿着飞行服的王金大一个敬礼："首长，这么大的飞机哪国造？"

王金大将对方的右手从帽檐旁滑落，和蔼地说："我不是首长，是机长，但可以告诉你，这飞机百分之百中国造，是在上海建造的。"

战士又一个敬礼："我从来没有见过这么大的飞机，能为它站岗太幸福了。"

记不清是第几次，遇见一个挎冲锋枪的战士，人称班长。反复瞅着大飞机，伸手触摸了摸运10的起落架，问："你们这是试飞还是运输？"

王金大反问道："你说呢？"

班长望着工人们一箱箱往下搬运物资,对着魁梧的王机长说:"装这么多东西,我看不像试飞,是在运送。"

王金大拍了拍对方的肩膀说:"嘿嘿,你说什么就是什么了。"

班长突然一个立正,朝他行个标准的持枪礼。

上世纪八十年代,708工程经费严重不足,王金大开着运10夹带"私货",筹点小钱。夏天去广州拉服装,冬天去哈尔滨捎上白菜、萝卜,为的是挣点试飞的油钱。

为让北京的大领导们近距离瞧瞧运10,王金大决定进京汇报。一九八一年十一月二十八日,运10载客从上海飞往北京,马凤山、王维翰等随行机上。运10进京的消息不胫而走,首都各界纷纷要求抵近参观,有驻京各部委的机关工作人员,也有各企事业单位的干部群众。据有关媒体粗略统计,前后有十多万人前来参观。

十二月十一日,北京早已入冬,山寒月冷。按日程安排,运10将在这一天飞行表演。六千多人早早来到机场,有的脚都冻僵了,最后得到消息,领导因为工作繁忙无法抽身前来。不解京都风情的运10人还是决定继续表演,否则对不起在场苦等的六七千名观众。

王金大将飞机开上跑道,加大油门,一杆上天。到了空中,他的心随之平和下来。他不是为少数人而来,现场观摩的人这么多,他得为大众表演。为让观众看得真切,王金大驾机绕场一周,以一千米的高度通过机场上空。飞了二十分钟,王金大轻轻压杆,不断调低高度,飞机以六十米的低高度从人们的头顶缓缓掠过,观众连飞机的蒙皮都瞧得清清楚楚。运10通场后迅速拉起,刺向远方水晶蓝的天际。现场响起爆炸般的掌声,几乎淹没飞机的轰鸣声。人们沉浸在欢乐的海洋,许多人的笑脸上挂下了长长的泪珠。

离开北京那天,天空飘下雪花,好多人伤心地暗暗抽泣,以为天都落泪了。王金大的眼角也噙着泪,擦了几次还有渗出。怕副驾看见,他悄悄别过头去,用手绢使劲擦了又擦,说:"开路,咱们回大场。"

马凤山用手中的毛笔,默默写下两行行书:谁知错管春残事,到处登临曾费泪。

第 14 章

百年孤独

运10的研制突破了一直依赖苏联的设计规范，首次参照英美适航条例展开，使我国成为继美、苏、西欧（联合研制空客）后又一个进入一百吨量级飞机俱乐部的国家。

二〇一七年冬天的一个风高黑夜，那架七上拉萨的运10原机，被大卸八块，身为身，翼为翼，起落架另起，装上几辆超级平板大卡，从大场悄悄运往商飞浦东祝桥基地，从一块草地躺平在另一块草地。重新组装后的运10已过了不惑之年，成为"标本"，却不见老，模样凝练端重，富于幻想，还有点彪。

"不堪红叶青苔地，有时凄凉暮雨天。"运10宛如一颗流星划过天际，在本该属于它的空中，闪过瞬间的火焰后匆忙谢幕，却留下了一条长长的尾巴，也留下无尽疑团。

僵局

上世纪五十年代，我国完成第一个五年计划，共有一百五十六项重大工程。毛泽东说，我国是一个大国，世界上有的东西我们不能样样都有，但是重要的东西如飞机和汽车，我们就一定要有。一九五四年，我国第一架飞机和发动机试制成功，两年后，喷气机歼5首秀蓝天，我国成为当时世界上少数几个掌握喷气飞机的国家。由于国力所限，当时飞机的重心倾投在军机上。

一九六八年，我国轰6在西安试制成功。周恩来一边处理政务，一边不忘民用机的制造。他说，轰6是一个良好开端，接下去最好在轰6的基础上设计一款民用大飞机。副总理兼外长陈毅说，我这个外交部长出国乘不上自己的飞机，地位就不如别的国家。

六十年代末至七十年代初，毛泽东两次提到让上海研制大飞机的事。身为顶尖战略家，他说话自有独特的语境。毛泽东之所以高远，因为预见而坚信，或者由坚信而预见，如"星星之火，可以燎原"。

时隔四十年，习近平总书记在会见两院院士时指出，自力更生是中华民族自立于世界民族之林的奋斗基点；关键核心技术要不来、讨不来、买不来，要自主可控。（新华社2018年5月29日）卓越领导人能预见别人预见不到的东西，一句话切中要害，不讲多余。

各方面的信息显示，运10由中央直接定调，各部委、军队及全国二十一个省市二百六十二家单位集体创意、紧密协作、共同完成。运10的研制采用新材料近百项，一百六十多项新标准、新工艺。它的研制突破了一直依赖苏联的设计规范，第一次参照英美适航条例展开。运10研制的总费用5.77亿人民币，而同年代西方研制一款民用大客机的费用为二十亿美元，云泥之别。它一跳起飞，填平了我国民航工业的一道深深鸿沟，成为继美、苏、英、法（后有西德加入）后第五个研发一百吨量级飞机的国家。

世界上许多事本不能假设，倘若运10出生于九十年代，结局或许不同，但它偏偏脱胎于改革开放之初的八十年代。那些年西风日盛，"利剑总是败于思想之下"。上面要处理的事太多，运10、歼9、歼13，只不过是一个个具体的项目，没有多少人关心它的死活。倘若再做个假设——氢弹、核潜艇也在那个年代，会不会同样遭遇"击沉"的命运？

关乎运10命运的最后一次会议举办于一九八三年十月，国家计委组织财政部、民航总局、航空工业部、上海市航办参加。会上，上海方面希望装配第三架机，急需资金三千万。三机部（航空工业部）的代表依违两可地说，将03号机组装出来也好，看有没有用户？民航局代表立马反对，直言不需要国产的运10。主持会议的计委甘子玉副主任左右为难，说既然意见不统一，请财政部平衡国家财力而定。财政部认为，将03号机装配成型，除了三千万，还有后续投入，关键是没有用户（民航不愿买）。财神爷表示筹措不到所需资金。会议没有形成文件就结束了。至此，国家再无经费注入，运10实际等于夭折。

航空工业部编写的史志中，将运10的停研时间确定为一九八五年二月，以02号机停止试飞时间为结点。那年二月二日，运10在进行了最后一次郑州的转场飞行后，连加油的钱款都不见着落，科研人员更是连工资都开不齐。与项目上马形成鲜明嘲讽的是，十多年前，国务院、中央军委联合行文同意的大飞机项目，下马至今不见任何一纸书面文件，没有任何会议记录，也无任何人对其负责。倒是香港《文汇报》于一九八六年三月九日发表了一篇《运10飞机停止开发？》的惊叹文章，分别以"耗资五亿，费时十年；吨位最大，机体亦巨；海内海外，评价甚高；停止试飞，令人费解"为小标题，为运10做了最后一次调侃般的评判。

巧合的是，上世纪八十年代中期和项目上马关系紧密的人物，不是仙去，就是和运10渐行渐远。毛泽东、周恩来逝世，叶剑英年迈体弱，于一九八六年下半年逝世。直接领导该项目的"井冈式"干部曹里怀将军于一九八二年退居二线，当了一个"顾问"，曹将军的"退位"，等于运10"举国体制"的实际瓦解。而两个终极守门员熊焰和马凤山也相继退场，熊焰在运10首飞前（一九七八年）即被调回西安阎良飞行试验研究所（630所）任所长，五十五岁正壮年的马凤山，因为"干部年轻化"及身体的原因，于一九八五年改任正处级调研员，离开上飞所所长兼总设计师的实职，改任上飞所挂名的科技委主任。五十多岁，对于一个科学家来说，正是干大事的黄金期。这样，运10的自断经脉符合了所有条件，无疾而终也算"预想"的结局了。

问谁

二〇二一年秋天，我碰见马彬，马彬说，自运10立项至结束，父亲几乎每天记事，上至中央首长讲话，下至具体方案讨论，试飞那天却是空白，甚至在当天拍摄的纪录片里也找不见父亲半个镜头，不知躲在哪个角落。

据马彬回忆，试飞前，马凤山一直跑北京，连续几个月，终于将试飞一摊子事跑了下来。在试飞前两个月，他就隐约知晓运10不管成功与否的命运了。

试飞那天，没有一个人的心情如他那样复杂与孤寂：试飞出问题，喊冤都找不见地方；试飞成功，也是梦碎，倒像是告别演出。如此心境能写出什么文字？一切都藏在他心里，不写比写好。"谁见幽人独往来？缥缈孤鸿影……拣尽寒枝不肯栖，寂寞沙洲冷。"

后来的事情，航空人都记得，运10首飞成功，飞遍全国，七上拉萨。在北京南苑机场表演那次，尽管没有领导观摩，但在曹里怀将军的示范下，航空工业部长莫文祥、民航局长沈图到场。马凤山考虑冬天气温低，低空通场高度定在两百米以上（也有风险），但试飞机长王金大自信满满，将通场高度降至六十米，以大飞机的极限低度递给观众一个惊喜，送给世界一次惊艳。

马凤山退下领导岗位后，后起之秀吴兴世接任上飞所所长兼运10总师。吴兴世在运10总师短暂的任上概括了运10的三大意义：一是走过了我国航空工业必须经过的一道坎，完成了一次大飞机自主设计、制造、试飞的伟大实践；二是摆脱苏式机模式，进行了参照美英标准制造商用飞机的成功转型；三是建立了一支队伍，营造了一个航空产业基地的雏形。

也许马凤山和许多运10人至今都难以理解运10下马的原因，而我深度理解运10人的心情。大飞机牵动着制造方、使用方、出资方、管理方等方方面面的神经，岂是一篇文字或几段话就能表达清楚的？时至今日，政府并没有明令下马，正式说法是"搁置"。

上世纪八十年代，国门打开不久的中国人思维跳变，迅猛地从一个极端拐往另一个极端，对自主搞飞机这样的工程有自卑心理，对发展大型民用客机作为战略产业的认识欠缺，自信不足，从下至上感到外面的星星确实比国内的明亮。这样的想法不是少数人，已形成普遍共识，绝不能怪几个人的头脑发涨。客观地说，这不能怨哪个部门哪个人，是那个时代那种思维的作祟，是"造不如买"的风吹进了航空工业。当时航空工业部（三机部）许多人士对军机百分之两百投入与执着，但对民航大飞机提不起精神。譬如后来对歼10无限激情却对民机一度缺乏热情的一位官员说："搞民用大飞机吃力不讨好，波音、空客，一阵风就把咱们吹跑了，同一天空下，比不过人家的。"

这句话的本身并没有错，同样的时间与精力花在军机上，鲜花掌声，成绩斐然，民机么，不如搭上人家的顺风车。要是今日，一定有无数人会反诘："想搭车，人家让你搭吗？"

运 10 相关方的利益主体不同，想法完全不一样。三机部主管航空某位人士曾说，砍我脑袋，运 10 也不能飞。也有人亲口对马凤山说对不起，即使流着眼泪也得将运 10 毙了！

然而，世界上的事不全是非黑即白，并非一个硬币的两个面，还有更多的可能。

使用方的民航局一直摇头，表示不需要国产大飞机，甚至也不想买后来组装的麦道 82 及麦道 90。沈图多次在会上表示，一听运 10 上天就头疼，民航不要国产机，不需要国产干线飞机。

既然制造部门不愿干吃力不讨好的"傻事"，不想在波音、空客面前以卵击石，那么民航局则吃定"造不如买，买不如租"。这在当时是流行心理，绝不是个别人的心思。话说回来，单从市场角度论，国门已打开，买哪家的飞机是用户的自由，别人不能强求；即便在特殊时期，这种做法也不能简单地说全是错。当然，每家各有小算盘：买人家的飞机，大量的人可以出国开开洋荤，这话不便公开说，却深深藏在一些人的心底。

综合管理部门的一些人，想法不是发酸，就是不切实际：要么不搞，搞出来就要老子天下第一，马上能赚钱。如此说法，上帝都想笑。他们忘记这不是普通的商品，是战略产品。对此，著名科学家王大珩院士说："除非你第一个出来，第二家一般就超不过第一——国外的航空、航天也没有这个先例。美国研制出波音，欧洲研发出空客，你第三家出来，不可能立马成为第一，了不起排个第三、第四，想超越人家是后面的事。"

谁问

二〇二一年八月十三日下午,我应中国商飞之邀参加《世界商用飞机发展简史》纪录片评审会。片子不错,共五集,从下午一点半审至晚六点多。参会者有商飞谭万庚书记、曾勇明部长,负责企业文化及片子拍摄的吴顿姑娘,以及运10末代总设计师吴兴世等二十多位领导和专家。

会议结束,在商飞食堂用过晚餐,曾部长和不着急回家的几位人士进行了一次随意交流。在座的有吴兴世、徐显辉、吴顿及在下五位。

曾部长中等个子,办事干练周密,说话不徐不疾,不多不少,下午主持会议,每句话紧扣主题,似乎不愿浪费一个字,也不想耽误大家一分钟时间。我见机会难得,也不客气,抢先提出了运10下马几个棘手的问题。

谈及运10,大家不约而同地将头偏转,将目光齐刷刷地投向吴总师。

吴兴世七十六岁,个子高大,思想敏锐,记忆力超强,见有问题,也不推辞,轻轻放下嘴边茶具,侃侃而谈。

吴兴世西工大毕业,二十多岁进运10项目组,成为马凤山的继任者。这十几年,不断有人向他提出类似问题,将他挤在一个焦点的位置。运10人在思考,行业在反思,他自己也在深深地思索。运10"搁浅",纷乱驳杂,难以简单地归咎某一部门,也不是是谁一句话就定下的。

我趁机借用某些人的话说:"运10流产的原因很重要,又很繁杂,很多年后,也许几代人后才能理出个头绪。"

吴先生哈哈一笑,说:"几代人后,我们这些人都走了,更说不清了。几个从'百度'到图书馆的所谓学者的分析文章,能理出清晰的结论？不可能。这个问题说复杂复杂，说简单也简单，有主管方的原因，使用方的原因，计划财务方的原因，也有认识上的原因，时代的原因，还有国际市场变化的原因，似乎涉及全产业生态链。"他忽然话锋一转："外面一些说辞并非全无道理，但都是枪口对外，将准星瞄准别人，不对自己。将别人都解剖了，而且剖析得颗粒还很细，但己方呢？难道我们设计制造方就没有问题？大客机既然是一种商品，理应从客户着眼，刀刃向内，从自我寻找原因。"

"放下别人的错，解开自我的结。"

吴兴世的言外之意，飞机的设计不能以自我为中心，必须以客户为中心。通过运10，中国人自力更生完成了一次全面、全过程的实践，由于上世纪七十年代国家处在计划经济条件下，飞机的设计也是以"腿长"等因素为主，是以专机和客机混合体的形式问世。这样做的后果，有四台发动机的运10经济性不如波音、空客，况且运10从婴儿诞生，刚学会走路，一些技术点如噪声较大，也比不上前两者。运10从设计到试飞、停止，差不多花了十五六年时间，而八十年代正是国际航空科技一日千里的时代。商用飞机和军用不同，是用来商业运行的，需要安全性与经济性的平衡，需要得到客户的认可和信任，尽管运10团队做了顺应市场的改进方案，将四台发动机改为两台，载客数增加至空客A320的水准，噪声降解方案也已确定，但特殊的八十年代并没有给特殊的运10这个机会，失去的永远失去了，再也不会回来。"眼前一片海，伊却不曾蓝。"留给它的除了百年孑遗的抱憾，便是醍醐灌顶的潜思。

运10的反对意见，越关键的反而越值得深思，一是没有经费，二是没有市场，三是地方办航空。上世纪八十年代后，中国民航市场井喷式发展，每年增长两位数，其中一九八〇年至一九九五年运输总周转量年均增长百分之二十以上，干线飞机占运力的百分之八十，仅一九九六年买三十三架空客和五十架波音，就花去一百五十亿美元，有客源有市场没有钱怕要笑掉老牙。至于民航方面说的"不需要大飞机"，更是无稽之谈，有人不需要的是"国产大飞机"。至于某些主管部门，始终片面认为运10是上海地方厂出品，心中耿耿怕是有的。但是，不管哪方面原因，它没有获得客户，没有订单，这也是事实。

运10本身没有错，只是它出生时，时代发生了巨变。

运10没被时代消化，没被市场理解，也没来得及被百姓认识，默默谢幕。

经历了十五年从上到下，又有近二十年蹉跎岁月，中国民航人只能自己教育自己。我们每个人都需要在实践中自己教育自己。

第 15 章 岁月蹉跎

《金融时报》的说辞直接在伤口上撒盐:"MD90及AE100的失败,是对中国萌芽的航空工业的两记猛烈重拳,并使其成为重要的飞机制造商的梦想随之覆灭。"

一九八二年五月，国务院三机部更名为航空工业部（一九八八年又改为航空航天工业部），主管航空工业。新部门新气象。既然运10的路已走到了尽头，航空工业的目光随即投向远方，聚焦新的战线。

合伙

市场换技术，不是航空部的创意，已是许多国家的老战法。大众桑塔纳就是一个案例。不过，中国汽车工业自桑塔纳"市场换技术"开板，四五十年折腾过来，也不见得多少成就，现在满大街跑的八成以上仍是"万国博览"牌，国产车单剩奇瑞、江淮等少数几家苟活，咱们小时候乘坐过的上海牌、东风牌轿车，北京202吉普车，九〇后、〇〇后怕连听都没听说过，倒是近些年国产电动汽车的突围而起，在万里疆域亮起一道独特风景。不过，真正叹为观止的是铁路，铁道部谋定后动，终使中国高铁后来居上，自主品牌的和谐号、复兴号成为一骑绝尘，驶出国门。

运10虽然僵死，但上飞院和上航工业已发展成一个庞大航空集群的初步，厂房空着，人得吃饭，也不能太对不起上海，那里集中的可是全国的航空人才。运10下马后，队伍散了一地，但仍留下了相当的火种。于是航空部领衔，带着各路人马漂洋过海，选择合作伙伴。这就是所谓后来跳的"三步走"狐步舞。

开始并没有"三步走"策略，只是套改"桑塔纳"模式，挂着拐杖摸路，经过多年论证、徘徊与反复，才有了所谓的"三步走"概念：第一步由国外提供技术和设备，国内负责装配；第二步与外国合作研制一百座级支线机，二〇〇五年服役；第三步自行研发一百八十座级大飞机，二〇一〇年形成市场能力。

没有哪个有远见的领导人不喜欢国产商用飞机。一九八一年十月十三日，邓小平在发展国产民用飞机会上指出："国内航线飞机要考虑自己制造。"〔《难忘的运10——中国第一架大型喷气客机研制纪实》、《邓小平年谱》（1957—1997）〕邓小平讲话干练，不拖泥带水。十二月三十日，他又强调："今后国内飞行，争取统统用国产飞机。"一九八四年三月十三日，中共中央总书记胡耀邦说："这种事（指国产大飞机）必须狠抓，如果八十年代仍然冲不破，上不去，那就太不像话了。"领导人的讲话白纸黑字，条理清晰。

由于航空工业部、民航总局及相关部委对国产航空工业的发展方针理解模糊、意见多元，国产化战略长期处于研究、讨论、互掐、徘徊状态。一九八六年十二月四日，国务院召开第一百二十五次常务会议，认为从战略考量，着手研制国内干线飞机还是有必要的。

"三步走"战略基本清晰，落实起来却演变成了一场部委之间无休止的踢皮球大戏，冗长的推诿与扯皮历时数年。

有道是"阎王好见，小鬼难缠"。面对国务院常务会议定的调，相关部委有的是"软抵抗"的招数。兴趣只在引进和合作、对自研提不起劲头，一以贯之的思维是对中国自主研发大喷气机不自信、"造不如买"意识深入血液，以致在一九八二年将成立于一九六一年的航空研究院（原称国防部第六研究院）撤销，使航空部成为七个工业部中唯一没有研究院的软脚蟹部。

中国内卷不休，于是，向国际民航数大巨头发出合作意向书，波音、麦道、空客的官员激动不已，终于按他们的路数出牌了，国际合作，还能逃出美国、欧洲的品牌？

各路人马分赴美欧，多头下注。上飞所的许多设计师也加入外出的队伍。据参加美国考察的原上飞所高工赵国强回忆，原本想跟波音合作，由于当时波音的接待代表态度冷淡——谁愿意多培养一个竞争对手呢？空客的态度跟波音差不多，只是不体现在脸面上。最终选定麦道，是因为麦道当时的日子比波音难过，给出的"甜头"更实惠一些。况且，麦道捷足先登在前，一九七九年十月，上飞厂通过中航技与麦道公司签订了中国第一个航空零部件生产转包合同，生产麦道82主起落架舱门。

得知运10尚未正式断气，国家欲花巨额外汇引进麦道生产线，一九八四年六月四日，上飞所二百一十九位科技人员联名上书，呼吁停止组装麦道82，防止庞大的中国客运天空沦为洋人肆意的竞技场，要像保护长江生态一样保护中国的民族工业；建议在运10优化方案的基础上自主发展大飞机。

见有数百名科学家和工程师写信，航空部莫文祥部长也感事大，当即在阅后件上批示："复印民机领导小组成员，办公室成员。部民机办即组织力量研究。"

最后国务院领导称，这是早已决定了的问题，不要再议了。麦道项目就此铁定。

一九八五年，麦道项目落定上海大场，将运10的机房改成麦道的组装线时，大洋彼岸的"导师们"从幕后蹚至前台，洋洋自得地说："因为上海搞了运10，我们才与之合作；如果不扳倒运10，美国飞机就不好大批量冲进中国。"

上飞厂的职工虽然嗷嗷待哺，还是不愿将运10的设备全部拆去，那是上飞人自豪的记忆。但胳膊终究拗不过大腿，上头花了那么多银子，跟外面签了合同，麦道的设备马上要进场。上飞人内心流着血也得折腾，迎接麦道的上场。

一败

作为市场换技术的第一步第一瓢，双方还是互利的。和麦道合作的头一个协议是在上飞厂装配二十五架麦道82飞机，第二个协议是一九八九年再装配十架。鉴于进入中国市场的迫切性，麦道显示了一定的诚意，向中方转包了水平安定面、襟翼和六个舱门的生产，约占机身价值的十分之一。

一九八六年十月，上海航空工业公司改组成立，简称上飞，至一九九四年十月共装配了三十五架麦道机，其中十九架麦道82交付北方航空公司，十一架麦道82交付东方航空公司，五架麦道83返销美国，并取得美国联邦航空局的适航证。尽管没有得到全面的技术转移，但平心而论，上飞厂制造技术和管理水平得到了一定提升，对生产过程的适航管理有了亲历体验。上海生产和美国生产的麦道站在同一平台、同一水平。据一九九四年美国《航空航天报》载，返销美国的麦道

83，质量在美引起轰动——长滩生产的客机每架平均试飞八小时、排除故障二十小时方能合格，而上飞厂总装的麦道客机平均试飞五小时、排除四个故障就能合格。成品的五百二十三项检查项目，上航工业的一次检查合格率为百分之九十五，长滩生产的只有百分之五十一。

上飞人不禁感到，组装生产麦道并非只是"组装"，也学到了许多国际的先进生产方式。

一九九二年，在与波音、空客的三国混战中，麦道处于劣势，为生存计，交了"投名状"的麦道公司同意在中国建造一百五十座级的麦道90客机，使用麦道的设计与技术，配用一定比例的中国制造零部件。最初的意向是组装一百五十架，销往中国民航，也卖给国外。这一庞大计划将国内几大航空厂家都囊括了进来，西飞、沈飞、成飞分别生产机身、机翼、机头、机尾各部分，上航工业承担总装。发动机、航电、起落架等进口，部分配件国产，原材料采购成本占总成本百分之八十。广大媒体给予了热烈的响应。

不料风云难测。一九九三年，中外双方准备签订协议时，比航空航天工业部更爱波音、空客的民航局有关人士却说不会购买在国内组装的飞机，要买只买全进口的。给出的理由冠冕堂皇：国产飞机无论价格还是售后，均需按国际市场规则买卖，不能增加航空运输企业负担。原本应为民族工业坚实后盾的广阔国内市场，反成了发展的掣肘。客户方（民航）的反对，使麦道合同自签订之后起就埋下了亏损的伏笔。

中航工业总公司不嫌麻烦和对方和稀泥，麦道也知关山难渡，各自退让，将合同减少至四十架（原来的零头），过了两年，又削减为二十架，余下二十架在长滩制造，然后卖给中国（纯正外国货）。与此同时，中国民航在波音、空客的怀柔战术下，大量引进波音、空客飞机。

和麦道的合同签署后，西飞、沈飞、成飞、上航工业（上飞）等"四大金刚"上规模建设制造设施，采购零部件，培训人员，组织各方协作和技术攻关，计划于一九九八年四月开锣生产。

当人们仿佛看到美好的明天伸过手来时，却未发现背后的"达摩克利斯之剑"已高悬在上。一九九七年，历史悠久的麦道公司没等到迎来中国市场红利的那一天，就被不倒翁波音戏剧般地拿下。新东家波音自有成熟的B737机型，自然不会再生产同质化的MD90。波音兼并麦道的同年十一月，正式宣布自一九九九年起停止生产麦道90，并火速将回马枪杀到东方：发文通知中方立即销毁所有与麦道飞机相关的管理文件和图纸资料，如继续使用视为侵犯知识产权。

中国民航局非正式地宣布，鉴于安全性考虑，航空公司不会购买已经停产的飞机。无奈之下，国务院被迫宣布麦道90项目停产。

中航工业总公司（一九九三年六月由航空航天工业部改组成立，一九九九年拆分为第一、第二集团，二〇〇八年又合并为中航工业集团）旗幡下受卷裹的"四大金刚"欲哭无泪，按合同规定，已采购了二十架飞机的原材料，大部分已到货入库，总资金三十亿元——不知能造多少运10，且生产设备、人员、管理机构刚调整到位，生产秩序也已箭在弦上，现在一切的一切统统打了水漂。中招后傻眼的中航总游说各方，总算在国内航空公司乞求到两架订单。

"同步停产"的通知下达前后，上飞厂的几千员工来不及喊冤，硬是憋着一股劲，提着一口气，硬核地在项目下马前抢救组装了"有婆家"的两架飞机。为此，上航工业把所有家当统统砸进。在这场争抢赛跑中，三十七岁的全国劳模、高级钳工杨妙根突发心肌梗死倒在车间里。干线机办公室副主任黄在之连续加班，在办公室突发脑溢血昏迷后死亡。另一名五十六岁老工人劳累过度，卧倒在岗位上，再也没能醒来。

有人含泪而发："大飞机尚未成功，他们已战死疆场！"

合伙生产麦道的下场，成为中国航空业继运10后的又一块大伤疤。在中航总猛吃外商耳光的同时，海外拱火媒体的评论显得幸灾乐祸。有媒体分析："中国民航购买不超过两架麦道90的决定对该计划是十分关键的。"

波音的新闻发言人抑制住内心的激悦，"平静地"说："这是中国人自己的决定，它是基于对这类飞机的市场需求较低。这样的决策对他们来说是明智的。"（摘自《金融时报》一九九八年八月五日）

更具讽刺意义的，一九九九年一月，《人民日报》发布一则消息："第二架麦道90在上海飞机制造厂一次总装对接成功。"业内人士明白，这第二架也是最后一架，另有十八架飞机的原材料堆在仓库里，不知派啥用场。

再败

中航工业总公司一脚踹上硬墙，感到钻心疼痛，抚了抚伤口继续赶路。在再出发的路上，他们再一次选择了"曲线救国"——依附合作，而不是自研。这是跳的第二"狐步"。

此前，李鹏总理和国务委员宋健极力主张走航天之路——自主研制，开发自己的品牌，但各部委理解不一，摇摇摆摆一年多，后来中航总占了上风，坚持即使搞支线机也是"合作开发更稳重些"，坚持以市场换技术的"稳妥战法"。

运10末代总设计师吴兴世觉得，上世纪九十年代中后期的航空形势，中航总的思维也并非没有科学依据：一百座级客机为民机中一相对真空地带，市场垄断局面尚未形成。欧洲空客公司由于迟迟撬不开中国市场，愿意为中国设计一款新飞机，以换取中方购买空客大飞机比例的跃升。

中国航空工业面对技术与市场的汪洋，努力寻找生命中的浮木。在谈判过程中，先后有韩国企业、新加坡企业愿参股合作，联合打造"亚洲人的飞机"。一九九四年，中韩签署《合作开发民用飞机备忘录》，飞机定名AE100，并拉波音、空客提供技术。波音，直接否决，他们自己正着手开发一百座级的支线机，没兴趣跟一名小学生合作。回过头，空客人脸上笑眯眯，不说同意，也不说不同意，只说可以谈。那就谈。吴兴世等人图卢兹不知跑了多少次，每次来回机票三万人民币，跑得自己都心疼了。空客说别急，慢慢合计，咱们联合生产一款一百座级的支线客机，叫"亚洲空中客车"，怎么样？销中国，也销世界。

一九九六年，中韩双方因争执总装线在本国互不相让，韩国人中途反水，双方掀桌子闹掰。后来新加坡入伙，双方签订《亚洲联盟合作框架》。一九九七年，中、新、欧三方签署《一百座客机合作项目框架协议》，但中航总始终坚守百分之五十一股份的底线，并将飞机安排在中国境内总装。新加坡企业前后有反复，不久也割席退场——"君择臣，臣亦可择君"。但中航工业总公司和欧洲空中客车公司的合作继续推进，因为空客的想法更务实——一直惦记着中华大市场。

吴兴世参与和见证了全过程。在他看来，方案本身就有逻辑问题：中韩新占大股，掌握技术的第三方必不乐意，好比当下中国商飞掌握了生产ARJ21、C919的技术，越南、泰国欲拉商飞入伙，他们占大股，中商飞占小股，商飞能干吗？事情一开始就弄砸在起跑线上。

至于先上支线还是干线有利，可以技术论证，但在自主研发和技术引进之间，主管部门再次选用了依靠"外脑"，选择了"站在巨人肩膀上"，坚定地与空客合作开发AE100。事情进行到后半场，当空客得到中国民航三十架A320飞机的订单后，立马掀下了蒙面舞般的乔装，露出了獠牙，额外提出了生产AE100支线机的技术转让费十八亿美元，而在技术让渡的具体细节上遮遮盖盖，采取模糊策略。突如其来的变故使谈判无法深入。

与此同时，中国民航运输市场连续多年客源暴涨，发展超常，对一百座客机的市场需求看衰，相较于一百五十座级的大客机，AE100载客量过小，运营成本过高，采购意向疲软。原本以中国市场为主打造的支线机连自己都不愿多买，出口亚洲及其他国家的希望就更渺茫了。

中航总悔时已晚。不论是美国还是欧洲，都没有将飞机制造的关键技术出让给中方的理由和诚意——谁愿意多培养一个对手呢？空客自有成熟技术，只要将A320缩短，就是一百座级的支线机，这就是后来的A318。李鹏总理极为生气，指示不再进行无谓的谈判。

一九九八年九月，国际航空界出现三大事件：波音开发的一百零六座B717升上天空，得到五十架的订单，这款机实际是麦道90的改进版（MD95），大量零部件由日本及韩国承包。在范堡罗国际航展上，空客高调宣布研制自己的支线机A318（A320的缩短版），并已得到一百零九架订货，二〇〇二年供应市场（比原计划与中国合作的AE100提前一年多）。在同一航展上，空客"低调地"告知：与中方合作的 AE100 项目"遗憾"终止。

剧情的反转过于好莱坞式——前后谈判三年，花费三亿元的 AE100 没出生便已消亡。美国《商业周刊》戏谑地评论道："他们（指空客）在天上画了一个大馅饼。"而《金融时报》的说辞直接在伤口上撒盐："MD90 及 AE100 的失败，是对中国萌芽的航空工业的两记猛烈重拳，并使其成为重要的飞机制造商的梦想随之破灭。"

《金融时报》的说辞过于尖刻，"猛烈重拳"是真，"梦想破灭"倒也未必。

中方将振兴本国航空工业的希望寄托在与西方合作的地基上，最后得到的是来自国外合作伙伴的重重打脸。在一张又一张的骨牌倒下后，"市场换技术"走出了反向的结局。至此，"三步走"的前两步拐入死胡同，第三步自研一百八十座机的打算更是空中楼宇，望也望不见了。

蹉跎

"蹉跎岁月二十年。"

吴兴世在回顾"三步走"计划时悲愤地说。

在那些宝贵的岁月里，中国航空工业界不知调错了几根弦，沉浸在"上干线还是上支线"的干耗中，这种类似于先有蛋还是先有鸡的争论旷日持久，不知疲倦。争论得出啥样的结果，或许连他们自己都不清楚，争到后来，战略科学家王大珩院士愤然地说："别再争了，'干线支线'无休无止，听得耳朵都磨出了茧子，争得机遇一失再失，使人腻烦。"王院士说得不错，"家务事"扯一百年也扯不清楚，扯皮两百年也不解决问题，职能部委达不成共识，上面怎么拍板？

时至今日，中国已是全球第二航空运输大国。中国需不需要自己的航空工业，现在应该不成为需要论证的问题。运10的陨落已过去数十年，此后二十年岁月的蹉跎除了遗憾，也似乎只有悔训。失去的东西是难以找回的。日本在二战结束后的一段时光，被禁止拥有自己的航空业，队伍散失，工厂改行，后来尽管在飞机的研制上奋力直追——甚至有过昙花一现的支线机YS11，尽管有一流的工业根基，成功仍是水中月镜中花，顶多只能帮美国人打打下手，做点局部配件。改革开放后，中国航空工业内部先是瞧不起自主生产的运10，后来又在要不要自己研制喷气客机、上干线还是上支线等问题上反复抬杠、纠缠、摇摆、彷徨近二十年，更是在所谓的"市场换技术"上挨了波音、空客的迎面重揍。自一九八〇年至新世纪初，国外航空科技一日千里，而我方二十年光阴虚掷。这一时期，中国从国外进口飞机五百多架，花费三千多亿。同一时期，航空工业寡头凭借垄断的科技，不断重复着"多国联军"宰割、敲剥他国的剧情。要不是我国驻南联盟使馆被滥炸，许多人仍在睡梦中。

即使在上世纪五六十年代受美西深度围困，中国还是千方百计和英、法等国联络，争取国际交流。问题是科技巨头不会将核心技术授人，寡头商人以垄断为本性，凭什么将自己历尽艰辛研究的成果拱让别人？剩下的只有各国自力创新一条路了。科技寡头历来对高技术设限，不但对中国，也包括对别国。

日本为国际航空转包生产大国，每年转包合同几百亿美元。韩国大宇航空工业，接受的国际转包业务也不少。日韩两家做梦都想培植自己独立的航空工业，可为防止养虎为患，波音对日本参与项目处处设卡，不仅从严分配工作内容，而且通过设置电脑软件权限，重点区域监控等方式对核心技术严防死守。

美国和加拿大算是近邻，又是铁杆盟友，反过来想想波音对庞巴迪的出手有多毒多狠，也就不难理解空客、波音对中国航空工业的铁腕手段了。

中国到底能不能上大飞机，有没有争夺国际航空工业蛋糕的资格和权利？牵涉面虽广，但主要涉及市场、资金、技术等要素，在这些要素里，人们最担心和最关心的似乎是技术。其实这个问题反而没有悬念，不值得过度探讨。干大飞机是国家意志、国家行为，欧、美、俄莫不如此。中国为举国体制，原子弹、氢弹、卫星尚能和列强同步，航天工业完全自力更生，大飞机似乎不应该比核武器、登月工程、空间站难上几倍。犹如运10副总师程不时老先生所言：集全国之力，聚全国之智，不存在不可逾越的技术障碍。

第16章 世纪之交

有蹉跎岁月二十年的前车之鉴,这一次没给各方更多争辩与扯皮的时间,经过一年多的征询,国防科工委拿出了一个十易其稿形成的《关于我国民用飞机发展思路的报告》。

世纪之交，风云再变，七十至一百座的新型涡扇支线机忽然需求猛涨，各方力量展开前所未有的撞击与博弈。

"工农起义"

"肉食者鄙！哪能远谋？"

身居秦地、西飞设计所所长李洪毅说。

西飞人对航空工业失望之余，也曾吞吐着不服输、不言败的精神，力争凭己之力杀出一条血路。眼见AE100项目久拖不决，又听说日本也将开发支线客机MRJ，李洪毅和西飞所总设计师王清平毅然决定不靠上面，推出一个七十座级的民品项目。无论从人员还是资金，西飞比上飞占优势，尤其是AE100座机，中欧商定在西飞总装，王清平为中方总设计师。该项目的无疾而终，王清平、李洪毅来不及抹眼泪，联络哈飞、陕飞、上航工业（上飞）以及上飞所和西飞所，各出人员及资金成立研发团队，共同开发一款窄机身的支线客机NRJ（名字从CRJ、ERJ获得启迪）。几家企业私下商定，只要飞机造型过关，市场认可，就通过银行贷款拼死开发。经过充分的调研论证，当市场购买意向达到近百架时，他们从"地下"转往"地上"，正式向国防科工委提出立项报告，同时希望中航工业给予政策支持。

这种草莽式的民间行为，往往被相关部委所代表的官方轻蔑与不屑。一九九九年一月，NRJ支线项目以资金链断裂而狼狈收摊。

一九九八年，主管部委在其二十年的产业规划中有这样的表述：二〇一〇年之前，中国不再搞客机研发。这份仅在小范围"秘密流转"的报告传进李洪毅等人的耳朵，他一拳砸在桌子上，说："如此一来，除了工农起义，再没有第二条路可走了。"

李洪毅不是草寇，说的不过是怄气话，但"民间"的怒气和怨气已达到了巅峰。曾经生产运7、轰6、歼8，辉煌一时的西飞公司十多年没有像样的项目，效益严重下滑，人心涣散。底下有人说："万事齐备，只差陈胜、吴广了。"

相比东海之滨的上飞人，西飞人还不算太冤。当波音吞并麦道的消息传进上飞厂，上飞人觉得头上的天快要崩塌，他们已经历了运10的腰斩，再经不起新的荒唐。当第二架也是最后那架麦道90装配结束时，上飞厂实际处于断炊与破产的境地，连制造厂的副厂长都只能去美国在浦东的一家公司打工，而相当一部分技术人员将从国外学到的先进技术自谋出路，应用到开发游乐场的摩天轮和空中秋千中。许多人的"航空梦"在摩天轮的旋转中被绞成齑粉。顶尖航空设计人员林立的上海飞机设计研究所，正沦为上海汽车集团收编的对象——上汽集团有意将上飞所整建制"招安"，成为一个汽车研发中心。上汽凭借组装国外品牌"大众"及"通用"挣的钱，甚至想全盘吃下民航华东管理局所属的龙华机场，将它打造成上海滩上的超级汽车城。

尽管上汽收购上飞的行为被中航工业总公司总经理朱育理紧急叫

停，但航空科研人员出于生计向汽车领域流失的现象长达十年之久，直至二〇〇七年中国商飞出生前夜才彻底终止，也使之后组建的商飞集团伤了元气，人才青黄不接。

李洪毅的"工农起义"当然不会爆发，但他们尝试的民间支线机发展模式，却成为突破重围、渐被官方接纳的一种方式，最后在新舟60和ARJ21支线机中被采纳，并得到完善与发展。

实际上，民间的声音从未停止。一九八六年，北航大校长沈元、南航大副校长张阿舟、西工大校长季文美以及航空工业部飞机局局长胡溪涛联名上书改革开放总设计师邓小平，呼吁国家要《千方百计尽早提供和使用国产干线飞机》，史称"四君子上书"。

一九八六年十二月，国务院第一百二十五次常务会议决定，抓紧发展干线飞机。一九八七年一月，航空部和民航总局向波音、麦道、空客等六家国外公司发出联合研制干线飞机的邀请，漫长的谈判持续六七年，但"相亲欧美"不是遭拒，就是被敷衍。后来虽有麦道同意在中国组装（并非研发），又在波音的兼并中于一九九九年关闭生产线，前后经历了一二十年的探索与折腾。二〇〇一年，退休人士胡溪涛再次写信，提请国家抓住机遇，设立大飞机专项。

上飞所参与民主决策的意愿半点也不比西飞逊色。上飞所早在九十年代中期就关注支线机发展，"亚洲客车"AE100上马下马的谈判中，上飞人也没忘记自己的肩膀，一直在寻觅自主开发的方案。在厂和所半休克状态，想法子总比没法子强，干总比不干好。在西飞进行NRJ项目时，上飞所也在市场调研，为自研的涡扇支线机做方案论证。如果说旷达的西飞所有更多的市场头脑，那么上飞所则通过自下而上民主的方式影响"国家意志"。行动比静默有利，即便西飞所、上飞所如几根水草，终究也能搅动起长河中浪花的翻腾。

在国家意志正式抵达前，民间市场的火焰、民主意愿的火焰已熊熊燃起。而此时外强早已虎视眈眈，日夜觊觎着中国民航的辽阔市场。

环伺
- - -

二〇〇〇年降临前夕，世界正为世纪虫伤着脑筋，但飞机制造商无一例外地瞄上了航空工业薄弱国中国。不同的国外制造商各显神通，纷纷寻找他们在国内的代理人——航空公司、制造商或地方政府，作为支线机项目的合伙人。他们以"技术合作"及在中国构建生产线为诱饵，和国内厂商周旋，谈判的态度十分诚恳，一再表示和中国共研支线客机，可以提供技术合作与转让，真正的潜台词只有一句：瓜分中国支线客机这盘大蛋糕。

在这场逐鹿中国大市场的竞技中，有两家公司不惧波音、空客的泰山压顶，奋勇当先，那就是加拿大的庞巴迪宇航集团和巴西航空工业公司。

庞巴迪研发的CRJ喷气式支线客机，能提供五十座至九十座级的产品，成为地球上最畅销的客机之一。CRJ系列在大飞机难以盈利的航线上发挥着独特的优势，不仅能用于点对点的支线运输，而且可以担当从枢纽机场向外的辐射式运输。ERJ则是三流工业国巴西在航空工业领域开创的一个奇迹，其生产的喷气式支线客机不但卖进亚洲，也卖进欧美发达国家。巴西国ERJ的成功对中国不知是提醒还是嘲弄。

面对丰厚市场回报的支线客机，连印度尼西亚也做起了高烧梦。

印度尼西亚为千岛之国，大量国土被海水分割，像布丁一块一块散布于大洋之上，尤其适合航空架起岛与岛屿之间的便捷桥梁。总统苏哈托于一九六七年八月下令组建了国营印度尼西亚飞机工业公司（努桑达拉公司）。公司大量引进西方航空专才，派出大批工程技术人员花重金去西方学习航空制造。努桑达拉公司入门快，发展也不慢，巅峰时期员工总数达两万人。为扶植本国航空工业，印度尼西亚政府于一九八一年专门颁布一条法令：凡印度尼西亚产飞机能满足要求的，无论民用还是军用，必须购买国产机，禁止进口。在政府的保护伞下，印度尼西亚航空制造业从零起始，渐渐走出了一条康庄大道。

初生之犊的印度尼西亚航空工业在自己的赛道上奋力划行。一九七九年，在中国大飞机运10升空的前夜，努桑达拉公司与西班牙合作研发了四十座级的CN255支线机，满足国内市场的同时还部分出口国外。十年后，努桑达拉公司从苗木长成了树，独立研发了五十座级的新一代支线机N250。一九九四年又研制了紧扣市场的六十至七十座级支线机。

面对一连串的胜利，努桑达拉公司春风得意，踌躇满志，倾情研发一百三十座级的大涡桨飞机N2130——已适度跨越支线机，接近大飞机了。然而，一九九八年亚洲飞出的金融危机的黑色天鹅如幽灵般扑来，将并不强大的印度尼西亚经济打入瘫痪，努桑达拉公司在覆巢之下轰然倒塌。一个后发的亚洲航空工业企业深度领教了空客、波音"朱门酒肉臭，路有冻死骨"的市场现实。

努桑达拉公司血流不止的同时，远在美洲大陆的庞巴迪和巴航工业选择了在残酷的现实面前低下头颅，侥幸躲过亚洲黑色风暴，缓过劲来趁机劫掠亚太市场。庞巴迪公司先后与中国七家地方航空公司签署了三十五架CRJ200支线客机的购买协议书。同为五十座级的巴航

ERJ145客机也与四川航空签订了首单五架购买合同。

二〇〇〇年的钟声敲响不久，一架巴西ERJ145飞机在中国六个城市进行了巡回飞行表演。ERJ轻灵的操控性能、良好的经济性以及较为宽敞的客舱，给中国买家留下了好印象。四川航空落下的购买合同让巴航工业首度敲开了中国市场的大门。

同年九月，捷足先登的加拿大人设在北京的庞巴迪备件寄售中心开业，为中国用户的多款支线飞机提供售后服务。山东航空还计划利用挑战者CRJ200支线机，试飞格尔木至拉萨航线，在两地高原间开辟一条全新的固定航路。全球第三大的庞巴迪飞机制造公司的用意只有一个，希望将更多的七十五座级的CRJ700型飞机推往中国天空。

在中国喝足了"蜜水"的波音公司总裁菲利普·康迪已经第十五次访问北京了。二〇〇〇年十一月，他在访华期间乐滋滋地向媒体预言："在未来五至十年，波音将与中国合作生产一百座级的支线客机，面向中国市场和世界市场。"就在中国人饱受洪水困扰的一九九八年，一百零六座的波音717首飞成功，并获得超过一百一十五架的确认订单。从来以大客机囊括四海的波音和空客两巨霸，谁也不愿放弃体量相对较小的支线机市场，分别以技术优势开发出了自己的支线客机。

同年十一月，德美合资的多尼尔飞机公司和中航工业集团签订合作意向，双方合作研制多尼尔支线客机。当得知列强环伺中国市场互不相让时，二〇〇一年七月，德国多尼尔公司表示，多么希望与文明古国中国展开充满诚意的合作，共同生产五百架多尼尔飞机，投放中国市场和世界市场。多尼尔公司给出的"蜜枣"够甜：欢迎中国工程师去德国培训，并愿意将关键技术让渡给中方。

十一月二十四日，同在欧洲的全球有名的支线客机制造商之一，意大利阿莱尼亚公司高级副经理萨尔瓦多访问成都。他的双脚刚刚踏进天府之国，就被西部的美丽吸引，发出肺腑之言："我们太需要和中国西部合作了。"萨尔瓦多成都之行的兴趣当然不在眺望四姑娘山，而是纯粹的商务活动——卖飞机和造飞机。萨尔瓦多在对西部企业进行一番考察后深感自己来晚了，放出的条件更具诱惑性："阿莱尼亚公司可以根据成都企业的要求，'量身定制'详细的合作方案，一旦双方敲定合作，将在一年内完成货机改装技术转让，一年半内完成ATR飞机生产与组装的转让。"一家比一家开出的条件优厚。

也在世纪之交，以色列飞机工业公司总裁凯瑞丽神秘兮兮地向媒体透露，以色列飞机工业公司将与中国合作，生产支线客机……

如果说二十世纪后二十年中国人对航空工业本土造过于悲观，那么二十一世纪初外国开发商未免对自己薅羊毛的能力和敲剥实力过于乐观。没被亚洲金融风暴带进河里的中国经济率先向好，饱受自卑、怀疑、徘徊、彷徨之苦的中国航空工业自己教育了自己。哄骗带怀柔的老套路不灵了，觉醒时代的中国航空人不得不说：我们已不太相信别人以合作之名带来的诚信。这回，我们得自己干。

新三步走

一九九八年三月，北航大毕业的刘积斌从财政部副部长升任新成立的国防科工委主任，主管航空、航天、舰船、兵器、核工业等，责任重大。他从赴任的第一天起，就在思考商用飞机的国产化，准备拿出一个中国自主研发商用飞机的新思路。他先后组织了二十多次会议，上至国务院相关部委，下至地方政府、航空产业及高校。

刘积斌直面航空工业蹉跎岁月的前车之鉴，没有给各方更多的时间争辩与扯皮，经过一年多的征询，兼顾各方意见，拿出了一个十易其稿的《关于我国民用飞机发展思路的报告》。报告结合世纪之交航空市场需求的特点，建议过渡性地发展新型支线客机，最终生产出具有国际先进水平的商用大飞机，真正形成具有行业竞争力的民机产业。

刘积斌的报告经多次反复，目标愈发具体。第一步，自主研制一款受市场欢迎，具备国内外竞争力，取得欧洲航空安全局（EASA）和美国联邦航空局（FAA）适航证的新型支线客机。第二步，启动窄体大型客机（一百五十至一百八十座级）研发，二〇二〇年左右形成生产能力。第三步，研制双通道宽体运程客机，并通过实现发动机、机载系统的国产代替，最终形成中国人自己的航空工业。

内有潜存于世的民间力量，外有航空列强环伺，国防科工委的报告注定会载入史册。二〇〇〇年二月十五日，朱镕基、李岚清、吴邦国等国务院领导认真听取了刘积斌的汇报，当场表示认同这个发展思路。正忙于国企改革的朱镕基说："先从支线机开始，再不能浪费一年一月一天了。集中力量搞支线机，搞出一个世界先进水平的支线飞机。"过了不到一个月，李岚清、吴邦国两位副总理赶往北京南苑机场，兴冲冲地乘坐了来京飞行表演的螺旋桨支线客机新舟60。（《一个国家的起飞：中国商用飞机的生死突围》）

国家开发新型支线机的决定一经对外披露，立即引发一场"花落谁家"的项目争夺战。此前，中航工业拆分为第一集团和第二集团，第一集团偏重于大中型机，第二集团侧重于小型机及水上飞机，但在民机上没有僵死的规定，两大集团形成商业上的竞争关系。此外，出于税收拉动就业等多方面的利益，地方政府也纷纷出马，为项目落在当地不遗余力。

国家领导层从平衡出发，采取了中庸的办法，同意中航第一集团研发新型支线机，也批复了第二集团与巴西合作组装ERJ的请示。同时明确，引进合作生产项目不能与自主研发产生直接竞争，国家已明确倾向自主开发。

二〇〇〇年十一月份的珠海航展如期举行，中航一集团总经理刘高倬高调宣告："根据国防科工委要求，一集团正式决定，按照现代企业制度，着手筹建商用飞机有限责任公司，作为新支线飞机项目的责任主体和经营主体，申请持有新支线机的型号合格证（TC）及生产合格证（PC）。"

在同一届航展上，巴航工业迫不及待地向媒体"披露"：巴航工业将与中航工业二集团所属的哈尔滨飞机工业集团合作，在哈飞组装五十座级的ERJ支线机，满足中国支线航空市场的需求。

珠海航展过后，以西飞和上飞两支队伍为主的国产支线机项目筹备组在上海正式办公。这里有上飞人、西飞人留下的无数艰难回忆和沉痛记忆，现在上飞和西飞又要携手在运10下马的土地上重新启程。

时针毕竟拨向了新世纪，国产新支线飞机自有新理念：以市场需求为导向，满足国内外客户的需求；坚持以我为主的发展道路，立足于国内设计与生产；获得自主知识产权的基础上，开展各种形式的国际合作，包括零部件按商业规则国际采购；采用新的运作机制和管理模式，实行国家、地方、企事业单位"共同投资，风险共担"的市场运作机制，由中航一集团、上航工业、西飞制造厂以及上飞所、西飞所等十五家企事业单位共同成为股东；充分发挥各地工业优势，开展全国大协作。总装、交付、客户培训和服务基地落在上海。

二〇〇一年八月二十日，中航工业一集团向国防科工委上报《关于新型涡扇支线飞机项目立项的请示》。二〇〇二年一月十六日，国家发展计划委员会对民机研制程序、发展途径、研制经费、组织结构、运作模式等提出了许多意见，中航一集团、国防科工委对此作了清晰解答，国防科工委还就支线客机立项问题专门致函发展计划委。直至二〇〇二年六月十四日，发计委才正式批准项目的立项。新支线客机从国家决策到发计委批准，也用了整整十八个月，而上飞所和西飞所早在四年前已在曲线迂回，实质推动。这是市场发展倒逼改革的又一例证。

国防科工委主任刘积斌视支线机项目为他履新后的得意之作。面对媒体，他坦诚地说："运10下马后，中国商用飞机长时期徘徊观望，在岁岁年年的告别声中，始终没有到形成自己的道路，与国际差距愈发明显，各方诸侯思想多元，忙于争论，疏于实干，政府主管部门始终拿不出一个统一认识、具有权威、符合市场规律的发展方略，机遇一失再失，教训万分深刻。"

刘积斌不想在同样的问题上再羁绊二十年，哪怕五年。他坚信眼高手才高，只有干才能成事。

第 17 章 东海之滨

介绍 ARJ21st 飞机的图像 PPT 放出来时，单剩下 ARJ21，少了右上角"st"两个字母，反而觉得这样挺好，干净、利索、国际通行。

只有时代的国产商用飞机，没有国产商用飞机的时代。

ARJ21

金秋十月，暖阳醉人。上海飞机设计研究所副所长兼总师吴兴世这几天受了风寒，发着高烧。病中多感，想到前总师马凤山溘逝十周年，不禁有些凄凉——没有马总师的日子真有些寂寞。近些年，全所上下，粥少僧多，日子每况愈下。这是二〇〇〇年十月，吴兴世五十五岁，正是马凤山离开总师岗位的年龄。

接到中航一集团的电话，请他二十七日去中航工业集团总部开会。吴兴世喟叹一声："这几天身体害疾，北京就不去了吧。"对方说："会议跟你有关系，一定得来。"他实在不想去，不过是技术讨论会，估计又是争来嚷去，无穷无尽的不同意见。第二天，身体略好，上面又催，又暂时找不到替代参会的人，就订了张机票，飞去北京，住中航工业集团附近的一家小旅馆。

这日，吴兴世早早来到会场。走廊上碰见做会务准备的秘书，两人原本熟稔。秘书见离九点开会时间尚早，将他拽到一旁，打开夹子中的红头文件，朝他亮了亮。吴兴世漫不经心地浏览一眼，目光接触到"中航集团干部任免通知"，分明写着"吴兴世"三个字时，双眼立即折射出多彩的火花。他凑上前去再瞧，果然是集团的人事任免，任命高大成为新支线飞机项目（筹）行政负责人，吴兴世为项目技术负责人。

他使劲揉了揉双眼，发觉文件上的那几行字还在。一切来得太突然。他喘了口粗气，终于明白，新任国防科工委主任刘积斌的"新三步"已不是光说不练，第一步已实质性地开场。

会议议程常规，宣读了高大成等三人的任免决定，中航一集团总经理刘高倬讲话。接着与会者轮番表态，坚决拥护集团党组决定，决不辜负上级期望，一定将支线机项目搞好。

吴兴世忽然间成了新支线机总设计师，事先并没有任何人跟他透露。会后，项目行政负责人高大成问他住哪儿。他说住附近小旅馆。高大成为西飞厂总经理，行政一把手，连连说："走，跟我走，去西飞招待所，那儿条件好，顺便合计合计接下来怎么干。"

两人到了西飞北京招待所，吃过饭，高大成问下一步怎么办？吴兴世说："事发突然，还没多想。"高大成晃了晃脑袋，说也没来得及细想，不过民航局计划司有位处长给了份方案，类似于最近几个月的工作计划，以表格的形式列有清单，不妨看一看。吴兴世接过，仔细瞧了二十分钟，说总体蛮好，比如先去西飞所、上飞所调人员组队伍，这样的顺序，挺好。

吴兴世说："我买了晚上的机票，先回去准备。"高大成摇了摇头说："你别急着回，在这儿休息一天，明天回去不迟，这儿有个'汤'，治感冒特效，我以前也治过，不妨试试。"高大成果然后面有话，接着说:"马上开珠海航展,科工委和中航集团要在航展上宣布新支线机的事,咱俩一块去吧。"

吴兴世犹豫了。他突然来京开会,突然当了总师,又突然要去航展,觉得不妥。仓促间,他还没有吃透上面的意图,到了珠海,面对媒体,说什么好?上飞所虽然在两年前就酝酿了支线机方案,但西飞同样有,现在双方走到一起,技术方案还没来得及两家整合,没有达成共识之前,可不能信口雌黄。他忖了忖说:"我身体软,没好透,珠海航展就不去了,高总见多识广,纵横南北,您一个顶咱好几个。"

见吴兴世态度坚决,高大成不再勉强,说:"这样也行,你先回上海,将场地、人员准备起来,快些开展工作。"说到这儿,他忽然拍了拍脑门,加大嗓音说:"还有个重要事情,你赶紧给飞机起个名儿!"

吴兴世说:"起什么名无所谓,还是听听集团领导们有什么想法?"

高大成说:"不成不成,领导起名,客户、老百姓不一定满意,到时又不便改。"

吴兴世说:"那就敞开征集、网络投票?"

高大成将头摇得像拨浪鼓,说:"来不及了,那样太慢,项目开始启动,旗帜就要打出去,得赶紧给飞机起个名,要有时代特色。"

商议停当,两人分头离京。

高大成到了珠海,白天航展,会见各界人士,晚上打电话给吴兴世:"名字起好了吗?"吴兴世说:"哪有这么快,还在想。"于是乎,高大成天天往上海打电话,催命鬼似的。

吴兴世放下手头工作,冥思苦想新飞机名称。他想着新型涡扇支线飞机以后要走出去,英文缩写得有所反映。好在前面已有 CRJ(庞巴迪)、ERJ（巴航），后面又有俄罗斯的 MRJ，忽然间脑洞大开：A 似乎是留给中国的，其他几家在美洲、欧洲，A（Asia）代表亚洲，也是中航集团"激情进取，争当第一"的缩写开头。他就取了个"ARJ2000"，2000 代表当年。

高大成听了，问："今夕何夕？十一月下旬了，再过几天，就是二〇〇一年了。"

"高总高屋建瓴，说得对，再改。"吴兴世说。后来改成面向二十一世纪的新型涡扇支线飞机（英译 Advanced Regional Jet for the 21st Century），缩写为 ARJ21st，既突出新世纪，具有"世纪"度量的强大生命力，又韬光养晦。一集团刘高倬说："不错，这个名字可管一百年，整个二十一世纪都可以用呢。"

还得设计一款标识 logo。吴兴世通过电脑将"ARJ21"等线体打粗变成斜体，右上角加两字母"st"，即 ARJ21st，对外无嚣张之意，对内却有追求一流之气概。

二〇〇〇年十一月二十七日，中航工业新型涡扇支线飞机项目动员会在上海举行，共五十多人参加，有西飞所、上飞所及其他单位过来的工作人员代表。中航一集团总经理助理汤小平兼任中航商飞有限公司董事长，高大成为总经理，吴兴世为副总经理兼总设计师。锣鼓一敲，公司开张。新支线机全面亮相。

后来，支线机的名字无意间进行了简化。一次，汤小平率班子成员去武汉航空公司做市场调研与推广。会议室将介绍飞机的 PPT 放出来时，单剩 ARJ21，少了右上角"st"两个字母。ARJ21st 变成了 ARJ21，武航程总经理一再道歉，说对不起，办公室办事粗糙，漏了两个字母。

程总左手搓着右手，反复瞧屏幕上的图案，忽然说："斗胆有个提议。"汤总说："欢迎之至。"程总说："反而觉得这样挺好，干净、利索、国际通行；加个'st'，烙有英语国家的味道，是不是有点画蛇添足？"

汤小平也瞅了又瞅，颔首道："嗯，不错，略去序数词st，少了个洋尾巴，挺好。"众人齐声说好。

从此，支线机名叫ARJ21，给发改委（前称发展计划委）、科工委的报告，统一用ARJ21称谓。

东西之合

说起坊传的"东西之争"，吴兴世真想爆句粗口："胡说八道。"

江湖盛传，除了"东西之争"，还有"干支之争"、"军民（军机民机）之争"。在吴兴世看来，东西两地由于开发的机种不同，性质有异，自然有些差异。西飞侧重军机，民机方面主要是小中型飞机，螺旋桨飞机；上海不造军机，搞运10大飞机、喷气机，尽管生不逢时最终没量产。西飞先上运7，又研发新舟系列——螺旋桨飞机的水也很深，绝不是汽车和自行车的关系。干支之争、东西之争发生在同一时代，其实新支线和一百五十座大飞机关系紧密。

西飞所所长李洪毅说："外国中国一个样，客观规律，都是争项目抢生意，唉，争任务总比推任务好。"

原中航一飞院（由西飞所发展而成）院长、现任C919总师吴光辉说："干支之争、东西之争，本质是争任务争项目，是生存之争、发展之争。对当时困难现状的告别和对国产民机工业的强烈追求，成为每个航空人的责任使命，也是我们的人生价值。"

吴兴世说得更直白："航空部何文治副部长及一批陕西籍人士都力挺大飞机，当年，何部长来上海亲自组织了运10的首飞；反倒是一些上海籍、浙江籍的干部及科技人员去西飞参观，闹腾出个'东西之争'，说到底，都是在当时缺活的情况下抢饭吃，没必要上纲上线。后来，东部西部项目累增，就不存在这些问题，政府一刀下去就摆平了。"

他记得清楚，在那狼狈的二十年，"三步走"完败。实际上，在航空制造业方面，东西关系回回都是不讲条件的互补与协同。上世纪七十年代，运10上马时，西飞前后数次抽调两百多名技术骨干支援上海，阎良成为抽离人员最多、响应最积极的航空工业援建方，东西双方同气连枝，是过命的交情。时隔三十年，ARJ21上马了，又是东西大携手，共同支撑共和国第一架新型涡扇支线机的上天。

运10搁浅后，技术力量明显西强东弱，人员规模也是东低西高，西飞巅峰时两万七千人，上飞只有七八千人。既然东西联手，集团在选ARJ21领导班子时，考虑让西安、上海各出一个行政、技术一把手，这也是中航集团的策略。一旦项目负责人选定，负责人会去各方申请资源，上头反而省心。总负责人由集团总助汤小平挂名，实际操作有高大成和吴兴世等人。

与当时AE100项目总装地选在西安不同，ARJ21落在了更显迷人魅力的黄浦江畔。

吴兴世为中航商飞的副总兼总设计师。在总师人选上，原西飞所负责人郑作棣向中航集团做过推荐："吴兴世几起几落，干过运10，AE100也参与，这些年上蹿下跳，一心想造大飞机，就让他去干支线机吧。"

在总师正式选拔时，为体现民主，规定各设计研究院都可推荐候选人，由单位书面上报，专家组十三人打分评定。评审会由两院院士顾诵芬领衔，先制订任职条件，包括技术水准、工作经历、组织能力、公共关系等，经过两轮投票，从六名候选人中筛选出吴兴世为总师。

汤小平、高大成、吴兴世等几颗"图钉"按下，东西合作、南北协同的新型支线机项目步步推进。

此前，中航二集团先迈一步，谈成了一笔很划算的大买卖——在哈尔滨组装巴航工业的ERJ145，基本以百分之十的工作量，得到百分之四十五的令人眼馋的分红，这是巴航工业为楔入中国市场，不得不开大口的"放血"。中航一集团急了，立马开始运作快速落地支线机项目，组建一个投资多元化的公司，同时呼应了国防科工委及东西民间力量的诉求，可谓一石三鸟。科工委、中航总同意以一集团为主体，外加二集团一家起落架厂，协同实施新支线机项目。

磨合

某些事物的生长，往往来自暗处。

国防科工委是ARJ21生长的"始作俑者"。没有顶层设计，便没有新支线机的生命。事实上，上飞所一九九八年一月开始支线机的调研论证，西飞所于同年三月开干，只晚了两个月，比科工委"三步走"概念的提出早了两年，比正式立项提早四年。初始为两所分头干，互为保密，项目诞生后，糅成一体干。几位业界风云人物自二〇〇〇年接手任务后，方知方案易谋，实事难办。

高大成、吴兴世等人多么想粉饰太平，但许多问题想捂也捂不住，不便暴雷也会暴露。一个字，"冷"，像一壶怎么也烧不热的水。中航商飞有限公司是一个不大的公司，主要依托西飞所与上飞所开展工作，上头有中航一集团，再上头还有主管部门，无论是一集团还是上级，口号喊得震天响，心里打着小九九：既想造出飞机，又不想让中航商飞过大，脱离集团的彀中。这种老子、儿子、侄子的公司的磨合，类似于清官难断家事。

高大成身为西飞厂总经理，几万人的厂，干得响当当，多少事要忙，东西两头跑，难以将主要精力扑在ARJ21上，况且当初的中航商飞总共才七八十人。汤小平发话，放权，让上海的吴兴世多干，吴兴世年过半百，已将青春献给了运10和后来的麦道（组装），都是半吊子工程，有此机会，自然想重整旗鼓，放手一搏。他和团队想了几句话，作为ARJ项目的口号："市场需求是我们的动力，乘客满意是我们的宗旨，客户盈利是我们的目标，一流服务是我们的承诺。"作为技术主管，干了一阵，他的热血随着高大成的退缩开始冷却，发现水下有许多看不见的冰山，手上资源严重匮乏，说是放权，根本就无权。

高大成也是浑身发冷，叫苦连天，说自己不是神仙，无分身术，变不出三头六臂，有啥法子？这也难怪，他三分之一时间在上海，三分之二时间在阎良，西边那一摊子够他呛的，又是五十好几的人了，还得关心西飞厂下一步的接班人问题。无奈之下，高大成游说汤小平，说汤总旷世逸才，半空中悬着，不如下海，去上海专干ARJ21，成就"千古伟业"。汤小平哭笑不得，说你忽悠吧，看能不能把我忽悠动。

汤小平身为集团总助，忙得焦头烂额。通用飞机、新舟系列，所有民机都归他管，哪能抽身管上海这摊？但这事又不能不管。他双眉上翻，心生一计：既然东西联手，成飞也在西部，就从成飞调人去！

在他提议下，集团一纸令下，将成飞公司副总戴亚龙调往上海，任命为常务副总，代行总经理职，全身心扑在支线机上。高大成"撤回"西飞。

戴亚龙临危受命，果然带了些成飞的骨干加盟中航商飞。他和汤小平的思路合拍，也挺有信心。卷起袖子干了一段时间后，发觉也是冷，事情远比想象的遥远。他召集班组成员开会，统一思想，说："靠咱们百把号人，怎么能干出大支线机？也不跟当年运10比，设计人员至少四百人；要做强做大，公司必须和供应商直接发生联系，尽管还没到制造环节，但许多工作得走在前，像目前这种事事得通过集团总公司的构架，效率太低了。"

大家说太对了，早该如此。戴亚龙说："既然大家同意，我跑北京去。"

他去了北京相关部委几次，集团不高兴了。按中航总的想法，商飞公司就干支线机一件事，人事和一干业务不得跳过一集团，不允许甩开总公司，章法不能乱，规矩不能坏。

戴亚龙感觉更冷了，冷进骨子里，苦干死干，到头来仍是弱势群体，还要提防背后的"暗箭"。思前想后，计上心头："为了新支线大业，务请汤总下凡，亲自挂帅。"

戴亚龙怀着壮志未酬的心情回到成都，担任成飞所（611所）党委书记，直至退休。

高大成和戴亚龙从西部温暖的春日里走来，在萧瑟秋风中又回到了西部。

汤小平从关中深处来到东海之滨。

汤小平原本不想东来，但两个行政负责人走马灯似的，都没立住，又不便让上海方面产生——如果行政、技术皆出自上飞所或上飞厂，权力未免集中，也不利于东西整合。集团考虑再三，唯有汤小平下海，全权负责ARJ21一切事务。

汤小平以集团总助的身份兼任中航商飞公司总经理，果然不同凡响。一方面，他在西飞负责多款民机研发，人脉广，集团乃至中央部委兜得转；另一方面，他可以调动集团内部人力及财务资源。如此一来，达成了戴亚龙提出的一大半目标。

汤小平见多识广，为人诚恳，能言善辩，充满个人魅力。他既然干过运7、新舟系列，供应商、航空公司方方面面自然熟悉。业界许多人说，与汤小平面对面，他的举止言谈令人如沐春风。他无论在中航一集团总助，还是中航商飞公司总经理任上，每到一地，航空公司总裁必亲自出面，一坐几小时，许多朋友不请自来，为的是聆听他的谈话。至于为什么有此魅力，他自己也不得而知。据和他共事的人说，凡他参加的会，讨论问题必气氛热烈，场面宏大；一般言谈必欢声笑语，酣畅淋漓。只要他愿意，一直有无数人围着他；只要他不走，会可以无限期开下去。这就是汤小平。

汤小平下海，"海水"温度开始回暖，支线机项目也热乎起来。业界便有人称他为ARJ之父。

第18章 支线特色

飞机从设计开始就要以客户的最高利益为第一目标,而不是从制造企业的自我出发,以自身技术发展为目标。这是对我国从计划经济转轨而来的航空工业的灵魂再造。

意见

汤小平的魅力之花开遍大江南北,耳顺之年的汤小平心中念头只有一个:从制造者的自我为中心向客户为中心急速转向。留给他的时间不多,他得抓紧拜访各家航空公司,尽可能全面地收取对国产支线机的诉求,赢也要赢在起跑线上,绝不让新型支线机上天之前就已经落伍。

座谈会上,多少人说得头头是道,还有人吹得天花乱坠,但真话假话分辨则明。他几路走将下来,双耳充盈,笔记本填满。回到办公室,汤小平翻开一页页文字,用黑笔红笔圈圈点点,剔除大量的空话、套话、官话,意思渐渐清晰,犹如海浪拍岸,浪花散尽,裸露出来硬硬的礁石。

汤小平的瞳孔扩大,轻轻推开笔记,拧上笔帽,站起身来,望着窗外稀疏的星影。

群众的眼睛并非雪亮,但拼起图来,一切明明白白。出自不同公司、不同个人的意见千条万条,其中一条最为亮眼:开发出来的应是一款极具特色的新型支线飞机,满足特色市场的需求,说得直白点,中航商飞制造出的飞机必须满足中国特色的市场需求。中国的也是世界的,但首先是中国的，关键词是"特色"二字。

当晚，汤小平浮想联翩，夜不能寐。重又伏在案前，逐条归纳。文字如思维，在广阔的空间徐徐铺展。

中国是高原、高高原机场汇聚的国家。在尼泊尔、秘鲁、玻利维亚、厄瓜多尔等高原集中的国家中，有众多的高海拔机场，但数中国最多。全球海拔最高的十大机场，中国独占八席；国内十四个已建成的高原机场，有十一家海拔超过三千米，陕、甘、宁、青、川、云、贵、藏的许多机场海拔高于一千五百米。在这些高原和高高原机场，现有的ERJ、CRJ变成了瘸腿，原本运七十人，只能运四十人，运五十人的，减成三十人。有的机型甚至飞不起来。中航商飞研制的ARJ要成为高原机场的雄鹰，能在高原、高温（30℃以上）不减载，基本全客或高货载的情况下飞行。这就是中国的地理特色。倘若ARJ实现了高原、高高原机场上高负载起落，那么就将别的支线机甚至有的干线机甩在了后面。

中国有许多"瘦长航线"，航线长度超一千公里，航程不短，但客流稀少，每天一班足够，采用干线机如波音737及空客320，空置率高，又耗油；倘若换成ARJ执行，就达到了经济效益的最大化，好比四人乘一辆轿车，而不必动用大巴士一样。

汤小平的脑海里不停翻转着"倘若"的浪花，心底思量着怎样转化为"那样"的机型。

"中心辐射，干线飞枢纽，支线飞内容。"汤小平将自己当作航空公司的老总，精当梳理着干支搭配。目前的国内市场，干线支线混淆，存在着不同程度的浪费。ARJ21落地，可以承担起真正的支线航职能，也是当下航空公司迫切需求的。

"空中公交",也是他想承揽的。有的国内航线,需求频度高,比如二十分钟至三十分钟一班,每班人数不一定多,尤其适合公交化运行,人到即飞,不停地飞。像哈尔滨至大连,动大客机经济性不足,让支线机公交化,让旅客不停地流。

汤小平思绪飞转,又想到了红眼航班。有的人为赶时间又省钱,愿意坐红眼航班。半夜三更,一架机没多少旅客,支线机大有用武之地。

汤小平和航空公司的心连在一起。ARJ21需要可以媲美一百五十座干线飞机的性能和使用特性,座位设计应该比所有支线机宽大,和波音、麦道干线机差不多。驾驶舱设计和B737等飞机一样,有利于驾驶人员培训、考试及实际执飞时的共通。

汤小平的思维从发散到聚焦,又从聚焦到发散。熬红的双眼,如孙猴子从炼丹炉中跳腾出来的火眼金睛,已将新支线机的蓝图绘于心中。但他明白,这种想法只是原始冲动的第一步,要将设想化宏图,后人的接力面临更多的荆棘。

汤小平的眉头拧得越来越紧,吴兴世脸上的褶皱渐渐舒展开来。总设计师将汤小平的思路升华,演化成他擅长的技术术语,叫做"四性一化"。

吴兴世看来,客户的意见已经被汤小平理解清爽,他的任务是技术转化。吴兴世扳着手指头说:"适应性指ARJ能在高温高湿高原条件下,准满载或高载起降,其他机型无法匹敌;经济性,追求全周期成本寿命,客改货,二手机转卖,都应符合经济性原则;舒适性,打造支线客机中的宽体,座位比其他支线机宽0.5英寸,为乘客提供最舒适的乘坐体验;共通性,驾驶舱和波音737等机型类似,包括色调色彩,驾驶737的机组改装ARJ21,马上就能适应,不必另起炉灶。"

吴兴世说："ARJ21将被打造成系列化产品。基本型为七十八座（全经济舱可扩展为九十座）。加长型为以后的首选，能拓展至一百一十二座；缩短型上高高原机场，准满载起降。另外，衍生品有货机和公务机。相比巴西和加拿大的支线机，ARJ机身较宽，从起跑线就杜绝空客和波音在支线机方面的毛病，开发的产品将有后发优势。"

夜话

汤小平半世英名，性格里混合着坚毅与柔软，难以承受在支线机上的失败。吴世兴已经经历了运10的鲸落深渊，深切体悟其中的切肤之痛，愿以百倍勇气去承担所谓的"宿命"。他们如两名跳下伞的运动员，只有不停地向前，收是收不住的。按他们的年龄，也知道自己再也不可能将一款机干到尽头，即便是开个场，也要将场子开得精彩。

他们便经常在一起围炉对话，尤其是夜话。

"ARJ项目的难点不仅在技术上，更表现在对市场，对用户的理解。"

汤小平在设计图绘制前就一再地提出，对市场要深刻理解，对客户要特殊关注。"要真正做到为客户着想，以客户的最高利益为第一目标，而不是从制造企业的自我出发，以自身技术发展为目标。这是对我国从计划经济转轨而来的航空工业的灵魂再造。"

"这相当于理念上的推倒重来。"吴兴世说，"波音777的成功，被誉为用户驱动的产品。这款全电脑设计的飞机，体现的全是客户的意愿。我跑遍国内航空公司，提炼出了对ARJ21的几点需求，这些能通过技术手段加以完成，一时难以实现的，假以时日，也能逐一解决。但对一家制造企业来说，最需要培养的是对客户的忠诚度，通过我们的忠诚度，反过来培养客户对产品的忠诚度，这是双向互动互荣的关系。"

汤小平说："巴西是南美大国，和中国同为金砖五国，也是发展中国家，工业水准和欧美不在一个层级，甚至与我国也有差距，但巴航工业硬是创出一个神话，在反抗科技霸权宰割天下的行动中突围成功，竟然挤进世界商用飞机重要制造商行列，成为世界支线客机的超级开发商，目前的市场份额将身在发达国家加拿大的庞巴迪挑落下马，抢占了支线机市场百分之四十的额度。巴航成功的原因多方面，但核心的驱动也是对客户的忠诚，以及对市场的忠心。咱们得虚心向人家学，处处替客户着想，设计出真正具有市场吸引力的产品。"

吴兴世研究过世界商用飞机的发展与挫折，对各家研发商了如指掌，汤小平以巴航工业为例，隐喻之意不言而喻。

"波音、空客欲置庞巴迪、巴航于死地而后快，但二者没被剿灭，反而在欧美造的夹缝中找出了一条生路。"汤小平叹了口气说，"丛林法则是美欧擅长的，不过，航空工业的公平竞争没有得到彻底释放，实际由波音、空客两家垄断，对全球航空工业的发展非常不利。"

"原本还有俄罗斯一块蛋糕——图系列、伊尔系列。俄罗斯的飞机尽管局部粗糙，但集成能力世界一流，可惜苏联解体，剩下的躯壳俄罗斯国力衰竭，人才大肆流散，原本颇有基础的航空工业既没有钱，又无能力大规模技术更新，最后在航空大鳄波音、空客的东西截杀、常困久遏下摇摇欲坠，就连伊尔系列的市场份额也被大幅挤压，如不采取措施，怕离咽气蹬腿为期不远。"吴兴世说。

"当然，巴航也不是没有出过昏招，按理说，其新产品CBA123飞机技术复杂，造价高昂，应有较高的市场呼应度，但设计人员被以前成功的喜悦冲昏了头脑，不从市场角度考虑方案，单从制造方展开想象的翅膀，没有找到技术与市场间的平衡点，最终被市场无情抛弃，几乎将巴航工业拖入解体深渊。至今，巴航许多高管的办公桌上，依然摆放着CBA123的飞机模型，为的是警醒自己。"

"远方的泪水也传来咸味。"吴兴世接过汤小平的话茬，"就在我们组装MD82的时候，巴航工业甩下了CBA123的沉痛包袱，及时找到应变之路，重心转至制造五十座级的ERJ145喷气机，至二〇〇〇年的短短五年间共制造和销售出三百五十架客机，对于细分的支线机市场，独占了全球百分之四十五以上的量级，已是一个值得巴西人举国狂欢的数字。"

"巴航工业借助喷气支线机市场的翅膀展开飞翔，这是一例破壁而出的成功突围。我国新支线机欲要获得商业成功，必从赢得客户认可，获得市场信任开始。"

想到残酷的市场，汤小平的话语又显得沉重起来。

"这也是汤总反复拜访航空公司，听取各方神仙意见的初心。"吴兴世为对方续上一杯茶，"好在汤总集腋成裘，已升华出了适应市场的'葵花宝典'。"

"真还谈不上。"汤小平连连摆手，"只是归纳了几条市场需求的信条而已，也是团队集体的苦劳。我们处在一个变化了的和正在飞速变化的时代洪流中。时至今日，中国始终没有一个真正能进入市场竞争的先进飞机项目，作为一名老航空工业人士，抱憾无比，而最令我痛心的是来自国内航空公司、航空工业部门、国家部委，乃至国际市场对我国飞机制造能力的严重不信任。"

吴兴世呷了口茶:"我们不缺人才,不缺资金,也有良好的工业基础,缺的是经验,现在就是积累经历和经验。"

"欲赢别人,必先赢得自己;欲赢自己,必先赢得内心。连自己都缺乏信心,怎能自信于天下?咱们十分尊敬庞巴迪、巴航工业的成就,但也不会过分崇拜他们,他们能成的事,咱们就不能成?"

"那是一定会成的,汤总。棋局不是只有对方在下,我们也马上会落子。"吴兴世说,"这回,我们不会再放任机会宕失。我们首先要超越自己,不断地超越自己——尽管也没有挑战和替代别人的野心。就全球民机市场而言,除了目前的波音、空客,以及专营支线机的巴航、庞巴迪之外,再多三四家大企业更利于百花竞放,争奇斗艳,给客户带去更多实惠。"

吴兴世不停地给他续水,也给自己续杯。当两人聊得叹声连连,又嗨声不断时,感觉像喝得酩酊之人,又各自摸了摸额头的皱纹,深感岁月似剑,骏马迟暮,怕日夜苦干也干不了多久,再次回到阵阵喟叹中。

吴兴世瞧了瞧腕表,已是凌晨三点,便说:"汤总,咱又没喝酒,何必醉死呢,早点休息,明天还要上班。"

意义

写完以上文字,我的思绪飞转,穿越到了上个世纪。

一九七四年是印度尼西亚航空工业史上具里程碑意义的一年,时任总统苏哈托力邀在德国工作的印度尼西亚航空塔尖人物哈比比回国执掌航空工业帅印。这一年的哈比比三十八岁，青春年少，已获得航空机械工程学博士学位，又在西德科研机构历练多年。哈比比回国后和苏哈托一拍即合，希望通过航空工业重大项目，直接完成印度尼西亚从农业国向工业国的飞升。

一九七六年，印度尼西亚成立了本国唯一的飞机制造企业——国营的奴桑达拉公司，哈比比出任董事长兼总经理。公司运转初期，一路过关斩将，旗开得胜，几款机型的开发颇为顺利。经过二十年的积累，被政府和民众给予厚望的新型支线机N250如渴骥奔泉，夹带着印度洋的海啸声横空出世。

一九九五年八月十日，是N250正式首航日，也是印度尼西亚独立日五十周年纪念活动的重头戏。此前，媒体不知，被舆论捧为"印度尼西亚航空之父"的哈比比已经失眠一个多月了——他焦虑的情绪不是忌惮失败，而是在期待成功，成功前夜的焦躁。这款飞机是世界上第一次采用三轴电传飞控系统的支线机，由奴桑达拉公司自主研发，能搭载五十至七十名旅客。在此之前，它已经历了数百小时的"隐性"试飞，按此节奏，即将拿到欧洲和美国的适航证。在苏哈托总统、哈比比总裁和世界各国记者的狂热的欢呼声中，N250客机缓缓推出，快捷起飞，平稳落地，作为给印度尼西亚国庆最好的献礼。"千岛之国"的大航空梦已经启航，因为奴桑达拉的视野早已伸向远方，和空客波音那样的一百五十座级的大飞机翅膀衔接在一起。

正式首航成功，奴桑达拉拿到了二百架的意向订单。一九九七年，第二架原型机试飞成功，看上去一切是那么的水到渠成。N250迅速将哈比比打造成了振兴印度尼西亚民族工业的英雄，也顺势将他扶上了总统宝座。然而，亚洲金融风暴的幽灵没让从总裁到总统的哈比比睡几天好觉。一九九八年，印度尼西亚经济在金融风暴的重击下命悬一线，而国际货币基金答应向该国提供资金支持，设置的前提是"不得向航空工业投入一分钱"。在孰轻孰重面前，亲手设计 N250 的哈比比总统除了瞋目裂眦，别无选择，不得不接受这笔"续命"钱。

至此，印度尼西亚航空工业二十多年的发展画上休止符。哈比比悲不自胜。他深知，像印度尼西亚这样的发展中国家，历尽苦难、使出吃奶气力打造的航空工业从峰顶跌落只需刹那，而再返高峰，怕要转世投胎。

次年，印度尼西亚第三任总统哈比比黯然下台，在位一年零五个月。

国际经济和政治从来就没法真正谈公平和正义，只有站位，没有对错，许多事情是那么的无理可辩。

在人类生存的地表上，并非每一条江河都能归流大海，也不是每一棵苗木都能长成大树。在世界两百多个国家中，任何一个国家都经历过商用飞机的起降，但能够制造飞机的国家屈指可数。经百年洗礼，大浪淘沙，只有美国，空客的主要合作国英、法、德、西班牙以及俄罗斯和中国能够或经历过一百五十座级飞机的生产或实践，而能生产支线机的国家在此基础上再加上加拿大、巴西以及正在路上赶来的日本……

二〇〇五年前后，由于年龄关系和工作需要，汤小平、吴兴世、李万新等先后离开 ARJ 项目。铁打的营盘流水的人，吴兴世回到 640 所（上飞所），加上前几位离开的高大成、戴亚龙等人，第一批参与项目的组织者和总师或退休或转岗，他们在完成了艰难的第一棒后，交给年轻一辈。吴兴世离开时，ARJ21 的详细设计基本完成，即将转入制造环节。

吴兴世离开一线多年，现担任中国商飞的科技委委员，但他的视线从未离开过国产商用飞机的一举一动。在谈到ARJ21时，他饱含深情地说："ARJ21的意义，使中国航空工业实现了多个零的突破。通过ARJ项目，实现了我国自主研制涡扇运输类飞机全面、全过程的实践，这个实践是从未有过的。但这一回，我们走过了，走通了。"

在吴兴世看来，当年如果不搞支线机，直接上干线机，也不存在超越"蜀道之难"的技术障碍，这从运10可以得到佐证。ARJ21首飞成功，上天后的一大摊子事，比如各种科目的试飞，适航审定与取证，以前没经历过，但这次全程走一遍，而且走成了。ARJ21从设计制造，投入用户，航班飞行，且行且实践，为后一步的大飞机起到了探石过河的不可替代作用。

"国产喷气式商用飞机首次开辟国际航线，站上了国际舞台，这也是了不起的零突破。"吴兴世说。

二〇一九年十月二十六日，一架身披成都航空航徽"太阳神鸟"图案的ARJ21客机从哈尔滨机场起航，经过一小时多的飞行，平稳降落在俄罗斯远东符拉迪沃斯托克（原海参崴）国际机场。

"ARJ21实现了我国完全自主研制新型喷气式支线机的突破，尤其是许多技术门槛的单项及细节突破。"

吴兴世想说的太多，又不想说得太细。ARJ实践的并非单一的一架飞机，而是撕开了中国航空工业的一个口子，撬动了头上云系密布的一片天空。

ARJ21释放出的是明媚而不刺眼的光芒。

第 19 章 市场之花

不是比吗？咱们就比他个底朝天，让观众当评委。两架支线机停在同一场上，一架 ERJ 来自南美异国，一架 ARJ 来自上海，一架老牌，一架新锐。

飓风将他们带到了这里，就留下来。在中国商飞的经年中，他们也曾向上苍挥过拳头，但选择了贴近地面的飞行。

并表

张庆伟，少年成名，是当年最年轻的十六届中央委员，被媒体称为史上第一位"六〇后"中委。二〇〇七年八月三十日，中国航天科技集团总经理张庆伟，出任国防科工委主任，成为部委中最青春的部长之一，人们亲切地称他"航天张少帅"。

不过，"张少帅"却是地地道道的航空出身，一九六一年出生于河北乐亭，一九七八年考取西北工业大学飞机设计专业。身为恢复高考后的第二届大学生，一九八二年由国家统一分配至西安阎良中航工业第一飞机设计研究院（当时的603所）。三年后回到母校，完成飞行器设计控制理论及应用方向的硕士学习。毕业后连上"几层楼"，从航空跃身航天，进入航空航天部中国运载火箭技术研究院总体设计部，蝶变为航空航天两栖人物，但更多的是与航天结缘。

在航天系期间，张庆伟庆幸赶上用长征三号火箭发射美国"亚洲一号"卫星。他凭借在计算机辅助设计方面的过硬内功，突破了星箭分离的重要技术瓶颈，一战成名，并由此破格晋升为高级工程师。一九九一年，作为主笔之一，年轻的张庆伟执笔起草了我国载人飞船试验的论证报告并得到中央批准。次年九月二十一日，中央正式同意载人航天工程上马，并命名为"921工程"，张庆伟被任命为发射载人飞船的长二F运载火箭系统副总设计师，也是当时在航空航天系最年轻的副总师。一九九九年十一月二十日，在酒泉发射观测场的张庆伟，分享了"神舟一号"试验飞船的惊天之举，用的运载工具正是长征二号F火箭的处女作。

二〇〇一年，张庆伟升任航天科技集团总经理。进入新世纪后，在工业立国、科技强国的战略下，国防工业作为国家整体工业体系中的劲旅，航天更是尖兵中的尖兵。在此后的七年中，中国航天科技承担着全部运载火箭、应用卫星、载人飞船、空间站等产品的研发、生产及发射任务。张庆伟以勇于担当，敢于拍板的特质，在科研设计、型号指挥、企业管理三个领域均有建树。

二〇〇七年，张庆伟擢升国防科工委主任后，严峻的形势让他的工作重点从太空高度的航天"降"至天空高度的航空：负责国产大飞机（干线机）项目的筹备。半年后，作为体制创新、承担国之重器——大型客机研制任务的中国商飞正式成立。张庆伟从学航空、干航天，趟了一圈又回到航空，再次转身，出任中国商飞集团首任董事长，从长城脚下抵达扬子江畔。

二〇〇八年三月，国防科工委撤销，改制为国防科技工业局，隶属工信部（体改后同年成立）。

张庆伟执掌中国商飞时，两座大山横亘在前：艰难孕育了五十年的C919大飞机研发开锣；ARJ21总装下线，亟待开拓市场。他沉思默想，大飞机的研发已在紧锣密鼓地进行，国产新型支线机的市场推广更是迫在眉睫。

张庆伟接手中国商飞前，中航商飞在汤小平等人的布局下，ARJ21已经有了上航、山东航、厦航等数家意向用户，但时过境变，航空公司之间如三国演义般合合分分，分分又合合——上航被东航兼并，山东航被国航"招安"，厦门航空的兴趣已从支线转移至干线，ARJ21的原有客户面临实际的"变脸"。苏州河默默流淌，白玉兰花含泪光。

这是张庆伟始料不及的。名义上讲，原先的先锋用户得了价格上的优惠，但便宜与贵是相对的。其实，起始用户不见得占便宜，首先是首款机型肯定有毛病，需要不停地改进；其次，对新开发的飞机，航空公司方面吃不准，必调优质航线、优质机组来配套，初始运行成本不低，算起总账来反而吃亏，补偿人家理所当然。他想让这个"亏"由大家共同承担。在张庆伟眼里，便宜可让人，吃亏的事可不能缺席。

张庆伟从技术专才擢升年轻部长，自有他的硬实力：执行力强、强烈的事业忠诚度、善于在高压下突破创新。一旦掌握了创新的钥匙，什么样的门都能打开。张庆伟想做的，就是撬开事实上的"先锋用户"这扇大门。

ARJ21特点鲜明，适合高原高温，干支结合。经过筛选，正在组建中的成都航空，进入张庆伟的视野。成都航空立足天府之国，航线辐射国内大半城市，尤其是规划中的许多三四线地级市，如威海、衡阳、上饶、舟山、潮州、张家界、西昌、丽江等，非常适合由ARJ承运。

成都航空的投资方有地方政府背后的四川航空、成都交通投资集团，还在寻觅新的合作伙伴。见有商飞上门，当然是可以谈的。不过张庆伟说："要么不来，既然来了，我占大股，你们随意。"川航和成交投吓了一跳。张庆伟气定神闲地说："告诉你们，中国商飞成立至今是盈利的，投资成都航这点钱还拿得出。"

张庆伟说得实诚。中国商飞成立初期，在张庆伟、金壮龙等经营下，虽然造大飞机烧钱，但也有创收，总体是赚了钱的。董事长、总经理每年拿出"私房钱"投入科研，补充上面拨付及各股东投资的缺口。最近几年，因C919投入甚巨，方进入大飞机入市前的亏损期。

三方谈了几次，谈下来了。商飞占股48%，川航和成都交投分别为40.9%和11.03%。中国商飞成为控股方，主导着成都航的生杀大权，同时也将自己的命运与之捆绑。

张庆伟的"并表"，实际上也是"赌"一把，财务"并表"，赢亏共同体，一赢俱赢，一亏俱亏。在当时地方航空前途未卜的背景下，成都航亏了，商飞占大头，这是拿他的身家性命做赌注。张庆伟的血管里始终流淌着担当的血液，不惜拿自己的前程打开一扇门。既然当了成都航的掌门人，自然可以率先订购商飞旗下的新型支线机。他在航天系成就一番天地后，从未湮灭从西工大就生成的航空梦想：既要造出一流的大飞机、支线机，取得商业上的成功，也要利用成都航等载体，打造出具有民机成功运行特色的企业文化平台，将成都航等公司开垦成国产民机飞行的实验田。

张庆伟拿自己政绩做担当，拿前程"开玩笑"的壮举，却引来反向解读。业内嘲讽商飞的行为是"自编自导自演自唱，造了飞机卖给自家的航空公司"。

这样的说辞传到社会上，外面人也不理解，说商飞的飞机卖不动才卖给自家。同样的事，不同角度，不同解读。凡干大事者，无需理会外面的嗡嗡声。商飞人横眉冷对外界所指，用自己的创意思维临门一脚，踹开了销售的头扇大门。公司的后来者同样用市场之手撬开了第二家、第三家用户之门。

张庆伟在江南的杏雨中来到黄浦江边，三年后踏着南方的暑热离开长江口，北上担任河北省长，从此正式告别心爱的航空航天系，步入政坛。

二〇二〇年的金秋暖霞中，担任黑龙江省委书记的张庆伟会见到访的当任商飞董事长贺东风一行。贺东风说，成都航的ARJ21机队已达三十四架，运行六年，保持了良好安全记录，国产商用飞机的示范意义显现，成都航赢利能力持续提升（疫情期除外），飞行名片越擦越亮。张庆伟满脸春风地说，我看到报道了，除了成都航，内蒙古天骄航、江西航、华夏航，以及三大航都买咱们商飞的支线机了。张庆伟突出了"咱们"二字，而不是"你们"。

草原之恋

中国商飞有程福波、程福江"二兄弟"，同是七〇后，半字之差，却是非亲非故。程福波，重庆人，毕业于南航大，从成都飞机工业公司董事长、党委书记任上调入商飞，担任副总经理，重点分管ARJ21项目。程福江，山东潍坊人，来自地方，任商飞新闻中心主任，大飞机杂志有限公司总经理。不知二人何时相约，半生痴绝处，寻梦到江南。

二〇一八年，程福江任宣传处长，以媒体人罕有的嗅觉嗅得新成立的内蒙古天骄航空正与巴航工业暗送秋波，准备引入ERJ170支线机。而北美的庞巴迪CRJ900也跃跃欲试，择机分一杯羹。"支线两强"

一开始就想遮住ARJ21的初始光芒。消息确认，程福江极为震惊，天骄航空是啥公司？那是草原上的快鹿，专营支线飞机，如果这样的买卖让大洋彼岸的商家抢了去，情何以堪，面何以堪？

程福江不是市场部总经理，但不嫌自己多管闲事，马上将事实通报给新任市场部总经理（又叫部长）张小光——张部长也已通过其他渠道得知了同一消息，两人立马汇报给商飞副总裁程福波。

程福波说："赵越让总经理早已得知，正在想法子市场撬动，但也需要舆论的配合。"程福江想想也是，自己都晓得了，公司领导哪能不晓得？

"不瞒你们，赵总已经布置下来了。"程福波摇着头说，"连你们都知道了——不对，这事甭等，得马上行动，小光和福江打前站，我跟董事长、总经理汇报后立马赶来。"

福江和小光一到呼和浩特，见一架巴西产ERJ支线机降落不久，停在那儿，正准备开现场会呢。

张小光、程福江说："等等，让咱们也说几句，介绍一下中国商飞的ARJ21。"

当时内蒙古方面有些人对商飞不了解，说商飞咋回事？从哪个地方冒出来？ARJ又是从哪块石头缝里蹦出来的？

程福江立马请去ARJ21首任总师吴兴世。吴总师已退三线，但对国产商用飞机和中国商飞的曲折史太清楚了。

老法师到得大草原，一上来就大谈历史，说中国商飞的ARJ21绝不是从石头缝里蹦出来的，也不是这几年无中生有、突然冒出来的，而是承载中国大飞机梦的航空人艰难孕育五十年、一朝分娩的新型涡扇支线机。

赵越让已通过其他途径找过内蒙古自治区领导，找呼市负责人说明情况，但有关方面人士说，市场的事还是靠市场本身解决吧，主要是看你们的支线机有没有竞争力。

"二程"一个敲锣，一个打鼓，颇似二人转。福江这边大谈商飞艰难史的同时，福波那头展开"特色"攻势。程福波动情地说："商飞人不是推销飞机，而是想说说咱们ARJ的'特别'。"

其实，有些话市场部张小光已经说了好几遍。程福江也做了多渠道多媒体传播，录像片不知放了多少次。

此前程福江一到达呼市，就立马召开记者发布会，详细介绍商飞、介绍新支线机的情况。ARJ的消息铺天盖地，当地媒体发声，全国媒体发言，央媒也发表了大篇的图文报道。连天骄航空主管宣传的白佚萌部长都感到震惊，商飞哪来那么大的能量，几天内竟然"动员"了内蒙古全体新闻机构（连他们本地人都难以做到）、央媒以及全国共几十家媒体同频合奏ARJ21进行曲。

程福波更愿意重复，愿对更多的内蒙古人多说几遍。他说："咱们商飞的支线机可不是华洋杂处，更不是拾人牙慧，而是歇斯底里的创新，是完全从客户出发的量身打造。"

有人说："你们别吹牛，说说看。"程福波哈哈一笑："咱不是死磕硬磕，讲的都是硬道理。ARJ21的确是支线机中的独角兽，在高原开航，不怕热，也不怕冻，运营成本差不多，却不用减载多少人，基本是准满载起降，其他哪种机型做得到？不是咱商飞自卖自夸，瘦长航线，是咱这款机设计时就融入的元素，也是调研了全国各地地理、行政区域结构后的针对性研制。内蒙古自东而西两千多公里，跨越东北、华北、西北三区，藏了小半个中国，有哪一款国外机符合这个性？

程福波用了几个反问句后，笃悠悠地说："不得不说，天骄航开始定位支线航实在是脱俗的选择，以呼和浩特为中心，向草原深处、草原边缘辐射，跟我公司ARJ21'中心辐射'的构想不谋而合。内蒙古地势狭长，民众生活小康，但十分珍惜宝贵时间，有人愿意坐红眼航班赶路，这也很好啊，而这样的旅客不一定能让大飞机满员，支线飞机恰巧成了首选。另外，ARJ21的驾驶舱设计和波音737相像，操作系统有宽泛的共通性，开过B737的飞行员能迅速地改为ARJ21的驾驶员，其中不需要太多转换。飞行员培训，也可以轻松地纳入同一体系。ARJ21既然由中国商飞打造，绝不会是单一机型，而是一个支线平台，基本型外，以后有加长型、缩短型，还有货机、公务机，可以根据一个地方或公司的需要定制一个特别的套餐。倘若ARJ21能嫁入草原，嫁妆当然得成车装。"

程福波狡黠一笑："咱们的支线机，厚实，耐用，开始运行的直接成本不一定太低，但中国机队机龄短、新，十五年后不想用了，当做二手机转卖其他国家，完全还能再用，甚至比波音、空客出售的二手机还新，还管用，全周期寿命尤其长。"

程福波话音未落，下面唏嘘声不断，气氛活跃。听到这儿，内蒙古人咋觉得ARJ21就像为天骄航空定身打造的？每一条都能和本地的需求对上号。商飞人不是来推销产品，倒像是上门来"献宝"。

天骄航董事长郝玉涛不是航空出身，但对航空倾注大爱，当即表示："可以谈，咱们坐下来好好谈。"

这时，巴航工业又将一架ERJ170飞至呼市机场，边做宣传，边让人参观，那是现场摆秀的腔调。既然有飞机可以免费参观，自然吸引了许多爱好者登机。

"我们不怕比，就怕缺机会。"程福江带着并不明显的山东口音说，"国产机的空间一眼望不到尽头哪。"

程福波、程福江和张小光等人商议，建议公司也将一架飞机停在机场，就在ERJ的旁边。不是比吗？咱们就比他个底朝天，让观众当评委。

赵越让总经理当即请成都航调拨一架在线的ARJ21飞抵呼和浩特，并临时开通呼市至锡林浩特航线，邀请相关人士及媒体记者乘机体验，切身感受国产支线机的飞行。体验飞行后，将飞机停在当场，供人参观。

两架支线机停在同一场上，一架ERJ来自南美异国，一架ARJ来自上海，一架老牌，一架新锐。有道是"不怕不识货，就怕货比货"。首先ARJ个头大，胖乎乎，号称支线中的宽体，顶高身宽，舷窗也大，关键是每个座位比ERJ至少大半英寸，魁梧的内蒙古人坐上去舒舒服服，放倒座椅有点像商务舱；ERJ又瘦又长，进入客舱像真正走进了支线机。

还有色调。ARJ21客舱偏冷色调，白里隐隐透点蓝，这跟蒙古族的服饰很搭。当地人喜欢穿白袍，干爽，和草原的蓝天白云契合。一旁的ERJ，巴西风，殖民地风，基本是咖啡馆的打扮。比对的结果，天骄航人更倾向于"阿娇"的色调与开阔。谈判进入实质阶段。

商飞人个个是代表性的拼命儿郎，有一阶段，程福波在内蒙古集中待了几天，和天骄航的郝玉涛董事长进入务实性商谈。在那紧张的四天谈判中，他三次飞回上海，和总部沟通具体细节，往往是晚上南飞，第二天早早北归，不带走草原天空的一丝云彩。

商飞人的真诚触动了内蒙古人，ARJ本身的不含糊赢得了市场。两种机型并列草原的后果，ERJ成了ARJ的嫁衣。草原之争落下帷幕。程福波因工作需要，于二〇二〇年调离商飞，北上履新，担任陕西省副省长。刚一转身就开始想念，思念在商飞的日日夜夜，怀念在内蒙古的白昼黑夜——在公平的正面硬刚中胜出，将原本打算采买其他机型的天骄航空揽为第二家大客户，让人羡慕极了，成就了浪漫的草原之恋。

二〇二一年十月二十日上午，浑身绿色的"内蒙古农信号"彩绘飞机飞抵呼和浩特白塔国际机场，标志着我国首家运营纯国产喷气式客机机队的天骄航空，正式接收第五架ARJ21飞机。这天，天骄航空总裁卢东哲接受了媒体采访。

卢东哲，一九八四年考入中国海军飞行学院，毕业后在海军任飞行教官十年，一九九七年至二〇一九年先后担任南方航空B737、A330及ERJ145教员机长，管理过支线机队。二〇一九年十月任天骄航空总裁助理，二〇二〇年七月升任天骄航空总裁。作为军人出身的飞行干部，坦言进入天骄航的理由之一是国产飞机吸引了他。

在卢东哲看来，他手中握着的驾杆，不是具体的一款支线飞机，而是整个民族航空工业的一个杠杆，一个支点。

"二〇一九年七月六日，天骄航商业首航，从两架飞机起步，现在拥有五架'阿娇'。一年来，飞机的故障率低，签派率高，平均客座率百分之七十七，航班正常率百分之八十八点四十一，好于最初接收的预期。我公司的飞行员储备充足，目前有五十三名，其中四十一名已完成ARJ21转机型改装。"他突然想到什么，笑了笑，"天骄的旅客多数是回头客，他们觉得'阿娇'舒适性不错，座椅间距大，座舱增压性能良好，在空中比干线机还稳定。"

面对记者提问，卢东哲以一名飞行行家的身份说："最早引进的三架飞机都是一阶段构型，当年即完成二阶段改进。二阶段改型号的驾驶舱布局更合理了，飞行操纵面板也更直观。飞机的不断改进十分正常，包括波音737、空客320从设计之初到现今，不知做了多少次改造，ARJ21的改进肯定也是个漫长的过程。"

谈到未来发展，卢东哲说："尽管受疫情影响，明年计划至少引进两架ARJ21，目前的规划是五年达到二十五架的规模。内蒙古自治区政府十分重视天骄航空与中国商飞的合作，支持天骄运行纯国产机的宏愿。今后，双方的合作不会仅局限于支线机，也包括C919以及将来的CR929。商飞在售后、技术培训、维修等方面均对天骄航全面支持，双方保持着密切的沟通。天骄航分别与运营ARJ21的老大哥成都航及江西航签署战略合作协议，从最初运行新国产支线机的成都航那里学到了许多宝贵经验，也从厦航的子公司江西航吸收了不少先进的管理思维。"

卢东哲对未来充满憧憬："目前天骄航的公司性质还是支线航空。内蒙古自治区域内拥有机场十多个，由于天骄运力所限，只通航了七个。但我们已具备了执飞域外航线的能力，会根据市场需求逐步开通域外航线，扩大对外交流。以后的计划是从区内往区外呈辐射性拓展，形成'支支通''干支通'，这样的航线规划十分适合'阿娇'机型和天骄的运营模式。"

高原上的"阿娇"，风姿绰约。

扩朋友圈

在屡战屡败的那些年，中航工业一些人内心不服气，说民航老和外国人勾搭,不买自己的飞机。上面想想也有道理,就下了一道指令:凡民航和老外洽谈购买飞机事宜,中航工业可以派人到场,列席所有商务谈判,如发现违反国家法律法规的,享有一票否决权。当时汤小平作为中航工业代表,参加了和老外的谈判。

汤小平只参与第一次谈判,就有了惊人发现。中方参加买机谈判的一般为几大航的老总或副总,外加民航局相关司局的负责人,波音、空客参加方有高层,但大多数是驻中国总代表及下属工作人员。商谈中,波音、空客驻中方中层级经理,对我方几大航的业务水准、市场定位以及干部人事安排清清楚楚,连中方几大航总经理、副总经理都不甚了解的情况,他们都摸得一清二楚,而且都是从我方公开发表的新闻资料及对外交流材料中获知。难怪波音、空客能将飞机一批又一批地卖给中国,他们对客户有特殊的关注。亲历者汤小平所受的刺激远大于别人,深感中航工业做不到,咱们实应深刻反省,必须以客户为中心,而不是以自我为中心。

"客户和市场中心说",汤小平植其始基。

汤小平永远记得,一九九五年下半年,以追求卓越商用飞机为己任的巴西航空工业深陷债务危机,博泰罗临危受命,接任首席执行官。他在施政会议上对管理层明确表示:"你们的重点不是制造飞机,而是服务客户。"

博泰罗看似不经意的谈话,却引导了巴航从以设计制造为主导的生产企业向以客户需求为导向的"服务型"企业转变。而后,巴航工业毅然停止了其他所有民机项目,集中全力开发支线飞机ERJ145。尽管从技术角度比较,ERJ系列并不比CRJ123占优,但前者对客户需求的把握达到了前所未有的高度。依靠完善的服务和快速反应支持系统，巴航工业在短短十五年间，疯狂地向全球四十五个国家出售了六千架ERJ飞机，一举将自己打造成了实至名归的支线机巨头。

当时国家给支线机项目的批文是三十至七十座，中航工业有人说取中间值五十座。但市场不是这种声音。上海航空公司董事长周策激昂地建言："起码七十座！支线机往往只有三四个月旺季赚钱，其余时间亏，如果五十座，那是吃力不讨好。"想想也是，西飞新舟不就五十座吗？如果真那样，到时西边涡桨五十座，东边涡扇五十座，不闹个"东西之争"窝里斗才怪。

有人问，全世界的支线机都细溜溜的，为啥ARJ胖乎乎？这其实也来自客户的意见和反馈。胖乎乎的阻力就一定大吗？不一定，研究表明，飞机运动中的阻力来自几方面。一是压差的阻力，越细长压差越小；二是表面的摩擦阻力，同样的体积，球的表面阻力最小。

调研时，用户的回答启发了商飞人。有人说，外国人说什么都对？你们总拿老外做参照，怎么不用心去算一算？飞机所受阻力的数值，在越粗越好和越细越好之间，肯定有个不粗不细的中间值。客户的逻辑有道理，就采纳。中国的支线机ARJ21，大飞机C919以及将来的CR929，都比人家的宽大，胖乎乎的，应该是找准了细与粗的最佳值，旅人坐着舒坦，却没有带来运动阻力的明显增大。

ARJ21的高度，尾吊发动机的布局，航电系统，都是和客户商量后研定。现在中国民航飞行员多，飞过众多的机型，几十年飞下来，诞生了许多优秀专才，他们的眼光毒，啥好啥坏一抓一个准。

汤小平概括了三点切身体会：一是生产方需要反省自己，需要学波音、空客那样对客户的深度了解与关注；二是客户不仅是产品的使用方，也是产品的创造者；三是客户是飞机设计不断创新的第一推手。

汤小平"向客户要需求"的创意深深烙进了商飞人的心底。

支线机刚起步,上面有人发话,你们搞没问题,但别像以前那样,得有订货呀。汤小平明白,靠上面没用,现在得找市场说话。ARJ21就是和客户共同商定的设计思路,理所当然地得到了客户的认同与襄助。跟着订单来了——还在纸上的飞机就有了三十架的单子,预付款也打进了账户。全国航空公司那么多,谁认识你商飞?因为事先进行了大规模调研,征求了潜在客户的意见,交了许多"道"上的朋友,人家认你思想创新促进观念转变,本事不大态度挺好,做得像那么回事,就订货,上航、山航、厦航开订,给中航商飞送上开业单。

见纸上的飞机已有订货,外部供应商也来了。在听取了中方关于ARJ21的设计构想后,通用电气(GE)驻中国代表觉得中国人这回靠谱,CRJ、ERJ还没有七十座的支线机,说不准中国人能干成;如果中国人不干,别人也会干同样的事。通用电气突然对中航商飞说,GE投资一亿美元,共担风险。一亿美元不算多,也是钱。GE一打头,跟进来一大帮国外合作商,总共十九家外部供应商齐刷刷地看好中国支线机。这时,ARJ21的初步设计尚未完成。汤小平等人感动得几欲泪奔。

汤小平为红二代,父亲汤平为开国中将,岳父陈再道为开国上将,响当当的历史人物。他从中航工业下海至中航商飞后,为了ARJ21,跑下跑上,跑客户为征求意见,跑北京为获取政策。跑客户(航空公司)尽管累但开心。跑北京机关,见多的却是冷脸,听多的是冷言冷语,还要提防不知从哪个方向飞来的冷箭。每次从北京回来,喝闷酒,许多话憋在心里不往外说。过些天心情好了,再去一次,回来心情又不好,闷闷不乐好多天。跑得多了,有点意思了,得到了上级机关的支持,也获得了潜在用户。

第20章 千呼万唤

"航空四君子"以联名上书的方式，在旷野中的那声呐喊，为大飞机的艰难崛起扔下了一颗重磅深水炸弹，引发的强烈震波远远回荡至二十一世纪。

在共和国的发展史上，从来没有哪一项重大工程——包括"两弹一星"——像大飞机那样阻碍重重，旷日持久，各方玩命争执、斗法达半个世纪之久，成为一个时代漩涡。这样的奇观以前没有，以后也很少会有。意见各方都不是坏人，无所谓对与不对，不过观点相左，"学术争论"而已。

"南派"经济学家

为厘清虬根曲绕的大飞机这回事，不得不再回到半个多世纪前的一九五六年。

这一年，美国波音公司研发的B707飞机接近首飞，而木材商出身的公司掌门人威廉·波音却没能看到这一幕，这位世界商用飞机史上超级成功的传奇人物，于九月二十八日闭上了双眼，再也没有睁开。

这一年，中国基本完成了社会主义改造，公私合营顺利推进，国民经济迅速恢复，全国上下欢声笑语，鼓乐喧天，沉浸在华尔兹舞曲优美的旋律中。

这一年，中共中央主席、国家主席毛泽东发表了著名的《论十大关系》，提出许多新思维新论断。他在文中论述了重工业和轻工业、沿海工业与内地工业、经济建设和国防建设、中央和地方等十大关系，实际上开始了"中国特色社会主义道路"的最初探索。《论十大关系》对今后中国相当长的一个时期的建设与发展产生了深远影响。

毛泽东冷静地指出，中国不能照搬苏联中央高度集权、忽视地方作用、过分重视军工业、忽视民品等发展模式，应该走出一条适合中国国情的工业化道路。强调要正确处理中央和地方的关系，给地方适当放权；充分发挥沿海工业作用，利用技术人才优势，帮助内地工业发展；向一切国家和民族学习先进科技和管理经验，既不照搬，也不排斥；坚持创新发展，调动一切积极因素，走出一条不同于别国的发展之路。在全党大讨论中，毛泽东多次谈到，人家有的东西，我们不一定样样都有，但有的东西，必须要有。

当年九月，党的八大召开，中央提出既反保守又反冒进、在综合平衡中稳步前进的经济建设方针，全党就探索走自己的道，在三个五年计划内，建立一个完整的工业体系达成共识。当时，苏联看到中国在抗美援朝战争中作出的惨重牺牲，自己置身其外，心中过意不去，也想拉拢中国对抗强敌美欧，就给予了一百五十六项援助，对我国工业化之路起到了实质性的促进作用。尽管如此，中国并没有"一边倒"，仍旧坚持自己相对独立的发展战略，包括半导体、集成电路、光刻机等，在那时已开始酝酿，如半导体至少和日本同时起步，民用大客机也在那时被首次提出。

追根溯源，走中国人独立的发展道路，毛泽东最先开始思考与探求，邓小平发扬光大，后经过江泽民、胡锦涛等几代中央领导集体的不断挖掘，至习近平时代成为完整的理论体系和实践方略。

一九五六年至一九六六年，十年大建设，为国家工业化积累了理论与物质基础。

一九五八年前，毛泽东为探求不同于"老大哥"的经济发展模式，找"南派"经济学人谈话，了解情况，其中有上海市委书记处书记兼工业党委书记陈丕显。陈丕显在新四军时期就干经济，在日伪的夹缝中站稳脚跟，为新四军提供源源不绝的补给。抗战胜利后，国民党发动内战，华野"七战七捷"，粟裕在前领兵打仗，陈丕显在后准备粮草装备——后勤无忧，以致刘少奇由衷地说："阿丕在苏中干得不错。"也正是因为这句话，"文革"期间陈丕显遭批斗。

毛泽东钦佩陈丕显在敌人心脏中的经济头脑，专门找这位"南派"经济学家谈经济。一九五八年，毛泽东在上海西郊宾馆对陈丕显说，中国要造自己的大飞机——大型运输机、大型轰炸机。（《中国科技论坛》——"永不放弃：研制运10大飞机的历史经验与当代启示"）毛泽东指出，从解放江山岛等几场海岛战得到启示，没有大轰怕不成，具体步骤，可以从大型民用运输机起步，过渡到大轰。陈丕显感到突然，又感到合乎逻辑，可惜后来又遇上了三年困难时期，事情一时搁下了。

毛泽东的话自有他的战略内涵。之后的近十年社会主义建设高潮，尽管出现了一些曲折，但仍取得重大突进：科学技术长足发展，交通运输突飞猛进，工业体系框架基本搭建完成。物质基础积累到了一定阶段，远程航空运输的需求凸现，大飞机具备了起步的条件。

一九六五年，毛泽东、周恩来共同召见华东局书记处书记、经济委员会主任韩哲一，另一位"南派"经济人，也是在陈云体系的实践中成长的经济能人。毛和周没找华东局的一把手柯庆施，直接找韩哲一，让他研究在上海造飞机用于民航的事情。

韩哲一不像有些干部，一味盲从，上面说向东不向西，他是个遵循客观规律的人。在召集了几次会议后，韩哲一重重叹了口气，深感大飞机处制造业的塔尖，一下子搞困难远大于利端，不妨从零件、部件做起，逐步过渡到整机。有人趁机献策：南昌的洪都（320厂）设计了一款新机，名叫歼12，又叫"空中李向阳"，不如拿来上海，权当练练手，热热身。

韩哲一处事慎重，心想自己搞经济还有两把刷子，但毕竟没有玩过航空，万一弄砸了怎么交代？他想到了既是老革命又喝过洋墨水的航空人士冯安国。此时冯安国当着320厂的厂长，懂行能干。在韩哲一的力邀下，冯安国帮华东局制定了大飞机发展规划，勾画了一条上海造飞机的流程图。韩哲一深受鼓舞，准备将冯安国的蓝图化为现实。

但事情没有朝韩哲一希望的方向转进。一九六六年，冯安国调三机部（后来的航空工业部）任副部长，紧接着那场狂热的风暴席卷神州大地，大飞机计划戛然而熄。韩哲一和冯安国都靠边"稍息"了。有人指着韩哲一说："毛主席说要造大飞机，你拖拖拉拉，非要先造零件，后搞整机；自己无能，还弄了另一个不靠谱的冯安国来糊弄人，让事情一拖再拖！"

韩哲一百口难辩，有苦说不出。不过查他历史，倒也光彩，找不出什么毛病，便把他晾在一边。按理应该成为国产大飞机元年的一九六六年，由于突如其来的原因，被无端打飞了节奏。

还是上海

在那些特殊的年代，周恩来在万分困难中砥柱中流，抓经济恢复。

毛泽东也不允许国民经济崩溃，适时提出了"抓革命、促生产、促工作、促战备"的指示。中国经济至一九六八年下半年触谷底后开始反弹，至一九七〇年，物质条件基本恢复。

有一次，毛泽东在北京召见上海方面负责人，谈的内容是上海的工业。毛泽东指出：上海工业基础这么好，为什么不搞飞机？可以搞飞机嘛。

大飞机放上海没问题，但飞机属国防工业，军管，得找位军方大人物出来主持。当时军委有国防工业领导小组，空军也有个航空工业领导小组，管装备的副司令员曹里怀将军，实际上成了大飞机项目的真正担纲者。

曹里怀心中有数，即使上海方面不来求援，他也会将主席和总理的指示贯彻到位。他总揽全局，协调航空工业四大设计所、空军第一研究所、172厂、高校，抽调一批又一批技术人员赴沪；将成都涡扇8发动机厂整体迁往上海，将上海汽车一厂转变成飞机发动机厂。经过系列调整，计划生产三架运10大客、十二台国产涡扇8发动机作为样机。此后的十二年，曹里怀将主要精力分配在运10的研制上。一九八〇年运10首飞成功，并连下全国十大城市，从技术上讲，走通了一条自主研发、基本不靠外援之路。

然而，能干成的事不等于就能干下去。一九八二年，七十三岁的曹里怀光荣"离休"——即使曹将军没有"告老还乡"，运10也不见得还能玩下去。也就在曹里怀退出领导岗位的一九八二年，由三机部何文治副部长、恢复职务的上海市韩哲一副市长发起，在上海锦江小礼堂召开运10问题讨论会。会议开了一周，有航空工业、运输企业、地方政府、空军、院校的五十五名代表组成。一周的闭门会议形成纪要：708工程不能停，运10成果不能丢，队伍不能散。会后给中央写了报告，但一直没得到批复，上面没说行，也没说不行，就这么拖着、胶着。改革开放初期，大家太忙了，忙得摸不准东西南北，搁下的事情太多。

一九八五年运10梦断后，许多人在思考和思索，当了"顾问"的曹里怀也在反思，甚至在生命消失前还在思索，明明干成了大飞机怎么就没有批量生产、投入商业运营呢？首先是站位不高，没有充分意识到这是战略产业，是毛泽东在五十年代就说"必须要有"的东西——不能说八十年代两百亿项目的下马都是错，不砍掉几百亿也没有后来的几千亿；但运10腰斩大可不必，总共花了五亿，再投五亿也不算多。

曹里怀并不否定当年说过的话：飞机的"腿"要长，能不经停地飞往欧洲的地拉那，可以不考虑经济性。实际上，作为民用客机，是安全性和经济性的复合，少了一项都不行。在当时的计划经济时代预想不足，缺乏市场意识，对此，退居二线的曹里怀有时也难以释怀。

曹里怀是坚定的自力更生者，事隔多年回头想想，"造不如买、买不如租"也不能全盘否定，在一定的局部时期也有一定的合理性；但从全局看，整个中国如果都是"造不如买"，那一定是逻辑大错，因为大飞机是战略产业，利在长远。

吴兴世等一大批航空工业的嫡系专家，运10停飞尤其后来的"三步走"的屡试屡败，同样陷入深深的反思中。运10搁置后，航空工业从一个极端转向另一个极端，对国际合作、市场换技术抱不切实际的想法，以为能踩着外国人的肩膀滑跑，可惜人家连脚背都不让你踩。

"四君子"的呐喊

运10自一九八五年搁置后,社会各界陷入迷茫和混沌中。其中最有代表性的人物是三所航空大学——西工大、北航、南航的几位校(院)长。他们既是航空学者又是领导干部,思考的东西必然比单一的科技人深邃。

西工大季文美校长打头,相约北京航空学院院长沈元、南京航空学院副院长张阿舟,以及刚退下来的三机部飞机局局长胡溪涛,商议着运10折戟沉沙一年多,航空界无所作为,但他们不能像常人那样听之任之,虽没有扭转乾坤的野心,却有科学家之风骨,应以天下为己任,带头站出来呼吁重树国产大飞机的信心。于是便发生了一九八六年"航空四君子"联名上书的剧情。写信的具体文字并不重要,关键是四人的分量沉重,人人像一座山。

季文美于一九三四年毕业于上海交大电机工程系,考取了宋美龄任秘书长的航空委员会委托教育部代招的机械工程公费留学生,赴意大利都灵大学攻读航空工程专业,于一九三六年获博士学位。沈元和张阿舟则被派往英国。按宋美龄当时的想法,打算让他们学工业和工厂,回来当厂长,但三人谁也没学工厂,都学力学,其中季文美为一般力学,重点研究振动,沈元航空力学,张阿舟固体力学,回来个个成了力学大师,航空教育家。

一九三七年春,季文美奉令回国,被派往中意合资的南昌飞机制造厂(洪都前身)。"七七事变"后,随厂迁往重庆南充,任支配课长、厂长助理。应抗战急需,他仿制出了苏式E16驱逐机,并通过了静力试验和试飞。一九四二年,应内迁重庆的交通大学之邀,担任教授,两年后任学校航空系主任。抗战结束随交大回迁上海，一九四六年担任校总务长。

一九四九年以后，季文美长期奋战在工程力学和航空教育的天国里。一九七九年至一九八四年担任西北工业大学副校长、校长期间，拨乱反正，整顿教学秩序，提高教学质量，推进教学改革，领导制定了西工大"七五"发展规划，初步实现了学校向具有三航特色、较高的教学和科研中心的转变。他长期担任中国航空学会理事长，致力于中国航空工业的宏观研究。

八十年代初，西北西南地区相当一部分三线国防场、所、基地面临技术老化、交通欠发达、经济落后，大学毕业生分不进、留不住的糟糕局面。季文美忧心如焚，奔走四方，创建了由高校、国防企业和科研院所组成的西北西南科技协作中心，并担任首任董事长，致力于教育培训、科技协作与成果转化。协作中心成员单位达到二十多个，分属国防科工委、航空工业、航天工业、核工业、船舶工业等部门，横跨京、晋、陕、甘、云、贵、川等省市，成为跨行业、跨学科的大型横向联系组织。

一九八三年以后的十年间，季文美和多位资深专家一起，多次联名给中央主要领导人写信，呼吁立即着手研制中国自己的干线飞机，并做了大量的分析和实证研究。

季文美和胡溪涛、沈元、张阿舟等商议写信的事。有人说写给赵紫阳总理，有人说给胡耀邦总书记，季文美想了想说，要写就写给改革开放的总设计师邓小平。三人说好，就这么办。

沈元一九一六年四月出生，比季文美小四岁。他天资聪颖，三岁识字，六岁上私塾读"四书五经"，直接跳过小学与初中，上了高中。

由于学业优异，被保送至燕京大学化学系，但他志在航空，次年夏天又重新报考了清华大学航空工程专业，以第三名的总分如愿踏入航空热土。

一九四三年，毕业于西南联大（抗战期间由清华、北大、南开三所大学联合成立）的沈元获得了英国文化委员会的奖学金，于伦敦大学帝国理工学院航空系完成博士学位。在英期间，沈元敏锐地把握了世界航空的趋势，选择的研究课题着眼于解决飞机从亚音速向声速逼近时的空气动力问题，从理论上探讨出飞行器上无激波跨声速绕流的可能性。因为在空气动力学领域的丰硕成果，他被吸纳为英国皇家航空学会副高级会员。获得博士学位后，沈元又去生产发动机尤其以喷气发动机著称的罗罗公司作技术考察。

一九四六年夏天，而立之年的沈元谢绝了英国几所大学的聘请，回到朝思暮想的母国，入清华大学任航空系教授。新中国成立后，教育部和重工业部决定成立航空工程学院，将清华大学、西北工学院和厦门大学等高校的航空系一起合并，组建清华大学航空学院，沈元任院长。

一九五二年五月，中央军委出台《关于航空工业建设的决议案》，对航空院系进一步调整，将清华大学航空学院、四川大学及北京工学院等高校的航空系合并成立北京航空学院，院址在元大都"蓟门烟树"城门以北。三十六岁的沈元被任命为北京航空学院副院长。一九五八年，在沈元的领衔下，北京航空学院开展了"北京一号"旅客机、高精度陀螺及测试技术等方面的研究和设计试制，设计制造了超声速风洞、高空实验设备、液体火箭发动机和冲压发动机试车站等重大教学科研实验设备，填补了多项国内空白。一九八〇年，在副院长岗位上摸爬滚打了二十八年的沈元升任北京航空学院院长,大力推进教学改革,力争将学校办成教学科研双中心。

沈元早年曾在福州英华中学任教,是使陈景润对"哥德巴赫猜想"产生兴趣的启蒙老师。沈元作为资深的航空领域专家,长期关注国产大飞机计划与研发。一九八三年,他应邀参加交通运输战略决策问题的研究,为我国干线飞机的立项摇旗呐喊。

张阿舟比沈元小了四岁,一九二〇年出生于江苏丹阳县。一九三七年卢沟桥事变后,中央大学开办航空工程系,张阿舟成为该系第一批学生。报考时学校尚在南京,入学时已西迁重庆。毕业后入成都中央航空研究院工作,给我国早期的著名设计师王助(美归航空学者)当助理,主要从事运输滑翔机的研制。同年八月,他以全国总分第二的成绩被选送英国布里斯托大学留学,至一九四九年十二月,在航空领域颇负盛名的布里斯托大学获得硕、博学位,其间有一年在布里斯托飞机工厂研究与发展部任技术员。

一九五〇年一月,张阿舟在我国驻英人员帮助下回国。归来后,先在重工业部,后被分配至南昌飞机制造厂。在新中国制造第一架飞机初教5的过程中,他组织开创了我国飞机强度试验的先河,奠定了飞机静力实验的基础,为初教5的升上天空立下汗马功劳。一九五五年,张阿舟去南京航空工业专科学校(次年升格为南京航空学院)任教,先后担任航空工程、力学和相关学科的教学工作。他一边教书育人,一边从事飞机结构强度的研究,后又转向结构振动理论和应用研究,将研究成果用于歼7、强5、直8等飞机的结构设计和试验,为后续型号发展殚精竭虑。一九八三年,南航成立振动研究室,后升格为振动工程研究所,张阿舟为首任所长。

张阿舟以一生的热情投入和关注我国航空工业，先后参加了运10和水轰5等飞机的振动分析和排故，多次为发展国产干线客机奔走鼓呼。他积极参与我国航空航天发展战略的论证和咨询，对我国发展航天飞行器和干线飞机向国家有关部门提出多项重要意见和建议，受到国家的重视。

胡溪涛和以上三君子不同，是位一九三九年入党的"老革命"。他一九四六年进入东北航校，机械二期毕业，一九五七年考入哈尔滨工程学院，学习弹道导弹总体设计。曾任液体和固体导弹总体设计部副主任，为我国第一颗人造卫星升空和潜射导弹的发射作出积极贡献。

一九八二年，胡溪涛从航空研究院副院长调任航空工业部飞机局局长。当时中央号召以经济建设为中心，他却在思考：我们可以搞小汽车、电冰箱、洗衣机，为什么不可以制造商用飞机？一九八四年三月，胡溪涛给中央写了一封发展商用飞机的建议信，中央相关领导很快作了"这种事必须狠抓"的批示。

一九八五年，胡溪涛年过六十，退休后仍放不下大飞机的心结。一九八六年夏，他专门去上海调研运10项目，历时一月。七月二十六日，他经过反思，以一个"老航空"的身份向航空工业部提出"到了狠抓大飞机研制的时候了"的意见。

四位超重量级的航空专家，在信中写下了如下文字："由于支线飞机只占航空运输的极少一部分，所以发展对中国来说仍是空白的干线飞机应当优先。干线飞机市场广阔，《航空周刊》一九八〇年一月预测，到一九九五年中国需要喷气式飞机两百至四百架。西方飞机工业公司预估中国民航运输周转量将以年均百分之二十左右的速度增长，上飞机项目以抓干线大运输机最为有利，因为它的带动作用是其他民用飞机难以比拟的，且工作量大，产值利润高……"

总设计师收信后，立即批转胡耀邦和赵紫阳。当年十二月，国务院召开第一百二十五次会议，决定不失时机地研制一百五十座干线飞机。可惜在具体执行时，职能部门东讨论西研究，左徘徊右彷徨，航空航天工业部的意见占了风头，觉得国际形势有利，还是进行对外合作比较稳当，但后来的事实证明耗时近二十年的"三步走"彻底走岔走失。

为中国大飞机梦，多少人青丝尽白。即使一辈子扑在航空上的人，也想不到国产大飞机之路竟会如此漫长而蜿蜒，但"航空四君子"的联名上书，他们在旷野中的那声呐喊，为大飞机的艰难崛起扔下了一颗重磅深水炸弹，引发的强烈震波远远回荡至二十一世纪。

第 21 章 亮马河长

生活中有些东西可有可无，像奢侈品，有些东西却必须得有，如空气和水。大飞机对国家十分重要，短期可以忍一忍，从长远看必须有，除非这个大国不想发展了。

"要不要商用大飞机，怎么搞"的艰难而漫长的论战，自一九八六年"航空四君子"上书，至新世纪初达到高潮，科技部、航空航天部、国防科工委三驾马车深度介入，高校、军方、经济界人士纷纷加入战团。

　　没有哪方不愿发展中国的航空工业，论争的焦点是"路径"与"先后"。但最不容易争明白的也是"家务事"。

"望断南飞雁"

　　被麦道带进深沟的上海航空工业集团痛苦不堪，一方面无米可炊，人才急剧流失，另一方面，面临西飞的兼并，正沦为西飞某些零件的加工厂。无论哪一条路，上航工业的前头似乎都是破产的哀嚎。甚至有人说，破产吧，破了产，背后的一屁股债可以"赖掉"了。上航工业的职工不愿，总经理沈焕生不愿，三天两头跑北京。他每次去北京，不住宾馆，住上航工业办事处，见地方就睡。据上航工业驻北京总代表何志庆回忆，有时去的人多，沈焕生他们就找能睡的地方打铺，沙发上、长凳上，甚至地毯上。吃饭也不下馆子，随便做一点，出门坐公交。一是省钱，二是干活方便。上航工业人士跑北京，都带着给上面准备的材料，随时需要修改。640所副所长兼总师吴兴世住办事处，常常干活至深夜，为不影响他人休息，有时抱台电脑，半夜躲进厕所里改材料。有人起夜，以为卫生间忘了关灯，推门进去才发现总师在"办公"。

沈焕生对何志庆说："麦道90刚开始就刹车，进口的原材料烂在库里，亏空十个亿，咋收场？"何志庆说："吴兴世总师自AE100被折后，并不气馁，正做运10的改进方案，想把运10恢复起来，如果大飞机复活，上航工业将会迎来转机。"

沈焕生连连摆手，满脸诧异，说："时过境迁了，要是跳永定河能唤起大飞机，我真跳一次试试。"他又说："晓得吗？现在我去机关，无论中航工业还是科工委，都躲我，找哪个部门哪个部门躲，因为我给人家带去的只有麻烦，是个不受欢迎的人。"

但接下来发生的两件事，似乎真成了大飞机复活的长长引线。

一九九八年，北京某民间课题组的王小强、刘兴利委托英国剑桥大学彼得·诺兰教授，带着几个学生，做了一个课题，内容是"中国当下的航空工业"。中航总给予了采访的便利。

彼得课题组通过对国内外的调研，"谆谆劝导"中国别徒劳地搞大飞机了。彼得在报告中不留情面地写道："还没有一个后来者能在与发达国家的巨头挑战中获得成功。科技巨子经过几十年的数据累积和算法进化，怎么可能被赶超？'赶超'时代结束了……投入'赶超'的资源与机会成本非常高，可以用这些（资源）来建设水坝、道路和学校，或用来支持（其他）新兴产业的发展。"

彼得最后说："中国航空工业只能成为西方航空工业的打工仔！"

此文一出，引起业内外轩然大波。

不过，同时做课题的王小强的言论和彼得相左，将航空工业提升到"战略产业"的高度。他说："空中客车二十五年不盈利的经历告诉我们，在战略产业，赚钱盈利是手段，发展出可以不挨打或少挨打的产业能力才是目的。"

一九九九年，顾准的儿子、吴敬琏的学生高梁，在《经济管理文摘》杂志上发表了一篇数万字的宏文《天高云淡，望断南飞雁》。顾准是我国思想家、经济学家、历史学家，历任沪江大学、圣约翰大学教授，在我国计划经济的六七十年代，就提出了社会主义市场经济观点，为新中国成立后市场经济理论第一人。顾准的学生是吴敬琏，高梁又是吴敬琏的学生。一九七四年，顾准在弥留之际，于病榻前对吴敬琏说："中国的神武景气终将到来。"

高梁（国家发改委国有资产研究中心主任、《经济管理文摘》执行主编）尽管不是航空人，但力费数月，经过一番深入实地的调研，从运10的腰斩谈起，系统回顾了我国干线飞机和支线飞机AE100项目落马的事实，深度剖析了中国商用飞机屡战屡败的原因，呼吁决策层以"两弹一星"精神拯救中国的民机产业。

高梁以经济学家的身份谈商用飞机，引发业内外鼎沸。很多年轻一代不晓得运10，一读高梁文章，才晓得中国原来有个运10，八十年代就有了，这么大个飞机，飞进全国十大城市，还七次进藏，怎么突然没了？社会广泛热议，将航空工业内外全裹卷了进来。

高梁并未由此止步。二〇〇〇年六月三日，他以"产业论坛"、《经济管理文摘》联合主办"航空产业研讨会"的形式，在北京东三环路亮马河大厦组织了一个研讨会，规模宏大，近两百人参加。科技部、科工委、军事科学院、中航工业一集团二集团、民航局、国防大学、还有经济界人士,该来的都来了。

会上,三人做了主旨发言。运10末代总师吴兴世做了"继往开来,寻优勇进"的报告,详细介绍了运10的来龙去脉、技术特点、试飞成果,其中的艰难创业史仿佛被故意忽略。在吴兴世的言辞中,运10的成功意味着中国航空工业完成了一次意义重大的攀登,为发展我国大型运输类飞机和技术进步构筑了理想的基础平台,意味着我国已进入了"国际干线飞机俱乐部"(美、欧、俄、中),这笔学费在今天的市场经济条件下也非常昂贵,轻言退出是谁也不甘心的。

上海飞机制造厂厂长刘乾酉作了"辉煌与悲壮"的发言,主要介绍了麦道90项目的始末。刘乾酉谈到,一百五十座的麦道90和麦道82不同,过去麦道82是上飞厂一家单干,麦道90则是中航总组织上飞、西飞、沈飞、成飞四家共同承担,是中国第一次实施国际通行的主制造商—供应商模式;麦道90的机体国产化率达到百分之七十,中方生产的零件数达四万多个;主要责任方在我,美方只提供图纸和原材料,中方负责从零件制造到总装试飞。令人费解的是,连美国都承认"中国人造的飞机质量好",中国人自己却不信,不愿买。

运10副总设计师程不时作了"世界大飞机发展史"的报告。程不时旁征博引,谈了世界干线飞机的发展历程。针对许多人认为的"大飞机是小飞机按尺寸放大而来"的误知,他表示,物理上有平方、立方率,小飞机放不成大飞机,大飞机就是大飞机,大小飞机的设计、制造工艺完全是两码事。程不时说,运10二十年前首飞,它的总体型式选择仍是二十一世纪初世界新开发的型号选用的最优型式,局部技术可以陆续更新;如果简单地放弃,则二十世纪后半叶的航空器大型化的进程中我们将回到零点,相当于不介入。程不时最后说:"美国人认为有三个国家最应该拥有大飞机，一是美国，因为它最富；二是俄罗斯，因为它面积最大；三是中国，因为它人口最多。简单放弃，损失太大，如果下决心重来一个，至少花去十年时间，百亿资金。"

看上去三个话题各说各的，如果串成一条线，就隐含着一个逻辑：中国有了大飞机的设计能力（运10），也做过相应的制造实践；麦道90项目告诉大家，中航工业已经具备当代国际干线机的生产能力；中国的大飞机一入门（八十年代）就快到山腰，现在只是需要一个机会——在大飞机的路上坚定走下去的机会。

时年吴兴世五十五岁，风华正茂；程不时虽已七十，依然衬衣领带，老清华的气度；刘乾酉超现身说法。三人脸上流淌出的那份自信，不服输的脸神，加上运10首飞的录像资料，深深震撼了在场的每一位嘉宾。许多人惊叹不已，原来中国已有这种能力。

会议开了满满一天。会议记录要点刊登在《产业论坛》，社会反响空前强烈。

亮马河会议为大飞机之路的重启点下第一把火，这把火在无数人的心中熊熊燃烧。谁也想不到，亮马河大厦的那把火竟然成为大飞机死灰复燃的原始火种。

煽风

科技部与会代表回去，马上向朱丽兰部长汇报。女部长仿佛听到了远方传来的导火索燃烧的吱吱声，皱着眉头说："也许，航空工业乱槟日久，大飞机已进入混沌期，但这又是个大难题，大马蜂窝，难捅。"她沉吟了一下说："既然论坛上讲的都是实情，亮马河畔点下第一把火，科技部也不能坐视，再添把柴，煽煽风。这样吧，先开个研讨会，请专家们各抒己见。"

朱丽兰，浙江湖州人，一九三五年生于上海，苏联奥德萨大学高分子物理化学专业毕业，直接参与和领导了国家"863计划"、基础研究计划、火炬计划的制定，办事谋定后动，又雷厉风行。

一个月后（二〇〇〇年七月十七日），科技部关于"大型特种飞机发展研讨会"召开，朱部长主持，中航工业、两院、军方的专家四十五人参会。

会前，科技部找到上海工业驻京办，请他们将亮马河会上的三位发言嘉宾吴兴世、刘乾酉、程不时请来，出席科技部的关门会议。与上次会议不同的是，这次会议有学界泰斗、"两弹一星"元勋王大珩院士等人参加。

听说开大飞机研讨会，国务委员兼科委主任宋健也来了。宋健本身也是中科院、工程院双院士，对国产大飞机的事早憋了一肚皮火，在回顾了中国大飞机"三上三下"的历程后，忽然话锋一转，放开讲了一番，说："人不自强，站不直，靠别人是扶不起来的。做大飞机，首先要自信、自强，独立起来，不能靠着别人做，求别人给技术。在大飞机领域，我们被人家甩后到这个程度，航空工业几十年滚打下来，搞成这样，将中国人的脸都丢没了，不觉得难为情吗？"话说到这个这份上，在座的一些代表垂着头，连气都不敢大声喘。

朱丽兰说："在高技术的合作上，必须是珍珠换玛瑙。你没有珍珠，也没有玛瑙，就免开尊口，人家理都不会理你。所谓樽俎折冲，那是需要凭自身实力的。一些战略性、基础性的重大科技项目必须依靠自己，千万不能太天真。"

王大珩原籍苏州，生于日本东京，少年天才，后公派留学英伦，"中国光学之父"、"两弹一星功勋奖章"获得者，是钱学森等科技巨匠后的另一巨人，胸怀闳阔，对未来的信念少有人能出其右，深受学界及国家领导人尊重，是一名具深邃眼光的战略科学家。王大珩曾任中科院科技部主任、国防科工委副主任，他说话从不带稿，具有天然气势。他说："生活中有些东西可有可无，像奢侈品，一辈子没有也能过；有些东西却必须得有，如空气和水。缺了水，最多坚持几天，会渴死；缺了空气，顶多忍几分钟，生命就消失了。大飞机对国家十分重要，短期可以忍一忍，从长远看必须有，不能放弃，除非这个大国不想发展了。科学界要排除干扰，带头给国家建言。"

王大珩够资格不说大话，说直话。上世纪八十年代，美国里根政府推出霸道无比的"星球大战"计划，欧洲也出台"尤里卡"计划。当时中国科技比较落后，许多人看不明白，但"两弹一星"元勋们视界远阔，明白得很，美国人的科技霸权又前推了一大步，如果中国仍在原地踏步，科技实力将被彻底甩开，和美欧成为两类世界。一九八六年三月，王大珩领衔，联络王淦昌、杨嘉墀、陈芳允共四人，给邓小平写报告，建议组织团队，追踪世界最前沿的科技发展，不让中国落后或过分落后。报告由邓小平女婿、中科院科技开发局局长张宏亲手递交。当年十一月，国务院批准了由众多科学家分工完成的《高技术研究发展纲要》，简称"863"计划，用的正是王大珩等四人上呈报告的年月时间代号。"863"计划成为中国继一百五十六项重大项目后，踏上科技新台阶的又一面旗帜。

王大珩讲完，宋健接着说："科技人员要像大珩先生那样，有傲气、傲骨，敢讲真话，敢担责任，供国家决策；科技界如果不讲真话——

可以有不同意见，有争论，上面不了解实情，怎么决策？"

科技部"7·17会议"后，王大珩院士领衔，师昌绪、任新民、陈懋章、高镇同、沈士团、程不时等七位院士及专家代表科技界致信中央，呼吁尽快上马大型飞机。

四十五人关门会议的门没关住，消息传遍四方，也传进近在咫尺的北航人耳中。

北京航空航天大学校长沈士团说："国家开发大飞机是战略课题，北航应有所作为，请人好好琢磨琢磨，讨论个参考意见，看下一步往哪走？"

二〇〇〇年国庆节前的北航会议，规模超过百人，成为北航史上的一次科技盛会。会议的名称注定着会刺激人的神经，富有挑战性："纪念运10首飞二十周年座谈会"。

北航学术底子厚实，又处首都，请的人有科技界也有行政界。"两弹一星"元勋们能来的都来，军方、民航、航空工业、科工委、科技部、两院、高校，该来的都来。空军原副司令员王定烈将军、国务院发展研究中心副主任马宾来了，清华大学两位副校长张维、张光斗来了，"航空四君子"中两人季文美、胡溪涛来了，"航空四老"之一任新民来了，王大珩院士也来了。

北航又找到点燃亮马河第一把火的产业论坛策划人高梁，高梁又找上航工业驻京办，请来亮马河会上三位报告人，也是运10当年见证人吴兴世、程不时、刘乾西等。既然是运10首飞纪念会，自然得请当事人好好谈谈。

北航会议说到底也是论坛性质，不同人说不同话。参会的何志庆清楚地记得，原航空工业部飞机局局长胡溪涛发言时讲了一段话，大意为：运 10 是毛主席、周总理决策的，不是上海地域性的项目，这一点必须反复澄清；其次，大飞机研制不能停，应坚定不移地搞下去。某副校长觉得不妥，私下对何志庆说，大飞机是国家需要，人民需要，不是哪个领导人的需要，领导人可以换，大飞机可不能停。何志庆惊出一身冷汗，顿感自己阅历浅显。事后想想也对，毛泽东和周恩来已故，大飞机还得干下去。

乍瞧见"纪念运 10 首飞二十周年座谈会"这一标题，敏感之人的脑细胞就开始动了。当时，中航旗下的上飞、西飞"饿"得快吃不上饭了，正全力推进东西整合，最好尽快让属于地方企业的上海航空工业破产，东西合一，重新整合成新的中航旗下的跨地区企业。今日北航重提往事，揭旧日伤疤，无疑会给中航工业带来被动。会议开始前，中航总有人将上航工业的党委书记潘继武找去，说："老潘，这不是研讨会纪念会，你们可以不参会不发言，等中航工业内部的改革、整合完成后，再商量其他的。哎，这个改革的成绩是大家的。"

听了这话，潘继武左右为难，将实情告知参会的几个同志。刘乾西觉得事大，原本不想蹚浑水，但说了几句实话。他说："波音采购部的一位高级经理曾对我说，波音不想多培养一位竞争对手，让我们死了这条心。"

潘继武、程不时、吴兴世选择留下来，几人的报告延续了亮马河会议的调子。

北航会议的层次高，来了大批技术和行政精英，尽管各唱各的调，但大飞机的声势又唱高了几层，更多的科学界、行政界重要人物知道了中国大飞机的过去和现状。吵架吵出的也是动静和声势。

香山论剑

十月的香山，红叶初上，层林渐染。王大珩酝酿着开次香山会议，集聚科技精英，再烤一烤大飞机这个烫山芋。

前些天，航空工业部原飞机局局长胡溪涛对上航工业驻京办代表何志庆说，今天带你去见一个重要人物，名叫王大珩，会议上应该见过，但你们不熟。大珩先生想多了解些大飞机的情况，你实事求是汇报就是了。两人去往中关村大珩先生的住处。

他们来到一座筒子楼前停下，胡溪涛指指三楼说，这是王老住所，也就一百来平米，无电梯，老两口和小外孙女住一起，外加一名阿姨，房子显得挤。

见了二人，王大珩指了指自己的眼睛说："我一生研究光，揭示了光学方面的许多秘密，惹怒了上苍，所以老天让我眼睛不好。"说完哈哈大笑。胡溪涛清楚，王老近年眼疾，深度近视，字放得很大才能看清，好在他发言不用带稿，常用口述写文章。何志庆就成了王老在航空方面的助手。

王大珩告诉他们，他计划发起一个香山会议，请各方谈一谈大飞机到底该怎么搞。科技界应该拿出一个参考意见，请行政决策。香山会议与一般会议不同，以基础研究的科学前沿问题与我国重大工程技术领域中的科学问题为主题。

于是，第一百五十九次香山会议于二〇〇一年二月二十五日举行。会议的议题为："二十一世纪的中国航空科学技术发展战略。"具体一点就是：中国的大飞机何去何从？会议没有主席，只有主席团，而主席团的使命是维持秩序，没有裁决权，台上台下一般大，不分级别，没有严格的程序和规范的发言，不是谁职位高权力大说了算，谁都可以讲话，谁都可以发表一通意见。不作正式会议记录，避免了作为"秋后算账"的依据。这使人想到了罗马大会式的海阔天空般民主。因为可以不对自己的话负责，所以有啥说啥，毫无顾忌，哪怕双方针尖麦芒，刺刀见红。最后以多数人的意见为参考结论。香山会议名声浩大，饭店住满了人，"两弹一星"元勋、科工委、发改委、中航工业、民航、军方——跟飞机有关的专家，浩浩荡荡，总共两百多人。

据参加会议的人事后说，香山会议比亮马河会议、北航论坛更甚，是他一生中经历的最开放、交锋最激烈、争吵最残酷的会议。各方有备而来，会议一开始就吹胡子瞪眼，满堂硝烟，势成"决战"，使原本各表的学术观点充满了杀伤力。也是许多参会者一生中最精彩的章节之一。这里不妨先撷取两件小事。

程不时在一次讨论运10的会议中，二十六人参加的情况下，二十四人反对，一票弃权，他自投一票赞成。在那种绝对少数的情况下，他慷慨陈词，独战群儒，自称"一票半"。但此次香山会议开始后，他亮着双眼，张着耳朵，一言不发。头一天辩论会结束后，有人在咖啡厅碰见他，问他为何一言不出？他说平生从未见过如此剑拔弩张、气氛激烈的阵势，紧张得一句话都说不出。

会议次日，应该是王大珩生日。按惯例，大珩生日，会有国家级别的领导人为他庆生。但他对秘书说，今年谢绝所有祝贺，并告诉知情者，别声张生日这件事，怕搅乱了会议。

第二天，斗口、斗法继续。

航空部飞机局前局长胡溪涛发言论大飞机，显得义愤填膺。

中航集团某官员权威地说："谁不想为国为民？谁不想自力更生？

一是上面给钱太少；二是民用大客机技术储备不足，时间积累不够；三是民机跟军机有别，面对的是国际市场，要张开双臂拥抱世界，面对波音空客的严酷竞争，目前根本不是人家对手；四是决策在高层，下面负责，意见不统一，失败了找不到责任者。"

程不时终于忍不住地说："问题出在上面？如果下面报的计划不可行，上面会替你提出一个可行的计划？喷气运输机在二十世纪遇到的是颠覆性挫折。当年研制运10，我国研制过所有重要机型的技术队伍都派人参加了，中间召开过几十次全国性的技术会议，在广泛经验的基础上形成了一支以大型喷气飞机为主要产品对象的研究队伍，所以运10是我国科技界、工业界联合取得的成功，享有无可争议的知识产权，如果在此基础上做承前启后的发展，速度要快得多。运10以后的项目，无一例外地让外国人牵头为中国设计，譬如AE100，反而将自己的科研开发置于附庸地位。现在抱怨当时不是一个声音，但那时的不同意见有没有对错之分？难道不同意见是造成失败的原因吗？"

一位院士发言道："凡事不能意气用事，我看还是应该先打好技术基础，工业生产基础。合理的产品路径为：涡扇支线飞机，大型军用特种飞机，大型军用运输飞机，民用大飞机。"

院士的讲话立马有人附和。

也有人对胡溪涛的讲话耿耿于怀，两天会议吵得天翻地覆，一塌糊涂，分不清谁对谁错，说话夹枪带棒，甚至到了相互谩骂的地步。

国务院经济研究中心资深专家马宾说："既然是科学论坛，我今天就给某些院士提点意见。科学家必须要有理论思维、哲学指导。这次大讨论，有人回避运10，口口声声说B707好，说别因为运10将时代、一些人和地方牵连进去。多少技术创新，鞍钢宪法、'两弹一星'、胰岛素、高产水稻，都是'文革'时期搞的，不能一概否定。运10飞机，聚全国之力，千辛万苦搞出来，很不容易。'文革'问题，千万别感情用事，将激动变成谵妄，要科学、客观、正确地对待。"

前两天的争论，中航工业集团等稍占上风，主要观点为，绝不是不喜欢大飞机，咱们也想搞，但事情得讲策略、讲科学，现在中国不适合搞民用大飞机，即使以后条件符合了，也应先上军用运输机，后改民用；直接上民机，条件不成熟，比如航电、飞控、发动机、材料准备均不充分，走到前面也是断头路。每一位都振振有词，不易被驳倒。

第二天会议结束时，中航工业有人向主席团提出请求：香山会议是科技战略论坛，不能搞成运10的"翻案"会，如果老纠缠过去的运10不放，会议没法往下开了。

主席团只是维持秩序，不设主席，没有谁大。听中航工业这么说，也有道理。按规矩，主席团对所有提出的观点不许反对，应当接受各方提出的合理要求，但倘若运10不能说，相当于大飞机这个话题废了。再争下去，依稀又回到了干支之争、军民之争的老路子。当晚，发起人王大珩压力颇大，碰到上航工业的人说："我是主席团成员，有人提要求，不能不考量，但你们是运10的原生产单位，你们干过的事是可以说的。"

第三天上午，上航工业坚持了自己在亮马河会上的观点，但难掀巨浪，仍分歧严重，形势难以捉摸。如果这样，大飞机事在此僵住，跟王大珩再烧一把火的初衷相反。

当天下午，军事科学院战略一部主任尹斌发言。尹斌貌不惊人语惊人，上来就横开一炮："有人口口声声说军用运输机军队要用，很重要，那你们知道未来的仗怎么打吗？"

未来的仗怎么打？军事科学院有权威。接下来，尹斌侃侃道来未来打仗的路子，历数未来战争所需的空中加油机、预警机、空中指挥机、运输机，统统离不开民用飞机这个大平台。

尹斌深研哲学，讲话喜用辩证法，但他这次绝口不提"辩证"二字，直入主题："大飞机无比重要，军方需要民机平台的现实支撑，我们需要多种干线飞机：预警、指挥、电子战、加油、运兵。没有干线，就没有国防。"尹斌说："航空工业的事，不光是决策有误，而是抛弃了根本法宝。战略产业的目标是单向还是双向（国家安全、经济效益）？现在不是居安思危的问题，而是形势紧张，台海问题、南海问题、南部边界问题等。嘿，有人说一动就没钱，只有一份钱，上了军机，民机就没戏，过去可以勒紧裤腰带，为什么现在不能勒了？"

尹斌的话音未落，场内唏嘘声一片，许多人瞠目结舌。

"现在的经费比'两弹一星'时期好多了，为什么这二十年该上去的没上去？是的，外国人的许多东西是比我们领先，但对外国期望值过高有用吗？当年歼8飞机，请美国人帮忙搞电子装备，不远万里将飞机送去美国，结果两三年也没弄出啥名堂，白白扔进去两亿美元——八十年代的两亿！教训实在太深刻了。"空军原副司令员王定烈抑制不住内心的激动，铿锵地说，"对别人的过多幻想，最终只能成为伤害自己的利刃。如尹斌所说，未来的仗就是这么打的，军机紧要，但民用大飞机也十分重要，离开了民机的产业支持，空军的独角戏是唱不下去的！"

王副司令员一番话，引得军方一批人纷纷站队，支持尹斌一方。几位"两弹一星"元勋、两院院士也再次发表谈话，说军用大飞机重要，民用大飞机也不能废，大运、大客，哪个都回避不了，最好是两个一起上。

歼7总设计师屠基达说:"作为大国,应该有自己的大飞机,二〇三〇年前无论如何要出来。航空工业涉及面广,要有领导有规划,希望中央专门成立领导小组。不能将民机当作政治筹码,本事再大的设计师不可能第一个项目出道就是国际水平。"

清华大学副校长张维是著名力学家,曾参与运10的理论研讨。他说:"这些年,我们与发达国家的航空差距不是缩小,而是扩大了,主要是缺乏长远的总体规划,力量不集中,没有突破口。建议中央成立领导小组,中航工业集团、部队、民航、高校共同参与,一起抓。"

"坚持自主创新,上大飞机,现在这个条件基本具备。"科技部干部局局长金履忠接着说,"航空工业队伍才华横溢,兢兢业业,是优秀的队伍,可爱的队伍,不亚于航天,却受到不公正待遇——飞机上天,人员下岗,许多问题越弄越复杂。建议提'两弹一星一机',这样的高度,才有办法纾解今天的困局。"

"航空工业是战略产业,不能单从经济利益出发,应从提高综合国力的方向来看待。要由战略决定型号,不是型号决定战略。"王大珩说,"政府要支持的是具有战略意义的项目,项目的实施对科技和工业具有牵引作用,须有技术的先进性和工业的可行性。大飞机不能再拖了,军民结合,互补发展,建议政府从体制和机制上采取措施。"

香山会议使原本该亲近民机的和民机疏远了,使本该不那么重视民机的军方和民机贴近了。谁也没料到,尹大校横开一炮,风云突变,第三天下午的会成了变盘会。

三天的会议落下帷幕,达成比较一致的意见:一、大飞机必须搞;二、先上军机还是上民机没能统一,但最好不是"二选一"的答题。

香山会议是科技界最高级别的盛会，按规定，香山会议结束，需要以简报的方式上报中央。这是重大科技方面的会议，是科技界顶尖脑袋的头脑风暴，风暴的结果上报中央，中央将根据结果，综合拍板。

会后，王大珩联系张光斗、张维、杨嘉墀、陈能宽等共七院士，外加程不时，八人联名给中央写了《二十一世纪航空大有作为》呼吁书。

科技界的意见拿出来了，但还是做不了，要有行政界的决策才能做。即使科技智囊的意见也没完全统一，留下了一个先上军机还是民机的活口。

第 22 章 山重水复

目前我国航空工业的两条腿，一粗一细、一长一短，这样下去，一条腿越来越长，一条腿越来越短，就像一个人变成了瘸子，瘸子怎么走路？因为过去的挫折而不为，民机永无出头之路。

香山会议落幕，原以为长夜即尽，来日可期，然而事情远没有那么顺遂，艰难的"家务"论战似乎永无尽头。

难解难分

北航会议、香山会议后，中央政策研究室和科技部达成一致，联合成立"飞机制造业发展战略研究"课题组，组长由科技部副部长（后任部长）徐冠华和中央政策研究室副主任郑新立担任，副组长梅永红、王超平，具体牵头人为金履忠，成员有王大珩、高梁等。

课题组从调研起步。调研组由王超平带队，成员有金履忠、胡溪涛、丁宁宁（国务院发展研究中心）、张炳清（科技部）、程不时、林文郁（中航二集团总设计师）、王兴旺（军科院）、高梁等。

二〇〇一年九月，调研组赴上海、西安、汉中，十一月到国防科工委，民航总局，中航一、二集团，征询各方专家意见。在此期间，中央政研室、科技部领导和上海市政府接洽，希望上海在保存和发挥上飞的制造能力方面发挥作用，得到了上海方面的积极响应。上海市政府副秘书长江上舟具体负责对接，曾专程进京向两部室通报相关情况。同时，中科院、工程院也组织了一个（两院）研究民用大飞机的课题组，组长王大珩，副组长顾诵芬、师昌绪。如此，有两个课题组同时开始工作。一个属于中央政策研究室和科技部，王大珩为成员之一；另一个是两院课题组，王大珩为组长。

二〇〇二年五月的北京，莺飞草长，万物复苏。中央政研室和科技部联合课题组在环境优美的杏林山庄召开结题会。科技部徐冠华部长、政研室郑新立副主任参加。会议邀请两院课题组的顾诵芬等人参加。

听说举办大飞机结题会，刚动过肺部大手术住瑞金医院的上海市政府副秘书长江上舟坚持参加，也想趁机谈谈大飞机的事。他到香山杏林山庄已是晚上十一点，会议早已结束，郑新立还在等他，几人聊至凌晨三点。上航驻京办何志庆一早将江上舟送回上海，因为他是偷偷跑出来的——飞机上还在谈飞机的事。江上舟为改革开放后第一批公派留学的海归博士，夫人吴启迪是他清华大学的同学，先后任同济大学校长、教育部副部长。江上舟任上海市政府副秘书长兼工业党委书记期间，经常去上飞厂、640所调研，也曾去科技部、中航总、科工委呼吁大飞机项目，和王大珩一见如故。作为地方政府的学者，江上舟多次应邀参加民机方面的研讨会。

政研室和科技部的结题会意见基本一致：通过运10、麦道90的实践，已形成一支五千人的科技人员队伍，拥有一批管理技术骨干和领军人物，基本具备了研制一百五十座级飞机的能力；我国经济和国家综合实力已经能够支撑这一项目；一个平台、军民结合、寓军于民；多种负载、系列发展；以我为主，自主创新；突破航空工业力量分散、相互掣肘、有限资源无法合理利用等体制束缚；建议将上海的640所等剥离中航工业一集团,由上海市、中航一二集团等共同出资,成立项目公司,把国产大飞机搞上去,带动上下游产业一大片。鉴于民机要求高,实在走不通,就先上军用特种机,再转化成民机。会上,也有军方、国防科工委、中航集团部分人士发表了不同意见,不赞成先上大飞机,希望采取小步快跑的稳妥策略——从小飞机再到大飞机。

当年九月,中科院、工程院课题组也召开结题会,地点在顺义附近的颐生园。王大珩因故未出席,副组长顾诵芬主持会议。科工委、中航工业、两院代表参加,尤其是航空方面的院士基本到场,也邀请政研室和科技部联合课题组的王超平等人参加。

会议只开一天,最后演变成了军用运输机的论证会。形成比较一致的意见:前事不忘,后事之师,大型飞机从民机入手实在太难,短时期条件不成熟,先放下;集中力量开发军机,军机即使性能差一点,技术实力逊色一些,也不愁买家——军方也能接受,军方独家用户,不存在竞争关系。

会议快结束时,政研室课题组的王超平发言了。王超平为政研室经济局局长、办公厅副主任,说话逻辑严密,滴水不漏。他谈了五个方面的问题,将先军后民的理由进行了逐条剖析,看似没有否定以上观点,但有人听着仿佛又从理论上把"先军后民"的观点连根拔起了。

王超平诚恳地说:"目前我国航空工业的两条腿,一粗一细、一长一短,具体一点,就是军粗民细,军长民短,这样下去,一条腿越来越长,一条腿越来越短,就像一个人变成了瘸子,瘸子怎么走路?再说,军机民机体制不同,市场对象不同,民机要求高、困难多,但困难的事大家都不碰,就会跌入死循环,永远也不会有民机,因为运10、麦道90、AE100的挫折而不为,民机永无出头之路。欧洲、美国都是民机、军机同步发展，两条腿走路。我国是大国体制，遇到困难国家可以帮着一块解决。我可以负责地告诉各位，没有民机，军机的路也走不远。"

王超平长得瘦高，双目炯炯，句句铿锵，余音绕梁。台下二三十名院士、学者纷纷鼓掌。由于掌声过于热烈自发，主持人顾诵芬也鼓起了掌。

顾诵芬左右为难。王超平的话虽句句在理，但结题会还得以大部分人的意见为准，观点不好轻易改变：在只有一份钱、一支队伍的情况下，还是先军后民、先小后大比较稳实。

这类论证会、结题会、研讨会、论坛不知开了多少次，因为不是最终决策性的，也就不停地开。几方僵持不下，势成骑虎。两个课题组继续工作。

大珩写信

二〇〇三年春，依据中共中央建设创新型国家的重大决策，新一届政府面临制订新的中长期科技发展规划，前一份规划将于二〇〇五年到期。为提前筹划，做足功课，温家宝总理上任伊始，即着手开展此项工作。国务院成立重大科技规划专项领导小组，温家宝任组长，下设工作办公室，科技部部长徐冠华兼主任。办公室设在科技部。

大飞机课题组看见了这一机会的光芒闪烁。科技部、政研室课题组最为积极，让具体负责人金履忠找上级宋健，请老领导指点迷津。

国务委员兼科委主任宋健说："最好将大飞机纳入国家重大科技专项（原来的初步规划里没有提及大飞机）。"

宋健一直有大飞机情结，他说最好找找另一位姓宋的老干部宋平。科委干部局局长金履忠、原航空工业部飞机局局长胡溪涛在上级的引荐下，找上了退居二线的原政治局常委宋平。宋平曾任组织部长，人脉广泛，退下后还长期关注国家的科技发展。

宋平对金履忠等人说，现在的领导人难当，一国总理，也不是什么事都办得成的。大飞机这件事盘根错节，有同意的、支持的，但反对意见、中间犹豫派也不是个别，政府、军队内部均有不同意见，暗流明流双双涌动，政府也不能强行决策，目前航空工业的体制就这样，许多院士有想法，但得看本系统领导的眼色……

宋平讲一段，来回踱几步。又说："这事正面强攻怕不成，还得迂回——我看不如请一位德高望重的科技界人士出来说话，最好是给总理写封信，从民间呼应，嗯，找一般院士影响面怕不够，最好是学界泰斗，这个，我看还是找大珩吧，他合适。"

金履忠、胡溪涛领受锦囊而去。在课题组，金履忠曾听郑新立组长说起另外一事。

胡锦涛任总书记前，中央政研室副主任、著名经济学家郑新立陪同出访。在出国的波音747专机上，郑新立汇报手上的工作，其中就有大飞机课题组的事。郑新立借机先把自己批评一通，说："现在欧洲几国，连俄罗斯元首都坐本国造飞机出国，我们这些人太无能，太窝囊，让国家领导人坐着别国的飞机出去访问。"接着，郑新立具体汇报了中国大飞机的坎坷之路，目前课题组的进展，以及遇到的阻难。据郑新立后来回忆，在专机上，他向胡锦涛前后汇报了两个多小时。得到了胡锦涛的肯定。

金履忠将宋平的意见带回，郑新立、徐冠华听后，表示马上去找大珩先生。

见徐冠华、郑新立双双来访，王大珩料定必为大飞机事，但猜不到是请他给温总理写信。大珩先生说："自卑、不自信是我们永恒的敌人，首先要逾越的是心理鸿沟。待从头收拾旧山河，重新干！"

四月十三日，大珩先生写了封信给温家宝总理。（《王大珩：赤子丹心　光耀中华》）王院士思得够多，写得不多——不足两页纸，但陈词恳切，言之凿凿。主要讲大飞机对一个国家是战略重器，承载着全国人民对国家强盛的期盼，已经耽搁太久，不能再耽搁，十分急迫，再不宜拖，希望抓住机遇，尽快启动起来。

温家宝接到大珩先生的信，百感交集。他当中办主任十多年，后任副总理、总理，对国产大飞机的前因后果很清楚。他何尝不知，大飞机不仅对经济发展，而且对国防建设也是不可替代的支撑。大珩先生是他尊敬的老科学家，看问题具有战略眼光。大珩先生既是科技部政研室课题组成员，还是两院课题组组长；在大珩先生担任组长的两院课题组，意见分歧颇大，他或许还是少数派。大珩先生年近九十，虽不是航空出身，仍念念不忘大飞机，赤子之心如初。

温家宝将信细细读了几遍。提起笔，放下，再提起，又放下。怎么批？批给谁？这件事的争议那么大，争了二十年，还没尽头。如果批给某些部委，可能石沉大海，遇到"软绞杀"——人家不是不想搞大飞机，觉得许多条件都不符，办不成，拖着。给科技部吧，又不是工业生产部门。还真难。想当年毛泽东、周恩来从五六十年代就想搞大飞机，也到一九七〇年才启动，最后还搁置下来。现在接力棒交到他们这一届政府手中，什么事都得民主决策。他将手中握紧的笔再次松开，轻轻放下。

北航谈心

"蓟门烟树处,蜿蜒好图画。"五月的北航校园,尽管笼罩着非典疫情的翳霾,仍挡不住盛春的绽放,绿草芳菲,杂树生花。

温家宝总理在疫情期间去北航看望学生,从主楼教室到生活场所,在宽阔的食堂里和师生发生了一次随意的对话。

北京航空航天大学(入选珠峰计划,由当时的清华大学、北洋大学、厦大、川大、重庆大等八所高校的航空系组成)是培养、造就航空人才的主要院校之一。温家宝见境生情,总想说点憋在心里许久的话。在与大家一番寒暄,回答了师生的几个问题后,总理说:"最近我收到了王大珩先生的一封信,他已经是快九十岁的老人了。他信中最惦记的是中国大型飞机的发展问题。我准备给他回信。新中国成立五十多年了,我们能造卫星,能造火箭,能造战斗机,却没有大飞机,不能不说是沉重的遗憾。"

面对着围上来越来越多的师生,温家宝站起身来,感慨地说:"最近,美国人要来,为的是推销他们的波音飞机,过一阵,欧洲人也要来,当然他们对我国友好,但也带着任务——卖空客飞机。现在是非典时期,疫情尚未完全消失,法国总理急着要来,这个时期也来,一个重要目的是推销他们三十架空客飞机。我在想,如果中国也有了自己的大客机,我的腰杆就硬了,跟人谈判,手中就握了更多筹码。"说到这里,他转了一个身:"造大飞机是国家意志,是战略考量,是国家兴旺发达的标志,也有非常直接的科技意义和经济效益。我相信,这个愿望是可以实现的,可是实现起来又是非常艰巨的……我看这副重担就落在在座的同学们身上了。"

温家宝在北航校园和师生交流的非正式谈话，颇像火力侦察。在食堂的几番互动，化作漫天烟花，撒向四面八方。当天，整个航空圈哗然。总理在北航讲话的录音、视频、文字如同冲击波，透过北航师生、校友、校友的校友，透过互联网，迅速传遍神州大地，一般百姓也许不关心，航空界该知悉的都知悉了。总理在北航的谈话，既没有开会，也没有发文，只是和师生们随便聊聊，说了什么，又像没说什么。有人听懂了，有人没听懂，也有人蒙了。

温家宝回到办公室，从信封里抽出王大珩的信，重读一遍。这次，他提起的笔没有再放下，而是作了批示，建议在充分论证的基础上，由科技部会同有关部门在制定科技规划时统筹研究这个问题。他将信批转给了科技部，建议"成立中长期科技发展规划论证办公室"，办公室设在科技部。

这一批示，使得在二○○六年至二○二○年的中长期科技发展规划中，大飞机成了焦点，谁在科技规划里负责大飞机论证，等于将谁架在火上烧烤。原来在中长期科技规划里没有大飞机专项，总理的批示，一下将大飞机推上了风口浪尖。

缓一缓

中航工业更愿将事情办好，看见东边的上航工业（上飞）没饭吃，伸出援助之手，想拉兄弟一把。中航一集团的思路无可指责：上航工业自MD90下马后，背了一屁股债，如果和西飞合并，可以做些西飞军机的配套；还是做航空主业，保留了队伍，再也不用去干游乐场的旋梯、空调之类的民品充饥。由于上飞这边的心理抵制，并了好几回没成功，中航一集团来上海搞整合动员、做宣贯的干部，都是眼泪汪汪回去，东边这些人"黏性"太强——死心塌地要搞大客机！

中航一集团再也不想打马拉松战役，研究决定，将上海的640所和西安的603所合并，成立中航工业第一飞机设计研究院，将上飞厂和西飞厂合并，捏成一个拳头，形成合力。中航的重组方案得到分管副总理的批准。集团总裁、副总裁双双来上海宣贯方案，并将国务院领导的批示悬挂食堂中央。国防科工委副主任张洪飚，航空部前副部长、中航工业前总经理朱育理也亲临现场指导。领导们的几多好意溢于言表，为的是拯救上航工业于水火。

上海市政府还是持保留态度，他们在等一个机会，再上大飞机的机会。

上飞经运10的改制后，已经属于上海市地方企业，上海市的理由是：东西分线经营，西飞干军机，上飞干民机，有利于市场发展。开整合宣贯会那天，上海方面江上舟到会讲话，再次表达了自己的声音，希望上大飞机，上海市政府在大飞机上愿出力出钱，但现在是有力使不上，咱不能干砸锅拆灶的事。

上飞实力不如西飞，说话却像黄浦江的流水一般天然实在：上航工业无意抗争体改方案，更无东西之争的本钱，坚持的观点就是军机民机分线经营；上飞前有运10、麦道90的经历，只想在大飞机上尽绵薄之力；既然已僵持了二十年，现在要进行大飞机的中长期规划论证，不妨再等一等。

国务院认为，东西整合不能简单否定，还是有它积极的一面；对企业间的市场行为，政府应该有所为有所不为。最后同意西飞所（603）和上飞所（640）捏成一个拳头，合并成立中航工业第一飞机设计研究院（一飞院），总部设在西安阎良，在上海设分院。

家访

上航工业驻北京代表何志庆逆行北上。五月中下旬，非典病毒未全散尽，何志庆孤身北去，整个卧铺车厢就他一个人，夕发朝至，早上八点到了北京火车站，仿佛进入了科幻世界。暖阳当头，街上空无一人，只有小狗小猫在耍。

来到中关村，按非典防控要求，也不敢上楼去，请王大珩先生下楼，扶着他，就在公共绿地中散步，边走边说，将上飞、上海市领导的话转达了，能否请王老出面，给总理通个电话，让西飞和上飞重组的事缓一缓，等大飞机项目论证的事有个结论再说；至于上飞几千人的生活，上海市政府宁愿补贴。

王大珩想了想，觉得有理，当即同意。

过了几天，还是这个五月，王大珩偶感风寒，不舒服——也不是啥大病，只是这个岁数是细菌与病毒喜欢攻击的年龄。

五月二十五日，温家宝在徐匡迪陪同下，专程上大珩先生家中探望。(《王大珩：赤子丹心　光耀中华》)

见温家宝来访，王大珩推了推那副深度近视眼镜，说："总理百忙中登门，不敢当。"

"王老是学界翘楚，国之栋梁，我们关心不够。"

两人惺惺相惜，心照不宣。看望病人是真，醉翁之意不在病也是真，只是想互相搀把手，寻个机会说几句心头话。说啥呢？他们共同维系的就是那大钢铁疙瘩。

暖场后，自然谈起写信和打电话的事。王老说："东西各自发展，分线经营咋就那么难呢？目前的形势下，绝不能拆东墙补西墙，拆东补西，还是军民分线、各自发展比较好。"

温家宝说："我们正在研究和制订新世纪的中长期科技发展规划，这个规划包含了许多重大科技研究项目，一定要把科学家们好的建议吸收进来。"这次会见当天见报。

根据总理在王大珩先生信上的批示，国家重大科技发展专项办公室经过认真研究，决定将原本空白的大飞机纳入"论证计划"。

温家宝对北航似乎有特别的情结。

北航的校长李未曾说："为了国产大飞机，北航专门成立了一个高等工程学院，从每年招收的三千名学生中选拔出最优秀的一百人专修航空，还办了大飞机高级进修班。"

李未校长是中科院院士，他所在的北航为国家培养了大批航空航天方面的专才。他比谁都清楚，上世纪五十年代，我国调整院系结构，优化航空资源，新组建了航空（航天）三大院校——北京航空学院、西北工业大学、南京航空学院，加大培养航空人才的力度，后来又建立了更多的航空航天大学以及大学航空学院。许多航空学者立足讲台和实验室，带出了一批又一批的人才，充实到全国的航空航天工业第一线。"航空四君子"中的沈元、季文美、张阿舟，以及陆士嘉、张维夫妇等都是"甘为人梯"的杰出代表。

二〇一〇年五月十三日，北航大宣布，学校校歌正式确定为《仰望星空》。歌词选自温家宝二〇〇七年九月四日发表在《人民日报》上的诗歌《仰望星空》。虽然这首诗并不是总理为北航所写，但北航师生认为这首诗的意境和北航特色非常契合，诗歌一发表，许多师生就出此建议，而且诗歌长短合适，正好作为校歌词训。此前的五月四日，《仰望星空》在学校学术交流厅举行的"冯如杯"学生学术科技作品竞赛二十周年庆典活动中，由北航大学生艺术团首次正式演唱，并配以诗朗诵，受到师生的广泛欢迎。

> 我仰望星空，
> 它是那样寥阔而深邃；
> 那无穷的真理，
> 让我苦苦地求索、追随。
>
> 我仰望星空，
> 它是那样庄严而圣洁；
> 那凛然的正义，
> 让我充满热爱、感到敬畏。
>
> 我仰望星空，
> 它是那样自由而宁静；
> 那博大的胸怀，
> 让我的心灵栖息、依偎。
>
> 我仰望星空，
> 它是那样壮丽而光辉；
> 那永恒的炽热，
> 让我心中燃起希望的烈焰、响起春雷。

第 23 章 柳暗花明

你将以一位独立的专家身份,参与国家重大项目的论证,用你的知识、经验、智慧、道德和良心,为国家和民族负起责任。

按温家宝总理建议，大飞机纳入国家科技发展重大专项进行论证。然而，面对世纪谜题，如何突破围城？

选人

重大专项认证委员会下设办公室（也称重大专项组），办公室主任（专项组长）人选成了重中之重。这个人要有公道缜密的作风，要有创新担当的战略视野，要有赤膊上阵、不畏牺牲的勇气，更要有对国家航空事业的赤胆忠诚。

科技部长徐冠华温文尔雅，慧眼识珠，提议改革后首批海归博士、上海市政府副秘书长江上舟出任重大专项办主任（也称组长）。

江上舟曾公派留学欧洲，毕业后不愿耽搁半天，立马回国，先后担任海南三亚市副市长，上海市工业党委书记、经委主任、市政府副秘书长等职，熟悉经济，重视工业，思维新颖，了解航空。翻开档案，也是位红二代，根正苗红，父亲在延安时期担任白求恩医院院长，新中国成立后任国家卫生部长及福建省委书记，江上舟的夫人是他大学同学，位至教育部副部长。但江上舟身上无丁点红二代的傲气与娇气。

江上舟相貌堂堂，满腹经纶，豪气干云。但徐冠华也有顾虑，江上舟前些年动过胸腔大手术，身体能否扛得住？不料江上舟哈哈大笑，说话声比常人高了八度，豁达地说："听我这声音，上战场冲锋、扛炸药包都没问题！"

最使徐部长动容的，还是江上舟对病患轻描淡写的豁达。

二〇〇一年，江上舟在北京参加一个研讨会，住昆仑饭店。一天，他在电梯对同事说："明天回上海动个手术——肺癌，切一下。不过，我的手机二十四小时开，有事随时打电话，倘若不接，可能在手术台上，哈哈。"他哈哈笑着，听的人却心酸得想哭。

这回江上舟从上海市地方官员变身国务院重大专项论证办公室主任，他没去就深知，这是坐在火山口的一个角色。

重大专项论证办公室在国务院中长期科技规划领导小组领导下工作。论证办成立后，头等大事是选聘专家，组成专家论证委员会。入选的专家由各条块推荐，有战略的、经济的、法律的、财务的，更多的是航空界，航空界还有许多专业——发动机、航电、飞控、气动、性能、总体……来的人代表一方，但不必是一方的代表。也有个别是论证办单独聘请。所有专家经领导小组审核同意方能当选。

委员会主要论证：大飞机要不要干？军机和民机哪个先上？什么样的大型机？以什么模式干？现在干还是将来干等等。论证办驻地为公主坟附近的科技部专家公寓十二楼，离科技部、科委不远。

江上舟主持的论证办（组）对每位专家郑重宣布：不管来自哪一条线，哪个单位，来了以后成为论证委员会的专家，只站在国家角度发言，跟原单位无关，也没有义务和权利向原单位汇报，更不能倾向哪个利益集团；可以独立发表你的意见，每句话都有录音，当场有速记员，每天会议结束，记录员将你的发言送你审阅，不对的可以改动，想不起来可以重听录音，改到本人满意为止。这些经本人签字的原始记录和录音永久存档。

在科技部徐冠华、邓楠的指导，江上舟的具体操持下，遴选论证委专家二十多人，个个都是一方大才，神仙般的人物。

此前，中航工业、科工委、军方各自推荐了组长人选，最后定的是一位校长，李未。但论证办规定，一组之长的地位不过是一位召集人，除此之外，不享有任何特权，跟每位专家委员一样，拥有一人一票权，不能决定什么，也不能否定什么，更不许一言堂。

二十二名专家不一一列举，这里简单介绍几位。

王超平，中央政策研究室经济局长，著名经济学家。他站位高，思路敏捷，是当年"造船大国"发起人。十多年前，王超平等人向中央建言，中国应成为造船大国俱乐部主要成员。经过多方努力，王超平的建言成真，中国跃升为全球第一造船大国。王超平是论证办专家中公认的厉害角色、第一辩才。

吴志攀，北京大学副校长，法律专家。

张军，北京理工大学校长，工程院院士。

唐晓青，北京航空航天大学副校长。

薛德馨，沈飞副总师、总工艺师，后调上海参与运10，随机七进拉萨，后任上海航办主任，筹建上海航空公司。

郑作棣，阎良603所负责人，歼轰7副总师，原航空工业部民机司副司长。

江平，南方航空公司副总经理，最棒的飞行员之一。

高梁，发改委国有资产研究中心主任，宏观经济学家。

韩克岑，年轻专家，西飞603所负责空警2000，干过军机，也做过民机。

王亚军，中航工业制造所副所长，材料专家。

尹斌，军事科学院战略一部主任。

另有民航局规划司李永奇、中航二集团杨燕生、陈少军，空军王湘穗、赵富成，北航邱菀华，哈飞史明泉，材料专家崔德刚，606所张恩和，640所张家顺及李斌等二十二人。下设联络员三名：科技部张炳清、总装备部孙岩、上航工业何志庆。秘书组聘有杨军等四人，均来自北航。

此外，成立论证咨询专家组，吸纳各方大神共一百一十四人。

为防止既当运动员又当裁判员，像胡溪涛、金履忠、张洪飚以及王大珩和顾诵芬等大家，本身是方案提出人，一律不能作为论证方加入。程不时等人，对民用大飞机的倾向性过于明显，也谢绝入列。北航出身的某院士忌惮规矩太严，压力如山，主动"让贤"，让位年轻人。另有国家机关的个别人，一看架势，不能代表单位，只能代表本人，说话办事个人承担责任，报到当口，推说"有恙"，临时滑脚。应到论证专家二十四人，实到二十二人。

游戏规则

江上舟肩头的压力比昆仑山还沉。

宋健带话过来给他："重大专项论证，主要看大飞机，大飞机成了，重大专项就成功了一半，其他专项皆不在话下。"

王大珩、程不时、吴兴世这些主张大飞机但没有进论证委的专家压力也不比江上舟小。王大珩因为提交方案，当然不能作为专家组成员，其他几人也没闯进论证专家委。程不时连连跺脚，多次打电话给何志庆，说："香山会议险些翻车，最后半天侥幸逆转，那是科技界的重要论坛，但这次是行政界的决策论证，而且底牌是明的，几方都晓得，反对的，支持的，中间的，大家心里清楚。这是大飞机成败的最后一战，结果是什么就是什么了。"

与程不时被排除在专家组之外的心情不同，吴兴世有一种被绑上擂台的感觉。这次的阵势比香山会议更糟，上海的640所已并入603所，成了一飞院上海分院。反对搞民机的确实也有他们的道理，"西部"好不容易搞出个运7、神舟，市场欢迎度一般。更有人指责运10是因为没人订货才导致的下马！现在要打纸仗、打材料仗，上海民机阵营，连像样的写材料的队伍都拉不起来，剩下的都是老兵老将，不少是退休或将要退休的人。反观军机阵营，兵强马壮，几十个单位，有组织有策划，这回真是凶多吉少。老兵残将们也就一再地打电话问情况，弄得在北京的人也情绪低落，忧心忡忡，只能说："现在已势成骑虎，下是下不来，是死是活凭运气了。"

江上舟考虑的倒不是上不上大飞机，而是论证结果的科学性。江上舟自当上论证办主任，不时浓眉紧锁。一次，他在办公室对工作人员说："我仔细想过了，这次重大专项论证无非有四种结果：一是通过海量的工作，摸清了情况，给中央出了一个着调的主意；二是摸清了真相，但拿不出合理的办法；三是下了大力气，出了大价钱，弄不清状况，各方面提供的材料堆得比山高，连情况都摸不清，更拿不出好谱儿；四是被人骗了，人家给你一堆假东西假材料，沿着人家的坑，给中央出了个逆天馊主意。"

他喘了口气，凝重地说："如果是第一种情况，我们将来躺进棺材，能闭得上眼睛，但是请别指望会有人记得我们。倘若是第二种或第三种情况呢？我们用自己的行动证明了自己的无能！如果到了最后一种情况，那是对国家的犯罪，即使死一百回，也难以抵消对国家、民族犯下的罪过。"

被他这么一说，大家脸上愁云惨雾，皆垂头不语，有的连晚饭都不想吃。

别人的脸色阴郁下来，江上舟的脸上明朗起来。"也不是哪个人都有能耐坐在火山口的。"他说，"重大专项论证是我们从未干过的事情，方法最重要，方法对了，不一定没问题，但可以少犯错；若方法错了，那结果必然就错了。"

采用什么方法论证，怎么组织论证，前面一片空白，也引发无限遐想。

江上舟对办公室成员说："分头去找，国内没有找国外的，阿波罗登月工程、曼哈顿计划，当时怎么论证的？程序、过程能不能参照？"

何志庆等人马不停蹄地觅找，但找遍图书馆，上网付费查资料，见不到所需的，最多是小说里写的。这些属于国家机密，哪能随便公之于世？能找见的也只有麦肯锡咨询管理方面的资料，基本是简单的工程管理，跟重大专项认证的维度、视角完全不符。前者是一般的管理方案，后者是战略策划。"外国的娃"显然抱不住了，放弃植入思维，唯有自己绮想。

江上舟思维游移，飘忽流转。一次，他说："国外陪审团制度，有一定的科学性，机制也好，能不能借鉴它的方法？人类从农业社会到工业文明的进阶，法院判案的条例也不能涵盖全部，后来大家共同参与仲裁，原告、被告、陪审团'地位'平等，各自陈述，陈述完毕，陪审团商议有没有罪，法官宣布该判几年，怎么罚，或者宣布无罪。大飞机等重大专项论证是咱们从未遇见过的新情况，必须用创新的手段加以突进，如果照此方向，所有方案提出方——不管单位还是个人，跟大飞机相关的所有方案都是平等的，提交到论证委员会，论证委的专家就是陪审团成员。陪审团的组成不能是原告或被告一方的代言人，须站在公正的第三方。不过，论证委和陪审团又有区别，前者属于国家科技战略规划的仲裁，不是一般的刑事案件，应该由综合性的专家组成，有战略的、经济的、科技的、法律的、航空工业、航空运行，不是各条块的代表及利益方。以前有过深刻的教训，国家项目评审，由各方派员参加，代表的是背后的利益方，都是千方百计将自己的方案审上去，少有人真正站在国家、民族的立场说话。如果那样，就是方法错误，方向错误。"

　　按科技部和江上舟的思路，每名专家的入围与入选必须经过严格、公正的审核，组织原则明确要求：以前代表单位，今天到这儿代表个人，跟你的背景毫无关系，你将以一位独立的专家身份，参与国家重大项目的论证，用你的知识、经验、智慧、道德和良心，为国家和民族负起责任。让每位专家明白，这是国家论证，不是单位论证。论证委每次听取汇报或开会，每人都要下自己的结论，记录在案，永久存档。

　　全国航空界的大牌专家，可随时随地向认证委员会提出自己的建议，同时有权要求了解论证的情况。

　　江上舟说："不限时间，让想说话的人说完、说透，真正为国家拿出一个客观公正的建议。"

　　江上舟琢磨出的招数，最大限度地维持了公平与公正，为全国首创。令他始料不到的是，以后的重大专项论证，皆以此为蓝本。

本次论证任务的核心，是对"要不要、能不能上大型民机"给出科学回答，为中央决策提供最后的依据。

一论

论证委专家组名单确定时，一些人士包括两院院士不肯消停，说论证组将他们撤除在外。论证委不断跟上面解释，也跟多方释题：不能自己的方案自己论，这次跟以前不同，泾渭必须分明。提方案人，反映问题者多多益善。有些单位不来，论证办公室还主动去邀请，愿听取所有不同意见，聚沙成塔，集腋成裘。

听取汇报是工作的重点。民航局、中航一二集团、成飞、西飞、中航商飞、军事科学院、总装、空军……站在同一赛道上，一家一家汇报、评判。

民航局由杨国庆副局长汇报。这回跟运10时期沈图当权不同，民航阵势宏伟，携着国航、东航、南航三巨头参会。民航局态度鲜明，欢迎国产机投入中国天空，形成中外共存的繁荣局面，但希望今后入列的国产大飞机没有质量忧虑，达到安全性与经济性的最佳融合。

之前，飞行员出身的国家民航局局长杨元元，专程拜会王大珩院士，代表飞行界，希盼通过学界传话，希望多渠道沟通，及时启动国产大客机。上世纪九十年代后，中国民航进入井喷式增长期，机队规模超常规扩张，飞行员培养跟不上，不得不从国外招聘。进入新世纪后，越来越多的飞行干部、飞行人员对波音空客甚至CRJ、ERJ颇为逆反，希望在喷气机领域有华洋并处、中外机型共存共荣的未来。

各种意见纷纷亮相,尽情挥洒。中航工业集团的文稿无可挑剔,大屏上放着精心制作的PPT,演讲者口齿犀利,洋洋洒洒。总体意思是民机项目应暂时押后,这么多年来中航工业深受其害,上一个失败一个,国家经不起再折腾了,还是由小到大,由军到民的路径稳妥合理,等将来大的军用运输机和小的民机(ARJ21)结合出一个大客机。

台上发言者讲得激动,微微渗汗,台下人听着感动,急忙补充:"目前干线机已被寡头垄断,美国工业并非外强中干,如果我国贸然挺进,大玩家们跟供应商打个招呼,发动机不给,飞控系统不给,这个不给那个封锁,咋整?"

论证委一专家提问:"那我们的大型民机何时才能上马?"

他开玩笑地说:"等大鳄们衰落了,我们就可以上。现在他们太强大,你要上干线机,势必引发正面直接冲突,波音、空客一口气,就能把咱们吹跑了。"

中航总是航空工业的主体,他们表态的"先军后民",基本上等于"不民"。

两院院士的座谈中,有院士说:"凭着科学家的良心,不同意盲目上大型民机。"

观点的另一面也很有观点。陈反对意见者并非坏人,反对者也不希望出不了国产大飞机。他们也需要等待机会。既然永恒之城罗马没有永恒,波音等巨头也不可能永恒。

一天,某军种装备部汇报。演讲者是一位大校,曾留学国外,读的专业是航空发动机。大校的演讲极为精彩,卡时四十五分钟。话分两线:一条线讲欧美航空史,从美国军机到波音707、波音747,发达国家皆是先军后民;第二条谈中国民机主要是大飞机史,几十年走过的弯路证明,搞民机不成,材料问题、动力问题、工艺问题、适航问题,统统不具备。最后他说,军机质量欠一点,价格涨一点,部队能用;民机质量缺一点,适航证拿得到吗?航空公司能买吗?乘客敢坐吗?他论述太严密了,显然未雨绸缪,来之前进行了精心盘算,将各种预案成竹在胸,准备一战定乾坤,一场论战结束战斗,将民机彻底打趴,直至"论死"。

会议室的空气凝固了。大校讲得太全面了,似乎他的结论就是论证委应该接受的结论。专家们面面相觑,无题可问。

王超平干咳两声,打开话筒。面对演讲者的咄咄逼人,王超平显得平静异常。他说:"我十分钦佩大校天才般的演讲,一切似乎无懈可击。不过,你可以将意见说完,大可不必将结论下完。"王超平话锋一转,突然问:"请问大校,你的发言代表贵部?还是代表空军、海军,还是中央军委的意见?"

场面又回到僵持。王超平名字有个"超"字,似有超乎寻常的功力。他轻轻一句问,好似一阵飓风刮过。大校一时语塞,脸刷地从上往下红至脖根。他做了次深呼吸,说:"不不,我哪能代表军委,只代表本系统本部门。"

王超平的一句问,把大校发言的规格和气势降了下来。既然是部门,跟民航、中航集团差不多,代表一家单位的意见,大家可以商量,观点各表,可以再辩论。

部委两个课题组诞生了三个方案,拆成三组汇报。

胡溪涛、金履忠代表中央政研室及科技部联合课题组提交方案并演讲。他们的报告,正好和上面相反,极力主张快上民用大客机。运10、麦道90的经历恰恰证明我国早有设计、制造大飞机的潜能;前两者的失败，正好作为反面的教训，加以总结；目前中国的工业基础、综合国力今非昔比，已经具备上马大飞机的基础；昨天不等于今天，现在不同于过去，过去办不成的事，不代表今天仍然办不成。

两院课题组的意见，走入了二律背反圈子。王大珩的方案与政研室及科技部课题组的结论同流，主张重回大飞机起跑线，时不我待。然而，在两院课题组，王组长成了少数派，三分之二的人赞成"军机优先"派方案，认为大珩先生贵为学界泰斗，并非航空出身，未必是事事精通的全才。如此两院课题组分化出两套方案分头汇报。

原本听取各系统的汇报会场设在国家会计学院，为照顾年迈的大珩先生，他的汇报放在北航校园，为的是离王老近一些。两位副组长远他而去，王大珩孤舟独桨，汇报方案沿袭了写给总理的信。他不带纸笔，陈述四十五分钟，观点清澈，只不过将东西分线、军民分线经营的战略意图发挥得更为清晰翔实。专家们听过，方知王院士年事越高，才学越盛。

第二次回到会计学院，课题组的另一种方案，基本是新瓶装旧酒。赞成先军后民的思路也有理有据，无可指责，得出的结论与大校发言有些相似又有不同。

各条块、各门派的方案在论证委的会场上激烈碰撞。各条块的汇报结束后，地方政府有些什么意见？各省市对大飞机的关注度不一，有的有想法，有的没兴趣，他们不方便来首都，那就首都扑下身去了解。除了征求意见，还有拓展思路。

黑龙江、辽宁排好的日子不宜延。专家组听完情况，一路整理材料。在候机楼、候车室有时没位坐，随便找个角落打开电脑。北航李未校长、北大吴志攀副校长年纪稍轻，经常坐在墙角的地毯上"干活"，不了解的以为他们是打工仔。江上舟拖着肺癌的身子，一年数十次奔波在南北各场子。为赴外地开会，他几次在高烧状况下，每隔两小时服一次药，八小时连服四次退烧药，虚汗浸透衣襟，偷偷去卫生间擦一把后背，为的是瞒住大家。

江上舟咬牙走出病痛，内心不禁回响起这样的声音："大飞机的曙光就在前头，而我或将马革裹尸……"

论证委去陕西，实地考察运8、歼轰7怎么干，趁机了解军机。

体制创新，就去上海。运10、麦道82、麦道90虽然断气，留下的不只是遗憾。

专家们又来到外高桥船厂、上汽集团、宝山钢铁厂。尤其是外高桥船厂，同样是制造企业，最早的船厂停留在手工、半手工之间，跟日本韩国差了十万八千里，现在的中国怎么突然成了造船大国？造船业首先从外高桥船厂突破，新体制新机制，吸收国外一切适合吸收的造船思维和管理手段。

上苍赋予上海特殊的异质，魔都的魔性在这里演绎得淋漓尽致。

宝钢一九七八年从日本引进技术，还被狂野的东方邻居"狠宰"了一把。谈判时明明说的是七十年代先进水平，日本国将设备安装到位，中方请西德专家看过，说顶多是六十年代中期水准。宝钢人咽下苦水往肚里进，憋着气干到现在，成了行业龙头。中国更是高歌猛进，在二〇〇三年成为了全球第一产钢大国。

又去看中外合资的通用汽车，集成电路NEC——当时刚兴起。访问了一家又一家成功企业，请被访单位提建议，出谋略，教他们做事。

邀请奇瑞汽车、长江三峡工程开发总公司、深圳华为、中航商飞（ARJ21项目）等单位，介绍体制机制创新情况。

方案汇报时不同意见方提出的许多问题并非空穴来风，个个沉甸甸，哪一个噩梦成真，皆前景堪忧。适航怎么回事，没有FAA（美国联邦航空局）和EASA（欧洲航空安全局）的适航证，飞得出去吗？国务委员兼教育部长陈至立也来询问此事，出于对国产机的关切。发动机不能国产，还有机载设备，国外断供咋办？飞机造好了，晾在半道，闹成国际笑话。还有最敏感的市场销售，怎么化解？运10、麦道90造好了，却成了悬崖之上的商品，用户不愿买。怎么一步一步走通后面的路？有些事靠调研能得到启迪，有些问题靠调研不管用，需要专题研究，成立专业课题组。

飞机这个庞然大物，技高价贵，不同于白菜萝卜般买卖，不是单纯的售卖，很多为租赁。民机市场又是一个全新的领域，事关航空金融，大飞机市场是金融资本、产业资本、招商人共同完成的过程。江上舟在上海找了两拨人专题研究，称"航空金融"。这是我国第一次开展航空金融研究。论证组将研究成果上报发改委，提议：飞机卖不卖得动，不单单是产业资本，更多的是由招商人完成；中国必须打造一支航空租赁队伍，金融行业应该有一批从事航空服务的专才。发改委深以为然。后来，工商银行迅速与荷兰成立首家合资租赁公司，建行也趁势收购了新加坡的新租赁。我国的航空金融初始兴起。

遥想运10当年，尽管身壮体健，七上拉萨，但至一九八五年实际停飞之日也没领取"出生证"，也就是型号合格证。当时虽然已有CCAR25部，但我国连规范的适航审定队伍都没建立，民航系统的审定机构也是有名无实，没有能力也没有经验对运10进行严密规范的适航审定。航审显得过于专业，连论证的有些专家也一知半解。一方面，觉得飞机造出来就可以售卖；另一方面又觉得适航高不可攀，国产飞机只有取得美国和欧洲的适航证才可以对外销售，才可以飞去国外。

论证组专门请民航局适航专家周凯前来科普，将教科书上适航的内容宣讲，大家从头学。固然，实力决定了FAA和EASA掌控了适航话语权，对发展中国家拦起一道技术壁垒；但适航不是一个国家对另一个国家的恩赐，而是一个主权国家对一款无论是自产还是引进客机必须进行的审定，是国家民航当局代表乘客公众对客机安全性的技术评定。适航审定也是国家综合实力的标志，如果有一天两国签订了双边协议，互认审定结果，中国不一定要取得欧美的适航证，也能将飞机售往国外。

"黄皮白芯"被吐槽最为猛烈，不承认也不行。发动机在自研、开发前，只能依赖买，人家会不会卡脖子，或者关键时刻断供？江上舟和专家组也想知晓答案。为此，江上舟等人历经周折，找到了一位原是波音高管、现已退出波音在中国做生意的人称安德鲁的老人。

安德鲁捋了捋颔下那一排山羊胡子，说："其实，多数中国人对美国不了解或不太了解，美国政府是国民的政府，是民主与法治的政府。波音不过是美国的一家企业，给波音甚至空客做配套的玩家却有成百上千家，八九十年代，你们搞大飞机去找波音、麦道谈合作，那是方向错误。他们是你们的竞争对手，只能是背后的拱火者，怎么会真心诚意帮你们？多一家生产飞机的厂家，等于多一个敌手，多了一个抢饭碗的人，这或许就是当年MD90、AE100屡战屡败的原因了。你们应该去找配套供应商，比如发动机由GE、罗罗、普惠等寡头生产，但市场在波音、空客手中，波音、空客说什么价，基本就什么价了，他们连议价谈判的资格都缺乏——波音、空客不要，卖给谁？如果多一家中国公司出来，对波音、空客是噩梦，但对发动机公司、机载设备商或许是福音，他们多了一个第三方，多了一个客户，多了一个谈判对象。你们造大飞机，所有供应商都会支持，他们生产的东西波音、空客不买，中国人买。"安德鲁说："航空工业发展到今天，有人挑战波音空客是必然的，中国人不出来，别国人也会出来，只不过早一点迟一点而已。"

安德鲁说话喜欢直截了当，他又说："不过，生产民用客机不能和军机混为一谈，军品民品混一块，到了国会，会受到出口管制的限制，这一关过不去，这是美国的法律，不管有没有理，在那摆着。供应商想做生意，但不想惹麻烦；做生意是利益——美国和中国及其他国家的共同利益，总统再傻，也不能断。"

江上舟重重舒出一口气，仿佛移去了压在心头的一块巨石。

论证期间，专家组共听取政府部门、航空工业企业、航空公司、军方、科研院所、高校、合资企业等七十七个单位的汇报；实地考察了四省两市四十八个单位；与四百五十多名专家、企业家、官员进行了座谈交流；整理会议录音一百二十五盘，录像三十盘，会议记录两百一十万字；收到单位和个人提交的各类材料五十余份。其间，向国内三十余个单位的两百三十多人发放了关于发展大型飞机的调查问卷，就发展大飞机的必要性、可行性、发展目标、发展策略等方面的四十三个问题征询意见，收到有效问卷二百一十五份，谜底揭晓——其中96.7%的人支持将大型飞机项目列入国家中长期科技发展规划。

第一次大论证，前后延续了快一年，听汇报、搞调研、做课题。论证委员会基本取得一致意见，最终达成成果统一：上大客机，激活民用航空工业一潭死水；利用新的体制机制，带动整个航空工业体系突破精神和技术围栏；军民分线运行；上不上军用大运由军方定，假如大客、大运一块上，经费列入国家预算。每位专家签字画押，封存入档。

第一次大论证于二〇〇四年六月二十日落下帷幕，论证结果于二〇〇五年七月才上报中央。

王超平幽深地说："团结就是力量——团结好人干好事，团结能人干大事，团结'坏人'不坏事！"至此，航空工业摆脱数十年羁绊，自主研发大客机成为主流。

二〇〇六年一月，全国科技大会上，国家宣布了十六个重大专项，比原来增加了大飞机和绕月工程。往后，凡国家的重大科技专项认证，皆参照大飞机模式。至此，论证组的人才领悟到宋健的深意：大飞机为重大专项的重中之重，大飞机论成功了，整个重大科技规划成功了一半。

二论

针对列入中国科技发展中长期规划的十六个专项，中央决定成熟一项启动一项。同时肯定了论证委的论证思路。要做到科技创新，根本的是理念创新，接着才是体制创新、机制创新、管理创新、技术创新。江上舟深深体悟到，要让专家们成为独立个体，站在国家和民族立场无所顾忌地讲真话、讲实话，不讲假话，是多么的不易。

按照第一次论证的结论，大飞机具有无处安放的需求，应该立即上马，刻不容缓。

二〇〇六年五月，国务院决定成立大型客机方案论证委员会，进行"实施方案论证"，国务院办公厅直接领导，国务院副秘书长陈进玉实际牵头这一工作。第二次论证的专家组成员跟第一次有重合，也有变化。选三位组长，分别由中航工业、科工委、科技部推荐人选，尤其兼顾起始对大客机有不同理解的中航工业等单位。推举结果：李未（北航大校长）、顾诵芬（两院院士）、张彦仲（工程院院士、原中航二集团总裁）为主任委员，均为一方大才。

组员构成，由科工委推荐二十人，科技部推荐二十人，各取前十名，国务院办公厅推荐三人，综合平衡，选定二十人为成员。王超平为两部委双方同时推荐的专家，第二次参加论证，高梁、姜平为重复专家，新增顾诵芬、张彦仲、陈一坚、吴兴世等航空方面的专家。王大珩推说年事已高，主动要求弃会。一人因故未到，共有十九名以航空界为主的委员，参与第二次论证。

二〇〇六年七月十七日，第二次论证会正式启动。曾培炎副总理到会，着重指出大飞机已进入国家科技发展中长期规划重大专项。今后要论证具体落地方案，这是中央的方针。

陈进玉说："为便于科学民主决策，方案论证要在一次论证的基础上，广泛听取各方意见，进一步明确思路，提出较为一致的、操作性强的方案建议，包括大飞机的主要经济指标、研制的技术路线、经费投入及筹措，需要国家支持的政策以及体制机制创新等问题。"

第二次的方案来得具体：多少座级的干线机？公司怎么成立，注册资金多少，多少投资人组成？落户在哪？

相比第一次，第二次论证顺畅得多，半年左右基本完成了实施方案的论证，以十八比一的票决通过了具体的商用飞机发展路径：一百五十至两百座级机型；实行航空工业体制创新，以国家、地方、企业多方投资的方式组建中国商用飞机股份有限公司；摒弃麦道式的国际合作，立足国内自主创新，充分利用对外开放条件，但主要立足国内；将实施中的中航商飞的ARJ21支线机项目纳入中国商飞行列。采用主制造商—供应商的国际通用生产模式。中国商飞主阵地落户上海，承继了运10的血脉。

上海自一八四三年开埠以来，聚中西交汇之气，屡开天下之先。一个良好产业的开端，大都由上海打得开局第一拳，临门一脚成功率最高，因为上海有雄厚的工业基础，全方位的人才优势，背靠长三角乃至长江流域的集群资源，纺织、钢铁、汽车、航天、石化、造船……事关共和国气运的大工业，上海皆是史诗般的开路先锋。

时代为上海标出了良好注释。

二〇〇七年一月十九日，第二次大飞机方案论证圆满收官。论证报告厚厚一沓，上报国务院。

二〇〇七年二月二十六日，温家宝总理主持国务院常务会议，专题听取大飞机专项领导小组关于大型商用飞机专项论证的工作汇报，原则同意经过论证的实施方案。二〇〇八年二月二十九日，国务院第二百一十一次常务会议审议并原则通过了《中国商用飞机有限责任公司组建方案》，在上海注册，注册资金一百九十亿元人民币，法人代表张庆伟。

大飞机方案尘埃落定，中国商飞横空出世。意想不到的是，中央高层已就"大运、大客一起上"达成一致，在同意C919立项时，也同时上马军用大运，以统筹兼顾的方式实现"两全"，一举化解了"干支、军民、东西、中外"等四大矛盾。因为此时，中国的财力、国力已经到了能够支撑军民大飞机同时举步的时代。

第24章 葵花丛中

只要飞机适航取证的画面一出现,她就忍不住哭,旁人提醒她,泣声别太响了,她仍是憋不住。那些日子实在太刻骨铭心了,只有泪水才能倾泻言语无法抵达的情感。

每年的五六月，上飞院的向日葵竞相开放，将大地装扮得五彩斑斓。

这是属于年轻人的世界，八〇后、九〇后、〇〇后如雨骈集，激情、诗情迸发，洋溢着不可复制的美好。即便过了八十岁，置身于这百舸争流的天地，也能忘却年龄。

近些年，我常去张江的上飞院"炉边小话"，去了七八次，几位教授长吁短叹，深感大飞机门槛高，许多东西难以深入，有所犹豫。然而，我不愿中途撤出，固执地坚持为不易的大飞机人写下艰难的文字。可这又是个两难的事儿，许多科室涉密，按波音或空客的说法，事关知识产权，不便冒失，只能将我"沉浸式"的采访简化为对年轻设计师的简陋记录。

这里，抬头望得见漫天星光。

笔记之一：小伙子

二〇一八年八月十七日，第十八号台风"温比亚"在浦东南部登陆，一夜狂风。参加座谈的有四名年轻人。

刘贺，一九九〇年出生于吉林四平，北京理工大学航空工程专业，工作于上飞院一所飞机集成部。

"我们做的类似于孙悟空去西天取经，九九八十一难，难难必过。"他说，"集成太重要了，如果买来一堆零部件能组装成一架飞机，那天下就不会容忍波音、空客仗势欺人了，也不止两家独大了——当然，他们的技术令人尊重，集成部是设计的龙头部，龙头的龙头。飞机的外形怎样？客舱多大？装多少人货？翼展多宽？起落架多高？从需求到定义，从抽象到具体，都是集成部门要张罗的。"

刘贺对采购国外的系统心里没底，发虚，有时对购自外国的部件反而不放心，这也是重要系统国产化的根由。"国产和国产化是有区别的，百分之百国产化没必要，但核心的东西还是要自研。"

陈骐，一九八三年出生，南航大硕士，浙江绍兴人，飞控系统部。

"飞行控制系统就像人的大脑，控制飞机的飞行，包括升降、转向、自动飞行等等。飞控依靠电脑控制，有硬件，也有软件。用于飞控的计算机起码三套，双备份，即使坏了两套，照样飞行。主飞控系统安装在驾驶舱的下面。"

陈骐从事飞控，又将几位教授说得云里雾里，不停地皱眉头。主飞控系统有十九个远程控制电子单元（REU），分别装在方向舵、机翼下方等部位，分别用来控制飞行状态。因为系统采自国外，对交过来的产品需要反复做实验加以验证。木桶理论说明，分系统做得再好，总的系统起不来，照样掉链子。实验当中，不断冒出故障，硬盘（飞控单元装置）那么大的玩意儿，就是摆弄不妥帖。一个多月找问题所在，人人煎熬得快崩溃，老总贺东风天天坐镇现场，很晚也不肯回去，等出了结果才松下口气。请来国内许多专家会商，一块骨头一块骨头往里啃。

上飞院建有一比一的"铁鸟"实验台,上真机前,系统先在铁鸟台上试,遇到断头路,从头来。比如超临界机翼的翼面薄,REU 需要藏在翼内,太难装,反复试,将人员分成日夜两班倒,人累,机器不累,二十四小时连轴试,做成闭环。

工装中常有意想不到的问题。一位名叫吕延平的,三十六小时不肯下飞机,饭也不吃,觉也不睡,老总到场,硬将他拽下去歇息,否则年纪轻轻怕直接累"挂"了。

江航,一九九〇年出生于辽宁铁岭市,大连理工大学计算机力学,分在翼面部,属于结构强度行列。

江航说,强度就是飞机的机体结构抵抗破坏的能力。民用飞机要综合考虑安全性与经济性,从安全而言,当然是"皮肉"越厚实越牢靠,但那样分量太重,经济性不足;大客机要找到结实与省钱之间的平衡。这是一对矛盾,大家都在寻找最佳的这个点,波音、空客找这个点,商飞也在找,谁找得准,谁牛。

"哪个部位的考验最严酷?当然是机翼。2.5 G 静力试验称为极限试验,也就是飞机最大的载荷再加 1.5 倍。老外觉得要求有点高,可以减为 1.5 G,商飞人坚持 2.5 G,宁可牢靠过头,不能留下担忧。强力试验请了欧洲人在现场见证。看过以后,欧洲航空安全局的代表说 OK,以后你们的静力试验,免看。外界有人说,中国飞机只造了壳子,里子(许多部件)是别人的,这是事实。网友们不开心,我们开心。壳子是最要紧的。ARJ、C919 全是商飞人自己设计,自己制造。里子以后也会慢慢跟上。"江航说。

笔记之二：拼命儿郎

二〇一八年九月七日，雨。

今天有三位年轻小伙子接受访谈。

孔子成，一九九〇年出生于湖南，中南大学能源动力专业，美国雪城大学机械宇航硕士，后入职商飞气动能源所。

孔子成所从事的工作，主要是负责客舱内的温度、湿度、气压，舱内的氧气系统以及应急供氧。

飞机上的空调和家用空调不同，不需制冷液循环，直接从发动机引气，达到温度调控和压力调整的效果。飞机升上天空，空中的温度低，而发动机燃烧的热量充足，外面的冷气和发动机的热气流进行交换，通过特定的控制系统将调和的气流送进舱内，里面的乘员在万米高空也能享受到舒适的体感温度和新鲜空气。舱内相当于两千米高度左右的气压也是通过发动机引气来完成的。

孔子成说，防冰防雪也是他们研究的。开始我们狐疑，怎么除冰防冻也成了气动能源的范畴？他说："防冰原理分两种，第一种为热气除冰。将发动机喷发的热气引出，一路至机翼，通过专门设计的笛形管，将大约220℃左右的热气以声速喷射至缝翼等翼面的蒙皮上。这是预先设置的装置，当探测到发生结冰时，开关自动打开，喷出热气除去积冰。ARJ21、C919采用的这类除冰法，事先需要去风洞进行大量实验，模拟结冰条件，尽管实际中碰到的罕之又罕。第二类称为电防冰。在蒙皮里面布一层铜锰合金，当结冰探测器探测到结冰开始，通电加热，融化冰层。"

在谈到川航"5.14"迫降事件时，孔子成说："尽管川航至今未公布具体成因，但我们怀疑是挡风玻璃夹层的电热丝出了问题，正常温度在35℃至42℃之间，当时温控器失效，玻璃承受不起，发生爆裂，导致失压。"

第二位小伙子牛力，比孔子成大两岁，来自塞上江南宁夏，复旦通信工程本科，清华大学微电子硕士。供职上飞院电子集成部，人如其名，也是位拼命三郎。

牛力从事航电系统。凡传输信号的东西，属于微电子领域。飞行人员眼睛看到的导航系统，耳朵听到的通信系统（语音），以及监控系统、自动飞行均属于航电。具体到驾驶舱，出现在驾驶人员面前的显示屏，其中左边两块，右边两块，中间一块，共五块（C919的设置），这类似于汽车的仪表盘。驾驶人员通过面前的屏幕，清晰精准地掌握飞机的速度、高度、姿态、航迹，即时了解发动机参数，告警装置显示情况。

说起手上的活，牛力说："导航系统、空中防相撞装置、近地告警、着陆构型告警、风切变告警……所有的告警都会在驾驶舱的仪表屏上找见自己的位置。另外，维护系统、娱乐系统——电视电影也包括在内。"

牛力专门谈到"黑匣子"——听了令人毛骨悚然的东西。黑匣子往往和事故联想在一起，其实它只是一台记录飞行情况及驾驶舱语音通信的机器——外表橙黄（并非黑色），时间长了会自动将前面的信息抹去，留下新近的。

听行家们介绍，每一行每一块都犹如无底洞穴，悬挂在宇宙深处，暗藏巨大奥妙。

为了大飞机，另一位准备将小命拼掉的年轻人是一九八六年出生的张博。张博的"不羁"在于平时说话少,除了必要的工作语言,几乎不说话,也不发朋友圈,每天七点到班,晚上不知啥时下班,他长年加班,不计报酬,晚上十二点到家,老婆说他还在看资料。他也不想生病,但长此以往,还是得了胃病,良性的,做手术前还专门赶进张江加一个班。开刀了,躺在病床上,他还在交待同事,接下来该做啥。年轻身体过度透支也有垮的时候,打过麻药,人家几小时醒来,他一个星期没完全"醒"过来,也有人说他一个月没醒来——仿佛在补长觉。拼过头,耗散了心力。一旦张开双眼,见自己躺在床上,又开始交待下一步该做啥。这样刻板的日子,算长不长,短也不短。二〇一七年五月五日下午,C919首飞那日,他破天荒发了个朋友圈,也就两个字:"值了。"

张博是设计院二等奖获得者。

"阿娇"支线机去加拿大五大湖结冰试验,高风险科目。张博摩拳擦掌,死活要跟上机,拦不住,终于见证了超过三英寸的结冰,并保持了一段时间。

为了以后有资格跟机,他自费考了个试飞工程师的证,往后能"名正言顺"上飞机了。

张博说:"咱们也许创造不了撒豆成兵的神迹,只能一点一滴往上拱,用量拱成质。"

笔记之三:又一群小伙

二〇一八年九月二十七日,天放晴。

姜逸民,上海人,一九八四年出生,浙大机电工程硕士。在设计院主要负责起落架液压。

姜逸民说，一九〇三年莱特兄弟发明了第一架动力飞机，但飞机没正规的起落架，基本靠滑翔起飞。一九〇六年才有起落架的雏形。早期的飞机，设计后三点式起落架，现在基本为前三点式，后者的优点是稳定性好，有利于刹车，但结构复杂，安装难度高，按飞机大小分为支轮支柱和多轮支柱。液压在起落架上的作用至关重要，最怕起落架收放不下，那是能源丧失。有时飞机冲出跑道，是刹车出了毛病，刹车轮子的活塞停摆了。能源动力缺失，液压失效。

"起落架全球采购，有德国、美国，也有国内的。宝钢300M特种钢的炼成，起落架主材实现了国产化。C919大客机的刹车一半来自国内，一半来自国外，液压系统以国外进口为主。C919前轮没刹车，只负责转向，主轮的每个支轮上又装两轮，每个轮子上有活塞，液压提供动力。除了硬件，液压系统也有软件。"

姜逸民最大的感触是，设计师不能待在房间，要频繁去现场，多上机，前前后后上去次数多了，增加了直观感受，甚至会颠覆原有的想法。长期待在室内，冥思苦想，思路只会打结。

他在ARJ21设计上，遇到个应急手柄拉不起来的问题。这是进口德国的手柄，现场去了几次，将发觉的问题反馈给德方。德国人回馈极慢。后来探究，原来不是他们原产，也是买人家的。在久等无果的情况下，商飞人决定自己摸索，自己做方案，自己加工生产，自己动手试验，后来证明"自摸"的东西比外采的性能优。再后来，供应商就按"商飞的样板"生产了。

另一位是液压总体室副主任常海。我们见面第一句话他就说："有人说我们的设计团队太年轻，都是八〇后、九〇后，其实，我进单位已经十年了。"

"年轻有啥不好？年轻是商飞最宝贵的优长。"我说。

常海的道来更宏观："液压是飞机的能源系统，飞机上的能源有三类：发动机、电力、液压。飞行中，飞控系统指挥飞机左转右转，上下俯仰，起飞降落时起落架收放、刹车，以及平时旅客不容易见到的反推（降落时用来减速），这些动作都需液压来使劲。"

常海说："液压通过管道来实现功能，这类似于人的血管，布满全身。ARJ21全机有八百多处液压管道，C919则达到了一千三百处。飞机在空中或地面，许多系统要'动'，需要压力'拱'上去，液压好比飞机的'肌肉'，提供压力将劲顶上去。飞机的液压系统一般为三套，备份率百分之两百，将保险系数加了又加，为什么？因为是能源系统，需要额外加余度。我们常说的飞机安全指标为10^{-9}，液压系统要求更高，达到10^{-11}。这个数字太抽象，如果打个比方，人活一辈子，每天买六合彩，中五百万大奖的概率为10^{-4}，液压的系数比此提高了3倍。"

国产ARJ21、C919的液压系统，完全采用国际先进标准。按国际民航采用的压力体系，ARJ21、C919的液压压力相当于一平方米的地方承受两百一十吨水的压力。在研的CR929，压力标准和波音787、空客350同类，相当于每平方米承接三百五十吨的压力。这是中国没经历过的体系，流程在建，难度不是一般的复杂。

常海将"别人不会告诉你"的东西落实到位，需要挖空心思去想，没日没夜去试，可能试对，更多的是试错。ARJ21拖进度，C919有些工作未如期收工，都出于类似原因。商用飞机是安全性与经济性的杰出组合，操刀者需要知道怎么设计，如何做得更出色，需要通过反复淬砺方见成效。

仲伟兴,一九八七年出生,哈尔滨人,北航动力装置专业。

他一上来就谈发动机,对国产替代信心满满。他引用运10前副总师程不时老先生的话:"聚全国之力,集全民之智,技术上并不存在无法逾越的障碍,只不过快一点慢一点而已。"

他欣喜地说:"中国既能研发运10的涡扇8(915)发动机,用于C919的长江1000(CJ-1000)也必定能成。中航发研制的长江1000A样机已在浦东临港新片区点火成功——当然点火成功不意味着马上能装机,还得进行长时间的运转试验。长江1000A试验机核心技术的突破,离适航取证已然不远。长江1000A试验成功,长江1000B就可以装上飞机了。"

仲伟兴不愿对长江航发批量列装做出过于乐观的预估,但他希冀的愿景是,GE、罗罗、普惠的产品倾销中国,按国际贸易规则,不远的未来,长江1000型航发也能卖往国外。

笔记之四:红颜

上飞院,有男人,也有女人。

付琳,一位准备将一切交给飞机的女人。

她出生于一九七八年,江西人,学的导弹、兵器发射,跟飞行控制相关。在上飞大院内,她这个年龄已不算顶年轻,被八〇后、九〇后称为"前辈"很寻常。她没顾得上要孩子,按她挂在嘴边的话说:"匈奴未灭,何以家为?"

付琳二〇〇四年入职中航商飞,后改为中国商飞,一字之别,性质大变。正好赶上ARJ21"玩命十年"。项目成立前,男生逃走一批,留下的女性,也能顶起半边天。"我们是被逼上战场的,上来了,就退不下去,也不准备退下去。"她说。

她反复提到"控制律"的概念,控制是灵魂,是大脑,没有这个,飞机只是一台傻大机器,有了它,才有智能。通俗一点,就是飞行员在驾驶舱做的动作,如何传至舵面,从而完成上升下降转向等飞行姿态。对控制律的要求,每年在提高。发动机能买来,但控制律人家不卖,美国对外封锁酷严,主要指软件,连技术咨询都封口。

"我机的气动设计和欧美不同,有些东西能换道超车,有的地方没法一下超越,控制律就难以赶超,只能在后面追。现在的飞行员贼精,会比较,驾驶时经常会问,怎么这样,为什么不那样?核心技术要不来,买不来,只能集全国之智,愚公移山,将凿成希望的'石块'一块一块推上峻峭的悬崖。"她双手上举,说,"千万别松手,塌下来那是要压伤自己的。"

付琳深耕这行,渐入"痴情"状态。忆起ARJ21适航取证的日子,她的表情似乎充满了怀念。

那些年,她一年有三分之二的时间在外地。二〇一三年在阎良,每天只睡两小时,个把月回来一次,调节下情绪。人的身体有极限,长期睡眠几小时,过了极限,生理上的各种不适表现出来,整个二〇一三年全年皆如此。"二〇〇八年十一月二十八日,'阿娇'首飞那天,我们全是笑;二〇一四年取证那天,大家全是哭。哭声中带着多少复杂!终于取成真经了。"

"阿娇"飞侧风,一拨人待在嘉峪关新机场,那是试飞院的军用机场。一连二十多天,没电视,没网。等风,风不来,就是吃饭、睡觉。

"太闲了,从来没这么闲;以前忙,突然这么闲下来,竟然闲傻了,也没人给你透露点什么,吼出去的话不见回声,比如风啥时来?"

连续几天没安排,实在闷毛了,她荒谬地打电话给组织者,闷憋在胸腔的火气突兀喷发,双方吵了一架。"没安排,说一声啊!"其实,他们也不晓得风从哪头来,几时来。吵了架,一股莫名气吐出,平衡了。那几年,反映到身体上,就是睡不着,再累也睡不着,半夜一二点睡,三四点醒来,每一个人都如此。新机场,基本的设施没到位,吃饭得端着碗蹲在地上,风刮过来,沙子飞进碗里,也不觉得脏。但要等到气象要求的大侧风比登天还难。连续去了四年,原先为边关冷月的嘉峪关也没吹来荒凉的风。令人扼腕的是,他们蹲守几年没蹲来大侧风,不得已才去了冰岛。不过,现在嘉峪关机场的条件都上去了。

商飞将取证岁月做成纪录片。只要那时的画面一出现,付琳就忍不住哭,旁人提醒她,泣声别太响了,她仍是憋不住,那些日子实在太刻骨铭心了,只有泪水才能倾泻言语无法抵达的情感。

"阿娇"完成适航取证后的一段时间,付琳并没有胜利的喜悦,倒像变了个人,常感失落,仿佛人活着已无意义,像个老人待在屋檐下,等待生命之光的陨灭。但她很快在C919上找到了新坐标,重新开心起来,人生又有价值的光照了。

李明的名字像男性,但她的确是女性,比付琳小了十岁光景,毕业于上海交通大学固体力学专业,现为复材中心典型结构部梁肋结构室主任。

她为我们讲机翼这回事。在她看来,机翼无比重要,飞机之所以能飞,是因为有翼。

"你们一定会得到属于自己的'金羊毛'。"我说。

"ARJ21、C919上的机翼，百分之百由中国设计。中国产权，世界水平。"她说。

　　这是我们第二次就机翼课题进行采访。李明带着一架飞机的模型，娓娓道来，听得与我同去的几位专家频频颔首。

　　"机翼尤为重要。飞机飞起来产生的升力主要靠翼面来维持，就像鸟儿的翅膀，没有了翅膀，鸟就是地上的爬虫。"李明声音婉柔、吐词清晰，"除了产生升力，机翼为发动机吊装提供接口，安装许多系统，包括飞控、液压、燃油，空调从发动机引接的热气也从这儿出发……"

　　像李明这样青春浓烈的设计人员占了上飞院的主力，他们跻身在各个节点从事着不同的模块设计。接下来，李明用音乐般的嗓音谈到机翼设计的大把业务。首先是概念设计。比如将翼梁设计成"工"字型、"C"字型还是"丁"字型？多少吨级？多少座级？二是初步设计。指最终外形、翼展强度、安装在机上的位置等。三是详细设计。大约需要两年左右。机翼上包含上万个零部件，大至几十米长的地板，细到螺丝，每个部位都要强度试验、结构测试，太强了分量过重，太轻了不够坚固，全要获得数据支持。设计图纸的完成只不过迈出了第一步，将方案拿去西飞厂加工制造，设计师在现场监控，看是不是符合要求。加工工艺难度极高，比如机翼地板是带弯度的，实际由平板材加工出来，用机器打成曲面，再一块一块拼接起来。热胀冷缩，夏天膨胀，冬天收缩，预留空间，弄不好就报废了……

　　李姑娘刚亮嗓十几分钟，就将几位文科教授绕得云遮雾障。李明扑哧一笑，回到通俗中来："机翼的组成无比复杂，许多部位是可以动的。不动的部分叫外翼合断，前面大梁，后面也是大梁，中间隔板，再加两块'皮'，这就是外翼合断。动的部分也不少，前面的叫缝翼，后面的叫襟翼，起飞与降落期间变化尤为明显。起飞时机翼的前面后面都会伸出许多东西，目的是增加机翼的弯度，升力上去；落地时，扰流板打开，阻力增加。飞机在空中，机翼外侧有块短板能晃动，那是副翼，左右是反方向的。最外面的为翼梢小翼。"

她说："机翼的载荷非常大，C919起飞重量七十五吨，而机翼的载荷达到九十五吨，翼梢的变形在三米上下。除去承载，机翼还要考量韧性，加上大载荷时变形；卸去载重，恢复原状，不能断裂了。几十吨燃油也装在翼内，大梁之间用板隔开，装货不成，装油可以，空间利用率高。为了密封，翼上有无数的紧固件。这些技术都是有自主知识产权的。"

李明从结构强度谈到了复合材料。机翼、机身使用大量复合材料。ARJ21的复合材料占2.5%，C919占比很快升至百分之十二以上。复合材料的运用已成为飞机先进性的标志之一。碳纤维材料的厚度只有零点一九毫米，看上去像布匹一样柔软，层层叠加，加热成型后比铝合金更轻、更强固、更长寿命。

李明透过她手上的机翼，似乎在飞机设计的星空里看见了比银河还璀璨的图景。

第 25 章 扬子江口

汤加力被誉为"三清博士",指的是他求学的清华大学为他一气呵成地打造了学士、硕士、博士三个学位,商飞人亲切地送他"三清博士"的雅号。

2018年仲夏的一天,扬子江的波涛急促地翻滚着。位于岸边不远的某飞机强度检测所,正在为C919进行一场机体结构强度大考。和我一起在现场的商飞众多技术权威中,有李强、张迎春、朱林刚、赵峻峰等亮眼的强度专家,他们离"五花大绑"的样机更近。

强度赶考

那天,庞大的机库内,一架C919大飞机被吊挂在空中,受着令人心疼的"酷刑"。

这是商飞公司对C919结构强度的一次赶考,C919身上布置了几百个受力测试点——如同人体做心电图,浑身布满胶布带,胶带内为紧贴机体表面能敏感测出应力、应变的电阻应变片。不过,这不是测试C919心脏的跳跃,而是测试机体"骨骼"在外部不断加载条件下的应变和变形,通过对飞机机头、机身、机翼等各个部位持续加力,模拟飞机能不能承受住起飞、降落以及在空中各种"疾浪"的冲击。随着红色数据的不断变化,一条曲线在大屏幕上跳动——被称为2.5 G静力测试项目,意味着测算飞机在承载相当于本身2.5倍重量时的机体强度可靠性。伴随着外力不断加大,飞机开始出现明显的外部反应:机翼开始向上一点点翘起,当达到2.5倍最大值时,飞机机翼的末梢部分足足上翘了三米!试验证明,C919的机体和骨骼、筋络与实验前的强度分析高度吻合,足以支撑它翱翔蓝天。在场的欧洲航空局官员、中国商飞、中国民航审定中心的几百人见证了这一成果。

"当试验的静力加至2.5 G峰值时,我的手心全是汗,真担心机体的哪一个部位会出现微小的裂缝、扭曲、变形,或者机翼承受不住大弧度的弯曲,会……可是,没有。"商飞上海飞机设计研究院强度部部长李强说。

"全机静力试验就是测试飞机的抗压能力和承力极限,是对全机尤其是每个关键部位及其连接结构分别进行检验。按照适航条例,这些考核既包括飞机的机身、机翼、水平尾翼、吊挂等部段,也包括起落架舱门、机身舱门、各个活动翼面。"结构与强度是飞机的基础,相当于飞机的"骨、筋与皮"。倘若结构强度"走样",飞机的安全性就难以保证。

李强出生于一九七一年。自二〇〇九年起担任大客强度副主任设计师、主任设计师,全程参与C919强度技术开发及管理,先后开展了单发颤振、铝锂合金应用、复合材料应用、系统振荡设限、复合材料鸟击、承载式风挡等技术攻关,组织参与了翼身组合体、全机静力强度、全机疲劳等大型试验。二〇一七年起,担任中国商飞机体设计总师,组织开展了结构强度技术图谱、设计流程、设计规范、设计平台、数据库、方法手册等各类课题的研究。现为C919基本型副总设计师、机体结构集成IPT团队高级项目经理。

在李强看来,结构强度必须考虑飞机在各种环境下遇到的最严酷场景，每一步试验都是一次赶考。在座舱增压（为了维持乘客在万米高空的舒适度，增压设备使得客舱内部大约相当于海拔两千多米的大气环境）试验中，需要模拟0.8个大气压的压差。上海的海拔高度环境大约一个大气压左右，试验必须往机舱里灌输0.8个大气压的空气。可别小瞧这0.8个大气压的差别，它相当于在登机门大小的面积上施放十六吨的重量。

在李强、张迎春、赵峻峰这些强度专家眼里，试验中的飞机就像一个巨大的高压锅，倘若强度不足，有什么部件被压力顶飞出来，就是重大事故，在空中，那是攸关存亡的事件。

在上飞院，李强带领的"强度团队"是个年轻的集体，基本是八〇后、九〇后的天下，这支伴随着国产民机生长而成长起来的团队"长势"良好，由起始的三十多人壮大到当下的三百多人，而C919风险最大的2.5倍重力试验——外界看似应将这个年轻团队"压进深渊"的载荷并未将之压垮，反而成为团队崛起的一个里程碑。

迎春花开

现场试验这天，作为女性的张迎春不只手心是汗，心头也是汗，因为她不光看到了今天的成功，也曾经历过昨天的被"压进深渊"。

二〇〇九年十二月一日，在ARJ21进行全机稳定俯仰2.5 G极限载荷试验中，当载力加至百分之八十七时，龙骨梁后延伸段结构突然损坏，试验遭受重大挫折。她差点当场晕倒。之后不得不付出八个月的时间来改进设计。当时，她在商飞一线担任ARJ21结构强度负责人。

在我面前的张迎春是一位普通中年温柔女性的形象，她表情温和、脸带微笑，留着方便打理的短发，身形不胖不瘦，穿着随意的衣装。

一九七〇年，她出生于四川广安。她曾主持国产喷气支线机ARJ21的强度设计，后担任中国民航适航审定中心结构强度室主任，国产C919型号合格审查组组长，现任民航上海审定中心副主任、总工程师，负责全国民机结构强度、飞机控制系统、电子电器、动力装置等方面审定的工作。

我问她是怎么和飞机捆在了一起，而且这一捆就是几十年？她敛起笑容，眨了眨眼睛说："我和飞机的因缘，源于高中时代。那年我看过一部电影叫《魂系蓝天》，影片中那位女飞机设计师的形象深深扎进了我的内心，唤起了我最纯正美好的职业梦想。女主角透过银幕，为少女时代的我带来了从未见过的风景。在以后的一段时间里，影片中的女主角如影随形，始终在我脑海中萦绕。我暗暗发誓：一定要成为一名飞机设计师，这可能是我将一辈子从事的职业。"

"后来您用行动证明，终于将职业上升为孜孜以求的事业。"我打断她。

"您过誉了。"她笑道，"我没那么崇高，真的分不清职业和事业的那条线。"

好在十七岁的张迎春怀揣着影片中的那个梦，以优良成绩考取了北京航空航天大学飞机设计专业，朝心中的梦想走去。然而，梦想之路坎坷不平。一九九一年，她从北航毕业，分配到上海5703厂，后转至上海飞机设计研究所。她到了上海才明白，自运10梦碎后，研究所极不景气，没有任何型号的飞机设计任务，只有少量的科研项目，比如MD82起落架的改装，MD90起落架部分的偏离处理等。她跟在老师傅后面当下手，干点零星活。许多设计师惶惑无事，只得"不务正业"

去接一些民品活维持生计，也有一些不甘寂寞的优秀人才选择另投他处或出国。这使我想起"君不正臣投别国，父不正子奔他乡"的老话。

张迎春一时深陷精神的泥沼，但她没有张爱玲式的惋叹，也不愿跟浮士德对话，更不打算糟践初心。她擦一把眼角的泪痕，一边工作，一边挑灯夜读，并考上了上海交大的研究生，始终和自己的专业不离不弃。

张迎春没有在山穷水尽的窘境里沉沦，终于迎来了迎春花开的转机。一九九九年二月，我国成立了中航工业第一集团，准备选派一批优秀技术人员去德国参与空客A318的设计与适航取证，为时三年，遴选十二人，可以带家属。领导通知她去面试时，她两耳嗡嗡作响，脑子模糊。当确定事情是真的时，她一大早赶去，在门外足足等了一上午。轮到她进去，空客方的面试官看着她的简历，质疑她经历与经验不足，而她用一口毫不逊色法国面试官的英语坦荡作答："正因为我年轻，才更有学习力和适应力的优势，也能迅速积累起更多的经验。"空客方面经过综合评判后录取了她，她成为同批出国人员中年龄最小的一位。到德国后，她被分配到位于汉堡的结构设计部学习并参与A318的设计。

"外出学习，要怀着谦逊的态度，首先是承认自己的短处和别人的长处。"我说。

她颔首道："在学校的学习主要是打基础，学理论，但真正使一名设计师成熟的，是在学校课堂之外、工作课堂之中的实操，那种经历与研习才是刻骨铭心的。我到汉堡两年半的时间，一张图纸一张图纸绘、一个细节一个细节抠。一方面，我被空客设计与制造融合度超高的专业水准打动，被德国人那种严谨不苟、有条不紊的作风打动，被空客规范、自觉的企业文化浸润。另一方面，我在一线实际的工作中，成功地将自己摆进去，成为了一位设计人。"

她在空客的经历还没来得及画上句号，国内 ARJ21 立项的喧豗号角已经在耳。她抑制不住内心的澎湃，毅然提前结束学习，赶回国内参与项目。在回国的飞机上，她释怀不已：七年前在上飞所无所事事的日子终于一去不返了！她甚至觉得自己的名字起得好：迎春，终于像自己的名字一样迎来了春天。

从回国起始至二〇〇七年底 ARJ21 总装下线，是张迎春青春浓烈的至忙至热时刻。回到上飞院后，她担任飞机结构室（强度）副主任、主任，负责 ARJ21 机头、前机身、平尾、垂尾、吊挂等关键大部件的结构设计。当时，她带领的结构室才三十多人，老的老，少的少，起点低、条件差，工期又紧，工作进程单基本细化到了周和日。她在空客学的知识和体验正好派上用场。运 10"搁置"后，中国已被甩开数十年，难道还要再等几十年？她带头画图、发图，还要和制造方对接。前后五年，天天加班加点，"6+11"是他们的口头禅，周六保证不休息，周日休息不保证，后来又变成了"7+11"，一周干七天，每天十一个小时。开始是上面的强制，几年后渐渐演变成了大家的自觉。为什么？任务摆在那，不加班，怎么出活？她作为结构强度的当家人，自然冲在前面，被鞭打快牛。二〇〇四年，有一阵子她连续三个月没歇过半天，每天忙至晚上十二点下班，有时工作到凌晨一点或两点，永动机般地旋转。

"那些日子，如果用两个字概括，就是'玩命'，只要国产机安全上天，就算把这条老命拼掉也值！"她深情地忆述，"那时的上飞院在龙华机场，一天深夜，我从走廊上经过，看到设计大厅灯火通明，却无一人说话，听到的只有手指触动键盘的清脆嗒嗒声，看到的是灯光下一双双不服输的眼神。我竟忍不住哽咽，流下两行热泪。每想到当年运10中途夭折，那些设计人员四散离去，想到许多前辈一生也没赶上一个完整的民机研制项目，咱们这一代有国产的飞机做，就是累死拼死，心底也是甘甜的！"

她说："幸福是个比较的词汇，在不同时刻的表现形式也不一样。商飞人的加班是幸福的，也不需要多大的金钱刺激，都是自觉自愿。不过，偶尔的'早下班'也满是开心。一次，我在晚上八点半下班了，忽然觉得好幸福，终于可以睡个早觉了。有一年元旦，我咬咬牙给自己放了半天假，匆匆忙忙带儿子上街买衣服，其实跟'抢'差不多，拿上东西赶紧走。那时虽然太苦，太忙碌，但至今想起来很怀念，怀念那些激情似火的岁月。人家可能以为我在讲故事，但我说的是肺腑之言。"

二〇〇七年下半年，"阿娇"迎来总装下线的关键节点，五年的超负荷运转，张迎春的身体不断拉响警报，不是这个地方酸痛就是那个地方别扭，但她硬是不想去住院做检查，好在她负责的结构强度设计终于告一段落。医生说还好，多个部位的不适都是积劳引起，调理一段时间能恢复。

后来，民航上海审定中心成立，主要承担民航运输类飞机的适航审定，国产大飞机C919是审定中心负责的第一个完整的型号审查项目，ARJ21的适航审定的后续工作也同时跟进与实施。初成立的民航审定中心求贤若渴，非常期待有经验的专业人才加盟，终于像猎头公司那样将张迎春"猎"了过去。这使得张迎春从运动员换成了裁判员，也使她能从另一个角度看问题。

张迎春若有所失，又若有所得。干的还是那些活：结构与强度，只不过她肩头的担子更沉了，从单独的一款机转型到对各类飞机的审查，她需要重新去理解适航的宗旨、标准、职责，研究每一条适航条款。

"三清博士"

如果说李强的相貌略显敦厚，那么汤加力则长着一张眉清目秀的脸，更像一名大学教师。

汤加力被誉为"三清博士"，指的是他求学的清华大学为他一气呵成地打造了学士、硕士、博士三个学位，商飞人亲切地送他"三清博士"的雅号。八〇后的汤博士为中国商飞复合材料副总设计师、复合材料中心副主任、专业技术部部长，C919复合材料结构集成团队高级项目经理。二〇一四年被评为商飞十大青年英才，荣获商飞集团科技进步一等奖。他的工作既要维护机体绝对的安全强度，又要通过复材使飞机尽可能地轻——找到矛盾的平衡点，以便载更多的人和货。

十多年来，汤加力一直扎根在结构强度专业一线。自二〇一三年起主持完成了C919中央翼结构发图，并通过工信部关键设计评审；二〇一四年起组织机体结构团队完成大飞机首飞前任务；二〇一八年起带领复材研究团队创建了国内最为全面系统的复合材料设计值与分析方法，并在国内首次建立了完整的民用飞机复材结构适航验证体系。

汤加力是上海向明中学的校友，二〇〇〇年进入清华大学攻读工程力学。按他自己的话说，清华园里的学习难用"紧张"二字形容，身边总有一些如何发力都追不上的超学霸，他只能日复一日地伴随着自习室关闭的音乐结束每一天。等到研究生阶段，他有机会接触到国内外先进制造企业的合作课题，渐渐认识到在工程应用领域国内外的差距，于是，"帮助国内先进制造业赶超国际一流水平"成为了他当时唯一的择业取向。恰逢中国商飞挂牌，他于二〇〇九年博士毕业时，义无反顾地拒绝了像许多同学那样出国，而是选择"南下创业"。

汤加力怀揣着"时不我待"的紧迫和"迫不及待"的兴奋，大步迈进了中国商飞的大门。他生活在大时代，无疑是幸运的。入职不久就深度参与ARJ21支线飞机的2.5 G全尺寸静力试验。不过，当时美国联邦航空局（FAA）正在对ARJ21型号开展影子审查，美方针对这个静力试验提出了疑问："机翼上的试验载荷是垂直地面加载的，这样模拟的载荷是否真实？"

同事们大为惊诧。这个问题从根本上颠覆了国内传统试验载荷设计中的线性假设，需要运用数值方法进行非线性的复杂计算才能作答。

项目进度刻不容缓，而相关的参考资料几乎为零。入职不久的汤加力凭借在清华园打下的扎实数理基础和编程功力，在短短一个月时间里，从工程力学的基本假设出发，重新推导了机翼试验载荷，并编写了专用的计算软件。当他把全新的试验载荷计算方法和结果汇总给FAA审查代表时，得到的答复只有一个词："Great!"

二〇一〇年六月，入职不到一年的汤加力就悄悄打破了国内近五十年的业界传统，使得中国的大型飞机全机静力试验进入了"垂直机翼弦平面加载"时代，一举追平国际一流水准。这个小小成就，也使得他这个"三清博士"迅速崭露头角。

随着ARJ21研制的推进，汤加力开始面对越来越多的技术难题，也就不停地"加力"。在解决机翼某结构裂纹故障时，他创新性地结合了振动测量数据和疲劳分析工程算法，为故障定位提供了高效的计算工具，打开了裂纹故障的"黑匣子"；在进行复合材料结构全尺寸疲劳试验设计时，通过对传统"雨流计数"方法在复合材料结构上的创新应用，把试验周期从一年多缩短到两个月，为国家节省下大量经费。

大同爱跻，祖国以光。三年后，他"加力"成长为一个团队负责人。虽然在清华园里也时常与学长学弟合作完成科研任务，但在企业里率领一支团队完全是新鲜的体验。一方面，需要在业务上做好带头大哥和决策者，在一个个技术难关面前勇敢而智慧地找出正确的前行方向；另一面，作为一个"头"，要组织兄弟们协同作战。

负责C919机翼强度设计时，汤加力和同事们针对每一个细部反复推敲，"斤斤计较"地为节省飞机的每一克重量而工作；负责全机结构项目管理时，他不断借鉴国际先进经验，在团队内部推行高效的管理方法。不管横亘在前的大山多高多险，他在学生时代就立下的"追赶制造业世界一流水平"的目标从未动摇过。

二〇一六年起，他负责C919飞机的复合材料结构研制工作，这在当时是挡在型号面前的一座熊熊"火焰山"。由于国内在这方面的工业相对薄弱，对"正向设计"的认识存在偏颇，多家供应商的产品质量均无法符合预期。他此时要面对的不仅是商飞自身的困难，更是国内航空制造业多年的顽疾。但他和团队坚信"实践出真知"，依据底层逻辑，立足国内实际，借鉴国外经验和模式，不断调整研制方案，每周都标出新问题，每月都有新变化。

"三清博士"天生我材，注定着大有可为。就在反反复复的摸索、碰壁、优化、调整后，经过三年的持续攻关，他和团队先后完成了后机身、尾翼、襟副翼等七万余件许用值试验，形成了数据库；组织开展了七千余件零组件试验，建立了复材门槛值和载荷放大系数确定及验证体系；建立了复合材料和金属混合结构分析与验证方法；完成了复材部段全尺寸静力、疲劳及损伤容限试验，建立了结构完整的适航验证体系，包括试验过渡段设计、载荷谱优化、冲击损伤确定和引入、静力工况筛选、环境因子确定、疲劳试验加速方案、光栅测量技术应用、柔性测量传感器应对……他们终于将C919飞机复合材料结构的成熟度提升到了令人满意的层级。

二〇二一年起，他又有了新的岗位和使命。作为公司复合材料设计副总师，他开始更多地思考未来技术的发展和变革。同年七月，他再一次踏进大梦启航的清华园，在母校接受了一个月的"技术前沿"课程，系统回炉并刷新了对"工业互联网""区块链""大数据""工业机器人""系统工程"等前沿科技的认知。

直面与波音、空客的差距，汤加力的眼光不局限于追与撵，而着眼于总要到来的超与越。他晚上的案头长夜亮着光源，他在默默静思：未来已至，颠覆航空制造业的未来技术是什么？引发新一代革命性变革的技术又有哪些？

他和他的团队讨论最多的话题，无疑是超越五年的。他常念叨一句话："十年后，我们应该在做什么？"

第 26 章 春风化雨

关键核心技术是要不来、买不来、讨不来的。过去四十年中国经济发展是在开放条件下取得的，未来中国经济实现高质量发展也必须在更加开放条件下进行。

中国商飞的精神图腾开启在商飞之前，并在商飞成立后爆发出宏广无比的能量，更浸润着党和国家领导人的殷殷期许。

向日葵

二〇一四年五月，上海飞机研究院里那片向日葵绽放出迷人的光泽，秆叶草绿，花瓣嫩黄，流金溢彩。一张张圆圆的脸盘笑意盈盈，仿佛在等待远道而来的客人，也在迎迓春风的拂照，太阳的光耀——不是所有的花儿都能跟上阳光的步伐，但向日葵能。

五月二十三日，中共中央总书记、国家主席习近平在上海市委书记韩正、市长杨雄陪同下，专程来到位于张江的新落成的中国商飞设计研发中心（新华网二〇一四年五月二十三日报道）看望一线科技人员和干部职工。习近平身着黑色拉链式夹克衫，精神饱满，面含微笑，和蔼可亲。

在现场，听取了简要的汇报后，习近平总书记秉持一贯的深入一线的务实，迈步进入航电实验室和综合试验大厅。在细细察看了航电设备后，他双脚跨上C919大型客机综合试验台，翔实了解飞机的多系统验证能力。一会儿，他登上了大客机展示样机，一头钻进驾驶舱，坐在第一机长位（左位）上仔细询问面前的速度表、高度表、航迹图等有关仪器设备情况。身后陪同登机的商飞党委书记、董事长金壮龙和总经理贺东风、副总经理兼总设计师吴光等不停回答着习总书记的提问。

出得驾驶舱，习近平仍不断地抛出问题，获取答案。当他的身躯穿过客舱时，两次饶有兴趣地在旅客位上坐下来，切身体会当国产大飞机旅客的感受。

从样机下来，习近平看到几位穿天蓝色制服的工作人员，上前和他们一一握手，亲切地问："穿这种制服的都是试飞人员吧？"

站在前排的试飞工程师马菲、凌宁、郭超几乎齐声回答："是的，总书记。"

电子屏上，滚动播放着不久前新型支线机ARJ21途经九个国家环球试飞的视频。这次环球往返，"阿娇"经受住了大侧风、暴风雪、高寒、风切变、冰雪跑道、夜航等严酷条件的考验，尤其在结冰环境最严重的北美，进行了九架次、总长二十七小时十四分的各类自然结冰试飞，全面验证了飞机在自然结冰条件下的安全运行能力。面对视频，习近平凝视片刻，问："环球飞行，转场很多吧？"

"全程总共十八站。"不用试飞中心主任钱进回答，马菲谙熟地说。

"总航程多少？"

"来回三万一千公里。"试飞员们不假思索地回答。

"遇到不少困难吧？"

"总体来说，比较顺利。"

"这架支线机的最大航程多少？"

"三千七百公里。"

"试下来,飞机性能怎么样?"

"从验证试飞看,性能良好,状态稳定。"

大厅内,越来越多的人闻讯赶来。前排的员工眼泛泪光,以能握住习总书记的手而激动不已。后面的员工拼命踮起脚尖,一睹领袖风采。

面对越积越多的人群,习近平眼神奕奕,发表了即兴讲话:"中央十分关心大飞机项目,这两年我也一直关注着商飞的情况,这次能够到商飞来看一看,实地了解研发中心的规模和成就,见到这么多航空领域的专家和工作人员,非常高兴。你们在第一阶段就取得这么显著的成绩,值得钦佩,也向你们表示祝贺!建造大飞机,和实现'两个一百年'目标、实现中国梦的目标是一致的。我们要成为一个强国,就一定要把装备制造业搞上去,一定要把大飞机搞上去,它是整个装备制造业综合实力的体现,对其他工业具有良好的带动作用,也对整体工业能力起到一个标志性作用。中国是世界庞大的飞机市场,每年要花成百上千亿元来买飞机。过去有人说造不如买、买不如租,现在这个逻辑要倒过来,要花更多资金来研发、制造自己的大飞机,最后形成独立的、自主的研发能力和生产能力,并对世界作出贡献。"

大厅里,一面巨大的五星红旗高高悬挂。"长期奋斗、长期攻关、长期吃苦、长期奉献"十六个大字分外醒目。

习近平指出:"中国的飞机制造业走过了一段坎坷、艰难、曲折的历程。实际上,我国大飞机的制造很早就起步了,由于各种原因,七十年代以后它就停下来了,现在是而今迈步从头越。目前商飞这个开局良好,势头很好,方向正确,尽管这条路漫长,也很艰难。希望大家坚定信心,保持耐心,锲而不舍,脚踏实地,努力实现这一伟大目标。"

最后，习近平说："这是中国大飞机万里长征的又一步，我们一定要有雄心壮志，要不停地走下去，这是几代中国人的梦想。我们这样一个大国，肯定会拥有世界先进水平的飞机制造业！"

现场雷鸣般的掌声经久不息，许多新老科技人员满含热泪，整个大厅欢情洋溢。习近平总书记的讲话，为商飞绘就历史起点上的新蓝图提供了基本遵循。

商飞人不畏磨难，不怕路难走，终将收获未来。

当晚的学习领会会上，中国商飞总经理贺东风用"四个坚定"畅谈了自己的领悟体会："坚定发展民机产业，牢固树立中国商飞人的信心；坚定完成'阿娇'新支线机适航取证和交付运营的信心；坚定完成C919大客总装下线的信心；坚定推进未来新型客机项目的信心。"贺东风说："要坚持学以致用，科学谋划，加快推进型号研制和公司发展，着力打造装备制造中国新名片。"

期许

"欲事立，须是心立。"中国商飞成立以来，习近平就发展国产商用飞机先后作过十五次指示或重要批示。很少有一个国家主要领导人像他那样对大飞机有如此深入的理解。

大型客机是最为典型的技术高垒、高附加值的尖端工业产品，事关旅客和财产安全，需要满足严苛的适航审查和商业运营要求，被业界称为"现代工业的皇冠"。大飞机技术高度复杂，市场环境残酷，产业发展艰难，稍有不慎就会跌入死亡陷阱。上世纪四十年代以来，全球共有十五个国家和地区的三十二家主制造商共研制了八十八款喷气式客机，其中五十三款进入市场未能盈亏平衡，黯然走进坟场；二十八家主制造商在砸进大把真金白银后，未能度过痛苦的成长期，最终含血含泪离开民机舞台。前些年，在纽约道琼斯指数中，波音公司一股独大，占到道琼斯工业指数的百分之十点九，而苹果公司只占百分之四点五，微软只有百分之二点八。上世纪七十年代，中国和欧洲空中客车公司几乎同时起步研发大飞机，但惨历运10无疾而终、麦道梦残、国际合作屡战屡败的尴尬，始终没能走完一个完整的研产用的过程，也没能真正形成一个商用飞机产业，更是丧失了学习与追赶垄断寡头技术的宝贵时机。这个苦果对全球第一工业大国和第一客机市场，似乎是难以咽下的。

一九七九年至一九八二年，那是改革开放初期，摸着脚下石头过江河的时期，青年时期的习近平看在眼里，记在心里，在他奔涌的年轻血液中，沉淀了既是一个改革开放的坚定推动者，又是一个自力更生、自主创新践行者的复合基因，这在他以后几十年丰富的履历——陕西、河北、福建、浙江、上海、北京的实践和各类讲话中得到一以贯之的佐证。无论在地方还是中央，他坚定的战略目光穿透了事物本身，始终关注着中国本土工业包括航空工业的伟大中兴。

二〇〇七年，国产商用飞机的喜讯接二连三。中航商飞的ARJ21支线机进入紧锣密鼓的总装环节，下线在即；国务院批准了大型飞机作为国家重大科技专项正式立项，初步同意组建大型商用飞机股份公司，报中央审批，尽速开展相关工作。中央召开政治局常委会，听取国务院大型飞机重大专项领导小组《关于大型飞机重大专项有关情况的汇报》，决定成立大型客机项目筹备组。

二〇〇七年九月二十日，位于沪北大场的上海飞机制造厂总装厂房内，停着一架身涂"绿黄"底漆的ARJ21支线飞机。这一天，这个总装车间被临时布置成了一个会场，将举行ARJ21"百日会战"誓师大会。

新时期的空气流进旧时期的厂房。事隔三十年，当初总装运10的地方，将诞生另一架全新的喷气式客机。

现场誓师大会开始了，时任上海市委书记习近平兴致勃勃地走进厂区。他身着黑色西装，配条深蓝细白花领带，神采奕奕地向全体人员招手致意。面对黄色底漆的新支线机，面对着厂内无数的科技工作者，他百感交集，发表了现场讲话，提出了"笑傲蓝天、展翅飞翔"的期许并强调了"自强自立"和"航空战略"。

二〇〇八年二月二十九日，中央审议通过了《中国商用飞机有限责任公司组建方案》和《航空工业体制改革方案》。我国航空工业体制改革终获重大突破：在运10的诞生地上海组建中国商用飞机有限责任公司，担负起实施大型客机项目的主体责任，统筹大型民用飞机和支线机的发展，实现我国民用客机产业化主载体的使命；将中国航空工业第一集团与第二集团合并，组建中国航空工业集团公司。

二〇〇八年五月十一日，中国商用飞机有限责任公司在上海揭牌，简称中国商飞。七十四位副部以上领导干部参加了典礼，国资委主任李融主持仪式。张德江副总理提出"要坚定信心和决心，克服一切艰难险阻"的要求。

商飞共由七家股东构成：国资委以六十亿元占股百分之三十一点五八；上海市（由国盛代表）出资五十亿元，占百分之二十六点三二；此前，中航一集团出资四十亿元，占百分之二十一点零六；此前，中航二集团、中铝、宝钢、中石化分别出资十亿元，各占百分之五点二六。中航商飞、中航一飞院上海分院（上飞所）、上海航空工业（上飞）整建制并入中国商飞。

中国商飞成立半年后，二〇〇八年十一月二十八日，ARJ21-700型飞机在上海大场机场首飞成功。

二〇〇九年一月六日，中国商飞对外发布，我国自主研发的一百五十座级客机C919项目正式启航。

与中航商飞隶属于中航工业一集团旗下不同，中国商飞作为实施大型客机和支线喷气飞机统筹发展，实现我国民机产业化的主要载体，成为独立于中航工业的企业主体，真正实现了军、民分线经营，是全面深化改革、理念创新、体制创新、机制创新的"新物种"。中国商飞充分利用全国和全球智力与资源，与国内外数十家高校、院所、工程技术单位合作，引入海内外高层次人才，举全国之力，聚国际之智，自主创新引导科技进步，迈开产业带动重大步伐，以大型民机引领相关产业集群化发展。

中国商飞按照"一个总部、六大中心"的布局要求，全面建立"适航管理、供应商管理、专业技术和市场营销"的四大核心能力，建设与发展"预先研究、设计研发、总装制造、客户服务、试验试飞、基础支持、区域支持、产业支持"八大基本能力，实现我国民机制造业三大"零"的突破，创造了许多可复制的经验。

二〇一〇年九月二十六日，当听说中国商飞正在打造"研发设计、总装制造、服务支援"三大平台时，习近平十分高兴，特别强调，未来几年是商飞困难与挑战最集中的时期，除了埋头苦干，寻优勇进，别无他途。

据中国商飞相关领导回忆，常有党和国家领导人莅临视察，了解情况，讲话以鼓励居多，但习近平的讲话似乎更具体，往往一针见血，直击要害，如一盏明灯照亮着商飞人前方的路途。艰难攻关的科技人员，眼中分明看见了远方闪亮的星辰。

九楼的传媒墙

中国商飞总部坐落于浦东世博园B区。与其他所谓的国际视野对接城市空间的室内装饰不同，商飞大楼的内饰组接了现代与科技的完美。令人印象至深的，当数地面灰白色大理石块糙面的一律朝上，既稳重内敛，又彰显卓尔不凡的国际品牌气质。

办公大楼九层通往员工食堂间，有廊腰缦回。A、B楼过渡的"开阔地带"，设有传媒墙数面，上有历届党和国家领导人视察或关怀航空工业的众多图片，弥足珍贵。

商飞人每天走去食堂路上、都会和传媒墙相遇，商飞人成了图片中的领导人的铁粉。商飞人不但善于动手搞科研，也善于理论提炼。习近平"五二三"讲话和关于中国大飞机事业的系列指示精神，是检验航空工业成败的试金石，也是未来高质量发展的根本遵循：

只有自信的国家和民族，才能在通往未来的道路上行稳致远。

自力更生是中华民族自立于世界民族之林的奋斗基点。

自主创新是我们攀登世界科技高峰的必由之路。

关键核心技术是要不来、买不来、讨不来的。

过去四十年中国经济发展是在开放条件下取得的，未来中国经济实现高质量发展也必须在更加开放条件下进行。

有学者将之称为"五项遵循"。没人不佩服杰出领导人的战略视野与天赋异禀，短短数行，道出了过去屡试屡败的根由。商飞人感慨万端，他们的视野变得立体，拉向远方。他们依稀看到：

五千年前，咱们的祖先和古埃及人一起直面洪水；

四千年前，咱们的先人和古巴比伦人一样把玩青铜器；

三千年前，咱们的前辈和希腊人共同思考哲学；

两千年前，中国人和罗马人四处征战；

一千年前，中国人和阿拉伯人一样富有；

现在，咱们不愿，但被逼迫着和美利坚掰手腕。艰难而伟大的道路也不是谁都有资格走的。

绵延五千年的中华文明，一直在世界的棋盘上与人对弈，咱们包容、开放、厚德，也曾经闭关锁国，但这次主动打开大门后，再也不会锁上。

中国商飞的祝桥厂区，分明置放着一架当年遭遗弃的孤零零的运10，它前面的草坪上竖起一座闪亮的火炬雕像，底座上用力镌刻着"永不放弃"四个金灿灿的大字。运10已沉入历史，与此鲜明对比的是，这里，一座座巨大的现代化生产车间已经运转，支线机、大客机，以及将来的宽体机从此启航，飞向五洲四海。

"永不放弃"的背后，是商飞人乃至中国人屹立不倒的精神长城。既然迎战垄断寡头已无可避免，商飞人再也不会被轻易吓退，只有直面残酷，勇敢冲破一切前进中的阻难天堑。

现代工业拼的是科技，但最终精神文化会体现出神奇的价值。

像中国这样一个古老又新兴的东方工业大国，如果事事顺遂，历史不就缺了许多波澜？回顾历史向后看，是为了未来向前去。运10辉映着几代航空人的精神，刺激着他们的心绪；而今，商飞人已离开了真理的荒原，渐渐抚平半个多世纪的皱褶和暗影……然而，商飞人永远不会健忘，光有精神核弹是远远不够的，掌握准确的途径才是打开前进之门的金钥匙。

即便将来有一天，商飞人攀越到了航空制造业的塔顶，也不会闭关，也会和其他国家融合共生，因为中国传统文化的血液里，早已滤除了狭隘民族主义的杂质，自然流淌着全人类共通共荣的液体。

第 27 章

长江尽头

C919在地面观摩人员齐刷刷的目光中，沿浦东机场第四跑道延长线升起高度，飞出去了七十公里。上升至三千米，飞机转弯飞向长江口一线——崇明、启东、南通上空，高度自由。

C919首飞那天，我正好在伦敦。我装模作样地翻着手机，不时接收国内的文字和图片。多少人提着一颗心，而我心底坦定：大飞机的首飞没有悬念。这是基于我对中国科技人员的深度信任与理解。

第四跑道

二〇一七年五月五日下午，民航华东空管局塔台管制室副主任陈卫担任C919首飞指挥员，他手持对讲机，不间断地和商飞指挥中心、商飞移动指挥车联系，也不停地向空军、空管中心总值班、终端、机场指挥处通报情况。

C919在国人的万千瞩目中诞生，也在地球人的万众瞩目下升空。运10丢掉的东西，国人希望通过C919拾起来，这是一个新的回合。首飞当天，全球直播，需要卡准时间。

14:01，陈卫指示浦东机场航班暂停起降，精锐管制员潘毅具体下达"许可起飞"的指令。C919在地面观摩人员齐刷刷的目光中，沿浦东机场第四跑道延长线升起高度，飞出去了七十公里。上升至三千米，飞机转弯飞向长江口一线——崇明、启东、南通上空，高度自由。

事实上，C919自二〇一六年十二月底起已开始试运行，在地面低速滑、中速滑、高速滑。尤其是高速滑行，有发生意外的风险——速度超过一定值，飞机会意外腾空。对于高速滑行，陈卫他们制订了出现意外的预案：滑行时有抬起前轮四秒钟的科目，如果刹不住，飞机直接驭风而起，预先给其留出三十乘六十公里的一块长方形隔离空域，无限高度，所有飞机避让，在外盘旋等待。前后共进行地面低、中、高速滑行十一次，其中两次有抬前轮的高速滑行。除一次刹车系统故障，其他正常。

同年九月二十八日，大飞机第二次试飞。早上七点钟，浦东机场停航，将时间和空间留给C919。还是陈卫任总指挥，潘毅具体下达指令。第二次试飞从机组到地面管制员，都显得坦然，远没四个月前紧张。飞机离地后转入试飞空域，只对浦东机场的航班起降影响了十五分钟。大飞机试航两小时后落地。

陈卫陪着C919在浦东四跑道完成了五次试飞，一百零一号机拿到了转场证，远去西安阎良继续试验。每次试飞，陈卫团队都有保障方案：一是陈卫为现场总指挥；当班管制员专人专岗，不负责其他航班的指挥。二是与商飞、机场协同，消防车、医疗救护车随时等候，以防不测。三是设置地面隔离区，四跑道不能挪作他用，另有一条专用滑行道与之相连，任何飞机不得进入。陈卫团队预想了一切可能出现的"万一"情况，逐一做好应对预案。想"多"了的"万一"并没有出现，C919试飞顺遂。

七〇后机长

C919首飞成功，机长蔡俊、吴鑫、观察员钱进、试飞工程师马菲和张大伟五人组成的首飞机组豁然闯入大众视野。

说来有趣，C919首飞机组的五名成员——左位机长（操作机长）蔡俊，第二机长（右位，副驾位）吴鑫，观察员钱进，试飞工程师马菲、张大伟，他们的出生时序正好分为三个年代：六〇后、七〇后和八〇后，这种"阶梯式年龄"无疑是一种巧合，并非刻意安排。

一般来说，执行C919首飞这样重大的任务机长，理应由一位资历深厚的"元老级"机长担任，但机长蔡俊当时只有四十一岁。我曾两次采访他，也算故友了。他出生于上海，人高马大的外表让人感觉到一种气势，一种力量。他茂密的头发中恰到好处地夹杂着一些灰白发丝，平添了几分成熟和智慧。

"蔡俊成熟沉稳，喜欢超越自我。"工技大的老师这样评价他。确实，他是一个不甘平庸、乐于挑战的人。他于一九九五年考入上海工程技术大学航空运输学院，大二那年，为圆自己的飞行梦改去参加东航在学校的定向招生并被录取，进民航飞行学院学飞。一九九七年首次驾机飞行，驾驶过A320等多种机型。

随着时间的推移，蔡俊觉得工作过于常态与刻板，遂产生了离开原单位去体验"不一样人生"的念想。一些民营航空公司喜出望外，纷纷向他伸来橄榄枝，开出了高昂的薪酬。然而，蔡俊志不在此，婉言谢绝。就在他四处打探、八方寻觅时，一位朋友告诉他，刚成立不久的中国商飞正在招募试飞员，并且神秘兮兮地说："试飞员这种工作难度高，极具挑战性……"什么，挑战性？蔡俊当即被吸引住了。二〇一一年，他毅然来到商飞公司，成为这家大型飞机制造企业的一员。

一年后，蔡俊和吴鑫作为商飞公司的重点培养对象被送往世界一流试飞员学校——美国国家试飞员学院深造。一年的学习生涯很快过去，蔡俊不仅完成了学院的全部学业，获得试飞专业的硕士学位，同时还因其出色的成绩被评为优秀学员。

首飞五人机组，按中外专家公开打分、投票的排名决定。多名试飞员公开赛马的结果，一九七六年出生的蔡俊第一，一九七五年出生的吴鑫第二，分别选为第一、第二机长。另从四十名试飞工程师中筛拔出年轻人马菲和张大伟为首飞工程师。

在酝酿C919首飞机组人选时，曾有过一个规定：每位候选机长都要拟定一份"组阁"名单，即假如自己被任命为机长，你心目中的第二机长（副驾驶）及其他机组人员如何构成？吴鑫与蔡俊都是机长候选人，吴鑫的副驾驶备选人是蔡俊，蔡俊的副驾驶备选人则是吴鑫——两人既是竞争对手，又不约而同将对方视作最佳搭档。知己知彼，遇事不慌。

首飞那次，进驾驶舱后不久，穿上那套鲜艳的橙色救生衣后，蔡俊想不到温暖的手心会冒出冷汗，竟一反常态不停地搓手，还下意识地将手往衣服上摩挲……

但自从坐实机长位，扣下保险带的那一刻起，蔡俊的心立即如止水般平静。"当我拉第一杆的时候，就觉得飞机跟工程模拟机状态非常相近。后面的试验也进行得颇为顺畅，似乎一切都很熟悉。"有关那次首飞，蔡俊的语气显得平静而轻快。

事实情况是，试飞机组做好了最坏的准备，毕竟，一架从未上过天的新飞机，在空中"一切皆有可能"，甚至事先还准备了机组应急撤离通道和人员降落伞。然而，他们压根就没冒出过"离机"的念头——人在机在。

坐在右座（副驾位）的吴鑫，有着与蔡俊同样的情怀，血管里同样流淌着"不安分"的鲜红色液体。

吴鑫出生于山东青岛一个知识分子家庭，母亲是医生，父亲从事司法工作。吴鑫给人的第一印象就是沉稳、睿智，对国内外与航空有关的知识相当熟悉。

中学毕业后，吴鑫就读于中国民航飞行学院，之后来到中国东方航空公司，成为一名年轻的机长。在这里，他认识了蔡俊，从此成为同事与朋友。说来也巧，他俩身上有着诸多相似之处：中学毕业都进了飞行学院；之后都去了东航，成为手艺娴熟的机长；都与同样从事航空业的女性组成家庭……

"在商飞试飞中心，蔡俊和吴鑫是公认的优秀试飞员，他们各有所长，勇于担当，总体业务能力不分上下。"试飞中心主任钱进对他的两位爱将评价甚高，话语中流露出一种由衷的赞赏。

C919首飞时，吴鑫果然成为蔡俊的搭档，并与机组人员一起圆满完成了首飞。之后，根据试飞中心的统筹安排，吴鑫成为第二架C919样机首飞机长，带领机组人员出色地首秀蓝天。

八〇后工程师

试飞工程师马菲来自河南许昌。他自幼就是一个航空航天迷，小时候最爱做的事就是制作各种飞机模型和火箭模型。中学时代，马菲敬佩杨利伟，笔记本上常常画满各种飞机和火箭的图形，想象着有朝一日能像杨利伟那样一飞冲天。高考填报志愿时，他毫不犹豫地选择了以航空航天为特色的西北工业大学，踏上了自己的寻梦之旅。

二〇〇七年马菲从西工大毕业，此时国家正准备启动国产大飞机项目。听说这个消息，他果断决定和大飞机共同生长，并如愿成为中国商飞上海飞机设计研究院的一名设计师。

二〇一〇年，为了提升自己的试飞能力，培养精尖专才，商飞公司决定在企业内部选招试飞工程师赴国外专业机构培训。这对已经从事三年飞机设计工作的马菲来说无疑是振奋内心的消息。"一直坐在办公室，在电脑桌前敲敲打打，总觉得离飞机有点远，还不过瘾。听说试飞工程师是一个可以跟试飞员一起登天的职业，我义无反顾。"为了翱翔蓝天，马菲再次做出人生中的重要选择：参加试飞工程师选拔。

经过严苛的筛选程序，从体检到心理测试，从专业笔试到英语口试，前后经历了三轮的面试，最终马菲从五百多报名者中脱颖而出，成为最幸运的十人之一。

二〇一〇年五月，十名种子选手前往南非试飞员学院，开始了为期一年的集训。在学习和训练强度超常的一年里，来自中国商飞的小伙子们经历了常人难以想象的磨炼：一边是快节奏的理论学习，一边是高强度的飞行训练，几乎每天都在飞行，每周都有考试，每月都需测评……不仅要承受学习上的压力，还要经受疲劳、酷暑、眩晕等生理考验。毕业时，马菲的二十多门理论课和实操课都取得优异成绩。

二〇一一年回国后，马菲立即投入到ARJ21试飞的第一线，继续在型号取证的进程中磨砺。他在距离上海一千多公里的西安阎良（中国试飞院）一待就是三年半，和试飞院的试飞员们肩并肩，陪伴ARJ21飞机完成了一系列高风险、高难度的试飞任务。为了追寻各种极端气象，从寒冷的海拉尔到炎热的长沙，从格尔木的高原到嘉峪关的侧风……中国的太多机场和空域留下了马菲的足迹。为了完成自然结冰试飞科目，他所在的机组于二〇一四年初远赴加拿大温莎机场，在异国他乡展开追云逐冰任务，并创造了"环球飞行"的壮举。

马菲被选为参与C919首飞的试飞工程师。每次跟父母提起首飞，他总是轻描淡写的一句：没啥风险，请放心。可他心里自然明白一款新机型首飞究竟意味着什么。"我们所学的专业就是挑战和控制风险，但要说没有顾虑并不现实。毕竟，如果出现意外最担心的还是父母、妻子和孩子，而我已置之度外。"马菲坦言。

那年五月三日，是他离别家人前往试飞地报到的最后一晚。马菲想对妻子说点什么，交待点什么，最终却并未说出口，只是提了一句："吃完饭，一起出去散散步吧。"然而，两个人在散步时啥也没说，只是静静地相互陪伴着，度过了貌似平淡的一晚。

第二天，马菲收到妻子的一条短信："昨天是我们结婚五周年纪念日，等你完成首飞后再一起庆祝吧。"一如昨晚的"平淡"，却分明蕴涵着不平淡。

马菲在二〇一四年五月二十三日，受到习近平总书记的亲切会见。

试飞工程师张大伟是一个不善言辞却具强大实干能力的人。这位出生于一九八四年、毕业于北航的陕西籍年轻人显得有些腼腆。可是，当我们的话题聊到"试飞"和"首飞"时，他立马亢奋起来，话匣子也一下打开了。

那年，看到商飞公司招考试飞工程师的告示，张大伟不禁怦然心动。"当时，我对试飞工程师这个职业没有清晰概念，但从招考告示中读出了两层含义：一是有更多的飞行机会。我是学航空出身，北航七年的学习让我对飞机有了浓厚的兴趣。二是有出国交流机会，能接触更多新领域新知识，这对我来说也很有吸引力。"于是，他决定参加考试并被录取，又如愿作为商飞公司第一批派往南非试飞员学院的学员出国学习。

在南非的一年里，张大伟确实接触到更多新领域。善于思考、动手能力强的他还根据所学的知识，设计制作了独特的"杆力测量手套"——这一工具，在南非试飞员学院的"纵向动·静稳定性"和"横向动·静稳定性"等试飞科目中得到广泛应用，为来自中国的学员在南非试飞员学院留下一段佳话。

二〇一六年十月，由于张大伟出色的工作表现，被"钦点"为C919首飞机组的一员。"说实话，刚得知自己进入首飞机组名单时，更多的不是喜悦，而是沉甸甸的压力。我知道，这将是一项十分艰巨的任务，会面临很多挑战。"张大伟深知，再多表白也显苍白，唯有变责任为动力，才是最好的选择！他一头扎进了各项高难度的测试中，没日没夜地工作，几乎天天透支着体力与智力。

C919如期首飞成功的当天，张大伟的妻子在朋友圈发了这样一句话："别人看到的是你飞得多高多远，而我关心的是你飞得多苦多累。"这句看似朴实的话对许多人来说或许并不陌生，却让张大伟这个情感丰富而又不善表达的理工男怆然涕下。

六〇后"第三只眼"

C919首秀后，试飞五人机组一路爆红。其中蔡俊、吴鑫二位机长更加突出，媒体上图片也是蔡俊居中。不过，业内人深知，五人机组的"压舱石"却是钱进，他是首飞机组事实上的定海神针，是试飞心中的精神旗幡。

首飞机长和工程师确定后，有四十二年飞行经历的试飞中心主任钱进，自动要求当一名"观察员"，观察兼领航。

钱进握驾杆时，浦东机场满是泥淖和蒹葭，四、五跑道还是一摊海水。

年已甲子的钱进五官端庄，说话中气充足，他说："做试飞员，至少具备几个条件：一是心理素质特好；二是理论功底特扎实，不仅要多样性飞行，还要知道为什么，不能像航线飞行那样，学会飞就满足了；三是特能发现问题，并提出建议。"他连说了三个"特"。

钱进一九六〇年生于安徽，O型血，狮子座，喜欢冒险，一心向前，不甘落后。上高中时"冲进"特种摩托车队，全中学一共才挑三人。十六岁那年从千军万马中奔腾而出，进空军滑翔学校（空军编制）。一九七七年入飞行学院，系统学习了航空电子、机械、航空气象等理论。一九八〇年毕业，留校当了五年教官。一九八五年去北京民航管理局——全国老大，其他地方像上海、广州，还是飞行大队。四十二年来开过十二种机型，尚不包括在美国试飞学校飞过的那些小飞机。前后驾驶过运5、伊尔14、安24、伊尔62（目前朝鲜还在用），飞了十几年的B767，也驾驶过无数次党和国家领导人乘坐的专机，如李瑞环、乔石、朱镕基等。他飞过B747，飞过A340，现在又飞B777。几十年的飞历，遇事无数，亲历过各种复杂情况，飞机超重、发动机故障、起落架放不下，都撞见过。一次，飞机在空中，人遭电击休克，他醒来后骨软筋麻，发现所有仪表无显示，照样正正腰板将飞机开回来。他安全飞行两万多小时，获得飞行铜质奖、银质奖、金质奖等，也是国家功勋飞行员。

这些不只是奖章，而是他的青春，带着热泪和冷汗。

"飞行员遇事多并非坏事，只会越来越稳熟。"他说。

钱进的一生充满了忙碌、惊悚、不懈与奋进。民航体制改革后，钱进在国航多个岗位轮职，后任培训中心总经理，类似于中国最大航空公司的校长。

"一生皆累，飞行累、做事累、做人累，为什么呢？就是追求完美，要求做得最好，所以就累，个性使然。"他长叹一气，"贪多务得，哪有闲时？"

钱进是带着满身疲惫走进商飞大门的——生理和心理的，而这种疲惫到了这儿又成倍叠加。他和吴光辉、陈迎春、陈勇等人一样，自踏进商飞那一刻起，就准备接受时代的严峻撞击。

钱进加盟商飞时已五十三岁。当时他犹豫过：要是年轻十岁，毫不犹豫来了；五十三岁，该考虑退休以后的生活了，但他还是来了。这主要出于一个老飞行员对国产机的渴念。和许多同行一样，飞了一辈子，都是外国造，苏联的、美国的、欧洲的，当然也有自家的，那是运5、运7，就是没有喷气大飞机。上面说了，需要飞过苏联机、欧美机的专家型干部来担任试飞中心的主任。到了商飞，他怀有更多的体悟：运输和制造是两个行业，民机和军机也不是一个概念，试飞员和飞行员更是两条道上的人。

钱进来到商飞，每天八点半上班，不知道几点下班，总有忙不完的事。一天晚上，他问旁边人："这儿几点下班？""五点呀。""现在都九点多了，怎么还不走？"对方说："您不走，咱们怎么走？"他恍然大悟。这里也是有作息时间的！以后注意，尽量班上将事情处理利索，至少别让下面人太迟下班。但在钱进的时钟里，一天二十小时必定不够，三十六小时也够呛，不知四十八小时够不够？

浦江水软，飞机钢硬。当了新成立的试飞中心一把手，发现这儿是"四有四缺"。许多干部有理论无经历，开会讲得头头是道，但不能实操。口号喊得震天响：创一流试飞中心。问他什么算一流？说不出具体道道。只有口号，没有标准。他到任后，提出九个字："打基础，强本领，攻项目。"九个字，三句话，一个整体。

别看试飞中心刚成立六年，在钱进的"打理"下，信息化程度奇高，这是建超一流试飞中心的一大亮点。钱进颇有底气地说："打基础，强本领的工作靠大家，靠团队，一个人，就是神也做不到，我不过是一个掌舵人。ARJ21主要由国家试飞院飞，当时咱们试飞中心还未成立。国家试飞院历史悠久，既试军机也试民机，从无到有，一步一步走到今天。我这儿起步于新时代，起点较高，虽然不易，也要走下去。"

钱进说："运筹在前，从不打无准备之仗。我属于劳碌命，如果明天开会，今天再忙，也要将相关部门人员招拢来做做功课，哪怕是土建方面的事，也力争使自己不说门外话。对我来说，最宝贵的资源是时间，我去国外试飞院学习，人家训练一年，我要求压缩至一个月，因为实在没时间——让最结棍的教员带我飞。一个月下来，感觉和训一年差不多。"

我越来越理解他"一生皆累"的蕴含。

首飞那天，五人披挂齐整。钱进像往常每次飞前那样，拍拍C919第一百零一号机的发动机，动容地说："伙计，给你加饱了油，好好飞。"

钱进目光精邃，似乎又回到了二〇一七年五月五日首飞那一天。让马菲、张大伟两位试飞工程师登机，也是他的首创，国外没有。多一人多一双眼睛，帮试飞员规划科目，帮观察员观察，万一遇上中彩票一样的空中故障，帮着一块解决，有啥不好？

试飞那天，天公不作美，遇见百年一遇的静止锋：冷暖空气在扬子江上空交汇，势均力敌，云来了，赖着不走了。下午，各级领导都已到场，全球直播等着开机，但也不能盲目干。"经过综合研判，我当场拍板，飞！说完这个飞字，我自己感动了自己。"说这话时，他的眼角湿漉漉的。

其实，钱进这段时间累惨了，试飞上午，他还在中山医院输液——急性肠胃炎。输着输着吐了，从输液室走往厕所，在中间的垃圾箱里吐了，几十米距离，呕了三次。此前的一个礼拜，身体一直告警，为不影响首飞，军人出身的他默默地扛着，不让别人知晓。他自进商飞到首飞，几年没休过一天假，别说疗休养，肠胃长息肉更不好意思开口。那天，他拔下吊针就急急赶往浦东机场。

其实，他可以不上飞机，坐镇指挥。他是试飞中心主任，总飞行师，明知首飞有太多不确定性，但他坚持首飞上机。上了机不如自己飞呢，将驾杆子握在自己手里。但他没那样做，还是让年轻人飞，新老承袭，国家和公司是需要"后浪"的。他放心他们的技术，但不放心他们的经验，自己上去等于将经验带了上去——尽管自己是一名观察员。

其实，选首飞员时面临重压，如意外遇到的一道墙，是以请了三名外国专家、两名国内专家综合评分。蔡俊，胆大心细，技术比较全面，操纵好。吴鑫，理论比蔡俊还突出，技术也不错，两边都能飞。的确，在谁左谁右上，反复权衡。吴鑫说，希望蔡俊当机长，自己坐右座。至于马菲与张大伟，在南非培训过，参加过支线机"阿娇"的试飞，有责任有担当、有奉献有情怀。以上四人训练刻苦，天不亮就起身，有时甚至两三点起床。这样的团队，注定着结果是圆满的。

试飞员们对钱进有着十二分的敬重,当然,这种敬重也是对大飞机,爱屋及乌的。

当央视采访首飞机组时,实际为精神压舱石的钱进眼中闪动着泪光,差点说不出话:

"都是年轻人飞的,我只是试飞员的第三只眼。"

第 28 章 关中深处

阎良比不上西安高耸,更不如上海时髦,但自有一种独特的墨彩,一种破土而出的美韵。

关中深处藏着一个阎良，实为秦川之幸，华夏之福。

在航空工业界，阎良如无激情，天下更无惊喜。到了阎良，别再稀罕西雅图。

航空城

二〇二一下半年，我终于来到了魂牵梦绕的阎良。今天的小城，已是高楼林立，梧桐合抱，万千气象，当年那句口边溜："阎良阎良，一片荒凉；远离爹娘，没有婆娘……"在此留不下一丝印痕。

这里的航空元素，是深入骨髓的。旅客随意走在大街上，都会发现"航空一路、航空二路、航空五路"之类的路牌，说不准还和"冯如"（雕像）撞个满怀。我入住的格兰云天大酒店附近，就有"西飞大道""试飞院路"等路标，连宾馆里的小肥皂，也是一架飞机的模型，那栩栩如生的形态让人不舍得使用。

今天的阎良，对视着明天的历史。

中航工业旗下几大罗汉——中国飞行试验研究院（试飞院）、第一飞机设计研究院（一飞院）、西安飞机工业集团（西飞）在此扎下大营，另有后起的中国飞机强度研究所（强度所），四家重量级单位齐聚阎良，撑起关中半片天，每一家都赫赫大名，惊艳一方。阎良为航空工业而生，因航空工业而兴。阎良自古存在，却越活越漂亮。航空工业造就了今日之阎良。

抵达的当天下午，五点五十分光景，在此蹲点了一个多月的商飞新闻中心王脊梁先生神秘地说："走，带你看个景。"我疑惑地问："阎良为关中平原，又是新城，没啥大景呀？"

脊梁是年轻摄影家，"驻节"阎良日久，俨然一副老阎良的口吻："你去就晓得了，不远，出大堂门口拐个弯，几分钟的事。"他拽着我衣袖，我们轻飘飘地来到试飞院路和西飞大道的十字路口，停下。我茫然四顾，若有所失。他却垂头看表，故意卖关子。

"嘀嘀嗒——嗒嘀嘀——"

六时整，阵阵嘹亮雄厚的军号声将我从迷惘中唤醒。从西飞厂、试飞院传出的经扩音器放大的号角声，带着军营的雄韵，唤醒了半个阎良城。

在航空人熟悉到骨子里的号声中，西飞厂正对西飞大道的一号大门洞开，瞬间出现一支神奇的摩托队伍：人人着深藏青制服，戴着头盔，分四五路纵队从大门奔涌而出；一辆接一辆电动小摩托，自发组成浩浩荡荡的车流，将原本空阔的西飞大道刹那填满。后知后觉的我直到此时才发现，西飞大道和试飞院路的"丁"字路口，早有警察扬起右手，喝止所有机动车通行。交通管制十五分钟，为的是集中放西飞厂的近两万、试飞院的六千名中航工作人员下班。阎良城不大，工作区与居地最远不过四五公里，职工上下班无需开汽车，轻便电动车成为最佳交通选择，无意中构成了阎良独特"一景"，也是脊梁先生神秘笑意的背后埋笔。一般人实难想象，同时从一个或两个路口出现穿着同样制服的两万多名摩托骑行者是怎样一幅景象？

最险华山，最美的风景是人。西飞人下班是一道不可不看的风景。

阎良城里的居民大多服务于中航工业，有的直接在西飞厂、试飞院、一飞院等单位上班，有的间接为它们服务，也有的是中航工业的家属。印有"中航工业"的制服大气美观，夏天浅蓝色，冬季深藏青，在这个充满航空情调的小城里，人人为穿上这样的制服而自豪——也不是人人有资格穿这身制服的。在航空文化浓烈的阎良，这样的制服占了多数，就形成了自发的氛围，制服既是工装，又当时装，你走入随意一家餐馆或者路边茶吧，都能瞧见身着制服的"航空人"。

果然，王脊梁指了指路旁一位七十岁左右的修鞋师傅，说："瞧，这位老师傅也穿着中航工业的服饰，不是家里人退下来给他，就是从店里买的。"身为阎良人，骨子里充满着自豪。刚下飞机，当司机载着我开上咸阳机场通往阎良的高速路时，在此行干了三十年的吕师傅别过头瞅了我好几眼，终于憋不住地问："看先生面生得很，不成没来过阎良？"此前，师傅已做过自我介绍，他这个车队专门负责接送来往阎良的各地商飞人，许多人都是认识或眼熟的。我只得说："梦里多回来，初次到阎良。"五十开外的老师傅朝我睨了几眼，含笑无言。

外场试验队

我这次来阎良，的确是迟到的补课，也像赶考——为体验中国商飞的外场试验队。

原本六七月就定下行程，然而疫情像孩童玩的跷跷板，这儿摁下那头翘起，德尔塔、奥密克戎交替登台，这一约就约了数月，就趁上海"带星"但连续几天没浮现本土病例的当儿，飞往西安。不料西安也拉响警报——尽管是偶然的个例，远在雁塔区。这使我匆匆下得飞机，赶紧跳上接站的汽车，绕开西安城，一路狂奔往七十公里外的关中深处。

倘若有人以为只要造出了飞机就能上天，就可以加入航线，那就过于天真了。设计飞机、制造飞机、首飞成功，并不意味着一款飞机能交付客户，尚有成堆的试验，需要长达数年的淬砺与涅槃，这些工作有理论的，也有实验的，有地面的，也有空中的，需要通过真机的反复试验加以验证或优化。

中国商用飞机的外场试验基地有阎良、南昌、东营与敦煌等，阎良为重中之重。大客机C919共六架验证机，其中三架长驻阎良，另有三架轮流在几地验证试飞。外界猜想，一个外场试验队，也就几十号人，为试飞机长、工程师做做配套，跑跑龙套，不料阎良这儿就驻有商飞外场队二三百人。

就在我大惊小怪时，外场队负责人吴建军说："外场队是设计制造的自然延伸。我们几百人常驻不算多，而且几乎每周，甚至每天都有人根据项目进度，往返于上海与西安，以及几大试验基地之间。"他舒了口气说："想当年，波音试新机B787，外场人数超两千，可见外场试验对飞机改进与定型的重要。"

吴建军在ARJ21时期，就带队驻阎良数年，直至交付用户，后回商飞集团担任工会副主席。这次因工作需要，重挂帅印，折返阎良，再次领队负责C919外场试验队的行政管理与党群工作。

中国商飞驻阎良外场试验队，下设七个中队，分别为工程中队、制造中队、客服中队、质量适航中队、项目管理中队、试飞中队及综合事务中队。七个中队涵盖了飞机设计、制造、售后服务等各方面，人员组成也由商飞集团所属的设计院、制造工厂、客服中心、机关等单位的通才或专才构成。除了商飞人，国外供应商如霍尼韦尔等也驻有人马做配套。

我在阎良住下，被这儿的新奇吸引。当我提出准备采访商飞外场队的一些"典型人物"时，吴建军嘴上一梗，又立马挥了挥手说："这儿人人像孺子牛，个个有故事，你需要采访的话，看哪一天哪位有空，逮谁就是谁了。没必要选择，也无需挑选，谁身上都有光，写谁都差不多。"

"这样挺好，像买彩票，买到哪张是哪张了。"我说。

中飞大厦，一栋老式办公楼改成的商住两用房，二层三层作外场工作人员的集中办公场区，四至八层为住所。新闻中心的小伙王脊梁负责帮我觅人。他今天心情超好，原因是昨晚C919之一百零五号机演练紧急撤离，自小孩至八十岁不同年龄段构成的志愿者共二百零二人，坐满客舱和乘务员位，在七十九秒时间内完成了应急撤离，比条款规定的九十秒整整提前十一秒。王脊梁负责的摄像团队成功进行了跟拍。

王脊梁上身前倾，一边从门口往里瞅，一边说："这些人手上永远有忙不完的活，而且随时可能进机场区试验机现场，事先约是约不好的，撞见谁就是谁了。"

外场队少有甘于寂寞之人，他们的每一根汗毛都牵动着航空器。第二天开始，我就"撞上"了好几个人。

刘超，制造中队副中队长，安徽阜阳人，一九八五年出生，毕业于西工大机械制造与自动化，二〇〇九年随 ARJ21 驻外场，在此十一年了，成了老阎良人。刘超所在的中队是人员较多的中队，长驻一百多人，还不包括走马灯似的来来回回的"流动人口"。他们隶属于上海飞机制造厂，飞机造出来后，一百多人奔赴外场进行试验。

制造中队的任务是按设计要求保证飞机的本体（实物）安全，做好日常维养，出现故障第一时间清除。平时在此从事大量文件类的整理、对照，缺漏或没执行的都要迅速反馈给设计方。对试飞科目，根据需要现场改装设备。

谈起不久前初步尝试的自然结冰试验，刘超笑眯眯的。本场试飞自然结冰开展了两次，先是由气象部门预测空中有结冰的气象特征，再派气象飞机（如空中国王 350 型）上去摸查，发现有符合的水气和云层，才让大飞机上去。目前，秦岭上空、汉中以及湖北上空或许有自然结冰的气象机会，如果合适，再也不用远赴五大湖去测试了。在本场第一次结冰测试时，已经达到了 1.25 英寸的厚度。

科目的进行前后，刘超中队要事先对飞机的局部进行改装，比如将机翼的前缘涂成黑色，按英寸或厘米刷上标记，以便结冰时看得见，量得出；加装摄像头，记录结冰的过程。

每一个科目，都有制造中队许多"改造"的事儿。测风速试验，刘超他们需要将原来的襟翼、缝翼拆下，改装为打有测试压力小孔的翼件。试飞完成，再将正常的翼件换回去。

中飞大楼二楼的集中办公区，悬挂着四条条幅，分别是"长期奋斗、长期攻关、长期吃苦、长期奉献"，对所有航空工业人，也包括他们这些"驻外"技术人员。在试验基地，既有 C919 大客机，也有投入航线运行的"阿娇"支线机。假如 C919 从事的是取证试验，

ARJ21则是打造提升商业竞争力的精品工程。

在刘超飞行十一个年头的风霜中,"阿娇"处在不断的优化升级中。原先的驾驶舱是暗舱,夜航不方便,飞行人员需带LED灯上去辅助照明,经过步步改造,这些缺陷逐一消除。原先需要三个成熟的机长才能飞行航班,现在两人足够,降下了航空公司的运营成本。在外场一线的刘超看来,任何一款飞机初出世就天下第一是不现实的,好飞机是试出来、飞出来、改出来的。

像刘超这样年龄的,算中间层,是商飞也是外场队的主力。当然,年龄最大的有超过七十岁的返聘技术人员,也有五十多岁从东北招聘过来的少量技操人员,大量的是他这样的八〇后、九〇后,最小的〇〇后也有了。刘超指了指自己的额头,说他已被人称为"刘前辈"。

殷江疆与刘超同年,但属于工程中队(上飞院驻外的设计方),西工大毕业,现在是大客机一百零三架试验机的副"架机长"。他一上来就自我介绍:"江苏人,新疆出生,现在又'流浪'在阎良。"说得大家大笑。

殷江疆自己不笑。他说,C919六架验证机,每架机试验的科目不同。一百零一架机主要是平台研发,一百零二架机测试发动机,一百零三架承担性能操稳、颤振、起落架等试验,一百零四架机负责自然结冰、航电、噪声等,一百零五架机测试空调、增压……"架机长"是一个特别的职务,类似于承担这架机的管理职能,凡试验的环节和发生的问题,由架机长与各方对接。

殷江疆所在的一百零三架试验机,承担的试验任务不轻。"性能操稳"四字,落地在试飞环节,含有空中"失速"、"最小离地速度"等硬骨头科目。每一周、每一天工作的推进,架机长需要和机务团队、项目团队、科研团队、试飞团队联络和协调，不打无准备之仗。

"工作有困难吗？"我忽然问。

"每天都是困难。"殷江疆瞧了眼中飞大楼北面那幢上世纪七十年代留下来的红砖老宿舍，感触地说，"对个人，遇见困难才能成长；对一架飞机，解决问题才能步步成熟。"

一九九三年出生的崔鹤鸣——常有人说他名字好，取自《诗经》"鹤鸣九皋"，江苏南通人，南航大的本硕，长得白白净净，架副眼镜，说话永远端着浅浅的笑意。他原在架机团队，现在项目管理中队，二〇一九年五月毕业，半年后扎根阎良，自称"赤裸裸的商飞新人"。

崔鹤鸣在的项目中队负责试验（试飞）计划的编排，但不解决试飞中出现的问题；发现问题，他们要找牵头的中队（航电、发动机、外壳等）。"项目中队以商飞总部机关的人居多，我属于上飞院。"崔鹤鸣眨巴着眼睛，不徐不疾地说，"项目中队的人也分散在各地，东营、南昌、敦煌的人员是浮动的，但阎良相对固定，因为这儿放了三架C919，承担的是高风险科目的实验和试飞，聚起了经验丰富的试飞大牌。"

崔鹤鸣以超越年龄成熟的口吻说："商飞有太多年轻人，有些画图（设计）人原来不碰飞机，也有人来阎良前还没坐过飞机，甚至小时候都没见过飞机，更别说遇上事了。试验工作拼命归拼命，但安全是底线，要'走正步，拼稳字'。大飞机事急不来，必定是朝乾夕惕，久久为功。"

小崔毕业后就成了一位"漂泊者"。二〇二〇年疫情爆发，他在中飞大楼躲了几个月，封在楼里不让出，也不准外卖人进来，早、中、晚三餐由食堂人员送房间。过了三五个月，夏天了，他才有幸回上海一趟。

疫情对试验影响大，主要是供应商的不确定性：人来不了，部件来不了。本以为一年疫情过去，现在两年还未断，有时连人来浦东，都受限制。

"唉，望山跑死马！唉，早看见了山，就是跑不到山跟前。"崔鹤鸣叹口气说，"试验只有起点，似乎难看到终点。有些东西看似隔着一层薄膜，但要捅破那层膜，感觉特难。试验中有问题正常，包括发动机，主要是软件问题，供应商的软件迭代十分频繁，外方说下个月能到，等到下下个月也不来，有的东西从夏天等到了冬天。驻华代表处答应你，但他们内部没协调好，老外假期又多，什么万圣节、圣诞节，中国试验飞机量少，在他们全球供应商里，话语权没那么重。对此，我们认识不深，也是为什么必须有国产替代的由因。"

我早听说，商飞的确面临着市场、人才、时间等生产要素的激烈倾轧，拖、涨、降现象多有发生。除了零配件的"拖"供外，还有涨价、质量（硬、软件）下降等严酷的现实问题。

"越不易做成的事，越有价值。是不是？"我说。

嫁给阎良

孙勇，中国商飞驻西飞工业公司总代表。一九八三年出生，毕业于南航大，也是一个长期"西漂者"，二〇一六年驻哈飞两年，来到西飞已五年，家属在上海，女儿一年级，常常几个月也难回去一趟。

商飞采用制造商—供应商模式，对主要部件供应商派出驻厂代表。"驻西飞代表二十二人，是派出的最大代表处，大头是质量代表，占了十六人，重点对厂方生产的部件进行过程控制，为此，对生产过程设置不少控制点，到了这个点，必须去检查，看符不符合标准；装配完成了，实行总检。当然，西飞厂本身也有质检，他们检完了，我们再加道关，给实物质量加上层层保险。"孙勇说。

"西飞是 ARJ21 最大的结构件供应商，占了小一半的工程量，除了机头（成飞制造——机头专业户）、尾段等，其余大部分结构件都是西飞造。二〇〇五年至今十多年了，西飞已完成了一百架机结构件的交付。西飞也是 C919 最大的供应商，中机身与上飞对半，翼合（机翼的主体）全部，活动面（缝翼、副翼、襟翼）双方占一半（A 角）。大客机从二〇一四年交付第一大部件（中机身）给一百零一架试验机，现已交付第八架机了。当然，西飞也转包波音 737 垂尾，每月十五架，明年计划二十四架，生产完成运至西雅图。承包 A320 机翼（不包括活动件），每月五架，一年六十架，送天津总装。"

孙勇脑海中的每一个记印细胞都伸向供应厂家。西飞为国内航空工业大厂，既有军品，也有民品，尽管是分线经营，军机民机的生产厂区物理阻断，但员工之间难免攀比。目前国产民机只是初级阶段，产量不大，但用户的要求越来越高，对部件制作的精度也水涨船高，改变的地方众多，同属车间的操作工人，首先喜欢干军机，其次愿干转包，再次才是商飞的活。中国既然是民航运输安全标准最高的国家，对制造端的要求也一定比别国高企。波音主要强调功能性到位，对外表要求没那么严，但国产机的部件既要求功能无缺，又要美观。比如封油箱的涂胶，需要防漏、光滑、美观，需要涂抹很多遍，刮了才光滑，导致干商飞部件的部分员工积极性不高。上市公司讲究成本与效益，大飞机没有规模量产，成本相对高，西飞想提价，商飞想降价，如果项目可能亏钱，对管理层、一线员工的收入、进步都有影响，因为上面的考核指标是统一的。

在孙勇眼里，困难不少，信心同样满怀，国家和商飞应扶持好供应商，尤其是带动国内供应商投入民机资源，多一些鼓励的政策和手段，物质的，也有精神的——表扬、通报，不让干民机的流汗流血又流泪，让他们从精神层面获得归属感、自豪感。西飞人一向很拼，好几代人干航空，多少人以厂为家。

孙勇的身体在阎良，将一颗心交在了西飞。像孙勇一样"嫁给"阎良的商飞人举目皆是。制造中队副队长刘超二〇一〇年来阎良时还没结婚，如今已是两个孩子的父亲，妻子孩子在上海，数月回去一次，回到东部，感觉心还留在西部。

工程中队的殷江疆说，在中飞大厦里，有来此三四年的，四五年的，十年左右的也不少，去年疫情，许多人一年没回家，不免有乡关之思。殷江疆自己在阎良八年，从单身汉变成了孩子他爹，分开时间久了，孩子幼小，夫妻间难免口角，埋怨过后又后悔。有一次，他回上海，送儿子到幼儿园门口，儿子突然地抱住他，问："爸爸，你是不是又要走了？"他大吃一惊："你怎么晓得？"孩子童言无忌地说："看见你收拾箱子了。"

回忆至此，殷江疆哽住喉咙，说不下去了。塞外出生的汉子眼圈绯红，泪花翻滚，硬是忍着不让其涌出眶外。

试飞中队的董明佳，南航大的本硕，一九九一年出生于河北石家庄，孩子不足三岁，四年多一直在阎良，对西部情深意长。为无后顾之忧，咬咬牙让妻子来阎良"伴工"，任务是专职带娃。小董夫妻的思路也有相当理由：国之本在家，家之本在人——在上海请一个阿姨照顾孩子，也得六七千，不如自己干了。意见统一，将"家"从大上海迁往关中小城。

曹媛，一九九二年出生于湖北孝感，长得像娇小的苏杭女子。武汉大学文科专业毕业，来商飞后从事文化传媒工作。二〇一九年去宁夏西吉（商飞对口扶贫地）支教一年，其间认识了在阎良驻西飞的男友，两人相识、相知、相恋，很快走入婚姻殿堂。为支持远在西部的丈夫，她毅然舍弃习惯的南方生活，勇敢地嫁入阎良，一家"西漂"来到商飞外场队，用纤细的手指和细腻的心，写出了许多外场人工作与生活的好文章。曹媛身怀六甲，还在不停地跑上跑下，带着满脸笑容，为外场队掌门人吴建军的职工联欢会做方案，物色节目与人选。

阎良比不上西安高耸，更不如上海时髦，但自有一种独特的墨彩，一种破土而出的美韵。这里，外场队的人员脸上挂着笑，视他乡为故乡，他们在试验的天域里追逐着稀有的快乐，追逐着在东部未曾有过的情趣。

星光炫目

阎良数日，拜商飞驻阎良外场实验队所赐，安排了一次我为驻外人员关于"中国航空工业史"的讲座。试验大队事务千头万绪，应接不暇，还是有相当部分代表拨冗参加了听课，并且以视频连线的方式，同时传播给敦煌与东营的外场团队，三地同步收听。

很快，吴建军又为我带来一个惊喜。我国民机试飞第一大将、中国试飞院副院长赵鹏，成功攀越安全试飞三十年、飞行一万小时"嶙峋高峰"。对赵鹏，我还是有所知的。早在二〇〇一年，年仅三十岁的赵鹏以精湛的飞行技艺、扎实的理论根底，外加一口流利的英语，被民航总局聘为局方试飞员。ARJ21下线时，商飞未建立自己的试飞队伍，全由赵鹏团队代劳。二〇〇八年十一月二十八日，作为试飞机长的赵鹏和另两名成员驾驶 ARJ21 在上海成功首飞。二〇〇九年五月二十七日，赵鹏驾机连创最高升限、最大时速、最长续航时间三项纪录。十多年后，在二〇二〇年十一月的珠海航展上，赵鹏驾驶 ARJ21 在十分钟时间里，出色完成了水平"8字"盘旋、大坡度转弯、低空低速通场、俯冲拉起、短距离起降等一系列精心编排的难度动作，展示了"阿娇"卓越的飞行性能。赵鹏以北方人坚毅的个性，除"坚冰"、破"常规"，以自己翅膀划过的痕迹，在中国航空工业的壮丽画卷上秀下优美一笔。当下，国产 C919 三架试验机驻场阎良，赵鹏和他的团队正紧锣密鼓地试航，为适航取证争取每一周每一天。

为纪念赵鹏试飞三十载、一万小时的里程碑功绩，商飞驻阎良外场队准备在他完成当天的科目后，举行一个小小的祝贺活动，并邀请我作为嘉宾参与。

当天下午五点半，走进茶室的都是新闻里常出现的人物。面前的赵鹏，中等个头，五官端庄，目光炯炯，身着试飞制服——他进门首先说，刚落飞机，来不及"卸甲"就直接过来了。他的身后，跟着五六个同样着天蓝色试飞制服的"明星"，帅哥郭勇冠、赵明禹等。我是生人，只从他们胸前的名号上认出了几人的姓名。吴建军为我一一引荐。

逐个握过手，吴建军问："美女试飞员蒋丹丹呢？怎么不见？"赵鹏带着并不明显的东北口音说："她的宝宝才八个月，下午飞行结束，直接回家去了。"吴建军轻拍脑门，说："外场队计划春节联欢会，准备邀她做女主持呢。"

过一会儿，进来了民航上海审定中心的试飞员赵志强和徐远征。身为商用飞机试飞员的他们，论"身手"与英雄气概实难屈居在刘传健与萨林博格机长之后。

以上两拨试飞员,身份有所不同:试飞院的诸位基本是代表制造方(商飞)进行实验性试飞,或表明性试飞;局方试飞员代表公众(第三方)进行航空器安全的审定试飞;也有些项目由双方试飞人共同完成。

参加今天活动的有前来外场队指导工作的中国商飞集团副总经理张玉金、出差在阎的民航沈阳审定中心主任罗一鸣、上飞院副院长李凯等人。我坐在赵鹏旁边。在场总共十六人,试飞英雄占了一半多。当晚,群星闪耀,熠熠生辉。

说是纪念,不过是十几个人凑一块,趁赵鹏飞完科目下机的空当,碰个杯,喝口茶,吃个小火锅,却也满堂锦绣。

圆桌上空弥漫着茗茶的热气,激荡着试飞人的心潮。

七〇后的张玉金正"青春",年初刚从中航商发董事长、党委书记任上调任中国商飞副总经理,此次专程从浦东来阎良指导外场队的工作,督导试验进度,帮助纾解现场难点。张玉金白发少许,乍看比年龄还成熟。在中航商发时,他每天只休息六小时,常言:"不是嫁给国家,只是国家需要时不掉链!现在正是舍小家为大家时,怎敢怠慢?"在他豪迈略带文人腔的语调中,希望试飞验证工作既科学客观,又快马加鞭,力争在明年拿下适航审定大关,为C919商业交付打开最后的通道。

小楼茶香,火锅水暖。张玉金代表商飞人赠送由水晶底座托起的小小"金猪"一头。金猪的寓意为吉祥、平安。赵鹏属猪,此次跨越两道台阶:安全飞行三十周年,试飞累计一万小时。得一小猪无愧。

吴建军展开了由书家写成的对联一副,赠与赵鹏。两行隶书分别写着：航五洲翱翔蓝天一万时，卫云霄试飞银鹰三十载。

在座的都明白，试飞一万小时和航班飞行一万小时的差别。

美丽的水面，必有可怕的深度。今晚，我宛若置身于众星之中，又怀疑意外穿越到了文艺圈里。如果博士生张玉金即兴朗诵自己所作长篇散文《万里云天万里路》，只是逊于范公的《岳阳楼记》，那么硕士生赵鹏为自己试飞三十年写下的文字，面朝星辰，笔下花开。我记不住他们两人的先后朗诵，却从赵鹏的朋友圈里找回了他的那首原词：

一万小时在天，舞云端。身披彩练空疆莫等闲。天蓝蓝，风萧萧，宇无边，云深天险报国守家园。岁月依旧灿烂，仍少年。风霜雨雪经年心无憾。执长剑，风为帆，云为船。万里河山一统舞婵娟。

同为试飞员，蓝天硬汉赵志强、徐远征、郭勇冠等纷纷向赵大哥的青春"三十岁"祝贺。赵鹏不忘开玩笑，对赵志强说："志强不得了，听说是上飞厂许多迷妹的偶像。"张玉金说："少女爱英雄，古今有之。可惜志强已是孩子他爹了。"

"哈，咱是干试飞的，不拜关公，拜观众。观众认可，才是宽慰。"赵鹏对在座的商飞人举杯道，"百年大变局，世界航空工业也许重新洗牌，你们好好造，咱们好好飞。"

曲终人散时，赵鹏又说："明早八点，带各位参观试飞院，我会提前来接大家。"话未说完，我已怦然心动。

次日早上八点钟，赵鹏的车子已抵楼下。我和审定中心罗主任等四人如期进入试飞院。赵鹏一身"战袍"，指了指身上淡绿色的"盔甲"

说:"我先陪你们参观,九点半直接上机了,飞行箱也已带进内场。"车上随口介绍起试飞院的情况。

"阎良地处关中东北,拥有十万平方公里的自由空域,飞行条件得天独厚,是国内为数不多的空中竞技场。当年里根访西安,专机没落西安,落的就是试飞院的跑道。"赵鹏的手不断从行进的车窗向外指指点点。车辆已进入跑道区,赵鹏挽了挽袖子说,"今天我飞失速,三万九千八百英尺(一万两千米)高空失速。志强他们飞低空失速。"

我暗暗吐了吐舌头,心想都是高风险高难度项目,在飞行高手口中说得跟孩子玩童车那么随意。同样的话,我在另一位顶尖高手赵志强口中也曾听说。

"梦回飞院"

人家是梦,我却亲历。

我见到了跑道旁、机库中綷然停放的一百多架飞机。像博物馆,又不是,除了老机,更多的是新机。有民机,也有军机。每一架飞机都是一段历史,每一架飞机都有故事。

现在是星际时代,天空有国,太空无界。在"天眼"监控下,裸露的地表上怕无秘密可守,国外的新闻片里,也常出现我们最新式的航母与战机。鉴于此,主人带我们走近了新款的运20、直20、歼20,走近了歼10C、歼16、轰6K,走近了舰载机歼15、歼15T(弹射机),走近了各类民机,如气象飞机、小鹰500……有的张扬凶悍,有的内敛温柔。

主人说,看一眼无妨,外表只是形态,内里才是秘密;波音787,

空客350，各航空公司随意购买，F35出口多国，看看就会泄密？哪个国家看样机就能造得出来？想想也是，影视片上，满是歼10、歼15、歼20、运20的镜头。主人又说，近看可以，但不可照相。

赵鹏副院长感慨地说："身为试飞人，也感觉变化太快了，没几天，机坪里又增加了新型号，有时连我们都觉得不可思议。设计者、制造者都在只争朝夕，我们又怎能扯后腿？"

赵鹏可不是扯后腿的人，只能走在人前。来阎良前，就听商飞人说，赵鹏心明手快，善于吸收新技术。当年，没有试飞商用飞机最小离地速度的经验，试飞院请了俄罗斯专家带教。俄教官保罗甲已是六十多岁的人了，他说只飞一遍，学得会学不会就看你们中国人的造化。保罗甲说到做到，只飞了一遍，赵鹏看过即会，少走了许多弯路，日后应用在新型支线机以及C919上了。

赵鹏三十年前开飞时，试飞院可不是现在这模样。新时代的试飞人不会忘记上世纪初创时的那些艰苦。

一九五九年，熊焰担任试飞院首任院长，这里的一切都是零。阎良与西安之间的交通近乎原始，途中隔着渭河，没有桥，物资运输靠渡船过河。试飞院总共没几辆车，又缺汽油，周转率自然就低，使得各种物资供不应求。用火车运回来的设备无仓库存放，只能堆在站台上，遇到下雨，临时动员干部去遮盖。试飞任务下来了，可没有加油车，飞机加不上油，赶快组织机关干部到现场排成长队，用脸盆、水桶传递着给飞机续油。就是在那样极端艰难的条件下，他们破解了一个又一个难题，开创性地完成了我国自行设计的初教6、强5等飞机的国家级鉴定试飞……

当赵鹏从过去的绮想中回到现实时，眼前已出现并排的三架

C919。我们登上靠南的第一架机。郭勇冠上前迎迓，帮我们介绍该机的试验情况。从赵鹏口中得知，试飞院科研飞行总队队长郭勇冠为小鹰500的首席试飞员，现也参与C919大飞机的申请人试飞。

郭勇冠英俊的脸上一直挂着乐呵呵的笑容，他对自己的技艺自信和他的笑容一样乐观。他牢记着试飞前辈黄炳新的一句话："想着写遗书的人不配当试飞员。"他们不惧风险，但要将风险可控在危险以里，即便遇见特情，也要甩开"死亡陷阱"，将人和机安全带回。这才是一个优秀试飞员该做的。

郭勇冠的妻子郑金娟说过这样一句话："做飞行员的家属，对飞机声特敏感，有时候听到那种特别刺耳的，就会不由自主地跑到外面看一眼。"阎良城不大，试飞员们住附近，他们的家属已听惯了头顶的引擎轰鸣声，分辨得出飞机传出的声音是浑厚还是尖厉。

今天，郭勇冠和赵鹏一同驾机，万米高空飞"失速"，也就是将机头翘起，当仰角增大至一定值时，飞机会突然低头，导致急坠。他们将一个个高难度的科目做完了，取证之路也快告一段落。

今年五十岁，走过了三十年试飞生涯的赵鹏是北航的学士、西工大的硕士，国内学历最高的试飞员之一，中国民机试飞的领军人物。在阎良久了，跟这座小城感情已深。

"上有天堂，下有苏杭；除了北京上海，就是关中阎良。这是我的人生桃花源。"赵鹏对年轻一代试飞员说，"你们是从全国各地精心挑选出的奇男子，都是'以身试药者'。天上十分钟，地面一个月。天上飞的每一秒钟都得认真准备，有时还得拆为两个半秒解析，得知道飞机下一步处于怎样的状况，不能因为无知而怯懦，也不能因为无知而无畏。有预测，有分析，对风险才有管控，才能成为'刀锋上的舞者'。对试飞员来说，新机就是生命中的俸禄。"

赵鹏熠熠生辉的履历远远胜过他的学历。

小鹰500飞机是我国首次自主研制的民用轻型飞机，虽然尺寸、重量相对较小，但试飞科目、风险程度并不亚于大飞机。特别是该机要取得适航证，必须严格按照中国民用航空规章第二十三部审定试飞。技术难度大，风险科目多，而且有些科目原先一直花重金聘请外籍试飞员执飞。

赵鹏不会忘记，小鹰500在预首飞中，刚离地一米，即发生强烈滚转。他临阵不慌，凭借良好的心理和充分的技术准备牢牢控制住了手中舵，飞机安全落地。为此，他提出了该机滚转力矩超限的改进建议，得到厂家采纳。二〇〇三年十月二十六日，赵鹏和石家庄飞机制造公司试飞员成功完成了小鹰500首飞。

二〇〇四年，小鹰500进入一个新的攻坚阶段——高风险科目试飞，要求试飞员不仅有高超的驾驶技术，还要有过人的胆识，尤其像"失速速度""失速特性""发动机空中停车再启动""空滑比"等几个一类风险科目，在国内原是无人敢闯的禁区。二〇〇四年底，赵鹏机组精心准备，智珠在握，出色地完成了以上几个一类风险科目试飞，填补了中国民机试飞史上的三项空白，并在短短九个月的时间里，高质量完成了全部试飞科目。

升力是反重力的一种，飞机靠升力克服重力飞行。有时，赵鹏他们却要故意将升力弄"丢"。赵鹏由今天C919的失速科目，勾引起当年ARJ的"失速飞"。随着ARJ21飞机适航审定进入关键时期，一个又一个重点试飞科目接踵而至。"失速"就是其一。失速试飞技术要求高、难度大、风险高，稍有不慎就有可能造成"双发停车"或进入被航空试飞界称为"死亡陷阱"的尾旋状态。为了确保试飞安全，赵鹏和课题人员进行了充分沟通，并进行了失速改出伞抛放和模拟空滑迫降演练等两项前期准备。

理论准备后，赵鹏机组驾驶着ARJ21飞机执行首次失速科目试飞。当飞机爬升到七千五百米高度，赵鹏仔细检查了飞机各系统工作参数，确认一切正常后，调整飞机状态，按计划开始柔和拉杆，飞机的速度一点一点减小……飞机开始飘摆、抖动，随着速度的再度减小，抖动不断加剧，机头迅速下沉，飞机带着急剧的右滚转和加速度向地面坠去……赵鹏迅速稳杆，加油门改出失速状态，一系列动作准确、干净、利索，飞机又恢复到平飞状态。首次失速试飞成功了！在跑道上等待的设计、课题、机务等参与人员激动得齐声欢呼。

试飞院大门的入口处，高高矗立着一座丰碑，上书："试飞铺就通天路。"这是赵鹏的人生目标，也深深印刻在所有试飞员的心中。

迨赵鹏副院长和罗一鸣主任走进C919驾驶舱去说几句飞行上的"悄悄话"时，郭勇冠的食指朝北指去，说第二架机上是局方试飞员赵志强、徐远征他们，执行的是审定试飞，飞的也是失速——低空失速，难度奇大，但志强他们不惧，心中有谱。郭勇冠呵呵一笑，手指又一指，说，第三架机上有美女试飞员蒋丹丹，就是商飞外场队领导吴建军要求主持节目的那位。

昨晚，赵鹏说："蒋丹丹，是我招录进的试飞院。"

蒋丹丹的轻盈美女气质不在外表，更在内里。她至今都未曾忘记，二〇一二年某日下午，国家特级试飞员赵鹏回母校西工大做讲座。还是西工大电子信息学院研究生一年级的她，被赵鹏的学识折服，被他所讲述的试飞之路深深震撼，由此对做一名女试飞员——探知未知世界的神秘产生了无限憧憬。意念的萌动无声无息,生命的活力有颜有色。赵鹏的一次偶然演讲为她打开了一个炽热的战场——她的青春不愿被碌碌无为带走,少女之梦从此和灵动的飞行器捆绑,和神秘的万里长空结缘,写下一份蓝天传奇。

蒋丹丹常怀念西工大的学术氛围,读研期间,她一直被层层知识包裹着。西工大"钻研、刻苦、认真、踏实、细致"的校风熏陶着她,点燃了她的梦想,化作愿用毕生去追求的宏愿。

要当试飞员,首先得成为一名优秀飞行员。为此,她来到四川广汉民航飞行学院学飞,在两年时间里,她按照军事化管理的方式,持续高强度的飞行和体能训练,一举攻克各类飞行理论,同时,并行完成研究生毕业论文的答辩。艰辛的汗水换来了丰硕的果实,蒋丹丹先后取得了私照、商照和仪表执照等飞行资质,具备了Cessna172、PA44飞机的商用运输资格,并被评为飞行学院优秀学员。毕业后,她又主动加压,花了两年时间,付出了常人难以想象的艰辛,完成了十几门更深奥课程的学习,外加五百个小时的飞行实操,终于"飞上枝头",于二〇一七年成为一名星星般的"天使"——试飞院唯一的女试飞员。

试飞院是她又一所无比深奥的学校,也是宽广无比的人生大舞台。

蒋丹丹为一九八九年出生的河南妹子,孩子未满一岁,已将阎良当故乡。目前,她总飞行时间超一千小时,广泛参与国产大客机C919、水陆两栖飞机AG600、支线机ARJ21、小鹰700等国之重器、重点型号的科研试飞。她握着手中的驾杆,饱蘸着月光和晨曦,以女性特有的细腻与严谨,在每天的日出日落中迅速成长。

冬日瑞霭祥云,暖阳杲杲。蒋丹丹的青丝随风飘拂,双眸明秋水润。

"我赶上了好时代——又是充满挑战的大时代,参加工作就能参与到国产大飞机的研发试飞中,这是所有中国航空人的一个美好时代。"面对C919,她无限深情地说,"试飞员是离国产机最近的人,让我们一起将一架架国产机拉扯大。令人欣慰的是,支线机'阿娇'已进入航线。试飞团队力争早日完成国人渴慕的大飞机的科研试飞,早日听到它适航取证、交付客户的消息。我愿中国的旅客早日乘上自己的大客机。"

赵鹏、赵志强、郭勇冠、蒋丹丹飞行在风起云涌的新时代,试飞院和万里长天更是"风起云涌",一代又一代的试飞人在成长,伴随着国产商用飞机的引擎声。

我们走出试飞院的大门,门口那七个大字陡地高大起来,堆得像七座山。

"试飞铺就通天路。"天路首先由试飞人开拓。

昔日阎良已成过去,今日阎良越发年轻而精彩。

第29章 乘上『阿娇』

在机上坐等的时光里,我的心底还是浮上些许忐忑。听后排的旅客说,他们也是头一回乘国产的支线喷气机,话音里抹着一丝忧虑。我理解许多"第一次"的旅人。

现任ARJ21总师陈勇习惯将这款支线机昵称为"阿娇"。

我自登上"阿娇"舷梯，步入舱门的那一刻起，便血潮涌动，真的澎湃与骄傲了起来。

约会
- - -

听我浙江老家的前辈们说，从前出省外游，被视为畏途，需要祭祀祖宗，辞别亲友，一旦出门，千里百里，不能够短期回归，又或许山高路险，遇上麻烦与不测也说不准。现如今可不一样了，乘上喷气机，千里万里，一日往返。

我这次去南昌，是赴洪都航空的约——拜访活化石八角楼及瑶湖洪都新城。一应事务由《大飞机》杂志社吴頔姑娘张罗，自然少却了许多琐事。同行的还有杂志社的陈伟宁主任等一干朋友。

原本几年前就想乘趟"阿娇"，自上海经武汉至锦城，是为体验，但近些年事务庞杂，这一宕延就拖到了二〇二一年的儿童节。六月二日，我自浦东登上"阿娇"，只等塔台"许可起飞"的指令下达，飞往江西。

当天有强对流过境，天上满是乌黑的云团，给天空增添了几分朦胧的色彩。在机上坐等的时光里，我的心底还是浮上些许忐忑。听后排的旅客说，他们也是头一回乘国产的支线喷气机，话音里抹着一丝忧虑。这使我想起五年前，一姓吕的朋友从成都飞来，说ARJ21宽敞舒适，但会发生故障，有时驾驶舱门关不实，有时什么不灵。这吕朋友坐过五六回，说商飞早已知情，正在边飞边改。我理解许多"第一次"的旅人。

二〇一二年前后，我去商飞在大场的工厂参观，那是我第一次亲近"阿娇"。偌大的车间里，两架支线机悬吊空中——起落架没安上，有的部位涂上了黄色的底漆，有的地方裸露着铝合金的本色，发出刺眼的光泽。几名装配工人在机翼上爬上爬下，像在安装配件，又似在打铆钉。旁边负责接待的一位负责人指着其中的一架说，这是名花有主的，装配、测试、试飞完成后，将交付成都航。这是我对"阿娇"的最初印象。一晃，离"阿娇"首机交付已过去了六个年头。我微微闭上双目，想象着下一次去组装厂瞧瞧的机会和时间。

在海阔天空的遐想中，"阿娇"已滑出，缓缓转上了跑道端。斜来的雨水击打着机体，风也侧着吹。在中等风雨下，机长主宰着处置大权，有的机长愿意等，有的机长选择飞，我们乘坐的RY6678机长选择了起飞，他信得过自己的手艺和"阿娇"抵抗风雨的能力。

在全体旅客的静默中，引擎声刹那增大，发出浑厚回响的声波，同时飞机的轮子在湿滑的跑道上加速旋转。就在我在担心糟糕的风雨会不会带来麻烦时——麻烦并没有找上门，我隐隐觉着机体微微向上仰起，窗外的草坪和建筑纷纷朝后倒去，塔台和海水相去甚远，飞机像一片树叶，被轻轻裹卷了起来，瞬间升上了天空，似乎缺少了离地而起的空灵。旅客们纷纷侧目，望着窗外正在迅速变小的候机楼和跑道，但很快被出现的云团挡住。飞机钻进了阴森森的浓雾，唯能瞧见的是机翼尖处忽闪忽闪的指示灯，提示着人类，飞机在穿过厚厚的云团迷障。许多人又合上了眼睛，看似闭目养神，心里却在打着鼓。

人们想象中的颠簸没有出现。不知是飞机的筋骨坚实，还是机长的驾技超群，整个钻云穿雾过程，非但没出现恐慌性的上下腾挪，连颠动都没有发生，似乎风雨对机体不构成影响。"阿娇"在左右转了两个小弯后，像一条健硕的飞马，钻出了云顶，置身于耀目的蓝天之下。太阳吞噬了黑暗，舱外舱内的亮度豁然间放大了数倍。旅客们正起腰板，开嗓说话。我也将对天气的担忧放在一边，开始关注舱内。

进入客舱后的感受其实和波音737没太明显差别，更无坐支线机的局促。当然也有不同，"阿娇"身材比前者略为短小，每排五座，而不是大飞机的六座，整体比例比一百五十座级机有所缩小，但旅客乘机的体验，没有过多异样，跟ERJ及CRJ那种细溜溜的"腰身"不是一种感观。

客舱的颜色是精心调配过的，与巴航工业ERJ室内咖啡馆似的静暗设计区别明显。在主色调为白色的客舱，大胆掺入小比例的黑或灰，柔和成了白里浮出点不易觉察的黄，明快光亮。"阿娇"的色调刷新了乘客及媒体的认知，也是击败ERJ、摘得天娇航空大单的根由之一。

江西航空的空姐笑容迷人，为最亲随又不显矫揉的自然态。空中多思，我忽然想起十年前参加民航报年会，座谈讨论时川航某部长作了侃侃半小时的发言，该部长说："巴蜀大地为中国的大后方，丰衣足食，养尊处优，这里出生的空姐苗条清丽，肌肤似雪，艳光四射，个个堪比明星，在众航空公司中绝难屈居第二，如果不坐川航，怕是浪费人生。"说得众人哄堂大笑。

机长

要不是一天一夜的滂沱雨，以及后座的窃窃私语，我连那一丝的忐忑都不曾有。我的底气来自对试飞机长赵志强的信任，赵志强的底气则来自对"阿娇"的信任。许多的信任串叠在了一起。

赵志强是一位四十多岁的"小伙子"，一九七四年出生于安徽泾县，身高一米七八，体重七十二公斤，身材修长，脸上满是胶原蛋白，留着两鬓光溜、头顶偏长的时尚发型。他是国家民航局审定中心的机长，一位超一流飞者，也就是以前说的王牌飞行员。商飞也有自己的试飞员，他们主要是将飞机飞上天，地面滑、首飞，以及常规科目的试验。但赵志强他们是审定试飞，性质不同，遇上中、高风险科目，就需要和赵志强这样的局方试飞员共同进行，或者由赵机长单独完成。按赵机长的话说，他是在鸡蛋上跳舞的人，舞姿飘曳，又不能将鸡蛋皮踩破。这样的活，无风险是假，但他们能将风险控制。

赵志强上过地球顶尖的试飞员培训学校，为全国极少数几名"能飞无限机型"的超硬核机长。自"阿娇"进入视野，他就和它如影随形，几度春暖与秋凉。在国内完成无数科目后，他驾机远赴北美五大湖区，花费二十多个白昼，终于找到在机体形成三英寸厚的冰层，使"阿娇"度过冰冻大关。在西北寻风无果的情况下，赵志强赶赴冰岛"风口"，一举掀掉压在"阿娇"头上的三十节/秒以上侧风的限制。面对诸多高难度的试飞科目，赵志强永争第一。

我在和赵机长的交流中，问过一句突兀的话："你觉得'阿娇'怎么样？"

他愣了下，肯定地说："原先有问题，现在没问题。"他忖了忖又说："别太拿别人当回事，却要拿自己当回事，ARJ21高原、高高原是我试的，安全性与稳定性胜出国外同类机。"

赵志强的话出自肺腑。二〇二〇年八月一日，他从地球最高的机场——亚丁稻城下来后，我俩做过交流。他在那儿前后二十天，有人上了那儿就进医院，高反厉害，但他还得干活，飞失速、大侧翼等计划中的科目。他在西部多个高高原机场试飞——在冷发、满载、单发等情况下，驾驶"阿娇"起降，每天十个起落，每次需要在空中关闭、打开一台发动机。在他的残酷"摔打"下，"阿娇"的筋骨皮坚硬且富有弹性，许多技术数据刷新外国同类机，执飞航班那是绰绰有余。

伴随新支线机历经最严酷挑战的赵志强，最有资格评判它。他说话不似在刀刃上走路，他说的"以前有问题"，也是事实。

二〇一五年，ARJ21交付客户执飞国内航线，飞着飞着不时"撒娇"。商飞人说，好飞机是飞出来、摔打出来的，只有多飞才能挑出毛病，发现问题才能改，任何一款机型从出生至幼年再到成年，都得经历类似的阵痛过程，有问题正常，没问题反倒显得作假。商飞人在众多次的试飞中，在一个个航班的起起落落中，挑剔毛病、逐项整改，渐渐就少了问题或者"没了"问题。

"阿娇"交付前后，曾经登上热搜，成为媒体高频热词。不过，事关安全、不容商量，有一些机长在镜头和话筒面前不会都拣商飞人喜欢的说。

张放，当时是另一位民航局方面的试飞机长。接手这款支线机时，发现诸多毛病。他也像许多商飞人那样，称ARJ21为"阿娇"，但他毫不客气地说："阿娇，就是娇里娇气——怕风怕雨怕天黑，动不动就给人甩脸子，不是身娇肉贵是啥？"他在接受媒体访谈时，实事求是地说过它许多"坏话"。

商飞人发誓，一定要将它的"娇气"转变成骄傲的气势。ARJ21有个安全指标，称为重大事故小于10^{-9}，也就是说，每天飞行十小时，连续飞行二十年，六万个起落，起落架、机体、发动机等都不能发生一次重大质量事故。换句话说，一千架飞机，同时飞一万小时，不出现重大事故。一般的飞机，试航三五年就入役，为啥ARJ21试航六年，探路这么久？为的是过稳安全质量关。六年，等于将飞机重新审视、打造一遍。无数渺小的组合，成就伟大气象。

二〇一九年，张放机长再一次接受媒体采访，拍了拍胸膛，由衷地说："原来的'阿娇'太娇气，甚至还有点妖气，现在真的不娇气了。多年过去，商飞人不厌其烦，逐项整改，现在多项指标超预期，连噪声都降了下来。'阿娇'真的不可方物。"

张放说得不错，现在的"阿娇"，更多的是人们对它心爱的昵称，是骄傲的隐喻。越来越多的人愿称它为"阿娇"。

我乘坐"阿娇"的这一天，即便对流云雨笼罩华东，也一路平稳抵达昌北机场，只是在副驾接地的刹那，稍许重了那么一点点，而"阿娇"也不计较，没发出窸窸窣窣的响动，快速向前滑行一截后，减速，转至滑行道，稳停廊桥。

驾驶本次航班的机长姓谷，是八〇后的年轻人，寸头短发，魁梧强壮，带着副驾和我们打招呼。因是最后下机的旅客，我们也想顺带了解飞机驾驶舱。我们进行了简单的交流。

当天下午，我们去江西航运控中心参观。由于写作的关系，我去过多家航空公司的运行控制中心，业务类似，也能讲出个大概，但我还是在"江西航空民机运营中心"的招牌前立住脚步，和他们进行饶有兴趣的交流。

江西航空成立以来，与选用国产化民机结伴而生，率先引进ARJ21，成为华东地区首家、全国民航第三家运行国产新型支线机的航空公司。江西航推出"一机一城一文化"客舱主题特色，绑定江西本土各地区旅游特征，引进的前四架机分别以"井冈山""景德镇""宜春""抚州汤显祖"等江西地域文化特色名称命名，今年引进的第五架机名为"南昌瑶湖"号，直接从南昌瑶湖试飞机场转场至昌北机场。为运行好ARJ21，江西航于二〇二〇年五月专门成立国产民机运营中心，设立飞行工作坊和机务工作坊，组建技术专家组，确保航班运行平稳。至目前，江西航ARJ21累计安全飞行七千小时，运送旅客三十多万人次，日利用率最高达8.52小时，航班正常率百分之九十。

江西航空创立于二〇一四年，在地方航空林立的华东区，算不上大与强，但业界服膺于他们大胆启用"阿娇"的作为。

我决定挺身而出，做名维护国产商用飞机的有效行动者。

问卷

回沪后，我做了两件事，一是去趟"阿娇"总装车间，二是做回乘客的面调。

承试飞中心张东华先生安排，带我又一次走进"阿娇"生产线。世事沧桑，花落满廊，回眸大场那次，已阔别多年。

现代化的厂房坐落东海边，在C919厂房旁略显瘦小，差不多一半大小的样子，但进得门去，却是前后共有六架"阿娇"在总装，一架挨着一架——在此成为了一个整体——机头、机身、机翼、机尾、起落架皆连体到位，乍看已是成机。

每架飞机都涂上了蛋黄色的底漆，排成一线，阵势威武。机体四周围着十几名技术人员，有的在摆布机翼，有的在调试起落架，有的在安装整流罩，有的在吊装发动机。不是脉动式总装，而是固定式装配，机不动，人在动，将一个个组件安装到位，并做总体的测试。不用多问，从这儿出去的已经是成品，可以沿着专用路径，牵引至浦东机场五跑道，直接从那儿飞离地面。

十多年前，我曾去德国汉堡，第一次走进空客总装车间，曾被空客庞大的阵容所慑服。超宽体的无柱式厂房，高高的全合金顶棚，巨大的闭合式车间，六架大小不同的飞机在同时总装，也是人动机不动，一旦完工，成机从车间推出，直接上空客厂区专用跑道试飞，交由客户。

道道相通。"阿娇"的总装间和空客类似，却更精细些，连地面都打上了彩胶，感觉这儿不是工厂，我像进了艺术馆，双脚踩下去生怕弄脏了地面。技术工人身上的工作装也是洁净干爽，看不出有丁点污渍。这就是我乘过的"阿娇"的总装间。

我离开装配区数米，行走在参观步道上。商飞的朋友不停地做着讲解。我边听边漫着步，更多地是观察每架处总装阶段的飞机的不同。果有所获，每架飞机的隔离围栏外，明明白白写着该机的主人——都有婆家的。据介绍，倘若无疫情干扰，这里的飞机已然交付，说不定正飞行在人们头顶的天空。我们面前的"阿娇"，架架有主，隔栏的标签上写着航空公司的名称，有天骄航、江西航、成都航，也有国航、东航、南航。商飞朋友又说，没有疫情，今年将有一百架"阿娇"飞入客户家。

出得总装车间大门，我百脉俱开，深吸了几口气。想想八九年前去大场的那回，同样在总装间，完全是两副面孔，两方天地，感今抚昔，恍如隔世。

我要做的第二件事——乘客面询，会更难些。首先要挑准时刻，有"阿娇"落地上海的班次，才能遇上机上下来的旅客。麻烦在于到达上海的客人众多，往往几个航班混杂一起，出候机楼的人并非是你所希盼的那个班次，碰不碰得上全凭"额角头"。

我选定七月流火的一个周末，去往机场。先前得知，"阿娇"首任总师吴兴世等商飞人也做过此类问卷，他乘坐"阿娇"时，多次以旅客身份和座位前后的客人交流，也在下机后，专门抽取后面下来的旅客的意见。我想完全以局外人的身份获取调查的答案。

这天，我早早来到候机楼的出口处，瞄上有一班"阿娇"执飞的航机落地——上海两场以干线机和重型机为主，支线机时刻少得可怜。

果不出所料，出口处的旅客成群结队，无法分辨哪个航班的。我只有厚着脸皮鼓足勇气贴上去撞运道。

"请问，你们是乘坐ARJ航班的客人吗？"我问几个年轻人。

走在头里的那个长头发小伙朝后别了别头，以为我在问他后面的其他人。

我立马跟进一句："请问你们的航班是ARJ21支线机飞的吗？"

长头发撇了撇嘴，不耐烦地说："我们从北京来，大飞机，谁知道是波音还是空客？你说的ARJ，没听说过。"

碰了一鼻子灰的我，也不气馁。哼，无知的家伙，居然没听说过！

咱就不信了，还怕找不出愿答题的乘客？怔了半分钟，我瞄准一位文质彬彬的老先生，很诚恳地问他是不是乘的ARJ航机？他说："是的。"但只说了两个字，就三步并两步，小跑似的往前奔，像要赶另一个航次。"问他们。"他指了指后面几位。

尽管遭拒，心中还是窃喜，终于撞见乘"阿娇"的客人了。只要有心，总有人愿回答。在遭了三次白眼后，我看上了一个老汉，蛮憨厚的样子。"老伯，请问是坐ARJ支线机的飞机来上海吗？"

老伯翻了翻眼皮，认真地说："俺不清爽。"

啊，原来他分不清啥叫支线机。我不会缴械投降，反而越发激起了内心不屈不挠的斗志。我分明看到一位女孩，边走边翻着手机里的资料，脸上笑嘻嘻。我赶忙迎上去，同样笑眯眯地问："小姑娘，请问坐的ARJ这班？"

她咯咯笑几声，显然遇见了开心事："做市场调研哪？"

"可以这么说。我想听实话。"我追着她的脚步走。

"实话告诉你，可以的。"她丢下一笑，"我走进舱去，嗯，跟波音737、空客飞机没啥两样呢。"

后头上来两小伙，相互唠着什么，敢情和女孩同一班机。当我确定了他们的班次后，单刀直入问："你们感觉怎样？"

左边小伙说："我觉得ARJ不赖，今儿个天气不佳，但飞机着实稳定。"

"你是说，和B737大飞机一样稳？"

右侧小伙子仰头忖了忖，说："好像比737还平稳些。"

"真话还是客套话？"我半屏住呼吸问。

他马上板下脸说："你以为你是谁？有必要说假话吗？"

我如法炮制，又询问了七八个人，答案几乎是肯定的，我才相信吴兴世等人所言无虚。商飞人功课超过我太多，已经民调过无数架次的"阿娇"航班，得出的结论也是乐观。商飞人比谁都更关注"阿娇"的安全、平稳与舒适。

实际乘过，做过民调，心里真的有底了。但是，我的心头更深切地感到，即使做一款支线机，也如唐僧去西天取经，历经的千难万难无法厘清。

我国的东邻、另一个全球工业强国日本，无论如何欲在民机市场争有一席之地。它的第一代支线机YS11，六十座，由三菱重工、富士、川崎等工业巨头联手打造，一九六二年首飞，一九六五年交付航空公司。但在美欧剧烈的市场倾轧中，YS11没能蹦跶多高就匆匆收场，现实的日本不得不退而求其次——为美国的航空工业做些零部件配套。

凭着大和民族的精明与吃苦耐劳，日本企业经过数十年的奋斗，在全球航空产业链中取得了稳固地位后，开始向既定的目标进发——和整机握手，成为像波音、空客那样的主制造商。尤其是加拿大、巴西有了独立的航空工业后，日本人再也藏不住心中的"野心"，于世纪之交，推出了被媒体誉为"希望之翼"的新一代支线机MRJ项目。二〇〇三年，三菱重工正式中标，雄心勃勃地从日本政府手中接过"国之重器"项目书，准备大显身手。

三菱重工的自信不是没有理由。二十世纪八十年代以来，三菱重工、富士重工（后称斯巴罗公司）、川崎重工等全球冒尖的企业紧抱美国航空工业大腿，先后成为波音重要的零部件供应商，比如机翼、复合材料等，日本企业深度参与了从波音737到787的几乎所有项目，积累了大量技术和人才。

MRJ支线机的理念超前，起点不低，气动上采用了最新的低阻力机身及高效的机翼设计，搭载普惠公司的先进GTF发动机，拥有不俗的燃油经济性。新支线客机在纸面上的性能显得优越而自负，吸引了众多客户的目光，在样机升上天空前就收获四百架订单，也从侧面反衬了国际市场对"日本制造"的信赖。MRJ支线机计划于二〇一三年交付市场。

接下来的发展，没有朝日本国希望的方向去，反而使极负盛名的三菱重工演绎成了一位低级拳手，频频遭打脸。耗时十多年、烧钱近两千亿日元的MRJ客机的交付日期一推再推，屡屡被延期。三菱公司首先遇到了供应商管控与刁难的困局。飞机的发动机、航电、飞控系统均购自美欧制造商，在项目的研制过程中，欧美商家可不会按照日本人的节奏出牌，普惠发动机、航电等设备的推迟交货，导致三菱的研发计划一拖再拖。

二〇一七年八月二十二日，MRJ的第二架原型机从实验基地美国华盛顿州机场起飞。两小时后，不祥之云即在空中飘荡——暴露出发动机等一系列重大缺陷，难以达到适航标准。美国联邦航空局给出的结论是：三菱重工必须彻改设计，才有可能重启适航性测试。如此一来，已造好的五架原型机不得不全部作废，三菱公司须重新投入数百亿资金，一切从头来过。这时，距离上一代日本支线机YS11的落幕已过去了半个世纪。

二〇一九年六月，迷信的三菱人认为新支线机项目不顺，或许是跟在加拿大和巴西人屁股后面的"MRJ"的名字不吉，一气之下改了个纯英文名"Space Jet"。

然而，上帝并没有给三菱重工好脸色。二〇二〇年十月三十日，在经历了六次延期后,曾被波浪形幻想缠身的三菱公司召开线上新闻发布会,悲哀地宣布:"由于经费与技术原因,Space Jet 支线机项目,不得不被冻结。"

二〇二二年三月末,三菱公司被迫关闭位于华盛顿州的试飞中心。

全球一流工业强国日本的航空梦,不知路在何方?

第 30 章 黄浦江畔

一桌鲜美大菜，有农民种的菜，畜户养的鸭，渔民捕的鱼，也有各厂家生产的调味料，但这一桌菜品的知识产权理所当然地归掌勺的大厨所有，而商飞人就是那样一位"大厨"。

总师们都忙得跟陀螺似的，没有一两个月的提前量我怕连影子都约不上。现任ARJ21总设计师陈勇预约了一个多月终于完成了采访，C919总师吴光辉差不多预约了半年才碰上两次面——疫情年代则更难。就连时年七十六岁、在商飞科委做老专家的ARJ21首任总师吴兴世也常常开会、写文章，至少提前两周以上联系他方能空出时间。他们没一个会摆谱，只是百事缠身，上个厕所都巴不得小跑步，实打实的忙。

见到他们，我就会联想到马凤山。比起马凤山，陈勇、吴光辉、陈迎春无疑是幸运的，他们在大时代、新时代，可以在火烫的时代洪流中奋力挥洒，ARJ21、C919、CR929就是上天落在他们身旁的一颗颗福星。

下面，还是将镜头对准两位现任总师吧。

知识产权

一九六〇年，吴光辉出生于黄鹤楼边的武汉三镇。我和他的谈话如期约在商飞总部大厦十二楼小会议室。吴总看上去比实际年龄辛苦多了，他半头霜雪，面容倦怠，谈话时不断地抽取面纸擦拭一下鼻翼，边说："过敏。"

"冬天也过敏？"

"没法子，就这样了。"我比谁都清楚，这一切的根源，都归结为一个"累"字。

窗外，卢浦大桥下黄浦江腾燃的浪花隐隐可见。ARJ21、C919 正悄悄抹去我国商用飞机脸上几十年的伤疤，为新时代拉开绚丽大幕。

吴光辉从 ARJ21 的总师到 C919 的总师，为国之重器呕尽心血。至于有人反复置喙的 ARJ、C919 知识产权问题，他已不知重复了多少次，还是耐着性子谈了这个问题。

"从定义上说，飞机是依靠空气动力起飞的，仿佛在空气中游泳。飞机和气球、飞艇不同，后两者轻于空气，浮力将它们浮上去；和火箭、导弹也不同，它们靠推力克服重力飞出去；而飞机需要依靠自己特别的外形，方能起飞，飞机的核心是符合空气动力原理。ARJ21、C919 的设计算是符合了良好的气动力学，其外形具有完全的自主知识产权，对此没任何人提出疑问。外形的核心部件之一的机翼，咱们先后设计了两千多款图纸，优中选优，比了试、试了改，最终定型。C919 的超临界机翼获得了技术发明奖。我国以前的飞机基本是仿制，或者在别人的指导下设计出来，这次从理论到方案，从总体到分项设计，从过程到结果，包括制造、试验，百分之百都是国产，有无数专利在手中。

"飞机的外壳和别的外壳不同，至关重要，离开壳子就谈不上内部，壳子本身就包含了核心技术环节，在满足安全的前提下，分量尽可能地轻，以便载更多的人和货。人性化是需要注重的另一个方面，乘坐飞机，一般旅客都不愿坐中间，C919 特意将中间座位的尺寸加大一英寸,给中间位的客人以舒适度和心理上的补偿。可别小看这一英寸,小小的改动,会影响机舱整体的空间和布局,连外形尺寸也得跟着变。C919在总体设计、气动设计、强度设计等方方面面都不同于波音和空客,是彻头彻尾的中国创意。"

他操着不太明显的武汉口音说:"上世纪九十年代,经济全球化趋势显现,产业国际化分工不断深化,基本形成了'供应链'的概念,航空工业的国际协作体系也逐渐成型。在制造业的国际共通规则下,我们飞机的许多子系统购买的是国外产品。一是快,如果样样自己开发,周期太长;二是国际游戏规则使然,各国的飞机零部件都是全球采购,但不能受制于人。比如苹果手机最大的组装基地在中国,其核心部件CPU由韩国三星代工,摄像头由索尼生产,芯片则由美光、海力制造,但知识产权是苹果的。波音和空客的发动机都是外购的,两大巨头本身不产发动机。波音机的整个尾翼在中国生产,后来连材料都是中国的。一架飞机有三百万至六百万零件雨,局部的外包是常规做法,不代表不是自己的东西。自当ARJ总师以来,面对媒体,我一直打这个比方:我们需要做一桌鲜美大菜,有的食材自家有,有的需要去菜场购买——有农民种的菜,畜户养的鸭,渔民捕的鱼,也有各厂家生产的调味料,但这一桌菜品的知识产权理所当然地归掌勺的大厨所有,而商飞人就是那样一位'大厨'。这就是我说的'厨师论'。如果再打个比方,建设一栋房屋,砖头、石子、水泥、钢筋是哪家的不重要,室内的灯具、空调买谁家的也不重要,关键的是品牌属于谁。"

吴光辉无暇欣赏黄浦江上的白雾和飞鸟,他的头一直深埋在图纸里,说话的角度却仿佛站在上海中心之巅。

"商飞所有的供应商都是按我们的设计要求研制产品。发动机由我们提出技术指标，外方按要求研发，其他零配件亦如此，但总体专利是商飞的，这一点十分清晰。换句话说，在商飞的总体产权下有别人局部的东西，这两者并不矛盾，这样能少走许多弯路。集成用的复合材料铝锂合金，商飞和供应商已进行了十多年的共同研究，强度要求、疲劳要求、弹性要求、磨亮要求等技术指标，是我们一路牵着他们鼻子走，材料出来后，规范是依据中国商飞的要求，这和以前大不同。过去是完全选用人家飞机上的材料，少有新材，基本沿用国外现成的，而C919用的是研制的新材——主体材料为第三代铝锂合金，同位替换，可减重百分之七。随着大飞机项目的步步前推，国内的复合材料进步明显，下一代铝锂合金、陶瓷复合材料也在抓紧开发。有的由合资公司做，有的由国内公司单独做。每架机之间都有区别，C919第一、二架机用人家的，第三、四、五架机有国外也有国内的，到第六架机时，主体结构全用国产的铝锂合金新材。钢的技术也获重大突破，一百零六号机全是用的国产钢。宝钢研制的300M钢，用来制作起落架，技术完全达标——这是我一手推的。宝钢是商飞的股东，董事长是商飞的董事，有一次开会，他说想做大飞机的钢。我说就盼你们这句话呢。宝钢人说干就干，借四川绵阳这块风水宝地，用全球最大的锻压机——八万吨锻机，将巨大的钢疙瘩千锤百锻，锻压成型，工艺完成后，再机械加工成飞机的起落架。宝钢人花了三年时间，终于攻下起落架用的特种钢材。定型后，国内和国外的相关专家共同为产品打分，从最初的二十多分至三年后的八十多分，已属优良产品。"

吴光辉话锋一转，承认在大飞机方面当然存有差距，像发动机、飞控系统、液压系统等跟波音空客的差距，是山腰甚至山脚跟山顶的距离。不过，这些缺乏的东西，国内也在补短板。"拿人们最关心的发动机为例，C919对外公布的有两款发动机，一款是国外的利普（LEAP)，美法合资；另一款是国产的长江1000（CJ—1000），自主研发，也已点火成功。利普发动机专门为C919量身定制，许多技术指标由中方提要求。但国产的也在研不停步。两条腿走路，防的就是人家卡脖子、埋钉子。但话说回来，即便将来有了国产发动机，也不一定就选国内的，除了遵循国际贸易规则，还有个成本问题。咱们永远不闭关，永远在开放的条件下搞研发。空客和波音的发动机供应商也不是固定的一家，货比多家，甚至由购机的航空公司选择。咱们在全球化的背景下搞开发，为的是别人掐你拿你时有替代。说到成本，有些国产材料属于初研，可能贵一些，咱可以买便宜的，国际采购么，图的就是价廉物美，但贵的必须有，因为没有贵的，就不会来便宜的，比较了才能杀价；如果独家垄断，人家蹬鼻子上脸，价格立马上天。只有不畏斗争，才能买到最便宜的。这也佐证了'造不如买'的言论是站不住脚的。"

"斗争是合作的另一种表达形式。"我不禁脱口而出，"光靠正面教育难免浅显，还需要反面教材来共情。"

吴光辉又抽出一张手纸，说："外国和咱们做生意，是互惠互利的，任何一方想封闭起来，从长期看都没有未来。美国对咱们技术的限制，每年有十几至几十项。二〇〇八年商飞成立，C919项目出发时，美国政府就严格禁止美国公司对中国大飞机项目提供任何技术支持。那是十多年前，世界金融危机，美国经济疲弊尚且如此，何况贸易战烽烟正酣的当下？人家可以卖你东西，但怎么造，出多少价是不会告诉你的。他们只卖产品，不卖技术。咱们不想被人掐死，于是开始自研，这些核心的关键技术，都要咱们一点一点啃下来，一个台阶一个台阶攻下来。好在中国人勤劳勇敢，大飞机的飞控、紧固件、复合材料国内已经在开发，正如习总书记所说的，核心技术是讨不来、要不来、买不来的，只能靠自己。"

"商飞是充满着未来的。只有相信未来，才有未来。"我说。

我深为理解吴光辉所言。商飞人欲登临理想的峰顶，必从沼泽洪荒开始。

飞行

吴光辉毕业于南航大飞机设计专业，后入北航读博士，又是工程院院士、全国劳动模范，为我国本土培养的科学家。

谈起风云往事，吴光辉的脸上就布满"风云"。当问起他有无个人爱好时，他笑着抢过话端说："这么说吧，我的业余爱好就一项——飞行，别无其他。我是老来学艺，五十岁开始学飞行的，不但有私照，现在连商业照也考出了。"

"万里归来再读书。"我羡慕地说。

"可惜已白少年头。"

他这么一说，我忽然觉得这不是业余"爱好"，还是和他的老本行有关，或者说是为了更好地做本行，才爱上飞行的。

"做飞机设计大半辈子，以前都听飞行员说，自己无法体会，即便心存疑虑，也不敢质疑，因为你不懂飞行，心中无底。要设计出更优的飞机，首先要理解飞行员说的话，自从学了飞，胆气儿壮了，他们说的我都明白，能跟他们在同一平台上对话。飞行员需要怎样的飞机，市场需要怎样的飞机，我有了第一手本钱，这就是我学飞的动因。

我去飞,不是职业,不取分文报酬,是为了更深地贴近飞机,理解飞机。"

一道凝重的阳光从窗外射入。吴光辉瞧了瞧墙上的挂钟,约定的时间到了。这时,秘书奇幻地恰好从门口溜进,像是给我们添水,实际有送客的意思在。

吴光辉意犹未尽地说:"我们省出了几亿元。"

我听后诧异地问:"这个,好像没听说过。"

"历史是一脉长流。"他说,"C919是在A320、B737以后的飞机,是更新换代的,以前老旧的、传统的导航模式已经足够,不需要过量的余度。比如进近着陆(向机场方向下降接近)阶段是飞行的重要环节,为了指引飞机准确进近,地面建立起导航装置,用来给飞机定位和测距,为此,每架客机安装了五套地面导航台信号的接收器。不过,我在飞行中发现,这些做法是从上世纪五六十年代承袭下来的,现在的飞机,无论航路飞行还是进近下降,基本用的是卫星导航,目前是美国的GPS,以后还有北斗的,伽利略的,已极少用地面导航台的信号。按惯例,C919也设计了五套这样的设备,国外的开发商也推荐用五套。我以一名飞行员和总师的身份断言,保留三套已经足够,撤下两套设备,首先就省下千万美元的初装费,其次是省下每架飞机每套两万美元的费用。当时,最初的设计方案已到我案前,被我压下了,我和团队成员反复磋商、论证,觉得保留三套已经尽够。但是,还有人提不同意见,包括试飞机长。我心中自有飞行员的底气,力排众议,拍板决定只用三套,为国家省下大笔支出。当然,我的拍板不是胡拍乱拍,是一种担当;当然,我还是反复做同行的工作,苦口婆心地和试飞员们讲多方面的道理,逐一解答他们的疑问,说我无比尊重供应商和用户的意见,但所有供应商和用户的意见并非百分百准确。最终,咱们的试飞员都心悦诚服地和我达成了一致，这或许是我'业余爱好'派上的用场了。"

好飞机是摔打出来的

如果说约吴光辉是从秋天约到了来年春天，那么采访陈勇则从春天滑向了夏天。

会谈安排在陈总师张江上飞院的办公室。商飞宣传处的何椿姑娘领我在他办公室的沙发上坐定，三人摘下口罩。

我面前的陈勇不胖不瘦，不高不矮，一脸的笑意，带着并不明显的陕西口音说："让我说啥呢？别说采访，咱们随便聊聊吧。"

陈勇小吴光辉七岁，陕西人，来自陕西阎良，西工大的本硕，上海交大博士。他指了指桌上的茶杯，对我和何椿说："二位远道而来，雨前茶，喝一口。"

大家都忙，谁也没时间兜圈子。他略一沉吟，说，"ARJ21客机自二〇〇八年首飞以来，花了六年时间取适航证。飞机造出来了，但在取证方面完全空白，没有经验可鉴，全靠自己摸索，不符合适航要求的就逐项改，又在细节方面反复进行了升级优化。可以这么说，六年的取证过程等于将飞机重新设计、打造了一遍。ARJ取证成功后，国家民航局的审定能力也上去了，也就顺理成章地成立了民航局上海审定中心。当然，这是后话。'天地不能顿为寒暑，必渐于春秋。'好飞机是'摔打'出来的，是一个起落一个起落垒起来的。一款飞机的成熟是一个渐进和优化的过程，需要一次一次的验证飞行，突击是突击不出来的。"

陈勇扳着手指头说:"飞机交付客户以来,大大小小改进了五百多项技术。交付时,已对转机型培训、卫星通话、飞行指标等方面进行了全面改造。投入航线运行至二〇一八年,为第二次大改,取消了大侧风、大积冰对飞行的限制。民航适航要求大侧风二十五节,我们去冰岛飞到了三十五节,瞬时风速近五十节,相当于十级狂风,远超设计标准。"

谈到改进的过程,陈勇举例道:"雨中落跑道,有时跑道积水一厘米,第一架样机飞下来,溅起的大水花渗进发动机,我们采取了新技术,最终消除了积水污染。落地时,飞行员发觉着陆灯不够亮,也调亮了。中国的飞行员都是从A320、B737上下来的,刚开始,说ARJ的自动化程度跟空客波音差别不小,飞行员操纵有负担,另外,飞机降落尤其是遇情况复飞时,需要研读众多的仪表信息,各种指示灯颜色混乱,眼花缭乱。我们大动'干戈',将整个驾驶舱'修理'了一遍。B737、A320飞机数量多,对有些问题不愿改、改不起,咱们是新飞机,刚起步,身上并没有那么多枷锁,一切都能推倒重来,目前我们的静暗驾驶舱已经超过同类CRJ(加拿大)和ERJ(巴西)。"

谈到"阿娇"与C919大飞机的关系时,陈勇铿锵地说:"为大飞机蹚路!倘若将'阿娇'比作护卫舰,C919就是驱逐舰;再说小一点,假定'阿娇'是把小梯子,从梯子爬上去就到C919那所大屋子了。"

"世上如有鲲鹏,亦从幼鸟长成,从地面起飞,而驰骋万里。"我插话道。

陈勇咂了咂嘴说:"天下难事始于易。而商飞搞支线机半点也不易。'阿娇'从设计、制造、验证飞行,加入航线的全过程都在为大飞机建体系,积经验,将前面的雷蹚一遍。'阿娇'是小九,是大九

（C919）的前夜，为了大九，一切疑难杂症都先体会一遭。只有让问题显露出来，才能优化。想当年第一架'阿娇'交付成都航时，航空公司和商飞需要安排一百多人保障。交付天骄航空时，保障人数降到了三十人，而现在交机，公司只需出三人。模型建立了，队伍也立起来了。波音B737试飞时也才一百座，跟咱们的'阿娇'差不多，逐步扩张到了一百五十座，现在最大的型号到了两百座左右。空客A320推市场时阻扰重重，几乎是半卖半送。A320豪赌三千，进美国市场时，也非常艰难。"

出于对国产机的多情，越往后，陈勇不自觉地将ARJ的称呼改为昵称"阿娇"。关于国产化问题，陈勇说："'阿娇'拥有全自主产权，百分之百的中国设计、中国制造。除了军机，为使投入产出比最优，所有民机的零备件都采用全球招标的形式获取，这是国际惯例。比如最酷炫的B787梦想飞机，波音只负责百分之十的总装合成，其余百分之九十的构件都分包外采。'阿娇'也不例外，发动机、航电、飞控全球招标，整个机体和总装是国内的。成功的飞机，必定是在空气动力中'摔打'出来的。"气动博士陈勇多次重复着这样的观点："试飞的意义是从理论的天国走向现实世界。载客飞行是往安全边际以里飞，越安全越妥；试飞则相反，往安全的红线方向踩去，边试边改进。"

说起心爱的"阿娇"，陈勇总师的音量高亢起来，他说："我经历了太多的第一次。飞机是制造业上的塔尖，体现了国家的雷霆意志。中国飞机和外国飞机走的路大致相同，外国比我们多的是经验，波音史超百年，喷气机至少干了六七十年，我们才几年？咱们不能用今天的现实去苛求前人，也不能遇到了困难就怀旧，就怀疑一切。"

"成长的路上免不了趔趄。"我插话道，"也许只有经过磨炼，才能练就强大的本领。"

"'殷鉴不远，在夏后之世。'事实证明，一款飞机不可能一出生就完美，它的好与强是在不断的折磨中演进的，B737改进了几十年还有问题。优化和积累既是技术，更是人才。"陈勇说。

"现在，你们正站在国产机研发的历史台阶上。"我感慨地说。

"民航和军机不同。民机是专业交通运载工具，公司、乘客都是用户，分客运、货运等不同用途，一定要以市场和需求为导向。"陈勇强调，"安全性是绝对底线，要在安全的前提下，实现充分的经济性。"

"阿娇"拉开了国产喷气机重生的帷幕。商飞人每跨出一步，都在缩短和别人的差距。过去的泪水不能战胜运10的不幸，今天的汗水却能浇灌出ARJ、C919崭新的生命。

说到"阿娇"的交付情况，陈勇颇有底气地说："这次交付国航、东航、南航等三大航空公司，标志着'阿娇'终于走进主流航空公司。如果没有大的意外，'阿娇'将很快进入国外航空公司——首家外航用户将是处在岛国的印度尼西亚航。目下，我们正在改进生产线，加快生产步伐，力争克服疫情影响，交付更多的ARJ21-700型机。"

第31章 适航路上

适航，是个外来词，开始应用于航海，后来引用于航空。用众多的规章形成正面清单，达到两个目的：不符合规章的飞机禁止上天；只有符合要求的人才能驾驶飞机。

台风

台风"灿都"截留了他。

二〇二一年九月十五日,民航上海审定中心主任顾新原本去新疆出差,但"灿都"将登陆上海的预报,使上海取消了一揽子航班。他被迫延程。不过,当天下午,"灿都"沿着它漂亮的固有弧线,从上海以东一百四十五公里处错身而过,而不是像中央气象台预测的那样拐进浦东。航班的变化,将他截在原地,也帮我在上班前就将他堵在了办公室。门口相见,他急急地晃了晃右手:"稍等,八点半见,我得先去做个核酸。"背影匆匆。十五分钟后,他准时出现在会客室。

顾新今年五十四岁,上海青浦区人,寸头短发,五官中正,面带笑意,说话中气充沛,语速较快——养成的职业习惯。稍一接触就知是干练将才,说话办事爽气。

我说明来意,他连说晓得晓得,聊聊适航审定这码子事。没说上几句,他的手机响起,试飞的事,问他啥时候能过去。他说哪晓得?打听过了当地的政策,顾新和对方商量:"咱们啥地方也不去,从飞机到飞机还不行?"

"不行就是不行。"对方说。

他两手一摊:"你瞧,怎么去?"

顾新说的是C919在吐鲁番做高温测试,他得去现场把关。C919已处适航试飞的关键节点,受疫情干扰,工期已被迫推迟,再不能浪费一分一秒。二〇二一年,C919在不同地方密集适航,顾新扳着手指头说:"吐鲁番试高温,海拉尔低温,锡林浩特侧风,南昌高湿,后头还有高原、高高原。"他用三言两语就将我引入了他的适航审定辽阔天域。

在民机发展进程中,审定中心在完成飞机交付客户前的最后十公里,任重而道艰。缺了审定,飞机不会成为为大众服务的商品。审定为飞机而生,飞机通过审定而安全适航;民航审定中心伴随ARJ21、C919走过适航取证全周期,商飞也陪伴中心一起成长,两方相携共度难忘时光。

之前,我曾请教过中心张迎春副主任兼总工,揭裕文、宋智桃副主任,通过和几位主任的访谈,我体悟到适航审定的水深过顶。

规章

"适航条款,条条都是血和生命写成的。"顾新说。

反过来说,在适航条款诞生前,人员生命、财产安全屡屡受损。

一百多年前,航空潮在欧美全面井喷,任何单位和个人都可以随便制作一架飞机,上天自由翱翔。由于当时的技术水准低下,经常发生空难:一是驾机人员和飞机同归于尽;二是坠落的飞机砸死砸伤地面人员,毁损房屋财产。发生的事故多了,老百姓很受伤,呼吁有机构有人来管管这些事，维护公众"头顶"的安全。

于是，政府开始立法，出台了飞机和飞行的各项条款，规定只有适航的飞机和人员可以上天飞行，凡不符合规章条例的，一律受限。

适航，是个外来词，开始应用于航海，后来引用于航空，至少包括几层含义：一是飞机本身及机上各类设备处于良好状态，适合航行；二是机组成员经过专业训练，具备飞行技能并取得资格证书；三是航空器有运输人员与货物的能力。

如何让飞机和人员符合上述能力？可以建立一系列规章，用众多的规章形成正面清单，达到两个目的：不符合规章的飞机禁止上天；只有符合要求的人才能驾驶飞机。

为维护空中及地面安全，适航部门打出了一套套组合拳。

"在整个航空产业链中，飞机本身的可靠与安全为重中之重。审定部门代表公众，制定了两类规章来兜底。"顾新说，"一类是技术规章，负责大飞机的称为CCAR25部，管通航小飞机的为CCAR23部，旋翼直升机CCAR27部，重型直升机CCAR29部，另有单独审定发动机的CCAR33部，还有环保、噪声等等，品类众多，各自认领。民航上海审定中心专门负责大型商用航空器的审定，中国商飞的ARJ21、C919都由本中心负责，依据就是CCAR25部，细分条款有四百条左右，详细规定了飞机设计与制造的机身结构要求、航电要求、强度要求、液压要求等等详细条件……每条规章的背后是生命和鲜血。"

"你们传达的是'上帝'特殊的声音。"我有些后知后觉地说，"一些人以为造出了飞机就能上天，对适航审定这回事连起码的了解都谈不上。"

"问题总是在关键的时候发生。上世纪六十年代以前，飞机上没有近地告警系统，多云多雾天气，飞机多有发生撞山撞地事故，人机俱亡。后来，适航条例规定，所有客机必须装有近地告警装置，后来事故大为减少。二〇〇〇年以后，民航增加条款，要求安装增强型近地告警系统，撞地撞山事故基本清零。"

顾新的话，使我想起恐怖一幕。上世纪八十年代，虹桥塔台当班张管制员发现一架飞机沿跑道长五边下降时，竟然没有放出起落架。张管制员大惊失色，立马下令拉起复飞，飞机盘旋一周后重新落地，避免了一起机身接地起火的惨剧。

顾新的话将时间拉得更长："一九五四年一月，一架英国航空公司的彗星号客机——德·哈维尔公司研发的全球第一款喷气式客机，从罗马飞往伦敦途中，机身在空中解体，坠入地中海，机上人员全部遇难。事故调查后得出结论，解体原因是金属疲劳。当时，设计人员对金属疲劳概念几无认知，导致了多起空难的发生。后来的适航条例，专门加入了结构强度、疲劳强度等规章。通过不停的规章修订、规章完善，使安全标准达到最高。设计出的飞机必须让公众感到是安全可靠的，这就需要让条款说话，让背后的数字说话，达到乘客信赖的安全余度。又如，现在的飞机都有增压座舱，不管飞机飞得多高，人在机舱有一个相对高度，不至于缺氧晕厥，始终处于相对舒适的状态。一般飞机的座舱气压为两千四百——人在其中相当于在两千四百米的高度，飞机越先进，增压舱的相对高度越低，波音787为一千五百米，顶尖的公务机能做到八百米左右。舱压体感越舒适，对机体的结构要求越高——飞机起降类似于呼吸，起飞时机身膨胀，落地时缩小，一呼一吸，肉眼看不出，其实对机体有损害。"

顾新转过话头："第二类是管理规章。商飞申请执照，要研发大飞机，制造大飞机，也有的企业只制造单个部件或一些系统。围绕民机的要求，申请人应该做什么，怎样做，管理者应该做什么，规章条条明确。"

验证

"适航做什么？"顾新石破天惊地一句，"验证规章条款的符合性。"

他短短一句话，仿佛将千头万绪的适航审定囊括了。但要实现这些，需要学会"拼图"，一样一样拼成一个"大扇面"。无论 ARJ21 还是 C919，欲取得型号合格证，必须被反复"折磨"，最终符合 CCAR25 部的所有条款要求。为方便验证，又将这些分门别类的条款演变成若干个审定基础，将复杂的条款对应至具体的审定基础，换言之，只要审定基础被验证了，也就符合了规章。

验证的方法切割为十种。与鲜活的生命相比，验证的手段显得枯燥，甚至无味。不过数学枯燥，呆板，但真实管用。其中一至四种方式为文字证明与计算，是对航空器的安全性分析与评估，以特别的算法证明条款的符合性。

第五种法子是做实验，有实验室的，也有"田野"实验。机翼在怎样的温度、湿度下会结冰？做成模型，放进冰洞进行实验，获取数据。云中闪电对机体的危害有多深？送进中航工业的实验室去测试。

人类从鸟获得启示发明了飞机，但飞鸟又是飞机的天敌。

审定中心副主任、C919 飞机型号合格审查组组长揭裕文这会儿正在海拉尔做鸟击机的试验。一向以严谨较真著称的揭裕文为享受国务院特殊津贴的专家。他以同情的口吻说："鸡，牺牲了，为的是人类安全。"

鸡被勒死，血不能外泄，伤不能见疤，死亡半小时内用专用炮以设定的速度（模拟鸟在空中的飞行速度）打出去，落在挡风玻璃、机体等不同部位，检验"鸟击机"的损伤效果。全过程用高速摄像机跟踪。

揭裕文组织的试验实况传播，欧洲航天局的官员远程观看。中欧对试验结果互为承认，为C919以后进欧洲市场积累数据。大量、不同的和相同的实验做了成千上万个，只为证明条款的符合。ARJ21、C919皆如此。

空客现在做商飞的"老师"，曾几何时自己也是学生。以前听人说起个笑话，空客当年用冻鸡在冬天做鸟击试验，多次不达标，请教波音。波音说，先打一千万美元过来，教你们。波音收到款项，只发了四个字：将鸡解冻。问题解决。

接下来做机上实验，飞机在地面静态的条件下，测试机械装置、机载设备的承受度，如海拉尔的高湿高寒，海南岛的高温高湿，天山的雪，嘉峪关的风。听着浪漫，试着苦逼。试验需要真实的环境。美国为航空工业巨无霸，建有庞大的气象实验室，能模拟各种天气现象。随着国力的提升，我国也建立了气象实验室，能在70℃至零下50℃的宽大区间内，将飞机放进去"现烤"或"现冻"，看机体能否承受。

审定中心自有赵志强、张惠中等超一流飞行员，他们手上的活已达臻境，带上真飞机进行各类中、高难度试验。当然，中国商飞也有自己的试飞员，国家试飞院有像赵鹏、赵生、郭勇冠等超一流民机试飞员，但分工有所不同。赵鹏、赵生、蔡俊、吴鑫、陈明等试飞员，主要完成研发试飞，以及随后的符合性试飞，但双方也共同完成一些审定项目的试飞——既分工又"合伙"。首飞往往被媒体炒上天,但在顾新看来并不能表明太多,充其量证明这款机离了地上了天。符合性试飞也是由申请人完成,局方出飞行大纲,申请人试飞,将试飞的数据报上来,审定中心审核,认定合格的,接受试飞结果。

真正高难度的试飞在后头呢。那是代表公众的审定试飞,由审定中心(业界常说的局方)的试飞员展开行动,或者由他们主导,带着申请人的试飞员一起"玩",合作完成。

"安全从哪儿来?"顾新自己回答,"设计赋予,制造实现,实验验证,试飞确保。研制方说得天花乱坠,我们不信,不敢信也不能信,所有的安全都得通过真机的试飞来验证。"

顾新用十六个字浓缩了审定试飞的要义,每个字皆是一座山。尤其是"试飞确保",背后的暗示是刀尖上和悬崖上的营生。单发、颤振、失速、最大刹车能量,最小离地速度……这些专业书上的专有名词,高冷、残酷、恐怖,能将人吓得直接躲进掩体。这些都需要试飞员一个个科目、一次次起落去"冒险"。真机试飞是审定的至重量级手段。揭裕文副主任主管试飞,一年中有三分之二的时间蹲守在各大试飞机场的现场,时常屏住呼吸,用指头数着一个又一个架次的堆累。

以前有人说:"试飞的每一步,都可能是最后一步。"但赵志强他们干得很出色,也很过瘾,已经改写了这句话。

顾新主任打开他的手提电脑,放出几段内部视频。镜头中,一架客机抬头太高,驾驶员让它低头,压下去,不料操纵失当,飞机失去速度,一头栽落地面,被公路上车辆的监控器拍下。实际的"失速"试飞,则是在机翼上贴上许多小塑料片,正常飞行时这些条条静静地躺在翼面上,一旦飞机速度掉到一百节以内,失速时,翼面上的片片竖立起来，最大角度达到九十度。

最小离地速度，指真机飞行时，机尾擦着跑道，地面满是火星，验证飞机的可靠性。最大刹车能量，指飞机高速滑行时猛烈刹车，轱辘温度超过 1000 ℃。至于大侧风，空中机翼积冰的试验，ARJ21 前后几年遇不上适合的气象条件，不得不花重金去北美五大湖区、冰岛"风口"，总算搬掉了压在头顶的两座"限制大山"。

顾新告诉我："飞机最终要交付航空公司进行航班飞行，当一款飞机试飞确认后，我们也会从航空公司请一些航线飞行员过来，他们的职能是充当'小白鼠'——不能试飞员会飞，航空公司的飞行员困难重重，他们飞得安全与顺畅，才说明这款机应试过关。"

适航审定的工作切分十大类，包括机上检查，单个设备的鉴定，模拟机试验……在此不做过分解读。顾新属下的人很少能在办公室聚齐，工会搞个活动，提前三个月通知也难以凑齐大半人数，工作人员像星星一样撒满天空，不是蹲在试验、试飞的现场，就是络绎在来去的路上。

一些特高风险科目，可能导致机坠人亡结果的，不方便真机体验，就落实在模拟机上。失速的极限，立马导致坠机；机体疲劳，迅速衰老引发解体——实际情况也许在飞机报废前都不会发生，但试验必须做，拿到或许永远也用不到的数据，为的是划定那条永远不可逾越的红线（也叫包线）。

"永远没有结束"

"ARJ21，适航审定快结束了？"

"没有，永远没有结束。"顾新大声说。

我再次低估了自己的无知。原先在我的脑海里，"阿娇"已交付三大航，自己不久前才乘着去南昌，瓢泼大雨中降落，感觉超赞，怎么会还没"审"结束？

后来去了阎良，看见商飞外场队和试飞院在更改和反复试飞，我才知试验工作在路上，审定也永远在路上。

顾新的话宏观地纠正了我的想法。他说，一款飞机，如果"审定"结束了，说明这款机"死了"——不好用，淘汰出局了。当这款机的审定永远没有结束时，反证这款机越用越好，生命周期越来越长。这是很有意思的概念。优秀飞机通过设计，通过型号的更改，越飞生命越旺盛。当一款机试飞告一段落，拿到生产许可证，交给了航空公司，飞行中收集大量数据，经过不断改进优化，无论安全性、可靠性还是舒适性、经济性，越飞越向好，到一定阶段就可以换代了。只要不停地飞，适航审定也就不停地跟进。

"合抱之木生于毫末，九层之台始于累土。慎重如斯则无败事。"波音737是喷气大客机首次过万架的，但也是由弱至强。B737-100型才生产了三十架，B737-200型过千，为第一代（737OG）；B737-300型至B737-500型为第二代（737CL）；B737-600型至B737-900型为第三代（737NG）；MAX为第四代，包含了7、8、9、10四种型号（比如B737MAX7、B737MAX10），统称B737MAX，想不到出事了。不断地改型，跟随的是不停地适航。B737MAX进行的整改，在美国要接受审定，进入中国市场同样要接受中方的准入审定。这次B737MAX原型机进舟山，从舟山来浦东，就是中方审定飞行员从舟山开过来的。中方将对这款机的安全性进行重新评估，为的是保护公众利益。可见，适航审定中心除了审核国产民机，也对进入中国市场的波音、空客等飞机进行全面严格的准入审定。

二〇二〇年，空客A320产销过万，从一九八八年交付第一架机算起，已经三十三岁，比波音737的五十四岁年轻了两代，算是很成功的后浪，但起步同样蹒跚。第一代A320半卖半送，才交付二十三架，远不如中国ARJ21。A320交到第三架时，忽然从天上掉下来，以后改进的第二代、第三代机型逐渐成熟了，但进美国市场也是非常艰难。A320自第一架机出生，一直在改，终于改出了出彩的机型，目前的市场受宠度竟然胜过了前辈B737。

当银河系最闪亮的明星B787登场时，被媒体誉为"梦幻飞机"，然而第一款型号（8型）面世时，也是处处惊心，步步荆棘，问题不是这头冒泡，就是那头漏气。到了9型号机，得以涅槃重生。世上没有哪款飞机一诞生就天下无敌，都需要不断打磨，反复淬砺，才成其完美。

"一款飞机一旦不改了，不审了，意味着寿终正寝，比如波音727。"顾新说，"审定中心今年的重头戏是C919，无数试验在路上，无数试飞在天上，无数人员在途中。ARJ21于二〇一四年十二月三十日取证，二〇一五年十一月二十九日交付第一架给成都航，已累计交付六十六架，下线一百架。六年来，一直在改，改动量大，我们的审定试飞也一直在做，改得越多，飞机越棒。"

"他们改，你们批，你们试，永远是走不尽头的路，是不是？"我问。

"去年，试飞悍将赵志强完成稻城亚丁高高原机场的测试，证明ARJ21的高高原性能超出国外同类机。"顾新没正面回答我的提问，顺着他的路子说，"我们全火力支持国产机的试航，全力以赴配合大飞机尽快交付客户。只要需要，中心将最优质的资源扑上去，只要商飞干，我们就陪。审定团队不用动员，不用招呼，只要有活，很多人周末自觉自愿进单位——审定中心工作人员，包含了飞机研制所需的各类专业，工作性质所需，节假日不分，周末无休，不少人凌晨三点还在加班，因为许多工作是国际性的，需要和欧美连线开会，讨论问题，而我们这儿晚上，他们白天，国际交流么。"

国产商用飞机和波音、空客走的路子类似，国内设计、总装，部件国际国内招标采购——波音、空客的部件也有中国产，国外飞机入中国市场，也需要逐项审定。国际合作的会议往往随航空强国美欧的时间轴，在中国的半夜召开，中方审定人员和飞国际航班的机组一样，也是晨昏相接，需要倒时差。

第 32 章 腾云驾雾

他"玩"的都是飞行的极限模式,他的双翼滑过的痕迹,化作了漫天诗雨。另一位他羡慕古时扁鹊的圣手,在大病重病发生前,就将它"摁掉",最好的机长应该学做扁鹊。

审定试飞是飞机交付前的最后几公里,由那些超一流飞行者完成。

王牌机长

二〇二二年元旦前,我再一次遇见试飞员赵志强时,他还是那么洒脱,脸上永远挂着自信的笑意。

他是个大忙人,不是在试飞的机上,就是在飞航班的途中。前些日子,他在阎良C919的审定试飞上,我们还共同为赵鹏庆祝试飞生涯三十年。三个月前,他刚飞完大飞机的噪声试验,下降、起飞的噪声,进近、进场的噪声,复飞、通场的噪声,前前后后三十天。一个多月前,他还在阎良从事ARJ21局部更改的试飞。一款飞机的安全只是必备条件,欲获得商业成功,需要不断在经济性上优化,哪怕手柄的卡位会引起襟翼或缝翼角度的微小变化——只要设计方不停地改,他们就不停地飞行验证。

赵志强高中毕业考入合肥工业大学,三年级时,喜欢"刺激点"的活,"大改驾"转学民航飞行学院学飞,第四年去美国康奈尔飞行学院,毕业后供职航空公司飞行部,从副驾驶做到教员机长。

二〇〇九年九月，国家民航局招试飞员，消息在民航资源网上发布了一个月，报考条件对年龄、飞行经历、飞行安全记录、技术等级、英语水准、总飞行经历时间、总经历机长时间有明细限制，符合条件才能面试。

条件苛刻，尤其是三十五岁以下、总飞行经历七千小时、机长飞行时间三千小时的要求很是严苛。因为在三大航，放机长时间长，一定是在同批中靠前放机长的才有资格入围。符合条件报名的二十多人，只选两名。经多轮考核、面试，赵志强和另一名机长张惠中被选中，登上了属于自己的那块领地，成为试飞员。

赵志强在航空公司时飞的是A320、A340，走上局方试飞员岗位后，干的活跟原先根本是两回事。申请人（如商飞）完成了飞机的基本飞行后，将中、高风险的科目"甩给"他们。至于赵志强和申请人（商飞或中国试飞院的试飞员）的区别，他打了个形象的比方，好比开车，申请人首先要让车子能开起来，轮胎正常、刹车正常、发动机正常，但高速运行、急转弯、急刹车等高难度、高风险试验由他或者由他们（共同）来完成。国产新客机，申请人商飞先完成表面符合性飞行，包括地面滑、中速滑、高速滑、抬前轮、首飞、调整参数等，向局方表明飞机已有了最基本的能力。在完成了基本的试飞后，赵志强将驾杆接了过来，开展新一阶段的试飞：一是重复性试飞。需要重新飞行验证，按适航条款审查是不是真行。二是失速、大侧风、引擎关停等中、高风险科目，必须由局方试飞员主导验证，或者由甲乙两家共同完成。

业内给赵志强丢了个"失速哥"的戏号。

失速，意味着飞机的升力与速度突然减少，飞行高度快速降低，飞机会产生失控式的俯冲颠簸，发动机开始振动，驾驶员操纵艰难……

失速试飞是"阿娇"适航取证征程中最重要的内容之一，属一类高风险科目。在挑战面前，赵志强常常对自己的手说："咱干的可是技术活，靠手艺吃饭。"

ARJ21是国家民航局第一次全面开展对一款国产喷气客机的审查试飞。为取得充分而可靠的数据，失速科目需要飞四十架次，每架次两个多小时，涉及一百九十个试验点，赵志强凭着双巧手一人完成了二十五架次五十小时以上的试飞，他也在空中不停的翻滚中，在眼前的云卷云舒中捷速成长。

飞机和每名飞行员发生着相同的联系，但在不同的飞行员眼里很是不同。

飞机在空中，一个发动机"歇菜"，那是天大的事，视为严重事故征候，单发是断不可以升空的。这些外界听来不得了的情况，在赵志强眼里也可能成"儿戏"。据他回忆，他带"阿娇"在高高原机场（海拔两千四百三十八米高度以上定义为高高原机场）试飞，在满载（最大起飞重量）、冷发动机的前提下单发起飞，单发落地。在缺氧的格尔木，在全球海拔最高（四千四百一十一米）的亚丁稻城，他一天驾机多个起落，在飞行中关、开发动机多次。双发的飞机一台引擎停摆，飞机的载重、高度性能都会跟着下降，不但考验飞机的品质，也极大考验驾驶员的技术和心理。他带着笑意讲这些刀尖上的活，似在讲些平凡得不能再平凡的故事，而我早已对他肃然起敬。

一般的航线飞行员，转弯滚转时，斜度不超过三十度，他要飞七十度，整整将包线（红线）拓展一倍。

各种高危度的场面一一试过。前挡风玻璃碎了，啥也看不见，靠前面的仪表飞行，用两边的侧窗驾机落地，都是他们必练的科目。这些可不是在模拟机上飞，而是在真机上实干。实际做法是将驾舱前方的挡风玻璃蒙住，只靠两边的侧窗观察跑道和地面，这样的情况，在赵志强的经历里类似家常小事。

他"玩"的都是飞行的极限模式，他的双翼滑过的痕迹，化作了漫天诗雨。他在腾云驾雾的惊险中享受着工作的快乐。

结冰区可能给航线飞行带来灾难，却是赵志强苦苦寻找的地方。赵志强和他的伙伴们飞遍白山黑冰，穿越天山南北，在国内遍寻四年，也没找见理想的结冰空域，最终不得不选择远在北美的五大湖地区，这也是欧美新机验证结冰试飞的"理想国"。当赵志强团队赶到加拿大温莎机场，开始结冰区试验飞行时，前后空耗了二十来天，只是操练了发动机外壳瞬间带冰等少数科目，最紧要、风险系数最高的带冰条件的操纵稳定性能等科目始终无法完成，因为在茫茫的天空中没有出现符合规章要求的结冰条件。季节差不多过了，试飞团队的签证也快满了，上百号参试人员垂头丧气，有的已在暗中收拾行囊。连现场的气象预报员都说，今年没戏，只有明年重来。

赵志强超然的技术，包含了他内心的强大。下意识告诉他，机会隐藏在无机会中。这天，和往常一样，坐左位的他和坐右位的第二机长赵生驾机在上千公里的天空中追云觅冰，可望穿秋水仍是一无所获。他们驾机飞行了几个小时，只见油消耗，不见冰点来。难道这不远万里的北美之行就这么铩羽而归？回程的路上，赵志强那双猎人一样的眼睛始终在巡睃，他不想放弃最后一丝希望。蓦地，他发现航线右侧有大片云层，云顶高和飞机的高度接近，气温在零下 10 ℃至 15 ℃左右（正是结冰的理想温度）。阳光照在云顶上，折射出的眩光使他感到云内水汽充足。他觉得这可能是个机会，无论如何都要试一试。经过和赵生等机组成员短促商议，赵志强决定放手一搏，即使油量不足难返基地，就找附近机场备降，但机会一丝一毫也不想放过。赵志强驾机迅速向云区开进。天佑"阿娇"，刚刚进入云体，飞机挡风玻璃非加热部分悄然结起了冰层。与此同时，传出机上试飞工程师颤抖的声音："赵机长，机载仪器显示，机外温度、水汽颗粒含量、颗粒直径均满足结冰规章的要求。"听到这话，赵志强不及细思，立即向航空管制部门申请相关的试飞空域。得到允许后，赵志强存神凝气，驾机迅即在云层里盘旋。冰很快积起来了，而且达到了三英寸的标准。他胸口一热，情不自禁地呼喊："啊，冰，三英寸！"

和飞航班不同，那是要避免进入结冰区，发现冰层尽快除冰；他们的验证飞行正好相反，要求尽快结冰，并且让冰集聚，不能短时间脱落。面对千载难逢的机会，赵志强岂能放弃？他迅速驾机爬升高度，去更寒冷的空中让冰结实结固，确保在后面的飞行科目中脱落面不超过三分之一。上升高度后，赵志强一气呵成，先后完成了大高度盘旋、结冰状态下各个构型的失速飞行。这时，他只关心两点：一是快速完成所有飞行科目；二是维持冰层不落，在结冰条件下的飞行状态是否正常。结果，堪称完美！

事后，有人问他："驾驶飞机带冰做那么多科目，没想到其他的事？比如说危险，还有紧张。"

他的回答无比轻松："机遇稍纵即逝，哪来得及紧张？我相信自己的手艺，只想将科目尽量做完整、彻底，不留遗憾，更不想将送到眼前的机会留到下次。下次在哪里？明年、后年？"

飞行界都明白，侧风对航空的影响有多大。"阿娇"交付航空公司后，局方对"阿娇"的侧风限制为三十节，超过设定的侧风速度，禁止起降。赵志强所承担的大侧风试飞就是验证超越三十节侧风时的飞机安全性，并打破这个限制，将试验的侧风值尽量往高里靠。

侧风多见，而三十节以上的大侧风少见，这需要试飞员们满世界寻找。他们在嘉峪关、玉门关寻觅三年无果，不得不披星戴月去冰岛测试。邻近北极的岛国常年生产三十节以上的大风。

去冰岛前，商飞试飞中心气象台长蒋喻、黄鸿虹，做过大量功课后得出结论：那里最佳测试时间为每年十一月至次年的四月。由于高纬度，十一月至二月，那里基本是茫茫黑夜，三月至四月，白昼时间明显延长，比较适合试飞。

戊戌年正月十五（三月五日）的明月刚刚隐去，"阿娇"第一百零四号验证机抵达凯夫拉维克机场，降落时便遇到了风，瞬间最大风力六十节，人站着都要吹倒，飞机停住，按住轮档，还在晃动。试飞团队几十人齐声欢呼："呵，终于，找到了风口！"然而，他们的欢呼声未免过于乐观。挨到赵志强他们住下，真想飞了，大风不见了，躲了起来。从三月初到达之日起，赵志强机组试探性地飞了十六架次三十六小时，除一次遇到二十二节的起降侧风，其他时间都是"风平浪静"。连驻冰岛大使馆的人都说："今年奇了怪了，你们没来，天天大风；你们飞来，大风歇了。"

在漫长煎熬的二十一天后，终于等来随团气象台长蒋喻的精确预报：二十六日有大风。当天，赵志强和机组成员早早将飞机滑出，在批准他们试飞的纵向跑道外等待。今天，仍是赵志强左位主持，右位为第二机长陈明（试飞院试飞员），另有试飞工程师屈展文、朱卫东、梁远东等，每人分工精密。凯夫拉维克是一座民航机场，每天六点至九点为繁忙时段，有几十个航班起飞外出。赵志强透过挡风玻璃看到，滑行道上的通勤车被风吹得摇摇晃晃，人走在地上得弯下腰，否则怕被风刮跑了。

局方试飞工程师屈展文说："赵机长，气象数据显示，今天的大侧风估计超过波音、空客的试飞标准，远超三十节，可能会到四十节以上，咱飞不飞？"赵志强一拍驾杆："太好了！我们试验的基本值是三十节，如果到四十节，等于给航线机长留出了十节的余度，如果靠近五十节，就留了二十节余量，当然是越大越好喽。"

"可是……"

"不会有可是，我们是建立在科学基础上的试飞，先前已进行了太多的理论研究，我相信'阿娇'的筋骨是坚硬的，所以，风越大越有谱。"

九点整，航班早高峰渐去，赵志强收到塔台管制员的指令，可以起飞。他迅速驾机滑出、加速、抬头、离地、上升，在空中转了个弯，很快消失在云层中。十分钟后，他驾机从北向南朝跑道方向逼近，渐渐降低高度、接地、反推打开、减速，完成首个起落。今天很幸运，第一个起落就验证了三十节侧风的数据。起飞、落地是一名飞行员难度最大的工作，大侧风的试飞主要也是截取起降时段的数据。

赵志强等机组成员绝不会满足于一次数据的采集。他驾机迅速调头，很快滑回着陆点，开始了第二次大侧风下的起飞。在强大的侧风下，他分别用蟹型（偏流法）、倾斜型（侧滑法）等造型从长五边落地。"阿娇"在他的手上，像一架拍特技飞行的道具，以优美的造型潇洒落地。连续几次轻逸的起降，看得机场塔台管制员目瞪口呆，连竖大拇指。不过，外面看到的是表象，同在机上的陈明及几名试飞工程师感受的是内在，他们由衷地感到，赵志强的潇洒来自他的技艺，来自他的心理，他不是在表演，而是在用高难度的动作验证这架飞机的抗侧风能力。

赵志强团队进行了六个起落的测试。

八小时后，电脑计算出六次起飞的平均侧风为三十四点七节，着陆时的平均侧风为三十三点五节，瞬时起飞和着陆风速接近五十节，远超预期侧风目标，大侧风操稳、动力装置试验点等科目宣告完成。当他们的飞机降落时，凯夫拉维克国际机场上空奇幻地落下一阵冰雹，是祝贺也是欢送。

至此，"阿娇"最后一项强侧风下的飞行限制被解除，数值超过波音的测试风力，飞机具备了在高原、高高原、高温高湿、自然结冰以及大侧风等全部特殊气象环境下的运营能力。如果说国产喷气机的成长是一个艰难折磨人的过程，赵志强就是那位最有资格的见证者。

爱扁鹊

试飞员的神手已经超越了飞行本身。

赵志强的同事、中国最棒的局方试飞员之一张惠中钦敬古代的扁鹊，并不欣赏聚光镜头中间的萨林伯格或刘传健那样的"英雄传奇"，因为英雄常常和危难捆绑一起。二〇〇九年一月十五日，一架客机从纽约起飞，不到两分钟，两具引擎同时撞上了一群加拿大黑雁，双双失去动力，萨林伯格机长以娴熟技术，避开了人烟稠密区，降落哈德逊河上，机尾首先触水，其后机腹接水滑行，成功迫降。

类似的危机同样发生在中国。一九九八年九月十日，东航586航班起飞后发觉前起落架不能收放，机长倪介祥沉着应对，紧急迫降，机上一百三十七名成员全部生还。更传奇的当数川航8633航班，起飞后不久，前挡风玻璃突然爆碎，驾驶舱失压，气温骤降至零下40℃，副驾驶一度被吸出舱外。机长刘传健凭过硬技术和空军航空兵练就的成熟心理，避开川西高山，硬是将失压的飞机开回双流机场，所有乘客有险无危。

成功者被人记着，失败者遗憾埋名。

论技术手段，张惠中似乎丝毫不输"英雄机长"，但他更羡慕古时扁鹊的圣手。扁鹊用望色、听声、写影和切脉，迅速判断出病症和病程演变，提前做好预防，在大病重病发生前，就将它"摁掉"了。最好的机长应该学做扁鹊。

张惠中不喜欢"安全飞行一百天"之类的口号，一百天做好，一百零一天就不要了？两百天就不重要了？安全是永恒的话题，需要永远优秀的作业，应该像流水一样不停地流，这是飞者的最高追求。

张惠中看来，航线机长应厌恶风险，没有必要挑战高险，不发生什么是最佳的飞行状态。其实，中国航空公司有许多飞行员像扁鹊，善于风险管理，善于驾舱管理，将风险控制在危险之前。

但像他这样的试飞机长例外，职业所致，他常处在轰动的漩涡之中。

二〇一八年十月，印度尼西亚狮航的一架波音737MAX起飞十三分钟后发生空难，坠毁海面，机上人员全部遇难。张惠中职业的眼光判定飞机的设计存在缺陷，只是有条件地爆发了。果不其然，五个月后，埃塞俄比亚的又一架同类型客机在起飞六分钟后失联，随即确认坠毁，机上人员无一生还。

曾几何时，B737风光无限，通吃五洲，但随着B737MAX的两声惨叫，使拥有这款机型较多的航空公司迅速成为悲情排行榜的前列对象，比如国内的山东航、厦门航。

事隔三年，波音将反复修改后的飞机经太平洋上加油两次，悄悄飞至浦东机场。当张惠中从波音737系列总飞行师珍妮弗女士手中接过驾杆，飞往舟山基地展开新的试航时，心中不禁浮起一抹苦涩的得意：这是波音历史上第一次将飞机送至购买国，由当地国的飞行人员进行审定试飞。如果回到二十年前，老外根本不将中国民航的适航审定部门瞧在眼里，中国连正规的适航试飞员都没有，哪有能力审核人家的机型？即便在前些年，中国建立了民航试飞员队伍，对购买的外国飞机，也是试飞人员跑去波音、空客试航，航空公司将通过审核的飞机开回。这次波音将整改后的飞机送至中国，反衬了中国适航审定队伍经历十几年的补课，实力今非昔比，背后更有腰杆子硬起来的国力支撑。中国适航人已经能平视FAA及EASA（欧洲航空安全局）了。

张惠中外语强，代表中国民航和公众对外国进入中国市场的飞机执行过太多的审飞。从空客330客改货机，到地球村最新型的波音787梦想飞机，皆在他的掌中腾云驾雾。多年前，中国购买B737MAX，也是他远赴西雅图进行审飞。当然，适航审定不光包括试飞，还有资料审核、会议评估等一大堆前期工作，试飞是审核的最后环节，是审定的末端把关行动，是最后几公里。美国联邦航空局对B737MAX发放了生产许可证，中国航空公司购买，必须先交由中国民航适航部门的认可审定。张惠中去了西雅图两次，审核B737MAX，然而试飞没问题不代表一般的航线飞行也没问题，中国机长没问题，更不代表所有国家的机长都没问题，人不是神仙，没办法对所有隐患事先预知。自从B737MAX发生事故，张惠中、赵志强他们认定这款机必有缺陷。果然，经查后发现这款机存在单点失效问题——某一个系统失效，整个系统都会受影响。实际上,波音自第一次出事后,他们就发现了问题,马上开始整改,中间加了许多软件和硬件,症结基本消除。就在波音准备申请所有机型整改时,又发生了第二次空难。

三年过去了,波音一直在改、在优化,只是考虑到国际舆论,格外慎重,又着急得不行,希望尽快"回血",终于由珍妮弗总师亲自将飞机开来中国,接受中方的审定,也反证了中国大市场在波音心中的分量。

在舟山基地试飞前,张惠中机组已经在浦东的模拟机上进行了三天飞行。事先从美国来的工程师将中方关注的数据导入训练模拟机,植入B737MAX特定的情景,将平时的训练模拟机临时改装成了工程模拟机——能模拟传感器失效,甚至发生空难等真机上不可能实现的试验。模拟机上的科目完成后,接下来便是原机审飞。

"结果怎样,B737MAX能重入航线吗?"我好奇地问。

"哈哈,我只负责飞,结论由民航局发布。"他狡黠地笑笑,轻轻将提问化解。

张惠中比赵志强小一岁,祖籍安徽,出生于泉州,父母为军队干部。一九九六年,他高考考入民航飞行学院,毕业后进东航飞行部,执飞过麦道、空客、波音等五款机型,后经多重选拔成为审定中心的试飞机长,这期间去美国试飞员学院(NTPS)学习,免考各种机型的照,也能飞几乎所有的机型。

跟他结实高大的身板相左,张惠中说自己属于"宅"的一种,两点一线,喜欢默默无闻,很少站在镜头的中央,喜欢扁鹊一样的无名英雄。

我立马打断他:"No,扁鹊的名头可不小。"

张惠中二〇〇九年进入刚成立两年的民航上海审定中心，参与了ARJ 21适航审定的全过程。这是最末梢的试飞验证，有的科目和赵志强分头单飞，有的科目他与商飞的试飞人员"并行飞"，最艰难的如大侧风、结冰，最易的如功能性试飞，飞一次跟飞三次没多大区别。和申请人商飞的试飞员、试飞院的试飞员肩并肩飞，为的是省时省成本。

试飞的甘甜苦辣对试飞员像家常便饭，起得比鸡早，睡得比蛙晚，他都不愿多提。长沙飞高温，海口飞高湿，呼伦贝尔飞高寒。

海拉尔大草原的深冬，一日夜温低至零下37℃，张惠中凌晨三点起床进场，在天蒙蒙亮时开机。天上星星闪烁，他也成了星星中的一颗。

去吐鲁番试高温，在地面达到50℃以上时，他将C919飞起来，落地后不让冷却，马上关机，看部件出没出状况。

大客机C919全面开试，上手的感觉真不错，顺溜、圆转。飞夜航、飞雨天，迈过一道道卡。疫情期间，不方便出国，锡林浩特的大侧风飞到二十五节每秒左右。接下来轮到自然结冰了。国内的气候也在变化，陕西的秦岭山脉水汽充足，说不定冬天就遇上了理想的结冰条件。

工程师

试验机上，除了机长，还有工程师。

二〇二一年八月十一日，张惠中驾驶着美方修改版的B737MAX翱翔在舟山上空，局方试飞工程师屈展文随机飞行，俨然为"命运共同体"。成了一起欢，输了一起扛。试飞机组的组合就包含了试飞工程师。

"飞行试验的目的是什么？当然是拿数据，用数据说话，判断飞机的性能能否满足规章要求。"屈展文说，"试飞工程师预先参与试飞大纲的制订，是试飞的计划人；上了飞机，和机长分工协作。如果说机长重点关注飞机状态、对飞行负责，那么，试飞工程师主要对实验内容、实验数据负责。"怕我混沌，他做着手势，进一步阐释，"试飞的飞机和正常航班不同，验证机设有专门供试飞工程师用的监控台，通过电脑屏监控各种数据，我们的任务就是分析数据、处理数据，现场判断，快速决策——继续按计划飞，还是有所改变？飞哪些点，不飞哪些点，飞机是否超出了预期状态？当然，所有的决策都和试飞员共同商定，彼此组成一个共同体，不能相互割裂。"

屈展文短短几句话，已将试飞工程师的职责描述清晰。缺了试飞工程师，机长们的独角戏怕唱不完整。

一九八五年出生的他，在南航大学的飞行器设计，毕业后进入审定中心。飞机设计专业和适航审定很搭，对这项工作的理解也更全。

"我国对商用飞机的审核条款CCAR25部，开始是参照美国——这个不丢人，美国为航空强国，航审走在前，欧洲EASA也是抄的美国作业，但后来各有发展。美国本身也在不停地改，从一九六五年至今，FAA（美国联邦航空局）已对其修改了近一百四十次。他们采取打补丁的办法，小修小补，每修订一次，进一小步。为什么要修订？一是事故驱动。发生了事故，发觉哪一条不合适，就改，或者增删。二是技术发展，淘汰了不需要的，或者改用新的技术手段。三是认知的提高，促使某些条款发生更改。"屈展文往上推了推近视眼镜，"中国的CCAR25部，先是翻译、学习、研究别人的，现在是实用、修订。但我们和FAA打补丁的方法有别，每次都是大改或重新修订，至今已进行了四次修订，正酝酿着第五次修订呢。"

年轻的工程师屈展文亲历国家队的航审队伍从无到有、从弱到强，迅速地开疆拓土，其中一个标志性事件是 ARJ 21 的下线试飞，快速催生了我国航审业的壮大。经过十几年的滚打摸爬，现在连 FAA、EASA 都开始佩服中国的航审。

在天上飘得久了，屈展文的谈吐多了一种与年龄不成比例的老练。他说："现在中欧、中美签了双边适航协定，互认审定结果，达到了法理上的平等，其实在技术上还是存在一定的不平等，这主要出于对飞机供应商水平的疑虑。毕竟，中国的新支线机、大客机下线比人家晚了不止十年二十年，人家以成比例的时间标尺予以丈量并非基于藐视。"

"也就是说，中国飞机不一定要欧美颁发入场券，只要通过对方常规的认可审定，就可以进入彼方市场？"

"理论上，差不多是这意思。"他嗫嚅着说。

又过了几个星期，第四届进博会后，我见到了另一位局方试飞工程师张海涛。他比屈展文大了四岁，新疆乌鲁木齐人，南航大学的发动机专业，二〇〇七年硕士研究生毕业正好赶上上海审定中心成立，进门后一直干到今年，已有十四个年头。

"失速，并不是失去速度，而是飞机突然失去升力。"外界对失速的误读，试飞工程师的解释似乎更权威，"一般来说，飞机的迎角（仰头）增大，升力系数随之增加，速度相应减少，当仰角大到一定程度，速度小到一定值时，拐点就会出现——升力突然减少，飞机直往下掉，这就是失速。试飞验证，要摸的就是那个拐点。"

在张海涛的试飞生涯中，遇到过意外一堵硬墙——一次深失速，业界称为"七月事件"。

二〇一三年七月，张海涛随陈志远、赵鹏等机长在阎良上空进行ARJ21的试飞作业。那天，陈志远左位，把杆机长，负责科目操纵。飞的科目并非失速，而叫"过杆力梯度"，比较专业，说的是飞机正过载时，在0至2.5G期间，拉杆力和过载之间成正线性变化，杆力是逐渐增加的；如果过载拉得过大，会把飞机带入不安全境界，为此，通过软件设计，对此作出限制——当过载达到一定值时，杆会变得硬，提醒驾驶人员不能再往前猛烈拉杆，否则会失速。这好比开车，汽车达到一百二十码以上的高速时，左右打方向会变得凝重，变得僵硬，这是告诉驾驶人，车速太快，不可左右猛打方向，否则会有翻车的严重后果。

处试验阶段的飞机，有毛病不丢脸，当时为了进度，设计人员在任务输入上存有误差，当拉杆至2.5G时会导致失速，任何人试飞都可能遇上类似情况。赵鹏飞过，张惠中飞过，都觉得哪儿不对劲，拟定的科目没飞出来。张惠中说："拉杆到一定值，飞机出现了不安全的响应——抖动，不可控地翻滚。申请人试图通过换人的形式闯关，如果成功，不是飞机本身，是驾驶人员的原因了。"

陈志远飞机制造专业毕业后，参加空军招飞，为我国首批本科学历机长，军旅生涯十多年，又经过试飞员学院的严酷培训，前后飞过三十多种机型，练就了冷静稳达的良好心理，他想再试一次。这天，志远机长第一把没拉过去，第二把动作有点夸张了，飞机直接失了速。

飞机低头下落，狂掉四千英尺。张海涛坐在监控席上，顿感身体被迅速右转了九十度，舷窗贴地飞行，玻璃窗外就是阎良的黄土地，这些扎眼的黄色飞速逼近，随时会扑上似的……沉着是军人的本性，陈志远临险不慌，冷静应对，一会儿，飞机又恢复了动能，平稳回飞，安全落地。

虽然只有短短十几秒钟，但在张海涛心中，似乎比十年还漫长。设计方方知有"疾"，迅速改进了设计。类似的隐患，需要试飞人员挨个科目去摸，一个接一个架次去试。

"试飞是风险性高的行当，因为我们在挑战安全包线。"张海涛感慨地说，"航线飞行是在安全包线的中间，我们则是在寻找安全边缘的那条底线在哪里。"

张海涛在ARJ 21上飞了两百多小时，从试飞时间论，这个时间已经够长。试飞一架次也就一个来小时，但需要做系列高风险科目——航线机长或许一辈子也遇不到一次单发，但他们一天要飞十个单发起落。为了一小时的飞行，往往"磨刀"半个月，甚至一个月，其中的煎熬与艰难只有行内人知晓。

"试飞工程师不是专职，皆是兼职。"张海涛从水底深处冒上来一句话，"我们每人所在的业务科室，平时承担着巨量的具体工作，一年中大部分时间用来做图纸、文件的审核，上机试飞算是最后的环节。对整个大航空业而言，适航审定属于小众。"

张海涛目前是动力装置室的副主任，也是审查代表，负责发动机、燃油系统、辅助动力装置、防火灭火等方面的审核。

聊到实验成果时，张海涛眼镜后面的双眸当即发出智慧的光芒。"我负责过溅水实验，并和商飞人一起纾困解难，摘掉了'阿娇'起降对跑道积水的限制'高帽'。"

"阿娇"设计时参照了麦道，在起落架上装了挡泥板，为的是防止跑道上的碎石、泥土等外来物甩进发动机，但没有挡水板，所以飞机在取证前对跑道的积水加了限制，规定 × 毫米以上不能起降。这样的限制很纠结，跑道的水深难以实时测量，落实起来很困难，航空公司只得规定中雨以上禁止"阿娇"出航。

张海涛团队怀揣一团火，启动了溅水实验：在跑道上铺设数厘米高的橡胶池坝，长二百米，注入自来水，检验飞机滑行时，水会不会溅进发动机。审查代表张海涛和赵志强机长等一块研究，通过实验点的设计，让申请人的问题更有条件地暴露出来。此前，张海涛曾请申请人加装挡水板，免除后患，但申请人听了头疼——让申请人更改设计的难度不是一般的大，加装挡板不是试验机的问题，包括已交付的所有飞机都得拉回工厂安装，时间成本、财务成本太高。张海涛的"梦之队"不嫌给自己惹麻烦，展开反复试验。一次，溅起的水真的将发动机浇熄了火。设计人一瞧，才知不对，再麻烦也得改，实情摆在那。加了挡水板，安全隐患去除了，商飞人也舒展开眉头，等于掀掉了压在头上的一块大石。航空公司也乐呵呵。

忆想并不遥远的往事，张海涛的心头甜滋滋。带着问题做实验，带着答案交卷子，审查代表、试飞工程师也玩起了科研，而且还收获了成果。

第 33 章 航空金融

怎么租飞机？抽丝剥茧开来，不是太复杂，却也不像天猫、京东上买东西那么便当，今天要明天就能发货。飞机的制造周期至少要十二至十四个月，一切都需要提前筹划。

我对金融并不感到陌生，儿子是上海交大金融专业硕士，又在银行工作，存款贷款、资产管理、债券股票、投资理财等词汇不断充斥耳膜。我的一部长篇小说《圆》，描述的就是上海股市的腥风血雨。可我又觉得陌生，它竟然跟飞机制造、售卖有着太紧密的关联，并且衍生了专门的航空金融业务。

学习
- - -

眼下的人们尽情淹没在城市霓虹灯的闪烁中，离开沉迷于深邃星空的日子越来越远。

浦银租赁的办公点位于徐汇滨江原龙华机场的区域，既能抬头仰望幽邃的星辰，又能俯观黄浦江的一湾静水。南来的浦江之水由此转弯向东归并长江，注入太平洋。而我从黄浦江泛着银光的水流中仿佛看到，百多年前，西方人运用中国发明的指南针纵横五大洋，铁甲舰里装填着炎黄子孙发明的火药，远涉重洋漂来中国，夹带着对东方大国的猎奇，用火药轰开"国门"，为的是"做大生意"。

在清朝以前，整个西欧都是中国的铁粉。据传，古希腊管中国叫赛里斯国（丝绸国的意思），说中国人能与神族媲美，身高六米、红头发、绿眼睛、寿命超过两百岁……因为路途过于遥远，古时很少有西欧人到了中国能活着回去，只晓得指南针和火药是中国发明的，从西亚传过去的中国商品又都是瓷器、丝绸、茶叶之类的奢侈品。后来，西方人用东方人的科技敲开东方大门后，对指南针与火药的把控早已青出于蓝而胜于蓝。再后来，风向变了，西学东进成为主流。原本科学无疆界，西方既能向东学，东方未必不能向西看。"古为今用、洋为中用"成为我国发展的动力。在百年大变局面前，习近平总书记多次强调，过去四十年中国经济发展是在开放条件下取得的，未来中国经济实现高质量发展也必须在更加开放条件下进行。

国内的航空金融便是将国际经验转化的中国实践。

航空金融起源于美欧，商飞人也渐渐认识到金融与航空工业的勾连，面对漫天疑窦，在大飞机方案论证时已将航空金融列为一项课题研究。那一年，江上舟专门请了浦发银行的专业人员具体操刀。

租赁

北方的十月，已是草木黄落雁思南归。黄浦江边金色的生命尚未开启，仍满眼青绿，桂花的香气不用风吹也潜入鼻腔，沁入肺腑。

在一次航空纪录片的评审会上，我认识了浦银租赁的杨一先生，又相约登门，和浦银租赁航空部的蒋旭涛先生等做过访谈，逐渐厘清了航空金融这局棋。

浦银租赁为浦发银行的子公司，设独立法人，内有航空部，专管航空事务。

航空公司的机队规模往往成为其实力的呈现，大的几百架，小的几架机。然而，旅客乘坐的飞机，实际上大部分不属于航空公司本身，而属于第三方租赁公司。租赁公司将飞机买下，租给航空公司使用。飞机的所有权和使用权是分离的——所有权在银行（旗下的租赁公司），航空公司拿到的为使用权。如此一来，制造商营销飞机的又一重点似乎不在航空公司，而在所谓的第三方金融租赁公司。

八〇后的杨一和九〇后的蒋旭涛属于"懂经的"，你一言我一语，极力将租赁业务表述透彻。

蒋旭涛为浦银租赁航空部的客户经理，以前曾在中国商飞工作过，对此熟门熟路。他将业务解读为三类。

其一是融资租赁。航空公司不买飞机，和租赁公司谈下八年至十二年的合同，从后者手上租借飞机，按时偿还本金和利息，待年限到达，本息结清，航空公司从租赁公司名下将飞机的所有权转移至自己名下。这有点像买房，大部分购房者无力全款购置，从银行获取贷款，按月支付本息，并将房屋的产权抵押给银行，待本息清零，从银行将所有权取回。但两者又有区别，航空融资租赁的操作，先是由租赁公司将飞机的产权买断，航空公司边租边用，待若干年后钱款付清，再将产权转至自己名下。

其二是经营租赁。这样的操作更像出门租车，客人从车行租一辆车，谈妥价格，交付押金，开上车周游世界。待车辆完成使用，结清账目，车子完璧归赵。类似的租机，动因是航空公司不想买或无力购买，纯是租借，每月或每季交付租金，飞机的所有权始终在租赁公司手上，租期结束，飞机交还。这也好比地产公司或业主拥有房屋的产权，将房租给用户，每月收取租金，不涉及所有权的变更。

还有一类称售后回租。有的航空公司买了一架飞机，开上若干年，银根紧缩，想变一次现，同时又想继续使用这架飞机，找上第三方，比如交银租赁、浦银租赁，经过双方评估，商定交易价格，将飞机卖给浦银租赁，拿到一笔现款，同时又从对方租下这架飞机，每月或每季支付租金。这类交易最终会走向两种结果：租期完成，航空公司将飞机产权拿回，回到第一种融资租赁；只是租借，租一年支付一年的租金，用两年付两年的租金，不再发生所有权的转移，回到第二种经营租赁。

杨一以略为老成的口吻说："租赁属于蛮老的行当，并不是新鲜事物，西方世界，除了银行贷款，租赁成为主要的融资手段。国内从上世纪九十年代开始就有飞机租赁业务，但情况相对复杂，分为金融租赁和融资租赁企业，前者由银保监会负责管理，发的金融牌照，就像浦银租赁、交银租赁；后者由商务部监管，不属于金融企业，为一般的租赁公司。"

杨一说，与普通的融资租赁公司比，金融租赁企业更厉害些，这主要得益于背后的大东家——工银租赁的控股方是工商银行，交银租赁的金主是交通银行，浦银租赁则背靠着浦发银行。金融租赁和银行的区别在于，租赁与实体绑定，具有天生的物性，银行缺乏直接的物性，租赁却始终维系着实物，比如船、车辆、飞机——直接购下飞机租给航空公司，支持了实体。

不过，金融租赁也好，融资租赁也好，业务综合性高，既做航空，也做其他，航空占比并不是最大。浦银租赁，航空类占比五分之一左右，船舶、轨道交通、工程机械等占的比例高达五分之四。工银及交银租赁的盘子大，业务的拓展面更宽。也有专做航空不做其他的，在香港上市的中银航空租赁公司,中国银行参股,但不受银保监会监管,属于非金融类企业;又如厦门飞机租赁有限公司,也不带"金"字牌照,独做航空,不做其他。

上世纪九十年代外资租赁渗透国内飞机市场,但好似昙花一现,二〇一〇年中国建立自贸区后,银行成立租赁公司的节奏加速,短短十几年,国内航空公司的航空租赁业务基本回到中国本土公司。

"怎么租飞机?抽丝剥茧开来,不是太复杂,却也不像天猫、京东上买东西那么便当,今天要明天就能发货。飞机的制造周期至少要十二至十四个月,一切都需要提前预研、提前筹划。航空公司会提出一个初步的租赁意向,由租赁公司与制造商签下订单,确定交货时间表。临近交付时,租赁公司备下成亿甚至几亿、几十亿的真金白银,准备支付给生产商。到了交割日,租赁公司、航空公司一起去生产厂家验收飞机,一切符合要求后,租赁公司将全款打给制造商,飞机产权纳入名下,航空公司按租赁合同将飞机提取,加入航线。"蒋旭涛说。

虽然是产业流水线,关联三方有时背靠背,有时面朝面,但关联业务在同一时间段发生,同一刻完成。在三方玩家中,暴风眼中的租赁公司才是其中的主角,凭借其资本的超级力量维系着三方。

首单

"第一单。我们是国产支线机 ARJ21 租赁业务的开单者。"杨一说,"支持国产飞机怀揣着咱们天生的情怀。万事开局难,作为金融企业,应该利用资本力量优先服务尚处发展中的国产民机。自浦银开了第一单,工银租赁、农银租赁紧紧跟上,先后支持商飞,支持国内航空工业。"

浦银的传媒墙上，悬贴着许多宣传图片，罗列的是近些年的飞机及车船业务。二〇一八年的栏目里，有几项尤为亮眼。二〇一八年四月二十九日，公司向成都航空交付第一架国产ARJ21-700型支线客机，开下金融租赁业国产民用喷气式飞机业务第一单。该项目获得上海市二〇一八年金融创新奖。有了一就有二和三，从而形成了可复制、批量化的运作模式。同年十一月六日，在第十二届珠海航空航天博览会上，浦银租赁与中国商飞签署三十架ARJ21飞机购买框架协议，其中十五架确认订单、十五架意向订单。

第一单的意义引导着航空租赁业的大江河流冲破万千阻隔，流向大海；又像夜空中的星光，给那些寻求突破或未明方向者信心与力量。浦银成为支持国产商用飞机领域的一股激流；它不愿退缩，成为国产民机初入市场时湍流险滩中的中流砥柱。

早在二〇一六年十一月，第十一届珠海航展开幕首日，中国商飞与浦银租赁即签下二十架C919大客的购买协议，其中五架为确认订单，十五架为意向订单。商飞总经理贺东风、副总经理吴光辉，浦银租赁董事长楼戈飞、总裁向瑜等出席签约仪式。

国产商用飞机的光晕弥漫在珠海上空。

不过，浦银租赁的首单业务并非国产机，而是波音，因为当时ARJ21尚在试飞途中。二〇一四年八月八日，浦银租赁公司购买的首架B737-800型飞机降落在天津滨海国际机场。当日，浦银租赁第一机完成通关手续，交付山东航投入实际运营。

一旦破冰，浦银在国产机的道路上不会停止脚步。浦银租赁自二〇一二年开业以来，以国产民机为重点，兼顾国外大客，至二〇二一年中已拥有机队规模六十三架，其中ARJ21支线机十架，在ARJ21经营租赁市场中占比达百分之二十五，成为全球最大的ARJ21拥有商。浦银的航空资产超过一百五十亿元。此外，公司持有二十架C919大客、三十架ARJ21支线机的后续订单，往后逐年加入机队。

"浦银的机队达到六十三架"，指的是公司购买且交付的飞机达到了六十三架。银行才是飞机的大物主、大东家、大金主，航空公司不过租用它们的飞机运营。这对双方有利。航空公司不需要花大把的银子用于购买飞机，只需备有一定的运营费用，租上人家的飞机，边开航边挣钱，等运营几年，还清了本息，钱包鼓了就可以名正言顺地将飞机纳入自己名下，或者不转产权，长期租用，大大减少了资金压力。至此，各位读者也许渐渐明白，飞机的最大买家是银行（租赁公司），并非运营商，即便财大气粗的航空公司，也犯不着拿出巨款购买飞机，这已成为国际通行的商业模式。

忆起六年前首单ARJ21业务，蒋旭涛还心有余悸。浦银左手牵着商飞谈，右手拽着航空公司谈，最终要将三方的手握在一起。一个字，难。

"浦银下大力气去沟通，让航空公司相信国产支线机是十分靠谱的飞机。由浦银这第三方说出，可信度比商飞人自己说话更令航空公司信服。其实，银行对产品质量与价值的敏感度比谁都高，航空公司是租，银行却要拿出全部的真金白银往里砸，怎能不考虑风险？"蒋旭涛咂了咂嘴说，"只有自己坚信，才能让人相信。另一方面，商飞开始对这块也一团迷雾，只顾埋头设计飞机、造飞机，买卖飞机似乎是制造方与航空公司之间的事，银行插一腿干吗？是不是来圈钱？也得跟他们反复阐释，航空工业发展到一定阶段，金融租赁必定卷进来，这是国际商界的铁律，没有哪家航空公司有那么巨量的资金，买下所有飞机投入运营。将概念搭建起来以后，再谈合作，谈价格，谈服务。对商飞而言，设计、制造环节过后，不得不面对金融问题。随着ARJ21交了六十架，我们和商飞一起发展壮大。"

坐而论道

工银租赁、交银租赁的总盘子大，但在年轻人蒋旭涛眼里，浦银租赁与商飞的勾连更紧，后者的思维中早已升腾起"三全"的浪花。

"全产品线"。按制造商的普遍传统，一些客机运营至二十年，不再运人，改成货机作货运，以此延长飞机生命线。ARJ21也会遇到类似的中途处置问题，有的已迫在眉睫。根据商飞的思路，ARJ货机、公务机方案已经落地，应急消防机也在积极推进中，其间的金融链接需要和商飞人共同探究。任何一款新产品推出都不会一帆风顺，是个一波三折的过程。

"全生命周期"。从下订单，交付运营到退出现役，皆要关注与参与。ARJ21已交付六七年了，第一期租期八年至十二年已在眼前，但以后的处置，是续租还是产权转移——十二年后飞机不可能报废，二手机是维持原先的商业模式，还是改货机，还是转手其他客户或者国外，得和商飞、航空公司共同筹划。在租赁期中间发生的一切风险，都和所有权方关联。

蒋旭涛清晰地记得，二○二○年上半年，各家航空公司受疫情冲击巨大，啼饥号寒。ARJ21的大户成都航主动请缨，免费从四川运送大量的医疗物资往武汉；另一方面，也遭遇着其他航空公司同样的尴尬——客人稀少，无米为炊。浦银租赁和成都航抱团商议，满足了租方缓付租金的要求。同时，浦银也对华夏航、厦航做了同样的事。疫情无情人间有情，成都航在自身拮据的条件下，仍履行前约，对ARJ21下订单；浦银同样维护原合同，从商飞的生产线上接过飞机交给成都航空。

蒋旭涛依然没有忘记，浦银租赁维护着国产商用飞机的"全产业链"。ARJ21、C919的上游，原材料供应商、零部件供应商；下游的航空公司的培训设施如模拟机，高附加值的航材储备，飞机的维修；处于中间锁芯位置的商飞本身，生产线的投入、交付中心……一款飞机的上游、下游及本体，都有金融支持的需求。

二〇一九年，商飞上游的一家民营企业"上飞装备"——为商飞提供后机身装备方面的某些零件，他们的数控生产线投产运营时，遇到资金困局，面临倒悬之危。这是民机产品链上的一个小小零件，但少了它就无法完成装配。浦银实地调研后慷慨解囊，以真金填充上游供应商，帮"上飞装备"度过了资金阵痛期。浦银人明白，只有扶持自己的制造企业，才能全面发展国产民机业。现今该企业势头良好，已成为上市公司。

与之形成鲜明对比的，是一九九八年，已奋斗了二十多年似乎离成功不远的印度尼西亚航空工业遇上了最寒冷的冬天，在"金融大炮"的无情轰击下土崩瓦解，未存半块残骸，倒是留下了一丝打动人的凄楚。

倘若说蒋旭涛对金融租赁的具体业务更熟络，那么杨一对这一行的理解更宏阔与透彻。杨一再三强调，金融租赁不同于纯银行，它的出发点高，年限长，是对行业发展的长期支持，关键点是"融资加融物"，透过"物性",紧紧地将上下双方"捆搭"在一起。国外的二手机市场发达,国内时间短,许多问题正在冒出,或者还未冒出,这需要和制造商、使用商共同探究、共谋开发,金融租赁企业希盼在上海"五个中心建设"尤其是航运中心建设中扮演积极角色。

第34章 大洋此岸

随着ARJ21、C919、CR929的机头往上斜翘，科幻大片般一字横空，商飞人的目光似乎超越了一万两千公里的航程，向更远的一万五千公里以上凝视。中国商飞制造的视域已是更大、更宽、更远的全球抵达。

航空产业大会

南昌的十月下旬，还带着夏日沤热的尾巴，三角梅、山菜花开得欢天喜地，小伙儿身着文化单衫，姑娘们短裙摇曳。一切都告诉着自然界，这儿离秋寒还遥远得很。

二〇二一年十月二十九日，中国航空产业大会暨南昌飞行大会在南昌瑶湖机场开启。中国商飞携"阿娇"（ARJ21）衍生的公务机CBJ及C919大客高调亮相，并在会上展出了一比二十制作的"阿娇"、C919以及CR929远程宽体客机的模型。

参加开幕式的有东道主江西省委书记易炼红、省长叶建春，中国商飞董事长贺东风、总经理赵越让等。另有一位特殊嘉宾，年近八旬的前中航一集团总裁、中国航空学会名誉理事长刘高倬。这天，中航一集团的前掌门人内着白色衬衣，罩深色外套，满面笑容，握着贺东风的手摇了又摇，似乎有太多的话想说又不知从何说起。岁月悠悠，光阴无情，二十年前，中航工业集团许多人力倡军机，缓民机开发。二十多年过去，刘高倬从壮年渐渐走向老年，也不再沉迷于大飞机的烦恼。现如今ARJ 21支线机已批量投入航线，大客机C919也已首飞四年。更令刘高倬欣喜的是，西飞方面研制的军用大运"鲲鹏"——运20于二〇一三年宛如天神一般降临，并很快列装部队，去年还换上了涡扇20国产"芯"。恍然间，中国的航空工业演化为军民并肩、东西齐飞、花开两翼的繁盛局面。

商飞人没有靠老天爷赏饭吃，中航工业也没赖仗洋拐棍，完成了当年王大珩信中所言："大型飞机不仅专为民用，同时也是武装军用飞机必要的载体和平台，因而，即使在民用上一时无利可图，在军事上也是必需的。航空工业是要隘工业，依靠国外是不现实的，没有出路的，必须像'两弹一星'那样自力更生地发展。"

胡溪涛老先生，二〇二一年元旦前后突感暮色苍茫，于元月三日起草了他一生中最后一份关于航空发展问题的建言书。在之后的一周中，他每天颤巍巍地将自己从床上移到沙发，拿起笔，一边思索，一边抖抖豁豁地在信纸上涂涂改改。元月九日那天，九十六岁的胡老毅然将三日的"三"字划去，改为"十"，决定明天将改定的建言信发出去。遗憾的是，老人家没能等来翌日明媚的阳光，于九日晚安详地闭上双眼后，再也没能睁开。不过，他最后的心愿已了，后人自然会将信件递交出去。

冯如、巴玉藻、王助、徐舜寿、熊焰、马凤山们携手漫步在星辰之际，可否看见"阿娇"、C919以及"鲲鹏"展翅，震撼天宇的身影？

"大飞机一定能成，而我已战死沙场……"

一切都去得远了。"东西之争、军民之纠、干支之嚷"皆成过眼云烟，这时，刘高倬耳畔响起的是江西省长叶建春的福建口音。

叶建春说："历史总是由勇敢者创造的。江西作为新中国航空产业的发祥地，承载了一代又一代航空人的接续拼搏，初步形成了以航空制造业为依托，包含设计、研发、制造、测试、运营为一体的航空产业链体系。精彩总是由实干者书写的。江西人民始终牢记二〇一九年五月习近平总书记亲临江西视察时的嘱托。梦想总是由奋进者成就的。四千五百万老区人民的航空梦就是'让江西的航空产业大起来、航空研发强起来、江西飞机飞起来、航空小镇兴起来、航空市场旺起来'。"

刘高倬的耳边又传出操陕西口音的赵越让的声音。他说："三年来，我们见证了'江西飞起来'的壮举，见证了江西人民对悠久航空历史和深厚航空文化的传承，感动于江西乃至全国坚定不移推动航空发展的决心。江西是新中国航空工业的摇篮，也是大飞机事业的合作伙伴。今年的中国商飞全球供应商大会在南昌举行，江西试飞中心竣工并交付了两架飞机，标志着国产商用飞机的多方协作进入快车道。"

为期三天的南昌产业大会聚焦"新开端、新视角、新服务"，开展了专题论坛、机型展示、飞行表演、航空新品发布、互动体验等科目，近百架国内外知名飞机、高端公务机及主流通航飞行器参展，国内外航空产业界的企业代表、资深专家学者、地方政府嘉宾共两千余人参会。

与刘高倬一样对飞机倾注了毕生精力的顾诵芬院士，因其在飞机设计方面的杰出成就，荣获二〇二〇年度国家最高科技奖，再次成为热度人物。被誉为"歼8"之父的顾院士在军民之争中不避讳自己的观点，有时甚至与王大珩的观点相悖；多年过去，他同样对国产大客机寄予厚望。二〇〇四年十月十九日，顾诵芬等十六位院士致信副总理黄菊，提出"一个工程起步、两种机型（大运、大客）并举"的建议。时隔五年，顾诵芬在二〇〇九年二月的中航工业新闻发布会上动容地说：“中国大客将于二〇一六年前后首飞，并完全有可能造出与空客320、新一代波音737抗衡的大型客机。”

二〇一九年十月十一日，庆祝人民空军成立七十周年航空开放活动在吉林长春开幕。空军多种新型机种精彩亮相，展示了中国航空工业七十年来的发展成就。年逾九旬的顾诵芬院士，坐在电视机前，看着各类国产新型机矫捷的身影，内心澎湃不已。伴着引擎的轰鸣声，他将视线转向电视机旁的老照片，那是一帧他的老师徐舜寿与歼教1设计人员的合影。照片勾起的是他某个时段的回忆——笑容和泪盈组成了这幅老照片的主题。

如果把新中国航空工业发展勾勒成一条时间轴，起点就有徐舜寿——被誉为中国的"米高扬"，亲手将中国第一架喷气式飞机送上天空，又在歼击机、教练机、轰炸机、运输机等多个领域作出了突出贡献。

"航空工业集聚了国家一批最优秀的人才，能被选进这个部门为国防事业作贡献，是我们的荣光……"当年，聆听徐舜寿教诲的年轻设计师，如今大多成长为中国航空工业之栋梁。斯人已逝，精神永续。徐舜寿是最早提出搞大飞机的科学家，他的报国之情早已融入航空事业的血脉。在他身后，歼8总设计师顾诵芬、强5总设计师陆孝彭、"飞豹"总设计师陈一坚等人没有愧对恩师的嘱托，他们耕一行、择一事、终一生，接力赛似的将一代又一代的航空事业推向前。

"中国大飞机飞扬丝绸之路，翱翔五洲四海，而我已含笑九泉。"马凤山曾说。

顾诵芬的眼眶湿润了，擦了几次也不干。

而我仿佛看见了曹里怀、钱学森、王大珩、陆士嘉、徐舜寿、马凤山、江上舟……在云中端起酒杯,"航空四君子"默默含笑……

他们是天上的星,人间的光。

同气连枝

阎良为中航西飞工业集团(原172厂)、中航第一飞机设计研究院及中国试飞院所在地,每一家单位的名头皆如闻惊雷。但阎良反感"中国西雅图"的称谓,中国并非他国,阎良也不想跟西雅图横向盲比,阎良就是阎良,西飞就是西飞。这里诞生了运7、运8、新舟等螺旋桨飞机;诞生了轰6、飞豹、空中加油机等优秀品牌;大运"胖妞"从这里启航。

西飞以近两万人的研发、制造队伍,硬是将自己扛上了国内第一的特大型航空制造企业。

在新中国的发展史上,发达的东部曾大规模支持西部,而在中国航空工业的神奇天域,西部也无条件地驰援东部。想当年研制运10喷气大客机,西飞源源不断地向上海输送大批一流专才,助力运10冲上霄汉。新世纪开启新征程的十多年,ARJ 21支线机、C919先后上马,阎良方面迅速凝聚起大批精英,共同下好商用飞机一盘棋。中国商飞挂牌后,各方像当年应援运10那样,合力东部,齐聚在中国商飞的旗幡下。

西飞的气韵不仅来自中华文明强盛的源头秦汉帝国、大唐盛世,更有当代航空航天强势名校西工大作后盾,为生产和科研不断造血输血。"航空四君子"之首的季文美出自西工大,"阿娇"总师陈勇、C919总师吴光辉、CR929总师陈迎春均有阎良工作经历,西部及全国的力量并力撑起了商飞的脊梁。

"阿娇"、C919的号角奏响以来,集聚了国内外结队成群的供应商,包括西飞、成飞、哈飞、沈飞、洪都以及海外的通用电气、利勃海尔、霍尼韦尔——都是航空、动力等领域一类或多类产品的面向海内外市场的专业供应商。国内的供应商也有波音、空客类飞机部件生产的技术累积。以"阿娇"为例,国内主要供应商三家,国外十九家,走的是专业化、产业化、国际化的开放合作道路。

C919的配套供应中,西飞承担着至难的机翼生产,以及中机身段的制造分工。

中航工业的成都飞机工业集团(原132厂)于一九五八年脱胎于洪都航空,位于成都市黄田坝,背靠天府之国大后方,隐隐成为航空工业的后起之秀。成飞占地四百七十万平方米,员工一万五千人,拥有综合性机场和专用公路、铁路货运线,地理位置得天独厚,集科研、生产、试飞于一体,也是我国重要的歼击机研制、生产基地。

几十年来,成飞"航空为本,军民结合",先后研制、生产歼5、歼7、枭龙、歼10等十种型号飞机三千余架。二〇〇二年,型号工程歼10战机交付军方,树起国产第三代歼击机的一座丰碑;与巴基斯坦联合开发新型歼击机枭龙(FC-1),研制中广泛采用数字化设计、制造与管理技术。

成飞最初为洪都航空援建的三线工厂,在军机方面差不多是沈飞的一个分厂,但在后来的发展中异军突起,自主研发了跨代战机歼10。国宝级人物杨伟院士领衔的团队,通过歼20的强势突进,直接将成飞带入了高尖的隐身重型战机天国,自成"峨嵋"一派,已是我国角逐地球制空权的主要支点。

杨伟，籍贯四川，一九六三年五月出生于北京，又一位天纵奇才。他十五岁参加中考，六门功课五门考了一百分，一门九十九分，被破格批准初中直接高考，北大清华随手一填，差一分没录取，"便宜"了西工大，成了空气动力学专业的一员，硕士毕业进入成飞所，成就了如今的气象。中科院院士的杨伟，带领团队自主创新，昼夜攻关，终于研发出了与F22同级别的四代机（俄罗斯称五代机）。

　　求学西工大对杨伟是一种福运。硕士生毕业后，杨伟先后担任歼10飞机副总设计师，歼10系列飞机、"枭龙"、歼20等多个重大型号的总设计师。他的那句颇胜泰戈尔诗歌的演讲词激励着一代又一代的年轻成飞人：

　　"我们既然选择了远方，便只顾风雨兼程！"

　　和杨伟同样传奇的，是他的最牛室友，同时也是上下铺兄弟唐长红（工程院院士，却比杨伟年长十四岁），成为了大型军用运输机运20的总设计师，两人将枯燥的科研打造得山花烂漫。二〇二〇年四月二十四日，运20首次出国执行运输任务；两年后，"鲲鹏"大编队远赴塞尔维亚运送重要设备。唐院士即兴赋诗一首：

　　　　英雄一诺抵万金，
　　　　鲲鹏展翅出国门。
　　　　千锤百炼酬壮志，
　　　　吾辈健将彰军魂。

　　早在一九九五年，成飞实行军民分线，两条腿迈步，先后与麦道、波音、大韩航空、新加坡宇航公司签订转包生产合同，培养队伍，累积经验。一九九八年，转包生产进一步拓展，空客320（后登机门）首件交付，波音757-200垂尾、平尾部件交付，由此跨入国际民机优秀转包商行列。通过为法国达索公司提供民用飞机零部件，成为法国宇航公司3A级供应商，继而成为B737、A320部件转包生产方，更是波音新型机B787方向舵的唯一供货者。

成飞以川人特有的淡定与严谨，承担了"阿娇"机头、登机梯、登机门、服务门的供应，承担了大客机C919机头的制作生产。由于成飞生产的机头物美质优，无人能及，被业界称为"机头专业户"。

伴随着抗美援朝的隆隆炮声，沈飞诞生于"一朝发祥地，两代帝王都"的沈阳，前身为张学良于一九三〇年建的飞机场。新中国成立后定为112厂，后改名松陵机械厂，改革开放后更名为沈阳飞机制造公司。沈飞占地八百万平方米，从业人员一万五千人，依赖东北老工业基础，为中国最早的歼击机生产基地，造就了新中国航空工业史上一个又一个第一：第一架喷气式歼击机歼5，第一架喷气教练机歼教Ⅰ，第一架超声速歼击机歼6，第一架双倍声速歼击机歼7，第一架高空高速歼击机歼8，第一架全天候高空高速歼击机歼8Ⅱ，第一架空中受油机……被誉为"中国歼击机的摇篮"。

党和国家领导人先后来过沈飞视察指导。一九五八年二月十三日，毛泽东视察沈飞工厂，兴致勃勃地观看了国产喷气歼击机。江泽民三次来到沈飞，题写了"忠诚、团结、拼搏、求实、创新"的沈飞精神。胡锦涛于二〇〇二年六月十五日视察沈飞，坐进了国产三代机座舱体验。二〇一三年八月三十日，习近平考察沈飞，跨入舰载机歼-15驾驶舱。

沈飞在吸收、消化外来机型的基础上，研发了歼11、歼15及隐形歼35（鹘鹰）等著名机型。

一九八五年，沈飞实施"军转民"战略，走出了一条"军民结合"的成功路，先后与德、英、美、瑞典、加拿大、以色列等八个国家的十三家飞机公司合作，开展民机零部件转包生产业务。

沈飞在国产"阿娇"业务中，奋力争先，担负了近四分之一的工作量。承接了C919大客机机身尾段、垂尾和发动机吊挂的部件制造。

中航哈尔滨飞机工业公司（原122厂）创建于一九五二年四月一日，为国家"一五"期间一百五十六项重点工程之一，有员工一万四千余人。属于原中航二集团的哈飞走过的路径和沈飞又不同，是一家具备自主研发直升机、通用飞机、特种飞行器和复合材料大部件能力的企业，形成了"生产一代、研制一代、预研一代、探索一代"的产品格局。

一九七八年，国家明确122厂为对外开放工厂，轰5、直5、运8为对外展览机种。对外联络厂名为哈尔滨飞机制造厂。几十年以来，哈飞从修理和仿制起步，到自主开发、国际合作，形成了较强的自主创新能力。哈飞的产品以直升机为主，先后研制了直9系列武装直升机，H410、H425民用直升机，HC120（EC120）直升机、215直升机；固定翼方面，生产了运12新型多用途飞机、轰5轻型轰炸机。另开发出多款航空复合材料零部件。哈飞率先与巴西航空工业合作生产ERJ145支线客机，同时成为波音、空客的部件供应商。

一九八六年六月二十七日，哈飞签订向斯里兰卡出口六架运12飞机的合同，成为我国民用飞机打开国际市场的首批订单。一九九二年十月二十日，中国哈飞、法国直升机公司、新加坡宇航公司签订三方合作研发EC120（中文名蜂鸟）直升机协议，中方占股百分之二十四。一九九九年十月一日，哈飞生产的二十五架直9参加了国庆五十周年庆典阅兵。二〇〇〇年九月，蜂鸟直升机第两百架机顺利下线。二〇〇三年十一月，蜂鸟直升机总装生产线项目在北京签约。二〇〇五年六月，哈飞与波音签订了B787飞机翼身整流罩转包合同，成为B787项目全球团队的一部分。

二〇〇六年十一月，上市的哈飞股份入股天津中天航空，参与空客320中国总装线建设，从中学习、消化与吸收较为先进的航空制造技术，为自主研发大飞机积聚制造与管理水平。

哈飞为C919奉献的部分为垂尾（B角）、整流罩、前起舱门和主起舱门。

位于江西省的老牌航空工业企业洪都航空承担的是C919前机身、中后机身部件。与此同时，中航工业昌河飞机公司生产前缘缝翼（B角）、后缘襟翼（B角）。航天科技集团三院专做翼梢小翼（B角）、后机身后段（B角）。浙江西子航空工业生产Apu舱门（B角）、RAT舱门。

CR929

二〇二一年六月二十六日，我收到一条消息：CR929-600型宽体客机首件在航空工业成飞民机公司开工。

媒体没有报道这件"小事"。而行内人心知肚明，中俄联合研发的双通道远程客机进入了事实制造阶段。

二〇一六年六月二十五日，在习近平和普京两位元首的共同见证下，中国商用飞机有限责任公司（COMAC）与俄罗斯联合航空制造集团（OAK）正式签署远程宽体客机合作协议，成立合资公司——中俄国际商用飞机有限责任公司（CRAIC）。注册地，上海。

五年过去，随着中俄对等投资的CR929从设计进入制造，这款低调的国际合作宽体远程客机渐渐进入人们视野，中方总设计师陈迎春再也藏不住其瘦削的身姿，从幕后走向台前，笑对媒体镜头。

二〇二〇年十二月九日，在杭州举办的"万亩千亿"航空产业国际峰会上，陈迎春面对记者说："现在，世纪谜底正徐徐展开：ARJ21支线客机已经取得成功，订单超六百架，开通航线数十条，运送旅客数百万；C919干线机正处于不停歇的适航取证阶段，六架验证机同时试飞，累计订单八百一十五架；众人关注的三百座级双通道宽体客机CR929也稳步推进。"

陈迎春，一九六一年二月出生，江苏徐州人。本科毕业于西工大，北航大的硕、博士，现任中国商飞科技委常委、C919客机常务副总师、CR929中方总设计师，博士生导师。谈到CR929，陈迎春不戴眼镜的双眸闪烁着夺目的光彩。他说："CR929由中俄两大国有企业联合研制，机长63.3米，翼展61.2米，身高17.9米，其机翼下发动机短舱，直径就与ARJ21的机舱宽度相当。一架CR929的重量等于六架ARJ21，或者三架C919。CR929的航程达到一万两千公里，从北京或上海出发能轻松抵达北美的温哥华、西雅图、洛杉矶等地，能满足中国航空市场百分之九十五左右的航线需求。从莫斯科出发，能满足俄罗斯现有航线及独联体国家航线的全部要求。CR929比B787稍长，比A350略短，常规的三舱布局为两百八十座，如果采用紧凑的全经济舱，最多可容纳四百多名乘客。此外，CR929还有缩短型和加长型，后者的航程可达一万五千公里。"

陈迎春坦率地说："经大数据分析，二〇二三年至二〇四五年，全球宽体客机的总需求约一万架，占客机总量的百分之五十。中俄市场宽体机的需求超过一千八百架，约占全球总量的百分之十八；亚太市场的宽体机需求约两千六百七十架，占全球总量百分之二十七。至二〇四五年，CR929交付量力争达千架。"

时间回流至二〇一七年九月二十九日，陈迎春在接受央视采访时说："飞机的设计首先是气动外形，ARJ21、C919、CR929就是充满中国特色的自主设计，我们有方法，有能力，也有工具。我国有最大最快的计算机，用来超算设计；我国的实验风洞无论尺寸还是水准，也是世界先进。凭借在气动方面的优势，CR929的飞行阻力将进一步减小。"他顿了顿说："复合材料方面，C919的尾翼、机身得到了运用。CR929为中俄合作，俄方已在他们的大客上将复合材料用上机翼，CR929也会相应使用。复合材料的大量使用，机体结构将明显减重。按国际商业规则，CR929的机载系统、飞控系统采购国外，发动机订购外国，但中俄两国也有替代。已经拥有了ARJ21、C919的经历和经验，加上中、俄两国航空工业在集成方面的优势，CR929保持了综合的竞争优势。"

CR929为中俄合作双赢的产物，涉及两国五方。中俄商飞作为CR929主供应商，并全资在俄罗斯和中国分别建立负责产品研发的工程中心和工程分中心。合资公司的总部在上海，总装厂也在上海，两家联合设计，全球选择供应商。相比于中俄联合研发民机，波音和空客至今仍牢牢站在技术的至高台上。

"知己知彼，百战不殆。"陈迎春酷爱历史书籍和人物传记，知道仰人鼻息的滋味。上世纪八十年代，他曾去西德学习航空，九十年代，全程参与和见证了AE100的失败，万千感慨。

在陈迎春眼里，世界商用飞机的兴败，构成了丰富的参考史实。欧美大型民用飞机产业导入历时十余年，上世纪七十年代初进入产业发展增长期，并在此后经历了三个发展阶段：一九七一至一九八四年（我国大飞机运10时期），产业规模无明显增长，但技术创新和产品开发明显加速，市场竞争趋于激烈；一九八五至一九九一年，产品交付量持续增长，年均增长率空前绝后，高达百分之十六，波音、空客等寡头垄断市场开始形成；一九九一年至今，产业规模进一步扩张，波音、空客在全球大型民用飞机市场形成竞争与妥协并存的顶端垄断，傲视寰宇。大型民机产量呈现既快速增长，又周期性波动的态势。

目前，欧美大型民机产业进入发展成熟期。

回顾俄罗斯民用飞机制造业，基本是"不进而退"。原苏联大型民机产业在计划经济模式下起步，时间与西方基本同步，但规模逊于欧美。遥想上世纪七八十年代，苏式民机以产品谱系的覆盖面和产品交付量为标志，达到发展的顶峰，曾在国家保护下独享容量不小的苏联、东欧市场。基础技术有相当水平，但客户服务是软肋，产业技术体系和生产经营模式与西方有一定差距。随着苏联崩解，与西方相应产业进一步扩张相反，俄罗斯大型民用飞机产业严重衰缩，至新世纪初坠入谷底。"先天不足"、帝国解体是构成窘境的内因。

自二〇〇四年起，俄罗斯政府开始调整航空工业架构，组建联合航空制造集团（OAK），恢复数项大型民用飞机研产项目，启动MC21新型一百五十座客机研制，酝酿研制新一代宽体客机；首款按西方适航标准设计的喷气支线机SSJ-100亦有起色。这一切都想力图保住俄罗斯民用飞机产业，亦步亦趋进入回归与缓慢增长期。但由于受美西方深度制裁，国力衰退，俄民机产业前景不明。

国外商用飞机生存发展含血含泪的教训同样值得中国吸取。

这些"走麦城"的案例包括：不能准确把握市场和客户需求，如霍克希德利公司的"三叉戟"客机，质优却售卖不动；不能正确进行产业技术和产品开发，有效规避不确定性，虽"技术先进"而落为惨败，如洛克希德公司L1011大型客机和道尼尔公司728喷气支线客机项目；不注意资源保障，没有形成或没有有效保护长期可靠的资金链，如道格拉斯公司在市场占有达百分之六十的巅峰时，反被市值有限的对手麦克唐纳公司兼并，此后麦道公司又被波音公司吞噬；见利忘义，与正确的以客户为中心理念和系统工程实践背道而驰，最典型的当数"一度领先"而惨遭"报应"，企业严重受损的波音737MAX项目。

陈迎春的眼角湿润了。商飞人站在海边，分明看见了脚下一条新的白色起跑线，他们的目光顺着这条线，从长江口一直延伸到太平洋的尽处。

中国商飞活在当下，除了破围而胜，已无路可走。

大飞机棋局已铺开，迟早和人在山顶交锋，可有准备与天下试手？

大道

二〇二一年十月十一日，中国民航发展政策第五期高级研修班（中策班）走进商飞。商飞董事长贺东风以《让中国的大飞机翱翔蓝天》为题，从"中国为什么研制大飞机、几十年的创新实践、未来展望"等几方面进行了演讲。贺东风系统回顾了中国人的大飞机梦想与实践，重点介绍了中国商飞的发展历程，尤其是ARJ21、C919、CR929等型号的研制与发展轨迹。

"回望百年航空史，全球航空工业经过了三次大迈进。我国作为一个大国，从未放弃研制自己的大飞机，然而始终没有走完一个完整型号的研制过程，始终没有形成真正的大飞机产业。历史告诉我们，大国要有大飞机，强国才有大飞机，这是我们不能缺席的最高战场。"

无数人的心里翻腾着复杂无比的浪花，台下响起阵阵掌声。中策班是中国民航打造的品牌项目，旨在凝聚一批、培养一批政策研究人才，推进民航特色新型智库建设，为决策提出有价值的方案和建议，为民航发展提供智力支持。自二〇一六年首期中策班开班以来，这是中策班首次走进中国商飞，为期两周，由商飞大学具体承办。本期共有三十七名民航各界的学员，外加十名来自中国商飞、中国航发及中航工业的同侪才俊。

学员们的掌声热烈，贺东风从掌声中得到鼓舞，但也在内心叩问自己：台下的年轻人，又有几人了解中国航空工业的数十年蜿蜒与坎坷？

贺东风心中的遗憾稍纵即逝，接着他的铿锵言词："进入二十一世纪，我国综合国力不断增强，通过ARJ21、C919、CR929三个型号的实践，我们基本走完了产品设计、生产、试飞、审定、交付、运营的全过程，实现了国产喷气式商用飞机从无到有的跨越，开启了我国商用飞机产业从弱到强的新征程。接下来，商飞将进一步完善产品谱系，扩大产业规模，提升自主创造能力。"

贺东风激情鼓荡，想说的太多。他的眼光透过大屏上播放的数字与图片，为中国商飞勾勒出了几条"金光大道"。

ARJ21新支线飞机初见规模，运营平稳顺畅，系列化发展加快推进。至二〇二一年十月，已开通二百二十一条航线，飞达九十七座城市，运送旅客三百五十万人次。达成"双十万":安全运行突破十万小时,这是新机型进入市场的重大里程碑,意味着ARJ21在真实运营条件和强度下,充分展现出良好的环境适应性和运营可靠性;全机疲劳试验突破十万小时,为中国飞机史上首次,证明ARJ21达到了预期设计寿命,标志着我国已掌握飞机长寿命结构设计和验证的核心技术。此外,ARJ21衍生的公务机完成适航取证,应急救援指挥机完成详细设计评审,货机和医疗机正在改装,灭火机完成初步设计评审。

相比于同类机B737及A320,C919干线机的驾驶舱拥有全时全权限的电传飞控系统,以人为本的设计使飞行更安全又轻松;中国式气动设计带来更低阻力,高速阻力比现役机型低百分之五;经济的运营成本,维修成本降低百分之三至百分之八;燃油效率提升百分之十五,绿色环保比高,碳、氮排放和噪声比同类机降百分之十;先进的客舱环境,客舱宽度3.76米,比同类机宽敞百分之六,带来了更高的舒适性。C919首飞成功,攻下电传飞控全权限闭环、大涵道比飞发集成等一批重大技术难关,完成了颤振、失速、高寒、大侧风、2.5 G极限载荷静力试验。批量生产的首单开工投产,交付用户东方航空的首架机已总装合成。

与B787、A350媲美的CR929远程客机,确定了总体技术方案,完成机体设计,与国内外九十家潜在供应商开展联合协作;确定了发动机双选方案;完成了主要机载系统方案;确定机身及尾翼供应商并开展联合定义;全面开展复合材料机身结构设计,完成四乘六米复材筒段坠撞试验,完成十五乘六米全尺寸复材筒段极限载荷试验和疲劳试验。

尽管世事有太多不可预或不可控,但有目标总是好的。中国制造的光焰一旦射进大飞机天域，必然照亮方方面面。如果疫情过去，世界经济向好，中国商飞计划在公司成立十七年即二〇二五年前后，累计交付商用飞机二百至三百架；二〇三〇年，合计交付五百至一千架（包括CR929）；二〇三五年累计交付两千架。

中国民机工业卧倒这么多年，终于跃起……

随着ARJ21、C919、CR929的机头往上斜翘，科幻大片般一字横空，商飞人的目光似乎超越了一万两千公里的航程，向更远的一万五千公里以上凝视。继CR929后，中国商飞制造不会在此停止，四百座级的远程宽体客机C9X9也酝酿腹中，中国商飞制造的视域已是更大、更宽、更远的全球抵达。

商飞出厂的飞机，自支线机至宽体远程机，外表饱满、圆润、祥和、坚毅，充满了中国传统文化元素，具有多元性和融合性，为中和的极致，是技术也是艺术，类似天空看似湛蓝，实际融合了自然界所有色彩。

中国制造与创造将在更加开放的环境下承续。与二〇三五年中远期目标相衔接，中国商飞在宽广的天空中遨游，将于二〇二五年初步化解科技霸权恶意强加的"卡脖子"风险，二〇三〇年基本甩掉某些核心技术受制于人的帽子，二〇三五年实现关键技术自主可控。

商飞人眼中的新"三步走"擘画变得清晰可见：二〇二三年左右以ARJ21、C919为主体，引导商飞公司逐步进入世界商用飞机主制造商行列；二〇三五年前后进入世界主制造商一线梯队；本世纪中叶，新中国成立一百周年时，成为世界主制造商前三甲……商飞人欲在地球上人口最多、发展最快的亚洲打下一个支点，奋力撑起三足鼎立的稳定布局，为亚洲，也为全球。

如果说ARJ21填补了运10被腰斩后国产喷气式商用飞机全程的

实践空当，如果一百五十座级起步的C919系列满足了国内外最强劲的市场需求和客户需求，那么发展CR929宽体客机，完善了商用飞机的产业谱系，那么更快更远的C939（或C9X9）则是从追赶、陪练转向并跑。

"我国发展大型商用飞机的第一步，已经扎扎实实脚跟落地，第二步正坚定迈进，第三步也充满想象。"贺东风说。

欢呼的掌声渐渐落下，引擎的呼啸声惊天响起。作为对自己演讲的响应，贺东风将C919适航取证的"前进指挥所"搬到了张江上飞院。

二〇二二年三月的倒春寒潮势如雷霆，赶在三月中旬前，贺东风做起了"逆行者"，进驻项目"总指挥部"，为的是下沉决战一线，更有效地指挥、协调C919适航取证的冲刺过程。"封闭"在此，他和公司的其他领导、专家一起，跟踪、督导、协同上海本部、阎良、东营、敦煌等地的试飞验证，每晚举行"战时指挥"会议，定期和民航审定中心对接工作进度。现时期，C919的取证交付成为商飞人的头等大事。他愿在此长相蹲守，直到国产大客机加入航线的那一天。

自古天有不测风云，二〇二二年三月二十一日下午，东航一架波音737-800型客机，突然从八千米高空自由落体般坠毁，一百多人遇难，打碎了中国航空安全十二年的平静。

波音飞机坠落在广西梧州的一处山谷，也坠在航空人的心头。贺东风的心情更加沉重，像压着两座大山。他们一刻也不能再耽搁了。

在贺东风和商飞人的如炬目光中，C919六架验证机适航取证进行百米冲刺的同时，交付东方航空商业运行的首单第一架C919（编号B-001J），于二〇二二年五月完成下线试航，由四年前的首飞试飞员蔡俊担任机长，携同第二机长张健伟、试飞工程师黄震宇及金城一、同样从浦东机场四跑道昂起头，完成了三个多小时的圆满飞行。

赵志强、赵鹏、郭勇冠、蒋丹丹等试飞勇士没让贺东风久等，散落在阎良、敦煌、东营、南昌等外场队的商飞健儿没让他等太久，民航审定中心的顾新、揭裕文、张迎春等适航专家更讨厌多等，他们憋着一股儿气劲，日夜兼程，终于在二〇二二年七月二十四日提前完成了C919六架验证机的所有试航试飞科目。至此，拥有一千多架订单的国产大客机的商业交付水到渠成。

二〇二二年九月二十九日上午，在国务院副总理刘鹤、国务委员王勇及工信部部长金壮龙（商飞前党委书记、董事长）的见证下，贺东风从满脸堆笑的中国民航局局长宋志勇手中接过C919型号合格证（TC）时，两眼一热，双手微颤，差点没拿稳。他也微笑着，但略带一抹僵涩。为这一张并不厚重的适航证，商飞人翘首以盼了十四年，其中的千般艰、万重难又有几人知？这一次，他带了五十多人的团队来京，提前好几天出发，以便做好防疫等准备，为的是迎接这一纸不过百克却在商飞人心中重似千斤的证书。贺东风的眼角微微湿润。面对北国的黛青色天幕，他的思绪漂移着，不知怎的，竟从C919漂到了CR929，漂到了C9X9，漂向了漫无边际的天空。

九月三十日，中共中央总书记、国家主席习近平在国务院副总理韩正等陪同下，在北京人民大会堂亲切会见C919大型客机项目团队代表，并参观了项目成果展览。

上午十点三十分，站立在前排的试飞员赵志强、赵鹏、蔡俊等人耳尖，老远就听见了习近平总书记爽朗的声音。一会儿，习近平总书记健步走进大厅，热情地向大家招手致意，并发表了即兴讲话。习近平总书记强调，让中国大飞机翱翔蓝天，承载着国家意志、民族梦想、人民期盼，要充分发挥新型举国体制优势，坚持安全第一、质量第一，一以贯之、善始善终、久久为功，在关键核心技术攻关上取得更大突破，加快规模化和系列化发展，扎实推进制造强国建设。（光明网—《光明日报》二〇二二年十月一日）

当天，中国商飞在北京召开党委常委第133次扩大会议，商飞公司党委书记、董事长贺东风主持会议并讲话，党委副书记、总经理赵越让，党委副书记、董事谭万庚，党委常委周新民、赵九方、吴永良、郭博智、魏应彪、张玉金，首席科学家吴光辉以及在京参加C919取证活动的总部相关部门、所属单位、C919项目团队主要负责人出席会议。

贺东风和与会成员纷纷表示，务必要继续保持谦虚谨慎，不骄不躁的心态，务必继续保持艰苦奋斗的作风，着力抓好交付运营、用中优化，塑造规模等各项任务，务必把C919大型客机打造成一款航空公司爱买、飞行员爱飞、旅客爱坐的"三爱"型世界一流客机，谱写国产大飞机事业崭新篇章。

当代中国是工业立国，科技强国，一旦投注国家意志，倾入大众意愿，形成全民公约，任何外部势力亦难动摇，不过是快一点慢一点、迟一点早一点而已。

因为曾经摔过，而且摔得不轻，所以时刻警觉倒悬之危，遇见面前的坑，晓得怎样跨过去。

国产大飞机的成功，是我国从购买、加工到自主创新的螺旋式战略进跃，是我国航空工业带领上下游制造业从中低端向中高端转型的尖端突破，是我国坚持自力更生、科技强国的全方位精神体现！

然而，在百年未有之大变局面前，中国商用飞机之路仍是山高涧深、沟壑纵横。"用前进的目标激励自己，用比较的差距鞭策自己。"商飞人的脚步越来越稳，越来越坚实，新一轮产业布局的优化路径也已成形。

"立足上海、延伸长三角、辐射全国、面向全球"，体现发展产业集群和区域经济一体化相结合的中国商用飞机产业布局：立足上海，建设核心能力，布局技术、资金密集型产品及服务、高附加值产品及服务、超大部件装配等产业配套资源和创新基地；延伸长三角，布局与总装集成协调频繁、关系密切、成本敏感度高的产品及服务资源；辐射全国，充分利用国内航空产业资源的布局和分工，根据技术优势、区位优势和政策优势，布局具有比较优势、高效安全的产业配套资源；面向全球，利用全球产业基础、核心供应商及创新要素、综合成本、产品运营支持需要，布局有竞争力的优势产业配套资源。

中国商飞优化产业布局的初衷和目的是：聚焦创新驱动、产业升级，推动航空产业供给侧结构性调整，促进装备制造业迈向中高端，助力航空运输业、服务业及金融业扩大规模并提升效益，促进我国国民经济高质量发展。

"欲戴皇冠，必承其重。"新舟、ARJ21、C919、CR929……终将成为一个个航空界的历史名词。

中国商飞人聚拢在东海之滨。有一天，他们豁然发现，东海和太平洋其实是一伙。他们面前的东海也就是太平洋。

地球昼夜不停地旋转着，而地平线是圆的。

后记

我将过去的一切都留在了过去，也送给了将来。

衔着使命，带着笑容，也噙着泪水，总算完成了《中国之翼》。

一

想做一些事，上苍总会让你付出代价。

为续上本书的最后一笔，此前我也提起过，二〇二一年十二月十二日，我又去了趟越显年轻活力的阎良。适逢疫情形势反复、一切行程都匆匆。只有当周三上午走出阎良试飞院，急头慌脑跨上去咸阳的车辆，一路小跑登上飞机，落地虹桥才长长嘘出一口气。

回到上海的第十一天下午——已经上了十天班，开了无数次会议，忽然接到居委会、区防疫部门的几方电话，一个紧似一个，慌慌张张地通知我：快回家，收拾行李，准备去集中隔离。这使我纳闷无比：咱又没进西安城，关键是回沪已十天出头，又自觉做过两回核酸，何来这一出？对方说是上面通知，凡是西安回来的，一律采取十四天隔离，我表达了坚决服从防疫要求的态度后，问能否看下相关的规定，最好是书面的，光凭电话通知，很难核实身份——我绝没有怀疑有人乱开玩笑。然而，防疫人员太忙，只说快回家准备行装，届时会有车辆载你去隔离点。

从头武装到脚的防控人员敲门。人离得远远，递进一只黄色大塑料袋，里面是一次性防护服、帽子、口罩、鞋套等，同样让我全副"武装"后，送上门口的"专车"。自然有人在下面拍照"取证"——证明已将某人从家带往隔离处。

我来到位于高架桥下的某隔离点，照样是从头到脚的"武装人员"以警觉的目光核对身份、测体温、填表，发给我一只塑料文件夹，里面装有《健康状况信息登记表》《14天集中隔离医学观察承诺书》《疫情防控法律后果告知书》以及《禁止吸烟》等五六份需要签字的文件。每人领到一个诸如"245"代码的身份号，被送进单独的房间，告知你关上门后，不能出来半步。一日三餐，工作人员会将餐盒送至房间门口的塑料小方凳上，并在走廊上大声吆喝"开饭了"。隔离者打开一条门缝，迅即取回食盒；用餐毕，又将空盒如法炮制般放回门外。

尽管被关了几天"禁闭"，但我由衷地钦佩各级政府的负责态度和防控人员的辛劳付出——我们的补充隔离是由于西安的防疫形势发生跳变，西安疫情由原本的每天个例暴增至一二百例。

既来之则安之，不必长吁短叹。"囿于斗室，正好码字"，不知谁在我的手机上弹幕出一条信息。想想也对，在孤清难忍的日子，就码下这段《后记》。

二

回顾史册朝后看，是为了未来向前去。

本书以中国商用飞机制造业为主线，叙述了我国航空工业百年风雨，今朝突围。

从来没有哪一项目，包括"两弹一星"在内，有大飞机工程那样虬根曲绕、蜿蜒坎坷，令人叹为观止。

从一九〇九年旅美华人冯如造出第一架飞机起始，到今日东海之滨升起的 ARJ21、C919 乃至 CR929 的坎坷历程，辉映的是一个民族在商用飞机领域的不懈追求与无限艰辛，唱响的是中国航空工业"永不放弃、寻优勇进"的精神之歌。

民族工业史告诉我们，从晚清、北洋政府开始，中国就紧跟世界潮流，将目光投注到工业制造的"皇冠"——航空工业。冯如造出了属于中国人的第一架飞机，巴玉藻、王助在福建马尾制成我国第一架水上飞机。一九二九年开通的第一条国内航线，也只比美国晚两年。

在北洋政府和国民政府问鼎南京时期，不乏大批航空精英回国。除孙中山麾下广东籍人士外，巴玉藻、王助、曾诒经为当时海归的国际级飞机设计人才。后来，年轻的徐舜寿、张阿舟、季文美、沈元、陆士嘉、张维等力学大师、航空专家从欧美归来，陆续加盟到国民政府及新中国成立后的航空工业领域。上世纪三十年代，国民政府在杭州笕桥、南昌青云谱开建中美、中意合资的飞机制造工厂，组装战斗机与轰炸机——航空业历来先军后民、军民交缠，以后渐渐军民分线，各管一摊。由于旧中国军阀混战，政治腐败，经济疲弊，加上后来的外强入侵，几次航空工业萌芽与发展的所谓"小高潮"均被无情摧毁或打断。王助、徐舜寿等旷世逸才空有一腔报国热血，也只能仰天长啸，壮怀激烈。

新中国成立后，受朝鲜战争美国空军的狂轰滥炸，以及东部沿海地区屡遭抵近侦察的严重威胁，我国航空工业的发展秉承先军后民的方针，将力量急中对付在抵抗外侮的战机上，先后有歼5、歼6、歼7及轰5、轰6等军机升空。

一九五四年，我国第一架初教5在南昌洪都航空首飞成功，开启了新中国航空工业的先河。随着我国战后经济的迅速恢复与发展，第一、第二个五年计划的推进，民用运输机运5、运7先后升上蓝天，加入航线。大飞机的研发也被提上议事日程。

历十年之功，聚全国之力托举的一百五十座级大型喷气客机运10飞遍全国、七上拉萨，标志着我国完成了一次自主设计、独立制造的喷气大飞机的宏大实践。体制、机制、科技创新的"708工程"在经济困难时期的成功，其意义在于中国具备了自主研发大型喷气客机的能力，时间上几乎与空客A320同步。由于种种原因，运10中道夭折，没能投入航线，但国人将永远铭记运10那伟岸的身躯和挺拔英姿。

经历了运10腰斩的谜团，中国航空工业一度热衷于寻求对外合作，先后组装麦道82、麦道90，和空客合作开发"亚洲空中客车"AE100。在良好的愿望驱动下，中国航空工业"市场换技术"的合作却渐渐走出了反向的结果，也为航空发展的脚步留下了不尽思考。无休无止的争论、徘徊、彷徨，蹉跎岁月二十年，痛苦的"三步走"战略走失走丢后，国人痛定思痛，深感"关键的核心技术要不来、买不来、讨不来，只能靠自己"。有人首提"两弹一星一机"。

进入新世纪，经过了无数次的研讨、论证，中国航空工业抛弃了螺旋型的幻想思维，首款新型喷气支线机ARJ21（阿娇）首飞，并经过六年取证，批量生产，加入航线。二〇二〇年六月二十八日，中国商飞向国航、东航、南航等三大航正式交付国产支线机，象征着ARJ21正式入编国际主流航空公司机队。从此，中国天空的民航运输线上，不再是外国喷气机的一统天下。

进入新时代，蹲了半个世纪马步的中国航空工业迎来了国产喷气大飞机时代。二〇一七年五月五日下午两点，具有完全自主知识产权的大客C919从上海浦东机场四跑道顺利升空，在扬子江口上空尽情挥动着双翅。国产大飞机至今已获一千多架订单，并且已投入航线飞行。此前，在西部阎良，国产大型军用运输机运20（鲲鹏）展翅高飞，列装部队，飞出国门（编队远至塞尔维亚），并已装上"中国芯"。我国航空工业终于在新时代迎来新曙光，续写崭新篇章。

我们不能用今天的眼光去苛求前人。中国航空工业之路犹如一条充满荆棘的蜿蜒天路，九曲十八弯，道道堑壑横亘。国产商用飞机沉重的翅膀，牵动着历届党和国家领导人的关注与关爱，好事难免多磨，越不容易做成的事，越有它的价值所在。习近平总书记曾三次视察或调研中国商飞，针对国产大飞机前后做过多次指示，给航空工业吹进一阵又一阵春风。在坚定的国家意志和人民意愿面前，全球第一工业大国，正坚持"长期奋斗、长期吃苦、长期攻关、长期奉献"的方略，努力弥补在航空工业上的短板，勇敢地寻回属于我国的一席之地。

从东海之滨望出去，商飞人分明看见了一条白色起跑线，他们的目光从长江口的起端一直到太平洋的尽头。

今天，ARJ21支线机下线一百架，交付航空公司七十架；一百五十座至两百座级的C919已经交付，正式进入商业运行。中国航空工业在属于自己的轨道上奋力前行。这是中国人不能缺席的战场。

三

本书内容时间跨度足够长,前后一个多世纪;人物众多,大批知识精英纷纷投身其中,前赴后继;过程盘根错节,起伏跌宕,又波澜壮阔。《中国之翼》代表性地撷取了点、线、网,构建起一部立体的放射状的世纪剧本。

上世纪初的航空热兴起后,很快受到知识界的热捧。大量学界精英,乌衣门第的孩子、华侨富商子弟、神童级人物以学航空、进入航空业为尊。新中国成立后,许多红二代受"航空报国"思想的感驱,"笑富贵、千钧如发",纷纷投入战团,为大飞机事业殚精竭虑,即使背负委屈,也无怨无悔。他们耕一行、择一事、终一生,宁愿将老命拼掉。

"大飞机定能成功,而我已战死沙场……"

在航空工业这块看不见硝烟的战场,他们没有倒在隆隆的炮火下,而是在另一种战斗——劳心悴力中而逝,多少人不惜为国家的航空大业鞠躬尽瘁。

书中出现的两百多个人物,涉及政界、军界、经济界、科技界、教育界。类似于钱学森、王大珩、徐舜寿、顾诵芬……都是课本里的人物。从航空设计界的巴玉藻、王助、徐舜寿、马凤山一条线串到新世纪我国本土培养的科学家ARJ21总师陈勇、C919总师吴光辉、CR929中方总师陈迎春、军机方面的歼20总师杨伟、运20总师唐长红,以及成千上万的年轻设计师闪耀出各自的光芒。八〇后、九〇后甚至〇〇后早已投身接力赛,以年轻人为主体的中国商飞人,舍小家为大家……

也有航空大家,离开设计研发第一线,甘为人梯,成为航空教育家的，哺育出了一批又一批学子奔赴科研院所、制造工厂。"航空四君子"的季文美、沈元、张阿舟以及张维、钱学森的"师姑"陆士嘉，不计名利与名分，一生默默奉献在航空教育上，个个都是闪闪发光的人物。

飞机造好后，需要适航取证，拿不到适航证，生产出的飞机不能进行商业载客（货）飞行。这是研制的延伸，需要对照CCAR25部繁复的规章，逐条验证试飞。这里有中国商飞的外场试验队及试飞人员，国家试飞院的勇士们，民航审定中心的终极"守门员"——试飞员和工程师。钱进、赵鹏、赵志强、张惠中、蔡俊、吴鑫、马菲、郭勇冠、蒋丹丹……也是新闻里常出现的名字。

航空工业的历史画卷还在演绎、铺展中。更多的年轻一代贯穿其中，既叱咤风云，也有爱恨情仇，有人在歌声中飞扬，也有人在泪水中谢幕。然而，让中国的大飞机飞起来、飞出去是所有国人的夙愿。中国制造光照人类，也照耀历史。

《中国之翼》主叙中国的同时，也简要描述了世界航空工业的时局得失。

四

我不依赖"百度"，不会从网络到书本，崇尚"田野考古"般的写作，自始至终将自己摆进去。我访谈过的上百位经历者、亲历者、参与者，为作品提供了翔实、鲜活的养分。他们对中国商用飞机的着迷、执着、自信、坚韧，也深深触动、感动着我。

我反感怨府方式，也非翰林文字，着重叙述事实。

本书的采访、撰稿、出版，得到了中国商飞、国家民航局、中航工业、民航局空管局、中国作家协会、上海市作家协会、上海文艺出版社等单位的鼎力支持,业内外许多领导、专家、朋友给予了不遗余力的关爱与教诲。

世界除了阳光雨雪,还有人间大爱,爱能在黑夜中发出不尽的光芒,穿透遥远的星空,抵达宇宙深处。

由于本人水平所限,加上书中所叙时间周期长,人物多,定有不少遗憾缺漏之处,恳请各界读者及师友批评赐教,不胜感激。

詹 东 新

2023 年 3 月 6 日

图书在版编目（CIP）数据

中国之翼/ 詹东新著. -- 上海：上海文艺出版社,2023
ISBN 978-7-5321-8805-5
Ⅰ.①中… Ⅱ.①詹… Ⅲ.①纪实文学－中国－当国
Ⅳ.①I25
中国国家版本馆CIP数据核字(2023)第128594号

发 行 人：毕　胜
责任编辑：江　晔
装帧设计：钱　祯

书　　名：中国之翼
作　　者：詹东新
出　　版：上海世纪出版集团　　上海文艺出版社
地　　址：上海市闵行区号景路159弄A座2楼 201101
发　　行：上海文艺出版社发行中心
　　　　　上海市闵行区号景路159弄A座2楼206室　201101　www.ewen.co
印　　刷：上海中华印刷有限公司
开　　本：710×1000　1/16
印　　张：28.25
插　　页：2
字　　数：325,000
印　　次：2023年8月第1版 2023年8月第1次印刷
ＩＳＢＮ：978-7-5321-8805-5/I.6940
定　　价：78.00元
告 读 者：如发现本书有质量问题请与印刷厂质量科联系　T:021-69213456